HEIDEWUT

Angela L. Forster lebt und arbeitet als Hamburggeborene mit bayerischen Wurzeln im Hamburger Süderelbegebiet. Die idyllische Nähe zum Alten Land und der Lüneburger Heide inspiriert sie immer wieder zu neuen Geschichten. Bevor sie zum Romanschreiben fand, arbeitete sie als Journalistin und Textkorrespondentin. Ab und an reißt sie sich von ihrem Schreibtisch los und verbringt ihre magere Freizeit mit ihrem Mann am Nord- und Ostseestrand.

ANGELA L. FORSTER

HEIDEWUT

Kriminalroman

emons:

Bibliografische Information der Deutschen Nationalbibliothek
Die Deutsche Nationalbibliothek verzeichnet diese Publikation in der Deutschen Nationalbibliografie; detaillierte bibliografische Daten sind im Internet über http://dnb.d-nb.de abrufbar.

FSC
www.fsc.org
MIX
Papier aus verantwortungsvollen Quellen
FSC® C083411

Umschlagmotiv: picture alliance/blickwinkel
Umschlaggestaltung: Nina Schäfer, nach einem Konzept von Leonardo Magrelli und Nina Schäfer
Umsetzung: Tobias Doetsch
Gestaltung Innenteil: César Satz & Grafik GmbH, Köln
Lektorat: Dr. Marion Heister
Druck und Bindung: CPI – Clausen & Bosse, Leck
Printed in Germany 2018
ISBN 978-3-7408-0442-8
Originalausgabe

Nichts ist leichter als Selbstbetrug,
denn was der Mensch wahr haben möchte,
hält er auch für wahr.

Demosthenes, 384–322 v. Chr.

Prolog

Heideblütenfest in Schneverdingen
Ende August – zwei Wochen zuvor

Suchend fuhren Vanessa Schönfelds Finger über die Rille in der Holzleiste der Hüttentür.

Wo zum Teufel steckte der Schlüssel? Sie sah unter den Blumentopf mit den dunkellila Petunien, die Gießkanne, den Aschenbecher auf dem Verandatisch und den sitzenden Keramikfrosch mit dem »Willkommen«-Schild auf der Brust. Nichts. *Verdammt! Wo hatte Vater den Schlüssel nur hingelegt?*

»Das ist eine Sicherheitsmaßnahme«, hatte er ihr beim letzten monatlichen Kontrollgang, als sie Wasservorräte und Lebensmittel ausgetauscht hatten, erklärt.

Pah, Sicherheitsmaßnahme. Wer in diese abgelegene Hütte am Pietzmoor reinwollte, kam auch rein. Und warum tauschte er ständig Wasser und Lebensmittel, als würde er einen Krieg erwarten?

Die Fünfundsechzig-Quadratmeter-Hütte hatte ihren verstorbenen Großeltern gehört. Als Vanessas Mutter vor zwölf Jahren von heute auf morgen verschwand, behielt Vater die Hütte. Oft fuhr er mit der damals Siebenjährigen ins Moor, zeigte ihr die Schönheit wie die Gefahren, die das dunkle, alles verschlingende Gewässer barg.

Als Heranwachsende bekam Vanessa nicht genug von dem faszinierenden Spielplatz. Viele Nachmittage verbrachte sie mit Schulfreunden im Moor. Sie alberten, lernten für die Schule und feierten in der Hütte Geburtstage. Mit zunehmendem Alter avancierte die Hütte für Vanessa zu einem Fluchtpunkt, um heimliche Verehrer zu treffen.

Nur die Schlüsselsuche nervte.

Vanessas Blick blieb an der zitronengelb lackierten Laterne hängen, die am Holzbalken der Veranda baumelte. Auf Zehenspitzen hangelte sie sich in die Höhe und öffnete die Glastür der Laterne. Neben der halb heruntergebrannten Kerze lag der Schlüssel. Endlich.

Ein Lächeln legte sich über ihre Lippen. Mit dem Feuerzeug zündete sie die Kerze an. Schon vom Parkplatz aus würde Jonas, ihr Freund, sehen, dass sie auf ihn wartete. Vanessa raffte den langen weißen Rock, rutschte auf die Porch-Swing-Schaukel und stieß sich mit den Zehenspitzen vom Verandaboden ab. Der laue Sommerwind erfrischte ihr erhitztes Gesicht. Zweiundzwanzig Uhr, noch eine Stunde, dann war sie mit Jonas verabredet.

Wäre da nur nicht dieser Streit gewesen, der beinahe diese wichtige kommende Nacht verhindert hätte. Aber Daniel und Christian, Jonas' beste Freunde, hatten nicht aufgehört, sie zu bedrängen. Dreimal war sie ihnen höflicherweise auf die Tanzfläche gefolgt, doch sie hatten nicht eingesehen, dass sie, als neue Heidekönigin, nicht für ihr alleiniges Vergnügen zuständig war.

Da waren der Bürgermeister, die sieben Herren des Stadtrats, allen voran Jonas' Vater, der Ratsvorsitzende Gerd Knöppel, Optiker Beinlich, Erich Lindenlaub aus der Tourismuszentrale, Heiner Wildberg aus dem Reisebüro, der seine Tanzrunde als Erster nach ihrer Krönung angemeldet hatte, und Apotheker Karl-Heinz Lohfinger. Oh je, wenn sie nur an den und seine krummen Beine dachte. Ein Mann wie ein mittelalterlicher Alchemist. Schlabberkleidung, Monokel, Glatze und ein Atem, der nach Gülle stank, als hätte er nicht genug Wässerchen im Arzneischrank, um dem entgegenzuwirken.

Besonders Daniel Nissen, Jonas' Busenfreund, ein drahtiger Zwanzigjähriger, führte sich auf, als sei Vanessa sein Eigentum.

»Du bist das hübscheste Mädchen aus Schneverdingen«, hatte er ihr auf der Tanzfläche ins Ohr geflüstert.

Seit der Schulzeit stellte Daniel ihr nach. Allerdings hatte er sich bisher immer zurückgehalten. Hier und da eine Andeutung, ein unverhohlenes Lächeln, eine zufällige Berührung. Einige Male waren Jonas und er deswegen aneinandergeraten. Heute Abend war er zu weit gegangen.

Als er seine Hände auf Vanessas Hinterteil gelegt und nicht daran gedacht hatte, diese zu entfernen, hatte Jonas seinem Freund einen kräftigen Kinnhaken versetzt, sodass der die Treppen des Tanzpodests mit Purzelbäumen hinuntergesegelt war. Nur mit Mühe gelang es Jonas' und Daniels Vater, die Raufbolde zu trennen, die mit Fäusten auf den Gegner eingehämmert hatten, als hätten sie dafür tagelang geübt.

Das Heideblütenfest galt als Höhepunkt jedes Sommers in Schneverdingen. Touristen, Wochenendurlauber und Einheimische aus den umliegenden Dörfern waren auf den Beinen. Tausende Menschen, die dem viertägigen Fest beiwohnten und die Fest- und Motivwagen, Fußgruppen, Musik- und Spielmannszüge, die durch die Straßen zogen, bestaunten. Seit Tagen füllten sich Hotels, Pensionen und Ferienzimmer auf Bauernhöfen. In den Vorgärten und Stadtrabatten tauchten Kränze, Herzen, Ranken und allerlei künstlerische Gebilde aus gebundener Heide Schneverdingen in ein lilafarbenes Heideblütenmeer.

Vanessa schob eine blonde Haarsträhne aus dem Gesicht, die aus ihrer Hochsteckfrisur gerutscht war. Die Heidekrone hatte sie abgelegt und im Fahrradkorb verstaut, als sie Richtung Moor aufgebrochen war, ebenso den bodenlangen rubinroten Samtumhang. Jetzt musste sie nur noch aus dem weißen Kleid heraus, doch das konnte warten.

Vor neun Stunden hatte ihr die amtierende Heidekönigin auf der Freilichtbühne die lila blühende Heidekrone aufgesetzt und sie zur Nachfolgerin gekrönt. Nun hieß es für Vanessa, zwölf Monate quer durch Deutschland zu reisen und Interessierten die Heideregion näherzubringen. Sie würde Touristik-Messen besuchen, Einweihungen und Empfängen beiwohnen und auf Festen umliegender Dörfer im Mittelpunkt stehen. Für Vanessa wurde ein Mädchentraum wahr. Seit ihrem fünften Lebensjahr wollte sie, wie ihre Mutter in jungen Jahren, Heidekönigin werden.

Pfirsichfarben versank der Tag über der Hochmoorlandschaft und schenkte der Wasseroberfläche eine silbrig glänzende und bizarre Spiegelung aus Grüppchen von Birkenstümpfen, Glocken- und Besenheide, Sonnentau und Torfmoosen. Ein seidiger Schleier wanderte vor den Vollmond, verdeckte sein lachendes Gesicht, während Moorfrösche mit Sumpfohreulen ihr Abendlied anstimmten.

Vanessa atmete tief ein. Der Geruch feuchter Torferde und süß duftender Jasminblüten mischte sich mit warmer Abendluft und ihrer Erwartung der kommenden Nacht. Ein Lächeln umspielte ihre Lippen und verzog sich, als sie an das Gespräch dachte, das sie mit Jonas führen musste und das keinen weiteren Aufschub duldete. Viel zu lange hatte sie geschwiegen, und sie hoffte inständig, dass es noch nicht zu spät war.

Aus der Stadt wehte der Wind die Töne der Musikzüge herüber, die die Kinder mit ihren kerzenlichtscheinenden Laternen sowie zahlreiche Fackelträger der freiwilligen Feuerwehr vom Rathaus bis zum Ortsausgang Verdener Straße geleiteten.

Erneut sah Vanessa auf ihre Armbanduhr. Noch eine halbe Stunde. Erwartungsvoll blickte sie über den Steg zum Parkplatz. Kein Auto in Sicht.

Als sie von der Schaukel aufstehen und in die Hütte gehen wollte, entdeckte sie ein rundes Licht ähnlich einer Fahrradlampe zwischen den Bäumen. Unwirklich flackerte der gelbe Schein in der Dunkelheit. War das Jonas? Er wollte doch mit dem Auto fahren und Wein, Baguette und gegrilltes Huhn mitbringen, so wie sie es im vergangenen Jahr in der Bretagne an der Küste bei La Mine d'Or in den Dünen im warmen Sand gegessen hatten.

Das Licht flackerte heller, und Vanessa erkannte deutlich ein Fahrrad, das über die Holzbohlen Richtung Hütte rumpelte. Nur, wer war das? Ein einziger Steg führte zur Hütte, und der war ein Privatweg. Hatte sich jemand verfahren? Durch das Pietzmoor führte ein fünfeinhalb Kilometer langer Rundweg aus Holzbohlenstegen. Die Gegend war ein Anziehungspunkt für Naturliebhaber, vor allem bei Sonnenaufgang und in den Abendstunden.

Seit Jahrhunderten galt das Moor als Sitz von Geistern und

Göttern und als Pforte zum Jenseits. Viele unterschiedliche Rituale waren hier vollzogen und unzählige Menschen- und Tieropfer dargebracht worden. Immer wieder loderten alte Geschichten durch die Lüneburger Heide. Anhänger verschiedener Religionen streiften bei Vollmond durch das Moor, tanzten in weiten weißen Gewändern und sangen in merkwürdig fremder Sprache Leierlieder.

Vanessa erschauderte. Sie war weder abergläubisch noch ein Angsthase, und sie kannte das Moor von Kind auf. Aber heute, in später Abendstunde, allein im Moor, mit einem Unbekannten, der immer näher kam, wurde es ihr doch etwas unheimlich. Vor allem, da es nicht Jonas war, der da auf dem Fahrrad saß. Die Gestalt trug keine farbenprächtige Tracht wie ihr Freund, der auf dem Motivwagen die Jugendgruppe der Schützen aus Schneverdingen präsentiert hatte, sondern war von Kopf bis Fuß dunkel gekleidet.

Vanessas Herz begann zu rasen, und Schweißtropfen bildeten sich auf ihrer Haut. Ihre Finger schlossen sich fest um den Schlüssel in ihrer Hand. Ob sie in die Hütte gehen und die Tür versperren sollte? Vielleicht hatte der Fahrer sie ja noch nicht gesehen und würde umkehren, wenn er merkte, dass es nicht weiterging, dass die Hütte am Ende des Stegs lag. Oder hatte jemand von ihrem Hofstaat geplaudert und ihrem Vater das Treffen mit Jonas verraten? Und jetzt war er auf dem Weg zu ihr? Nein. Er würde, wie er es immer tat, mit dem Auto zum Parkplatz fahren und zu Fuß zur Hütte gehen. Und er hätte sie auf ihrem Handy angerufen oder ihr eine WhatsApp-Nachricht geschickt. Außerdem hatte sie ihm gesagt, sie würde bei ihrer Freundin Martina schlafen. Nicht dass sie das in ihrem Alter müsste, doch für ihren Vater war Vanessa sein Ein und Alles, und manchmal verhielt er sich wie eine Glucke mit Scheuklappen, die nicht sah, dass ihr Küken flügge geworden war. Und Jonas, dem Sohn von Gerd Knöppel, dem Schneverdinger Ratsvorsitzenden, traute er kaum über den Weg, was auf einem zurückliegenden Missverständnis beruhte.

Vanessa hasste Schwindeleien gegenüber ihrem Vater, heute

mussten sie sein. Was sie erfahren hatte, durfte sie Jonas nicht vorenthalten, und sie brauchte diese kleine Notlüge. Und sie brauchte Martina, ihre beste Freundin, die ihr heute aus der Patsche half.

Mit zusammengekniffenen Augen starrte sie auf das Fahrrad und die Gestalt, die ihr in einer Entfernung von zwanzig Metern entgegenradelte.

»Schatz, bist du es?«, rief sie dem Fahrradfahrer entgegen, ohne Antwort zu erhalten.

Noch fünfzehn Meter, zehn Meter, fünf Meter, dann sah sie, wer sich ihr über die Bohlen in der Dunkelheit näherte.

1

Zwei Wochen später

Die Lüneburger Heide erwachte zum Leben.

Der leichte Nebeldunst, der ihn noch vor einer halben Stunde auf seinem Weg von Wehlen über den Naturistenweg begleitet hatte, verzog sich. Er liebte es, sich bei Anbruch der Morgendämmerung in seinen Wagen zu setzen, von Schneverdingen nach Wehlen zu fahren und den Naturistenweg mit dem Fahrrad, das er immer im Kofferraum transportierte, abzufahren. Die Stille der Wegstrecke, das Gefühl, allein in Gottes freier Natur zu sein, genoss er. In einer Stunde, um acht Uhr, würde er bereits wieder im Schneverdinger Rathaus sitzen und sich launische Bürgerproteste anhören.

Und dann war da ja noch die für zehn Uhr von Ruth Jankowitz, der zweiten Ratsvorsitzenden, einberufene außerplanmäßige Sitzung, an der Gremiummitglieder des Ausschusses von Asendorf und Schneverdingen teilnahmen. Gestern hatte er Ruth angerufen und nach dem Thema gefragt. Es sei wichtig für die Gemeinden und die gesamte Lüneburger Heide, hatte sie knapp geantwortet. Sie wolle nicht alles doppelt und dreifach erzählen. Er solle geduldig die Sitzung abwarten.

Ruth Jankowitz war nicht nur zweite Ratsvorsitzende im Schneverdinger Ausschuss, sondern auch Mitglied im Asendorfer Gremium, das mit der Gemeinde Dierkshausen und einem eigenen Ratsausschuss verbunden war. Darum kam ihm diese Heimlichtuerei besonders merkwürdig vor. Bisher hatte es nie gemeinsame Gemeinderatssitzungen gegeben. Ein mulmiges Gefühl kroch in seinen Magen. Denn wenn es um das ging, was er vermutete, würde es im Sitzungssaal heiß hergehen. Er musste sich seine Antworten genau überlegen.

Schnaufend erreichte Gerd Knöppel seinen Wagen. Er stieg vom Fahrrad ab, stützte sich auf den Lenker, verharrte einen

Augenblick und zwang sich, ruhig einzuatmen. Ein paar Kilo weniger wären nicht schlecht. Dennoch war er ein gesunder Zweiundfünfziger, der als alles andere als unsportlich galt. Er atmete noch einmal kräftig durch, nahm den Duft trockener Erde und herben Wacholders wahr, der erahnen ließ, wie die Sonne den Tag weiter aufheizen würde. Seit Tagen warnte die örtliche Feuerwehr vor erhöhter Waldbrandgefahr und bat, keine Zigaretten wegzuwerfen oder Lagerfeuer anzuzünden. Doch immer wieder kam es zu kleineren Bränden, weil jugendliche Wildcamper die herausgegebenen Warnungen missachteten.

»Guten Morgen, Herr Ratsvorsitzender Knöppel«, hörte er eine Stimme hinter seinem Rücken, als er die Halterung des Klapprades entriegelte, um es im Kofferraum zu verstauen.

Gerd Knöppel richtete sich auf und betrachtete die Gestalt in Jägerkleidung, die hinter dem Informationsglaskasten und der ausgeschilderten Wandertafel mit einem Gewehr in der Hand hervortrat.

»Guten Morgen. Haben Sie Interessantes vor die Linse gekriegt?« Knöppel nickte zum Fernglas, das der Gestalt um den Hals hing. Ein schäbiges Lachen kroch ihm aus der Kehle. Es war nichts Neues, dass Neugierige beiderlei Geschlechts den Naturistenweg beobachteten, ob auf dem Wanderweg oder verborgen hinter Sträuchern und Bäumen.

»Nein. Ich bin auf der Jagd.«

»Ach ja? Ich dachte, die Treibjagd beginnt heute Morgen erst um zehn Uhr.« Knöppel drehte sich gelangweilt um, verstaute das Pedelec-Rad im Kofferraum und verdeckte es mit einer rot-blau karierten Wolldecke. Es scherte ihn nicht, dass er bis auf seine Wanderschuhe nackt war. Man kannte ihn und seine Vorliebe für die Freikörperkultur. Schließlich hatte er im Rathaus dafür gekämpft, dass die Zehn-Kilometer-Strecke von und zurück nach Wehlen nach langem Für und Wider für Anhänger der Naturismuskultur freigegeben wurde.

»Ich bin auf Menschenjagd.«

»Soll das ein Scherz sein?«

Gerd Knöppel lachte laut und kräftig auf. Im Fahrradspiegel

sah er, dass die Gestalt auf ein paar Meter an ihn herangetreten war. Er richtete sich auf und drehte sich der Stimme entgegen. Ein Gewehrlauf zielte auf seinen Brustkorb. Er war zu verwirrt, um die Gefahr, in der er schwebte, sofort zu erkennen. Während er seine Gedanken ordnete und in die starren Augen seines Gegenübers sah, verstand er allmählich, dass er als Hauptperson in diesem Schauspiel agierte.

»In dir steckt der Teufel höchstpersönlich.«

Das waren die letzten Worte, die er hörte, bevor er auf dem Waldboden zusammensank.

2

Inka Brandt schielte auf die digitale Anzeige ihres Radioweckers, der Al Stewarts Song »Year of the Cat« spielte. Kurz nach sieben. Sie streckte die Arme in die Luft und gähnte. Als die erste Sequenz eines Piano-Solos eingespielt wurde, stürmte Paula ins Schlafzimmer.

»Mama, Mama, wir fahren heute Schiff.«

»Ja, Paula«, entgegnete Inka, zog die Vierjährige zu sich ins Bett und strich ihr die blonden Locken aus dem Gesicht. »Und ich freue mich schon sehr, sehr, sehr.« Sie drückte die Kleine an sich und bedeckte ihr Gesicht mit Küssen. »Wir gehen an den Strand baden, beobachten Seerobben, essen ganz viel Eis und ...« Bevor Inka aussprechen konnte, klingelte ihr Handy. Ihr Arm hangelte über Paulas kleinen Körper hinweg zum Nachttisch. »Brandt«, sagte sie, ohne auf die Anruferkennung zu sehen.

»Ich bin es, Inka. Mark. Was ein Glück, dass du noch zu Hause bist. Wir brauchen deine Hilfe.«

»Nein, Mark, was ihr auch immer braucht, ich bin es nicht. Ich hab vier Wochen Urlaub und Paula versprochen, diesen mit ihr am Meer zu verbringen. Unsere Koffer sind gepackt«, Inka schielte über Paulas Köpfchen zu den mit Schmetterlingen bedruckten Glanzlackkoffern, »und nichts hält uns davon ab, in zwei Stunden mit dem Katamaran von den Hamburger Landungsbrücken nach Helgoland zu tuckern. Und weil wir uns beeilen müssen, werde ich jetzt auflegen.« Sie zog die Bettdecke über Paula und ihren Kopf und kuschelte sich an ihre Tochter.

»Inka, wir haben einen Leichenfund«, hörte sie ihren Kollegen genau das sagen, was sie vier Wochen lang nicht hören wollte.

»Ich sollte mir ernsthaft überlegen, mit Paula auf der Insel zu bleiben«, warf sie ihm durch den Hörer entgegen.

»Hör auf zu witzeln, wir brauchen dich. Wir haben einen Toten.«

»Wer ist er?« Fragen konnte sie ja.

»Ratsvorsitzender Gerd Knöppel. Er liegt in Wehlen, erschossen. Darum rufe ich dich an.«

»Gerd? Ach du Scheiße! Entschuldigung«, setzte sie hinterher, als Paula ihre Stirn krauszog und ihren Zeigefinger drohend an Inkas Mund drückte. »Aber ich wollte …« Sie schob die Hand der Kleinen von ihrem Mund, deren zierlicher Zeigefinger sich zusätzlich in ihre Nase bohrte.

Der Schneverdinger Ratsvorsitzende Gerd Knöppel galt als einflussreichste Persönlichkeit, wenn es sich um die Belange der Höfe auf umliegenden Dörfern handelte. Für den Sundermöhren-Biohof, den ihre Schwester Hanna mit deren Ehemann Tim seit vier Jahren, nach Übernahme von ihren Eltern, bewirtschaftete, übernahm er alle Formalitäten. Er war der Jagdkumpan ihres Vaters und ihr Patenonkel. Ein Amt, das er in den letzten zehn Jahren allerdings nur auf dem Papier ausgefüllt hatte, da zwischen den elterlichen Geschwistern Funkstille herrschte.

»Ich komme, Mark. Aber ich verspreche nicht, zu bleiben. Verstanden?« Sie kroch unter der Decke hervor.

»Verstanden. Ich warte auf dich in Wehlen am Naturistenparkplatz«, sagte Mark und: »Danke.«

Nachdem Inka ihre Tochter angezogen und ihr erklärt hatte, wie wichtig es sei, dass sie später losführen, rief sie Tilly, die Tagesmutter, an. Sie könne Paula bringen, aber solle die Badesachen nicht vergessen, da sie mit den Kindern frühzeitig zum Baden an den Baggersee wolle, bevor das Wetter umschlug. Es solle Regen geben.

Inka atmete auf und sah in den strahlend blauen Himmel.

Auf dem Sundermöhren-Hof herrschte Hochbetrieb. Eine Busgruppe Gäste war für elf Uhr angekündigt. Hanna, Inkas Schwester, reinigte die letzten Ferienzimmer, und Tim, ihr Schwager, war dabei, einen Wilseder Roten aus seiner Herde zu schlachten. Beide hätten Paula weder beaufsichtigen noch hätte sie ihre Tochter zu einem Leichenfundort mitnehmen können.

Inka hob Paula in den Kindersitz, schnallte sie an und fuhr los. Die Sonne brannte schon jetzt am frühen Morgen durch die Frontscheibe und blendete sie, als sie die Heimbucher Straße hinunterfuhr. Sie hielt vor Tillys Haustür im Stiller Weg, wo Tilly und alle anderen vier Kinder sehnsüchtig auf sie warteten.

Von Undeloh bis Wehlen war es über die Gemeindestraße ein Katzensprung. Sie lenkte den Golf auf die rechte Abzweigung über den einspurigen geteerten Weg, vorbei an leuchtend grünen Maisfeldern, deren Ernte in den nächsten Tagen bevorstand.

Am Anfang der Parkplatzschneise des Naturistenwegs hielt sie hinter Teresas neuem Wagen an. Sie hatte ihren Jeep, der ständig mit Kinderkrankheiten kämpfte und einer Werkstatt, die unmotiviert war, diese zu beseitigen, endlich verkauft. Auch der VW-Bus der Spurensicherung war eingetroffen. Wie mannsgroße weiße Käfer schwirrten Fridolin Kärcher und sein Team in ihren Schutzanzügen durch das Unterholz.

Inka stieg aus und registrierte Marks biergelben Mini hinter dem VW-Bus. Fritz Lichtmanns Wagen konnte sie nicht entdecken.

»Morgen, Mark«, sagte sie und hob grüßend die Hand zu Fridolin und seinem Team. »Morgen, Terry.« Inka bückte sich zu der Rechtsmedizinerin und hauchte ihr einen Kuss auf die Wange.

»Morgen, Süße. Na, das war's dann mit deinem Urlaub. Oder?«

»Wir werden sehen. Auf welcher Seite liegt er, noch in unserem Zuständigkeitsbereich oder gehört er schon den Soltauer Kollegen? Was meint ihr?« Inkas prüfender Blick ruhte auf dem Toten, der nackt, auf dem Rücken ausgestreckt, nur mit Socken und braunen Trekkingschuhen bekleidet, auf dem Waldboden hinter seinem Wagen lag.

»Keine Ahnung, aber ich denke, es wird unser Fall. Oberhälfte bis Bauchnabel liegt in unserem Bereich«, antwortete Oberkommissar Mark Freese.

Ein Auto rollte heran, hielt hinter Inkas Golf. Fritz Lichtmann, der Chef der Hanstedter Wache, stieg aus.

»Morgen, Fritz. Wie siehst du das? Gehört mein Onkel uns oder den Soltauer Kollegen? Wer bekommt das größte Stück?«, wollte Inka von ihrem Chef wissen, der schwungvoll aus seinem Wagen gestiegen war und inzwischen in Kopfhöhe neben der Leiche stand.

Fritz Lichtmann sah man seine dreißig Dienstjahre nicht an, vielleicht, weil ihn keine Grausamkeit mehr erschütterte. Mit seiner Gelassenheit hätte er auch als Klempner, Schornsteinfeger oder Bäcker durchgehen können, der vor seinem Ofen in der Backstube stand und wartete, bis der Butterkuchen Bräune zeigte. Dennoch war Inka dankbar, dass ihr Chef sich nicht nur hinter den Schreibtisch verkrümelte, Anweisungen durch den Raum schleuderte und aussah, als ließe er die Welt an sich vorbeiziehen.

»Morgen, allesamt.« Lichtmann nickte Inka, Mark und der Rechtsmedizinerin Teresa Hansen zu, die in der Hocke am Toten ihre Arbeit verrichtete. »Was für eine Ruhe hier im Wald am frühen Morgen«, sagte er und holte tief Luft. »Uns gebührt die größte Hälfte, die mit dem Loch in der Brust.« Er warf einen schnellen Blick auf die Leiche und stapfte über nebelfeuchten Waldboden zum geöffneten Kofferraum des Wagens. Mit Schwung zog er die Wolldecke vom Fahrrad, schob seine randlose Brille mit dem dünnen Titangestell auf die Stirn und betrachtete mit zusammengekniffenen Brauen die Reifen des Rades.

»Wer hat meinen Onkel gefunden?«, wollte Inka von Mark wissen.

»Ein Tourist, oder nennen wir ihn einen neugierigen Touristen, der zufällig am Parkplatz der Naturisten vorbeigeschlendert ist.«

»Diese dämlichen Gaffer«, sagte Inka. Warum der Naturistenweg ein Anziehungspunkt für heimliche Zuschauer war, entzog sich ihrer Vorstellung. »Und wo steckt dieser Tourist, der sich zufälligerweise zu den Nackten verirrt hat?«

»Er sitzt im Hotel ›Ferien auf der Heid‹, unten Anfang Wehlen. Kollege Amselfeld ist bei ihm.«

»Was macht ein Zeuge im Hotel? Warum ist er nicht hier?«

Mark zuckte die Schultern.

»Was ist mit der Tatwaffe und dem Projektil?«

»Tatwaffe ist ein Gewehr, welches Fabrikat, sagen dir die Kollegen der KTU, wenn ich das Projektil habe, das noch im Körper steckt«, antwortete Teresa und drehte den Toten seitwärts.

»Und Fridolin und sein Team suchen die Hülse«, ergänzte Mark und wandte den Blick zu den Kollegen der Spurensicherung, die mit gesenkten Köpfen in ihren Schutzanzügen durch das Naturschutzgebiet streiften.

»Hier, seht«, sagte Fritz Lichtmann. »Auf den Fahrradreifen kleben Erde und Blattzeug. Das heißt, er hatte seine frühmorgendliche Runde hinter sich, als er erschossen wurde.«

»Und er hat nicht nur eine Ladung abgekriegt«, ließ Teresa verlauten. Sie drehte den Toten ein Stückchen weiter. »Die erste Kugel aus dem Gewehr erwischte ihn über dem linken Rippenbogen, ein Streifschuss, gewaltig, aber nicht tödlich. Die Hülse müsste dort hinten liegen, falls der Täter sie nicht mitgenommen hat.« Teresa hob den Arm Richtung Knöppels Wagen. »Aber erst der zweite Schuss traf ihn ins Herz. Genaueres nach meiner Untersuchung.«

»Was bedeutet, er hat einen Warnschuss erhalten, oder der Täter traf nicht zielsicher. Wer mag das getan haben, ein anderer FKKler?«, überlegte Inka laut und sah sich um.

Der Parkplatz war kein üblicher Parkplatz, sondern ähnelte einer größeren Waldschneise, eingewachsen von Bäumen und Büschen. Ein schmaler geteerter Weg führte ein Stück geradeaus, und ein sandiger, teils mit Gras verwucherter Pfad führte rechts und links in den Wald hinein.

»Können wir einen Raubmord ausschließen?«, fragte sie an Mark gewandt.

»Ich denke, ja. Seine Kleidung und Aktentasche liegen im Wagen.«

»Was ist drinnen?«

»Das, was ein Ratsvorsitzender für die Arbeit braucht. Papiere, Brotdose, Handy. Wir nehmen die Tasche mit und werten sie auf der Dienststube aus.«

»War das Handy an?«

»Nein. Ich schick es in die KTU.«

»Gut. Hat einer von euch weitere Naturisten gesehen, die unterwegs waren?«

»Bisher ist keiner aufgetaucht. Ist ja gerade acht Uhr«, antwortete Mark. »Aber was nicht ist, kann ja noch werden.« Er grinste.

»Heute kommt keiner mehr. Es ist eine Treibjagd angesetzt, habt ihr die Warnschilder nicht gesehen?«, fragte Fritz Lichtmann.

»Natürlich.« Mark nickte zum Anfang des Waldwegs, wo ein kniehohes weißes Dreieck mit rotem Rand und schwarzer Schrift mahnte, den Wald zu Treibjagdzeiten nicht zu betreten. »Aber die Jagd beginnt erst ab zehn Uhr.«

Inka winkte einen Spusikollegen heran. »Sperrt alles ab. Ab hinten beim Knick bis unten zu den Maisfeldern auf der linken und rechten Seite.« Ihr Arm wies über die Parkplatzschneise hinunter nach Wehlen über die Maisfelder und die Weide.

»Klar, sofort«, sagte der Kollege.

Inka wandte sich an Mark. »Sag mal, Mark, die Jäger fahren doch hier am Parkplatz nur vorbei und biegen dann hinten, fern des Naturistenwegs, rechts ab. Ab da verteilen sich die Reviere.«

»Wenn du es sagst.«

»Weiß ich von meinem Vater. Wer von den Jägern hat die Schilder heute Morgen aufgestellt?«

»Keine Ahnung, muss ich fragen. Meinst du, es war ein Jagdunfall?«

Inka ging in die Hocke und gab Marks Frage an die Rechtsmedizinerin weiter.

Teresa Hansen nickte nachdenklich, dann sagte sie: »Die Schüsse sind aus höchstens drei bis fünf Metern abgefeuert worden. Einen Jagdunfall schließe ich aus. Wer seinem Gegenüber so nah ist, der weiß, dass sich kein Wildschwein oder Sechsender vor der Flinte befindet. Außerdem sollte die Treibjagd erst um zehn Uhr beginnen. Und da die Körpergröße …« Teresa legte ihr Maßband an die Schuhspitze des Toten. »Halt fest, Mark«, sagte sie und zog das weiße Band bis zu Knöppels Scheitel. »Er war einen Meter fünfundsiebzig.« Sie winkte Enrico von der Spurensicherung heran. »Stell dich hierher, Enrico. Wie groß bist du?«

»Einen Meter fünfundsiebzig. Warum?«

»Frag nicht, mach. Also«, setzte sie fort, »gehen wir davon aus, der Tote hatte die gleiche Größe wie Enrico, es wurde aus drei bis fünf Metern Entfernung geschossen, dann ist euer Täter ebenso groß wie das Opfer oder höchstens drei Zentimeter kleiner oder größer. Der Schuss, beachten wir den Winkel, dürfte von da drüben gekommen sein. Niemals war das ein Jagdunfall.« Teresa wies mit dem Arm zu dem hölzernen Infokasten, der Wanderern auf ihrem Heideweg Hilfestellung bot.

»Braucht ihr eine Laseranalyse?«, fragte Enrico, als Teresa ihre Messung beendet hatte.

Teresa sah zu Inka. »Entscheide du, ich bin mir zu neunundneunzig Prozent sicher, dass der Täter nur am Infokasten gestanden haben kann.«

»Danke, Enrico. Wir haben alles«, sagte Inka und nickte zu dem Kollegen der Spusi hinüber.

»Ich bin hier fertig.« Teresa stand aus der Hocke auf. »Der Rest ist eure Sache.«

»Unsere Sache, ja.« Inka stützte die Hände auf die Oberschenkel und erhob sich ebenfalls. Sie sah in die Waldschneise. Hinter den Sträuchern und Bäumen hatte der Täter ein gutes Versteck. Wer hier platziert auf Gerd Knöppel gewartet hatte, blieb unbeobachtet. »Ich verstehe nicht, warum ein Mord immer in unserem Zuständigkeitsbereich passieren muss. Als läge ein Fluch auf Undeloh und Umgebung.« Inka stöhnte. »Wie sieht's aus mit Fußspuren, Enrico?«

»Genügend. Einmal von dem Toten, haben wir verglichen, ebenso die zweiten Abdrücke des Touristen. Die dritten Abdrücke könnten vom Täter stammen. Sie führen hinter dem Infokasten und den Brombeersträuchern weiter bis zur Weide. Ab da …« Er zuckte die Schultern. »Ist nichts mehr zu machen, die Kühe haben alles platt getrampelt. Weitere Ergebnisse kriegt ihr morgen von Fridolin.«

»Und was meinst du, Terry? Wie lange liegt er auf dem Waldboden?«

Teresa Hansen wickelte das Maßband zusammen, verstaute es in ihrem Köfferchen und stellte sich neben ihre Freundin. »Höchstens eine Stunde, Süße. Aber was ist mit dir, kommst du klar? Immerhin war er dein Onkel.«

»Wir hatten wenig Kontakt. Hochzeiten und Beerdigungen. Das Übliche. Ich schaff das.«

»Und warum brichst du dann deinen Urlaub ab? Wolltest du nicht mit Paula nach Helgoland?«

»Wollten wir.« Inka sah auf ihre Armbanduhr. »In einer Stunde an den Hamburger Landungsbrücken den Katamaran besteigen. Aber wie es aussieht, kann ich mir das abschminken.«

»Weil er dein Patenonkel war.«

Inka nickte und zog eine Flunsch.

»Wissen sie Bescheid? Ich meine, deine Eltern.«

Teresa warf einen kurzen Blick auf Finn Reuscher, den Polizeifotografen, der den Toten aus jeder Position fotografierte.

»Ja. Ich hab sie auf dem Weg hierher angerufen.« Inka blickte ihrer Freundin in die wachen braunen Augen. Eine hochgewachsene, sportliche Einundvierzigjährige, deren lange Beine in einer knallengen Jeans steckten und die ihre weiße kurzärmelige Baumwollbluse bis kurz vor Brustansatz geöffnet hatte. Schon seit der Schulzeit waren sie beste Freundinnen. Teresa, eine Klasse über Inka, war ein ehrliches, lustiges Mädchen gewesen, mit dem sie um die Häuser gezogen war. Die aber ebenso zäh und penibel mit Feinfühligkeit hantierte, wenn es um ihren Beruf als Rechtsmedizinerin ging.

»Kommen sie nach Hause?«

»Ich glaube nicht.« Inka schüttelte den Kopf. »Seit sieben

Monaten kurven sie durch die Weltgeschichte. Vor einer halben Stunde saßen sie in ihrem Wohnmobil beim Frühstück auf einem Campingplatz in Sevilla. Und nach meinem Gespräch mit ihnen haben sie nicht die Kaffeetassen eingepackt und sind Richtung Deutschland gefahren. Zumindest hörte es sich an, als wenn sie sich nicht mehr als nötig beunruhigten.«

»Liegen sie noch im Clinch?«

»Ja. Meine Mom sagt immer: ›Ich vermisse meinen Bruder nicht. Meinetwegen kann Gerd tot im Wald liegen.‹«

»Nur gut, dass sie in Sevilla ist …« Teresa grinste verhalten. »Du vermisst deine Eltern.«

»Ja. Aber ich bin froh, dass sie wie die Backfische ausgebrochen sind. Wurde Zeit, sie haben es verdient.«

Einen vierwöchigen Urlaub mit Paula hatte sie sich auch verdient. Es kam ihr vor, als wäre ihr letzter Urlaub eine Ewigkeit her. Fabian, ihr Lübecker Noch-Ehemann, hatte sie vor fünf Jahren mit zwei Wochen Malediven überrascht. Ein exklusives Häuschen, auf Pfählen im Meer gebaut. Wo die bunte tropische Fischvielzahl durch Sicherheitsglas sogar auf der Toilette zu beobachten war. Ein Traumurlaub, aus dem sie mit der Nachricht der Schwangerschaft zurückkehrte.

»Sie kommen nach Hause. Mach dir keine Sorgen.«

»Ja. Paula fragt oft nach Oma und Opa. Wann kriege ich deinen Bericht?« Inka kehrte zum Fall zurück.

»Wie ich dich kenne, hättest du ihn gern gestern auf dem Tisch.« Teresa Hansen schmunzelte.

»Ich weiß schon, warum wir Freundinnen sind«, entgegnete Inka und küsste sie auf die Wange.

»Verzieh dich«, sagte Teresa scherzhaft und ließ die Latexhandschuhe von den Händen knallen.

Inka ging an zwei Kollegen der Spurensicherung vorbei, die einen Schuhabdruck aus Gips aus dem Waldboden ernteten. Sie nahmen keine Notiz von Inka, lediglich Enrico und Fridolin, die an dem Baumstamm einer Kiefer Rinde abschabten, nickten ihr hinter Schutzmasken zu.

»Ich bin bei Kollege Amselfeld und dem Zeugen unten im

Hotel, falls mich jemand sucht«, gab sie Fritz und Mark kurz zu verstehen.

»Wer geht zu seiner Frau?«, wollte Lichtmann wissen. Sein Blick ging von Mark zu Inka.

»Ich. Wer sonst.« Sie war die Überbringerin schlechter Nachrichten. So war es in Hanstedt gewesen, bevor sie nach Lübeck übersiedelte, und so hatte es sich eingebürgert, als sie nach Undeloh zurückgekehrt war. Wobei sie es in diesem Falle als ihre Pflicht ansah, Anne Knöppel persönlich mitzuteilen, was ihrem Ehemann geschehen war.

An vier Presseleuten vorbei, allen voran Wolfgang Kohlhase vom »Hanstedter Heideblatt«, schob sich Inka zu ihrem Wagen. Der übereifrige Lokalreporter lag hinter der Polizeiabsperrung auf dem Waldboden. In Sand und Blättern liegend, versuchte er, ein Bild des toten Ratsvorsitzenden zu schießen. Eine erfolglose Bemühung, da eine aufgestellte Plane die Sicht auf den Tatort verdeckte.

3

»Guten Morgen. Inka Brandt, Hauptkommissarin der Wache Hanstedt«, stellte Inka sich vor, nickte ihrem Kollegen Jacob Amselfeld zu und rutschte dem Zeugen gegenüber auf einen Eichenstuhl im übersichtlichen Restaurantbereich des Hotels und Gasthauses »Ferien auf der Heid«.

Vier wuchtige Eichentische mit gedrechselten Beinen, deren Holz lindgrüne Tischtücher knapp verdeckten, besetzten den Raum. Auf jeweils sechs weißen Tellern standen aufrecht wie Segelfahnen weinrote Papierservietten. Essig- und Ölflaschen wie Salz- und Pfefferstreuer gruppierten sich daneben. Es war ein dunkel gehaltener und provisorisch wirkender Gastraum mit tief hängenden hölzernen Deckenbalken, der durch Quer- und Stützbalken weitere Enge vermittelte.

»Sie haben den Toten gefunden.«

»Ja, das habe ich. Peters ist mein Name. Werner Peters. Ich ging spazieren. Wobei ich nicht wusste, dass es der Parkplatz der Nackten … ich meine, dass die sich da ausziehen, um …« Peters stockte.

»Ein sehr früher Spaziergang.« Inka verkniff sich ihr Schmunzeln. »Also, Herr Peters«, begann sie neu, senkte den Blick auf Kollege Jacob Amselfelds schriftliche Eintragungen, »wie ich lese, kommen Sie aus Dortmund zu Besuch in die Lüneburger Heide.«

»Das ist richtig. Geboren wurde ich in Königsmoor bei Schneverdingen. Die alte Heimat vergisst man nicht, wie man so schön sagt.«

Der Zeuge wirkte nervös. Es konnte an dem Leichenfund liegen, den er vor einer Stunde gemacht hatte. Nicht jeder Normalbürger, der einen erschossenen Menschen fand, nackt und mausetot wie Gerd Knöppel, war in der Lage, übergangslos die Tagesordnung abzuarbeiten. Peters musste an die siebzig sein, war sportlich schlank mit weißem Haar, das er vom Oberkopf aus zu einem dünnen Pony in die Stirn gekämmt hatte. Auf seinen wachen grauen Augen lag ein leichter bläulicher Schimmer.

»Ich war seit fünfzehn Jahren nicht mehr in der Heide. Und besser wäre gewesen, ich wäre nicht zurückgekommen an den Ort, von dem ich weggegangen bin«, sagte Peters.

»Ach ja, und warum nicht?«

Peters zögerte kurz, die Antwort preiszugeben, dann sagte er: »Die Menschen, die hiergeblieben sind, haben sich nicht vorteilhaft geändert. Ein Mord, das ist …«

»Morde geschehen nicht nur bei uns in der Heide«, mischte sich Amselfeld ein.

»Und warum sind Sie in der Heide?« Inka sah Peters in die trüben Augen.

»Mein Vater ist verstorben. Ich kümmere mich um das Erbe.«

Inka nickte. »Mein Beileid.«

»Danke, aber dafür kommen Sie achtundsechzig Jahre zu spät. Mein Vater ist für mich gestorben, als ich drei war. Er war ein Arschloch, das weder Mitgefühl noch eine Träne verdient. Früher nicht und heute erst recht nicht. Zwischen uns gab es nur Streit.«

Aus Peters' Worten sprachen Verbitterung und Wut.

Klare Worte, die Inka einen Augenblick nachdenklich stimmten. Nach kurzer Pause sagte sie: »Sie sind vor einer Woche angekommen.« Inka wartete auf die Zustimmung des Mannes. »Darf ich fragen, warum Sie in das Hotel am Naturistenweg eingecheckt haben und nicht in Schneverdingen, Ihrem früheren Wohnort?«

»Warum nicht, Frau Kommissarin? Es ist ruhiger als in den überlaufenen Orten der Heide, wo es um diese Jahreszeit von Touristen wimmelt.« Er versuchte, den Klang seiner Stimme so ruhig wie möglich zu halten, dennoch vibrierte sie leicht. Ob es an Inkas Frage lag oder es der Tod seines Vaters war, der zu dem aufgeregten Ton beitrug, konnte Inka momentan nicht klären.

»Wie ich lese, sind Sie Junggeselle.«

»Eine Frau war mir nicht vergönnt. Ich bin ein Eigenbrötler.«

»War das der Zwist mit Ihrem Vater?«

»Ich denke, das gehört hier nicht her.«

»Noch nicht, Herr Peters. Manchmal ändert sich die Sachlage aber schlagartig. Was ist mit Ihrer Mutter?«

»Sie lebt im Sauerland in einem Seniorenstift. Sie will das Haus … das Erbe nicht annehmen. Schlechte Erinnerungen.«

»Haben Sie Geschwister?«

Kopfschütteln.

»Kommen wir auf heute Morgen zurück, Herr Peters.«

Peters nickte. Ihm war anzusehen, dass es ihm recht war, seine Familiengeschichte nicht weiter auszuführen. »Wer war der arme Teufel, der da im Wald erschossen wurde? So ohne …«

»Kleidung?«, platzte Inka heraus.

Nicken. »Ja, wie peinlich.«

»Es ist der Naturistenweg, Herr Peters. Ein unbekleidetes Wandern oder Radfahren ist dort üblich.«

»Mag sein, für mich …« Er stoppte im Satz, als der Wirt, mit abstehenden großen Ohren und einem Kopf, der ohne Hals auf dem Körper saß, anschlurfte und fragte, ob er noch Kaffee bringen solle. Die Holzdielen ächzten unter seinen Schritten und gaben bei jeder kleinsten Bewegung ein hässliches knarrendes Geräusch von sich.

»Für mich gern eine Tasse«, bat Inka. Peters und Amselfeld lehnten ab. »Sie meinen, für Sie ist das Nacktwandern nichts, Sie beobachten lieber oder jagen«, sagte Inka, als der Wirt in der Küche verschwunden war. Sie griff zum Fernglas und der Kamera, die am Tischende hinter einem künstlichen, rot blühenden Azaleentopf wie versteckt lagen, und zog beides über das lindgrüne Tischtuch heran.

Werner Peters öffnete den Mund und wollte gerade ansetzen, als Inka ihm zuvorkam: »Dann erzählen Sie uns doch: Wie war Ihr Tagesablauf, bis Sie den Toten fanden? Haben Sie den Schuss gehört? Warum sind Sie Richtung Naturistenweg gewandert, wenn Sie kein Anhänger dieser Freikörperkultur sind, zumindest nicht in diesem Sinne?«

»In gar keinem Sinne, Frau Kommissarin, das sagte ich schon Ihrem Kollegen. Und ich jage auch nicht. Im Gegenteil. Ich verabscheue die Jagd. Und einen Schuss habe ich nicht gehört«, empörte sich Peters. Er warf einen unsicheren Blick zu Amselfeld hinüber, der abgelenkt mit der Kuchengabel aus seinem gedeckten Apfelkuchen die Rosinen herauspulte.

Apfelkuchen zum Frühstück. Ungewöhnlich. Inka fiel ein, dass sie ohne Frühstück aus dem Haus gegangen war.

»Sie kannten den Toten«, stellte sie fest. Dankend nickte sie dem Wirt zu, der aus der Küche zurück in den Gastraum kam und ihre Tasse bis an den Rand mit dampfendem Kaffee aus einer silberfarbenen Thermoskanne füllte. »Bitte«, sagte sie und zeigte auf Amselfelds Kuchen. »Ich möchte auch einen.«

»Nein, woher denn? Hätte ich sonst gefragt, wer er war?«, fragte Peters scharf.

Inka zuckte die Schultern. »Zeugen kommen mit unterschiedlichen Fragen. Aber um Ihre Frage zu beantworten: Es war der Schneverdinger Ratsvorsitzende Gerd Knöppel.« Sie schlürfte am Kaffee, bis Zucker und Sahne in der überfüllten Tasse Platz fanden.

»Tatsächlich. Ein Ratsvorsitzender, der …« Werner Peters tat erstaunt.

»Ja, tatsächlich. Es gibt Bankangestellte, Hausfrauen und -männer, Ärzte, Pfarrer, Klempner und sogar Hobbyfotografen, die sich dieser Kultur anschließen«, sagte Inka und hatte das Gefühl, sie müsse das unbekleidete Handeln ihres Patenonkels verteidigen. »Das Nacktsein in freier Natur macht vor keiner Gesellschaftsschicht halt und eben auch nicht vor Ratsvorsitzenden. Und als ehemaliger Schneverdinger Einheimischer sollte Knöppel Ihnen bekannt gewesen sein.« Sie rührte mit dem Löffel in der Tasse, ohne den Blickkontakt mit ihrem Gegenüber zu verlassen.

»Dorfpolitik hat mich nie interessiert, und mit achtzehn bin ich nach Dortmund gezogen.«

»Die Landwirtschaft war nichts für Sie?« Sie dankte dem halslosen Wirt, der ihr ein handgroßes Stück Gebäck neben die Kaffeetasse stellte. Ob er ihr ansah, dass sie am Verhungern war?

»Nein. Ich wollte in die Stadt. Bis vor drei Jahren arbeitete ich an der dortigen Staatsoper als Beleuchter, dann bin ich in Rente.«

»Schön. Und nun beginnen wir erneut: Was taten Sie, bis Sie den Toten fanden?« Inka schüttete Zucker aus der Streudose in ihren Kaffee nach, während sie weiter mit dem Löffel in der Tasse rührte.

»Um sechs Uhr bin ich aufgestanden, hab gefrühstückt und bin Richtung Heide losmarschiert.«

»Sie meinen, Sie sind Richtung Naturistenweg losmarschiert. Wir sind in Wehlen von Heidelandschaft umgeben. Sie hätten auch Richtung Wesel oder weiter Richtung Undeloh oder außerhalb wandern können. Die Heidelandschaft ist rundherum präsent. Warum also in diese Richtung?«

Mit der Gabel stach sie ein Stück Apfelkuchen ab und steckte es in den Mund.

»Woher soll ich das wissen? Ein Impuls. Ich bin einfach los und … Warum ist das wichtig? Verdächtigen Sie etwa mich, Gerd Knöppel umgelegt zu haben?«, erboste sich Werner Peters.

»Das ist reine Ermittlungsarbeit.« Inka schluckte das Stück Apfelkuchen hinunter, das mit einer kräftigen Portion Zimt abgeschmeckt war. Sie mochte das Gewürz, es erinnerte sie an ihren Freund und Kollegen Oberkommissar Mark Freese, dem ständig ein Zimthauch hinterherschwebte. »Allerdings beschäftigt mich die Frage, warum Sie nicht am Tatort geblieben, sondern zurück in Ihre Unterkunft gegangen sind.« Sie lutschte eine festgeklebte Rosine von der Kuchengabel.

»Ich hatte mein Handy im Hotel vergessen, und Ihr Kollege sagte, ich solle da bleiben, wo ich jetzt bin.«

»Damit meinte er den Parkplatz. Oder?« Inka warf einen Blick zu Amselfeld, der lediglich mit den Schultern zuckte und eine ständig gelangweilte Miene aufsetzte, sobald Inka ihn ansprach. »Fangen wir noch einmal an: Sie sind um sieben Uhr losmarschiert. Sind Sie auf den geteerten Weg oder den Grasweg eingebogen?«

»Erst auf den geteerten Weg, weiter hinten bin ich dann tief ins Dickicht.«

»Und kam Ihnen jemand entgegen? Mit dem Fahrrad oder zu Fuß? Vielleicht mit dem Auto?«

»Nein, niemand.«

»Hatten Sie Ihren Fotoapparat dabei?«

»Ja.«

»Was für Motive fotografieren Sie in der Heide?«

»Alles, was es zu sehen gibt. Die Heideblüte, Tiere, Wacholderanordnungen. Die Landschaft.«

»Und heute Morgen fotografierten Sie auch die Landschaft und ihre Bewohner.« Inka würgte ihr Grinsen mit einem weiteren Bissen Kuchen hinunter.

»Ja, das habe ich getan.« Peters' Gesichtszüge verkrampften.

»Ich brauche die Speicherkarte«, sagte Inka.

Peters griff zur Kamera, um die seitliche Klappe des Apparats zu öffnen.

»Moment, das erledige ich.« Inka zog eine transparente Beweistüte und ein Papiertaschentuch aus ihrer Handtasche und warf den Chip hinein.

»Es ist einfacher, wenn Sie die Bilder gleich ansehen. Es ist eine Digitalkamera, falls es Ihnen entgangen ist. Die Bilder können angesehen und gelöscht werden.«

Inka überhörte die zynischen Worte des Hobbyfotografen und sagte: »Nennen Sie die Ausleihe Bürgerpflicht, Herr Peters. Ich verspreche, sobald die Bilder ausgewertet sind, bekommen Sie die Karte zurück.« Sie steckte das Tütchen mit der Speicherkarte in ihre Handtasche. »Sind Sie mit dem Wagen angereist?«

»Ja.«

»Mein Kollege wird einen Blick in Ihren Kofferraum und in Ihr Hotelzimmer werfen.« Sie blickte Amselfeld an, um sich zu vergewissern, dass er ihre Anordnung verstanden hatte.

»Wozu?«

»Um auszuschließen, dass Sie der Täter sind«, sagte Inka knapp. »Außerdem erwarte ich Sie morgen Vormittag auf der Wache. Wir brauchen Ihre Fingerabdrücke und werden Ihre Hände nach Schmauchspuren untersuchen.«

»Was? Das ist ja wohl nicht Ihr Ernst! Ich bin doch nicht zum Spaß in der Heide.«

»Es ist durchaus kein Spaß, Herr Peters, und auch wir würden lieber in den Urlaub fahren. Wie lange bleiben Sie in der Heideregion?«

»Noch mindestens zwei Wochen. Leider.«

»Genießen Sie die beginnende Blüte. Sie ist nie so schön wie zu dieser Jahreszeit.«

»Ich weiß«, antwortete Werner Peters.

Nachdem die Aussage des Zeugen aufgenommen worden war, wandte sich Inka vor dem Hotel an ihren Kollegen. Jacob Amselfeld war mit neununddreißig Jahren in ihrem Alter. Er trug die Haare, die zwischen dunkelblond und hellbraun nuancierten und einige graue Strähnen verrieten, kurz und stoppelig frisiert.

Kurz bevor Inka nach fünf Jahren Lübeck auf die Hanstedter Wache zurückgekehrt war, hatte er sich um den Posten des Hauptkommissars beworben. Dass Inka ihren alten Posten erhielt und ihn somit aus dem Feld gedrängt hatte, war ihm mehr als ein Dorn im Auge. Und selbst nach einem Jahr Zusammenarbeit ließ er Inka seinen Unmut über die, wie er es nannte, verpatzte Chance deutlich spüren. Inka konnte es ihm nicht verdenken. Bei der Beförderung übergangen zu werden war nie angenehm. Vor allem dann nicht, wenn der angestrebte Posten an eine Frau ging, die gerade erst in ihr Heimatdorf zurückgekehrt war.

»Kollege«, begann Inka, »wenn Sie nachgesehen haben, ob kein Gewehr in Peters' Kofferraum oder Hotelzimmer liegt, befragen Sie die Jäger, die heute Morgen an der Treibjagd teilnehmen wollen, nach ihren Personalien und Alibis. Wäre ja möglich, dass einer seine Jagd vorverlegt hat. Die Treibjagd wird gecancelt. Die Gewehre sind einzusammeln und der Technik zu übergeben. Außerdem fahren Sie mit Mark ins Rathaus, bringen die Akten aus Knöppels Büro in die Dienststube. Und die Aktentasche, die wir im Wagen des Toten fanden, muss ebenfalls auf die Dienststube. Zudem will ich wissen, wer zur Tatzeit im Rathaus anwesend war und wer nicht. Und zwar von Gremiummitglied über Bürgermeister und Putzfrau bis zum Hausmeister. Dann fahren Sie ins Forstamt nach Sehlhorn und lassen sich schriftlich geben, wer von Schneverdingen bis Wehlen über eine Jagdlizenz verfügt.«

Amselfeld hob den Kopf, nachdem er alle gestellten Aufgaben aufgeschrieben hatte, und fragte so unbeteiligt, dass es Inka sauer aufstieß: »Und wie geht's dann weiter?«

»Morgen früh um neun Uhr erwarte ich Sie bei der Besprechung. Ach, und richten Sie Fritz und Mark aus, ich fahre zu Frau Knöppel und komme erst später ins Büro, weil ich Paulas Unterbringung organisieren muss. Ich weiß nicht, ob Tilly einverstanden ist, immerhin hab ich ja auch bei ihr meinen Urlaub angekündigt.«

»Was alles nicht hätte sein müssen. Sie hätten gut und gern mit dem Katamaran nach Helgoland schippern können. Der Mord ist ein Kinderspiel, den löst jeder Polizeischüler am Wochenende.« Jacob Amselfeld grinste Inka spöttisch an.

Inka holte tief Luft. Der Ton des Streifenpolizisten gefiel ihr nicht. »Stimmt, das hätte ich machen können, doch der Tote war mein Patenonkel. Aber das ist einzig und allein mein Bier«, sagte sie in dem ruhigsten Ton, den sie zur Verfügung hatte, und wischte Amselfelds Kampfansage somit vom Tisch.

Die Nachricht vom Tod des Ratsvorsitzenden Gerd Knöppel verbreitete sich über die Dörfer der Lüneburger Heide wie ein Lauffeuer. Kaum ein Landwirt, Geschäftsinhaber oder eine sonstige Einrichtung vernahm nicht innerhalb von zwei Stunden nach Knöppels Tod die Neuigkeiten aus Wehlen vom Naturistenweg.

In den Wartezimmern der Arztpraxen blieben die Klatschzeitschriften unangetastet, fremde Menschen vereinten sich zu schnatternden Grüppchen. An Bushaltestellen und im Supermarkt sortierten sich Kunden und Verkäuferinnen, um weitere Einzelheiten klebrig auszuliefern. Das Dorfgetratsche hielt die Lüneburger Heide rund um Wehlen und Schneverdingen im

Griff. Spekulationen wurden angestellt, wer den bedeutenden Ratsvorsitzenden auf dem Gewissen hatte.

Die Rede war von Unfall, Neid eines Kollegen, Selbstmord, einem Streit unter Nudistenwanderern, sogar ein Eifersuchtsdrama schaffte es auf die Liste der Gerüchte.

An der Haustür von Familie Gerd Knöppel hing ein Kranz aus gebundener Besenheide, dessen lila Blüten zusätzlich eine fingerbreite lila Seidenschleife zierte. Als Inka läutete und Anne Knöppel öffnete, brauchte es kaum Worte, um der Ehefrau zu verstehen zu geben, was geschehen war.

»Wir haben deinen Mann auf dem Parkplatz des Naturistenwegs gefunden«, begann Inka vorsichtig.

Anne Knöppel war eine schlanke, elegante Endvierzigerin mit schulterlangen blonden Haaren, die sie seitwärts hinter den Ohren mit Strasskämmchen zurückgesteckt trug. Als Ehefrau des Ratsvorsitzenden Knöppel war sie alles andere als nur Hausfrau. In jüngeren Jahren hatte sie in der Touristikbranche am Hamburger Flughafen gearbeitet, heute bekleidete sie ehrenamtliche Ämter. Caritaseinrichtungen, Kindergärten, die Tafel und Altenheime schätzten es, wenn Anne Knöppel die Verantwortung für einzelne Positionen übernahm.

»Komm rein«, sagte sie schwach. Sie ging voran ins Wohnzimmer. »Setz dich zu mir.« Anne nahm auf einem dunkelblauen Ledersofa Platz und klopfte mit der flachen Hand auf den Nebensitz. »Was ist passiert?« Ihre Augen bekamen einen feuchten Glanz. »Hat er sich übernommen, beim …?«

Inka ersparte Anne weitere Fragen. »Nein. Gerd ist erschossen worden.«

»Was? Das …« Anne Knöppel schluchzte auf und legte die Hände vor das Gesicht.

Inka wartete, bis Anne sich gefangen hatte, dann fragte sie: »Kannst du mir ein paar Fragen beantworten?«

Inka wartete auf Annes Nicken.

»Hatte er Ärger? Im Büro oder …?«

»Nein, nicht dass ich wüsste, Inka. Alles war wie immer. Du

weißt doch, wie er war. Eigentlich mochten sie ihn alle. Aber Männer in seiner Position machen sich nicht überall Freunde.«

Nicht alle mochten ihn. Inka fiel der Geschwisterstreit zwischen ihren Eltern und Gerd ein, der bereits Jahre andauerte.

»Und bei euch beiden, ich meine ...« Inka griff nach Annes Händen.

Anne Knöppel sah auf. Ihre grünbraunen Augen glänzten. »Es ging uns gut. Die üblichen Meinungsverschiedenheiten unter Eheleuten.«

»Anne, ich muss dich fragen, wo –«, begann Inka, als Anne sie unterbrach.

»Ich war hier, falls es das ist, was du fragen wolltest. Ich habe den Kirchenflohmarkt für nächsten Sonntag vorbereitet. Heidelinde hat abgesagt. Ihr Sohn ist krank und ich ...« Anne schluchzte erneut auf.

»Tut mir leid, Anne. Hast du eine Ahnung, wer das getan haben könnte?« Inka griff zu ihrer Handtasche und suchte nach dem Paket Papiertaschentücher.

»Da fällt mir nur einer ein.«

»Ja?«

»Der verrückte Clemens Handke vom Handke-Hof. Schräg hinter der Weide. Der sitzt oft mit dem Fernglas am Fenster, und wenn ein FKK-Wanderer oder -Radler vorbeikommt, hat Gerd erzählt, dann reißt er das Fenster auf und schimpft: ›Ihr verfluchten Nackten, zieht euch endlich was an. Ihr solltet euch schämen.‹ Angeblich stand er sogar schon mit einem Gewehr am Zaun und hat in die Luft geballert. Gerd meinte, ihm, dem Handke, hätte es nicht gepasst, dass an seinem Hof der Naturistenweg nur ein paar Meter entfernt vorbeiführt, und dass er irgendwann einem vom Rad, Pferd oder Wanderweg den nackten Arsch wegschießt.«

»Du meinst, er hat Gerd erschossen?«

»Ich weiß es nicht, Inka. Aber Gerd hat sich schon vor Jahren dafür eingesetzt, dass der Weg für die FKKler freigegeben wurde.«

»Ist gut, Anne. Wo ist sein Waffenschrank?«

»Im Keller.«

»Hast du einen Schlüssel?«

»Nein. Ja. Ich glaube, der liegt in Gerds Arbeitszimmer in der Schreibtischschublade.«

»Gibt es noch mehr Waffen?«

»Nicht dass ich wüsste. Alle, die wir besitzen, stehen im Schrank.«

»Warum war Gerd heute Morgen nicht auf der Jagd in Wehlen? Eine Treibjagd lässt er sich doch nie entgehen.«

»Er wäre auch dabei gewesen, aber um zehn Uhr war eine Besprechung im Rathaus angesetzt, an der er unbedingt teilnehmen musste.«

»Und um was ging es in der Besprechung?«

Schulterzucken. »Weiß nicht. Seine Arbeit war seine Arbeit. Er hat nie viel erwähnt. Heute Morgen auch nicht. Nur Bruchstücke, es gäbe eine Konferenz, die ihm auf die Nerven ginge. Er war nervös, das hab ich bemerkt. Er trank ein paar Schluck Kaffee, hat das Brötchen kaum aufgegessen und verschwand eilig, weil er noch … Du weißt ja. Er und seine Kultur. Für mich ist das nichts. Wie oft hab ich gesagt, als Ratsvorsitzender könne er nicht öffentlich … nackt und … ungeniert durch den Wald radeln. Ausgelacht hat er mich und prüde Schnepfe genannt. Na ja, das ist ja jetzt …« Anne schniefte ins Taschentuch.

Inka nickte. »Hast du was dagegen, wenn ich in sein Arbeitszimmer gehe?«

»Geh nur, du weißt ja, oben links. Mich entschuldige, ich muss Jonas anrufen. Er …« Anne schluchzte wieder auf und griff zum Telefon.

Inka hörte, wie Anne ihrem Sohn mitteilte, was geschehen war, bevor sie die Tür zu Knöppels Arbeitszimmer schloss.

4

Sicherlich hatten Fridolin und sein Team jedes Blättchen, Tannenzweigchen und Stöckchen aufgenommen, begutachtet und protokolliert. Auf die Kollegen der Spurensicherung konnte sie sich verlassen. Dennoch machte Inka erneut einen Abstecher zum Naturisten-Parkplatz. Irgendein Gefühl ließ ihr keine Ruhe. Es war ihre Pedanterie, die sie antrieb, die Tatorte noch einmal ganz allein für sich aufzusuchen. Sie schaute sich auf dem Waldboden nach Gegenständen um, die der Täter vergessen oder übersehen hatte. Manchmal war es nur ein Knopf, ein Stofffetzen, eine Faser, ein weiterer Schuhabdruck, ein abgebrochener Zweig. Wonach sie suchte, wusste sie selbst nicht. Sie hoffte nur auf irgendwelche Hinweise, hier auf diesem Waldboden, zwischen Tannenzapfen und den Resten der Gipsabdrücke der Kollegen, die auf Laubblättern klebten wie frühmorgendlicher Raureif. Sie nahm ihre Taschenlampe aus dem Handschuhfach und leuchtete auf jeden Baumstamm und Zweig der Umgebung und auf jeden Millimeter der Wanderinfotafel, hinter der sich der Täter versteckt und auf Knöppel gewartet haben musste.

Die Sonne schlich sich verstohlen durch einzelne Baumwipfel und versprach die Dreißig-Grad-Marke zu sprengen. Dieses Sommerwetter verwandelte die Lüneburger Heide in ein überlaufenes Touristenparadies, obwohl die Heideblüte und die Hochsaison erst Ende des Monats begannen. Inka hätte jetzt überall auf der Welt sein können. In Wien, wo sie mit einem Fiaker durch die Stadt führe, oder in Paris, wo sie eine Schiffsrundfahrt auf der Seine unternähme. Sie stöhnte auf. Helgoland, die Nordsee und eine frische Meeresbrise würden ihr genügen.

Ihre leichte Baumwollbluse klebte ihr am Körper. Es war noch nicht einmal Mittag, und schon war die Hitze selbst im Schatten der Bäume erdrückend. Sie lehnte den Rücken an die Informationstafel, schloss die Augen und atmete tief ein. Hier hatte der Täter auf ihren Onkel gewartet. Sie versuchte zu hören, wie der Schlagbolzen des Gewehrs wachsam gespannt wurde, der Finger des Täters sich um den Abzug legte, das Atmen immer schwerer wurde. Wieso hatte er ihren Onkel hier auf dem Waldparkplatz erschossen? Warum nicht auf dem Naturistenweg? Dort hätte es ein weitaus sichereres Gebiet gegeben, um unerkannt seine Tat auszuführen und Gerd im Wald abzulegen. Auf dem Parkplatz stellten FKKler ihre Autos ab, um wandern zu gehen. Zudem war genau an diesem Tag eine Treibjagd in diesem Waldgebiet angesetzt, und die Jäger fuhren keine drei Meter entfernt mit ihren Autos am Parkplatz vorbei.

Inka öffnete die Augen. Vögel zwitscherten. Ein staubiger grüner Pick-up rumpelte über den schmalen, unebenen Asphaltweg heran. Am Steuer saß ein bärtiger Mann, der sie mit mürrischer Miene durch das Seitenfenster anblickte. Auf der Ladefläche lag ein Rehbock, dessen Hinterläufe über die linke Außenseite der Laderampe ragten wie braune, steife Stöcke und bei jeder Straßenunebenheit auf und ab federten. Inka tat ein paar Schritte über den Parkplatz auf den Weg zu, doch bevor sie dem Mann signalisieren konnte, stehen zu bleiben, drückte der aufs Gas. Sie warf einen Blick auf das Nummernschild und notierte das Kennzeichen in ihrem Handy. HK–27… HK stand für Heidekreis, den Rest verdeckte die Schmutzschicht.

Zehn Meter hinter dem Pick-up holperte Inka ein zweiter Geländewagen entgegen. Er war größer als der Vorgänger, schwarz und kaum mit Staub und Erdresten beschmutzt.

Inka hob die Hand.

Die Fahrerin stoppte, öffnete die Fahrertür und stieg aus. »Ruhe«, rief sie den zwei mahagoniroten Irish Settern zu, die auf dem Rücksitz zu bellen anfingen und ihre nassen Nasen an die Fensterscheibe drückten.

Die Hunde verstummten.

Die Frau war einen halben Kopf größer als Inka, sicher einen Meter fünfundsiebzig, trug eine schwarze Jeans, eine dunkelbraune kurzärmlige Baumwollbluse und eine tannengrüne Steppweste. Ihre schulterlangen brünetten Haare wickelte ein schwarzes Samtband stramm auf dem Oberkopf zu einem Dutt zusammen. Alles, was an ihrem Körper an freier Hautfläche zu sehen war, war braun gebrannt, als käme sie aus einem sechsmonatigen Südseeurlaub. Ihre Haut wirkte frisch und natürlich, wie ihr leichtes Make-up, das aus einem dünnen seegrünen Kajalrand um die Augen, Wimperntusche und dem zartrosa Lippenstift bestand.

»Was soll das? Warum halten Sie mich an?«, fragte sie kaum freundlicher, als ein Terrier geknurrt hätte.

»Inka Brandt, Hanstedter Wache.« Aus der Hosentasche zog Inka ihren Ausweis und hielt ihn der Frau vor das Gesicht.

»Ich weiß, wer Sie sind, Frau Brandt. Ich lese Zeitung.« Sie wehrte mit der Hand den Ausweis ab, als wolle sie eine Mücke vertreiben.

Leyla Marie Freifrau von Falkenstein war Inka ebenfalls nicht unbekannt. Jede Lüneburger-Heide-Zeitung berichtete mindestens einmal in der Woche über die Familie, die am Schneverdinger Stadtrand ihren Landsitz hatte. Ging es um Wohltätigkeitsorganisationen, standen Einweihungen bevor, wurde eine neue Kirchenglocke benötigt, der Spatenstich eines Kindergartens gesetzt, eine unbekannte Pflanzenart in der Heide mit Namen bedacht, fiel der Name Falkenstein.

Während Leyla Marie Freifrau von Falkenstein in den Adel eingeheiratet hatte, war ihr Ehemann, Georg Alexander Freiherr von Falkenstein, mit blaublütigem Löffelchen geboren worden. Eine Familiendynastie, die bis ins 16. Jahrhundert reichte und mit unzähligen Nachkommen, weltweit verstreut, reich gesegnet war. Leyla Marie und Georg Alexander unterstützten die Familiengalerie mit den Sprösslingen Lisa Marie und Anton Alexander von Falkenstein, die gehorsam den Fußstapfen ihrer Eltern folgten. Lisa Marie beschritt den Weg ihrer Mutter, die als Malerin eindrucksvolle Erfolge feierte. Leyla Marie von Falkenstein besaß Galerien in Hamburg, Düsseldorf, Berlin, Amsterdam und London, in denen sie nicht nur eigene, sondern auch Bilder namentlich noch unbekannter Künstler ausstellte und diese als Mäzenin großzügig unterstützte. Der einundzwanzigjährige Anton hängte sein Herz, wie sein Vater, an die Reitpferde auf dem Schneverdinger Landsitz.

»Schöne Hunde haben Sie«, sagte Inka bewundernd.

»Es sind rote Irish Setter mit edlem Stammbaum, Frau Brandt. Lady Elisabeth und Lady Eleonora von Falkenstein. Die besten Jagdhunde überhaupt, mit außergewöhnlichem erfolgversprechenden Instinkt. Sie besaßen einen Münsterländer, wenn ich mich recht entsinne.«

»Ja. Kalli. Es war der Hund meines Vaters. Er war ein sogenannter Schwarzschimmel unter den Münsterländern, weiß mit schwarzen Tupfen. Ein wundervolles Tier.«

»Na ja, immerhin ein Hund, so wie es sich auf der Jagd gehört. Ganz nach Alexander Schmook«, betonte die Freifrau. Sie spannte die Mundwinkel an und hob die Nase, als teste sie die Windrichtung.

»Wer will zu den Jägern zählen, lässt kein Wild zu Tode sich quälen, jagt allein nicht durch die Weite, führt den guten Hund zur Seite!«, sagte Inka. »Ich kenne das Zitat des mecklenburgischen und städtischen Berliner Grunewald-Oberförsters und Autors Alexander Schmook, Frau von Falkenstein. Aber mir ist entfallen, dass Sie jagen. Wie war die Ausbeute?« Inka lugte zur Ladefläche des Wagens, hob die graue Plane und verzog das Gesicht, als sie in geöffnete, starre Augen blickte.

»Zwei Kaninchen, ein Fasan«, zischte die Freifrau zwischen erneut aufloderndem Gebell der Hunde. Sie riss Inka die Plane aus der Hand und zog sie über die Tiere.

»Sie haben mit Schrot geschossen? Ich dachte, es war eine Treibjagd angesetzt, die ich gecancelt hatte.« Ungeniert lehnte sich Inka an die Seite der Wagenrampe und kreuzte die Füße, als erwarte sie eine nachbarschaftliche Gartenzaunplauderei.

»Ach ja? Von einer Absage der Treibjagd hat Ihr übereifriger Kollege nichts erzählt. Er hat nur mein Repetiergewehr für Hochwild einkassiert. Und ich hoffe, ich bekomme es unbeschadet zurück. Es gehörte meinem Großvater, es ist ein Familienerbstück. Wenn nicht, nun ...«

Geld und Macht schreckten Inka wenig. Doch Leyla Marie

Freifrau von Falkenstein besaß eine Ausstrahlung, die ihr Gegenüber mit den Augen aufzufressen schien. In dem schattigen dunklen Grün lag eine Entschlossenheit, die einschüchterte. Inka fror trotz der morgendlichen achtundzwanzig Grad. Eine Gänsehaut lief ihr über die Arme. Sie vergrub ihre Hände in den Jeanstaschen. *Stell dir die Menschen in rosa Unterwäsche mit aufgedruckten grünen Elefanten vor, dann geht alles wie von selbst.* Ihr Vater hatte früher versucht, sie so zu beruhigen, wenn es um ein Referat in der Schule ging oder sie Ausbildern gegenüberstand.

Die Arroganz ihrer Gesprächspartnerin überhörend, ließ Inka das Bild der grünen Elefanten auf rosa Unterwäsche wirken und sagte: »Sie nehmen immer zwei Gewehre mit auf die Jagd?« Hatte Amselfeld vergessen, die Jagd abzublasen, oder wollte er sie auflaufen lassen? Inka war unsicher.

»Nein.«

Die knappe Antwort der Freifrau ärgerte Inka zusätzlich. So einfach kam sie ihr nicht davon. »Und warum heute?«

»Was soll das, Frau Brandt? Wollen Sie mir etwas unterstellen? Wenn ja, dann lautet mein Rat: Sie legen sich zügig einen Plan B zurecht.« Die Freifrau spitzte den Mund, um ihre Oberlippe legten sich kleine feine Linien, in denen der rosafarbene Lippenstift versank und die ihren Unmut verrieten.

Inka verneinte kopfschüttelnd. »Dies wird vorerst kaum nötig sein, Frau von Falkenstein. Doch kann ich meine Frage natürlich auch wiederholen, wenn wir gemeinsam auf der Dienststube sitzen.«

Leyla Marie Freifrau von Falkenstein sog die Luft durch die Nase ein. »Wir feiern am Wochenende Lisa Maries zwanzigsten Geburtstag. Ich war unentschlossen, worauf ich bei der Jagd ansitzen wollte: Hochwild oder Niederwild. Darum hab ich beide Gewehre mitgenommen. Einmal das Schrotgewehr und das Repetiergewehr.« Sie machte eine effektvolle Pause. »Als Ihr aufdringlicher Kollege kam und dieses einsammelte, blieb mir nur Niederwild zum Jagen, also das Schrotgewehr. Somit gibt es, wie Sie gesehen haben, Kaninchen und Fasan zum Geburtstagsessen.« Ihr Blick huschte zur Laderampe. »Langt das als Antwort?«

»Sicher. Sie kannten den Ratsvorsitzenden Gerd Knöppel?«

»Was soll diese Frage? Sie wissen genau, dass Ihre Verwandten mit uns befreundet sind. Manchmal denke ich wirklich, dass –«

»Dass Dorfpolizisten aus Langeweile Fragen stellen, die sie sich selbst beantworten könnten. So etwa, Frau von Falkenstein?«

»Das sind Ihre Worte, nicht meine. Aber wenn Sie es so sehen, wird es stimmen.«

Inka hatte das arrogante Geplänkel der Freifrau satt. »Für heute war es das, Frau von Falkenstein. Wir melden uns bei Ihnen, falls es uns nach weiteren Informationen aus Ihrem Leben dürstet. Einen schönen Tag noch.«

Inka drehte sich um und hörte, wie die Freifrau Unverständliches murmelte und in ihren Wagen stieg. Die Fahrertür knallte mit einem Rums zu, und der Motor heulte hässlich laut auf.

Inka widmete sich gerade wieder dem Waldboden, als Wolfgang Kohlhase, der Lokalreporter vom »Hanstedter Heideblatt«, ihr mit seinem alten weißen Lieferwagen entgegenknatterte. Er verlangsamte die Fahrt, kurbelte die Fensterscheibe herunter, lüftete kurz ein gelbes Baseballkäppi mit grünem Krokodilaufdruck und flötete übermütig: »Was für Nachrichten aus der Heide. Mannomann! Das gibt bombige Schlagzeilen. Hat die Polizei die Freifrau auch unter Beschuss?« Er lachte über seine Worte laut auf.

»Privatfahrzeugen ist es untersagt, hier durchzufahren, Kohlhase«, ermahnte Inka ihn ungehalten. *Verdammt. Hinter welchem Strauch hatte sich der reißerische Kerl wieder versteckt, um ungehindert durch das Naturschutzgebiet zu fahren und Silben für seine kryptischen Geschichten zusammensuchen zu können?*

»Ha. Diesmal kriegen Sie mich nicht am Schlafittchen. Meine Sondergenehmigung.« Ein Zettel flatterte kurz wie eine Fahne aus dem geöffneten Fenster und verschwand eilig wieder im

Fahrzeug. »Adieu, Gnädigste«, frotzelte der Reporter. Er drückte auf den Auslöser seiner Kamera Richtung Inka und gab eilig Gas, bevor sie etwas unternehmen konnte.

Den morgigen Aufmacher von Kohlhases Artikel sah sie schon vor sich: »GEHT DIE HANSTEDTER POLIZEI JETZT AUF DEM NATURISTENWEG WANDERN?«

5

Hauptkommissarin Inka Brandt wollte am nächsten Morgen als Erste im Besprechungsraum der Hanstedter Dienststelle eintreffen. Doch als sie ankam, waren Fritz Lichtmann und Mark Freese schon dabei, Fotos des Toten und der Umgebung des Naturistenparkplatzes an die Glaswand zu kleben und zu beschriften.

Die Fernsehreporterin vom LAN-Fernsehsender aus Lüneburg, Joulie Sophie Beatrice de Leclerc, saß neben Mark. Seit dem letzten Fall vor gut einem halben Jahr in dem Hotel »Zum Storchennest« war sie Marks Begleitung. Zwei Turteltäubchen, die jedem Betrachter den Sinn von inniger Zweisamkeit vermittelten.

Auch Jacob Amselfeld war anwesend. Er sah verdammt müde aus. Auf dem Tisch standen zwei Teller mit Keksen, die unmissverständlich Zimtgeruch verströmten, und in der Ecke fauchte die Kaffeemaschine letzte Wasserreserven aus der Leitung. Inka hatte sich gerade Amselfeld gegenübergesetzt, als Sebastian Schäfer in den Raum stürmte.

»Mensch, Leute, warum habt ihr mir nicht Bescheid gesagt, dass wir einen Fall haben? Und du hast mich auch nicht angerufen«, fügte der Polizeipsychologe an Inka gewandt hinzu. »Was machst du überhaupt hier, wolltest du nicht in den Urlaub?«

Inka zuckte die Schultern. Fritz Lichtmann und Mark schwenkten ihren Blick zu Amselfeld, der in seinem Block anscheinend noch immer Zeugenaussagen analysierte. Die konzentrierten Blicke, die auf seiner Person ruhten, ließen ihn aufsehen.

»Was ist?«, fragte er. Seine Augen schienen ihm gleich zuzufallen.

»Sie wurden gestern von mir gebeten, Herrn Schäfer zu benachrichtigen.« Fritz Lichtmann gab mit einem gewissen Unterton zu verstehen, dass er Unzuverlässigkeiten im Beruf nicht duldete. Zumindest nicht bei der einfachen Aufgabe eines Telefonats.

»Und ich bat Sie, die Treibjagd abzublasen«, setzte Inka unmissverständlich hinterher.

»Ja, hab ich vergessen. Entschuldigung, Chef. Aber da ich die Gewehre einkassiert hab, konnte keiner mehr ballern.« Sein Blick huschte von Inka zu Fritz.

Fritz Lichtmann schnaufte. »Also gut, fangen wir an«, sagte er. »Es war eine Treibjagd angesetzt. Mit welchem Jäger haben Sie gesprochen?«

»Ich hab alle erwischt«, erklärte Amselfeld müde. »Vier Jäger, eine Jägerin. Thorsten Klinger, Erik Eisenschmied, Edgar Jacobsen, Gustav Tönnies und eine Freifrau von Falkenstein. Die Gewehre sind, wie Frau Brandt anordnete, bei der Technik. Schmauchspuren haben die Kollegen an den Händen des Zeugen Werner Peters keine entdeckt. Möglich, er trug Handschuhe. Dann bin ich nach Sehlhorn ins Forstamt gefahren und habe die Jagdlizenzen der Bürger aus der Lüneburger Heide erfragt. Sie sind notiert und liegen bei den Unterlagen in der Akte.«

»Was ist mit den Alibis der Schützen zur Tatzeit?«

»Keiner war angeblich in der Gegend von Wehlen, als der Ratsvorsitzende erschossen wurde. Zumal die Jagd erst um zehn Uhr begann.«

»Was nichts zu sagen hat. Ich habe bereits vier Schüsse gehört, als ich um halb neun zu Peters ins Hotel fuhr«, erklärte Inka kurz, dann wandte sie sich an Mark. »Du wolltest dich darum kümmern, wer die Warnschilder aufgestellt hat. Was ist daraus geworden?«

»Die Schilder hat Thorsten Klinger am Abend zuvor in Wehlen verteilt«, erklärte Mark.

Inka spitzte die Lippen. »Und Sie, Herr Amselfeld, gibt es verwertbares Material, das die Jäger über unser Opfer preisgegeben haben?« Sie fixierte den gähnenden Kollegen, der in einem Collegeblock blätterte.

»Der Tote war ein beliebter, Moment … wie drückten es die

Freunde der grünen Zunft aus ...« Amselfeld leckte an Daumen und Zeigefinger, blätterte weiter. »Ja, Kumpel unter den Schützen. Angeblich hatte er keine Feinde. Jedem gehört ein eigenes Jagdrevier, das kein zweiter Jäger übertritt. Es wird sich respektiert, so die Aussage der Freifrau von Falkenstein.«

»Einer hat die Regeln nicht verstanden«, bemerkte Inka.

»Wie auch immer«, sagte Amselfeld. »In der Datenbank stehen die Knöppels nicht. Es gab keine Strafzettel oder offene Rechnungen, die auf die Familie hinweisen.«

»Das hätte ich Ihnen gleich sagen können«, erklärte Inka.

»Ach was«, knurrte Amselfeld süffisant lächelnd.

»Ich sagte Ihnen bereits, Gerd Knöppel war mein Patenonkel. Er, wie Anne, seine Ehefrau, unterstützten aktiv und finanziell Wohltätigkeitsvereine in und um Schneverdingen.«

»Stimmt, Ihr Patenonkel. Hatte ich vergessen. Na dann.«

Ebenso gut hätte er sagen können: Wenn Sie sich persönlich um die Strafzettel Ihrer Verwandten kümmern, kann ja nichts auftauchen.

»Ja«, mischte sich Fritz Lichtmann nach Amselfelds Worten ein. »Und eigentlich müsste ich dich«, er sah zu Inka, »von dem Fall abziehen und in den Urlaub brausen lassen, weil –« Weiter kam er nicht, da Inka ihn unterbrach.

»Nein, lass mir den Fall, Fritz. Du weißt, ich hatte mit Gerd kein enges Verhältnis, ich kann genug Abstand halten, um eindeutig zu entscheiden. Außerdem hättet ihr mich ja kaum angerufen und an den Tatort zitiert, wenn wir nicht jeden Mann bräuchten. Oder kommen uns die Soltauer Kollegen zu Hilfe?«

»Ich hab um Unterstützung gebeten«, sagte Fritz Lichtmann. »Aber die Kollegen sind unterbesetzt. Überall ist Urlaubszeit. Zudem knabbern die an dem Mord an einem Jugendlichen, der im Wald in Armeeuniform aufgefunden wurde. Eine Gruppe hat dieses verrückte amerikanische Paintballschießen veranstaltet. Doch einer der Jugendlichen hatte anstatt Farbe eine echte Kugel im Lauf.«

»Na bitte. Und der Katamaran nach Helgoland ist sowieso auf dem Weg«, antwortete Inka.

»Es fährt immer ein zweiter Schoner«, frotzelte Amselfeld.

Inka warf ihm einen bissigen Blick zu.

»Ich vertraue dir, Inka, aber wenn –«, begann Lichtmann.

Inka würgte die Worte ihres Chefs ein zweites Mal ab. »Ich schaff das. Versprochen. Und ich denke, Opfer und Täter haben sich gekannt. Was meint ihr?«

Bevor sie eine Antwort erhielt, klingelte das Telefon. Inka griff zum Hörer.

»Inka Brandt, Wache Hanstedt.«

»Teresa Hansen, Rechtsmedizin Stade«, kam es ebenso korrekt aus der Leitung.

»Terry, was gibt es?« Inka stellte die Mithörfunktion an.

»Hör zu, Süße. Die Todesursache bei deinem Patenonkel war ein Schuss ins Herz, so wie ich am Tatort festgestellt habe. Der Streifschuss hat nur seine linke Seite über dem Rippenbogen verletzt. Erst das zweite abgefeuerte Projektil hat die linke Herzkammer und die Aorta zerfetzt. Er ist innerlich verblutet. Todeszeitpunkt zwischen sieben Uhr dreißig und acht Uhr. Und beide Schüsse wurden, wie ich vermutete, aus höchstens vier Metern Entfernung abgegeben.«

»Dann war er sofort tot«, sagte Amselfeld.

»Nein, war er nicht, Herr Kollege«, kam durch den Hörer. »Es dauerte einen Augenblick, so zehn bis zwölf Sekunden. Der Zehn-Sekunden-Tod, falls einer von euch davon gehört hat.« Teresa wartete einen Augenblick auf Antwort. Als Stille folgte, sagte sie: »Ansonsten war Herr Knöppel bei bester Gesundheit. Das Projektil liegt bei den Kollegen der Technik, sobald sie das Fabrikat des Gewehrs wissen, melden sie sich bei euch. Und dass die Tat ein Mann ebenso wie eine Frau verübt haben kann, brauche ich euch ja nicht zu sagen. Also, meine Lieben, von meiner Seite war es das für heute. Finde ich noch etwas, bekommt ihr Nachricht. Viel Glück.«

»Danke, Terry«, sagte Inka.

Sie hatte gerade aufgelegt, als das Telefon erneut läutete. Inka hob ab.

»Hallo, Achim«, sagte sie, als sie die Nummer der KTU-Kollegen erkannte. »Mensch, das ist ja super. Prima, fax uns bitte sofort die Ergebnisse. Danke euch.« Sie legte auf. »Die Kollegen haben Knöppels Handy durchforstet, und wir kriegen gleich alles, was sie gefunden haben. Niederländische Telefonnummern, ein Haufen Zahlen und Termine, mit denen wir hoffentlich etwas anfangen können.«

»Wunderbar. Wer von euch kümmert sich darum, was Knöppel mit unseren holländischen Nachbarn zu tun hatte?«

»Das mach ich«, bot sich Mark spontan an. »Ich bleib auf der Dienststube, ich hab sowieso ein paar Telefonate zu führen.«

Fritz Lichtmann nickte zufrieden. »Zurück zu Inkas Frage: Was meint ihr, kannte Gerd seinen Mörder? Immerhin kam er ihm bis auf vier Meter sehr nahe. Als Bedrohung hat er den Täter nicht angesehen. Und eine Tat im Affekt, wie einen Jagdunfall, können wir ebenso ausschließen.«

»Da muss ich dir in einem Fall widersprechen, Fritz«, wandte Sebastian ein. »Der Mörder hat sein Opfer durchaus als Bedrohung angesehen. Und in seinen Augen war die Tat absolut gerechtfertigt. Auch muss es nicht sein, dass Knöppel seinen Mörder gekannt hat, nur weil er ihm sehr nahe kam. Wie wir wissen, hat er sein Fahrrad noch in den Kofferraum einladen können, bevor er erschossen wurde. Somit hat er dem Täter, der hinter der Informationstafel gestanden hat, den Rücken zugedreht. Es gab also genügend Zeit, sich seinem Opfer zu nähern.«

»Hört, hört, unser Kalle Blomquist hat Einwände«, spottete Amselfeld.

»Und Sie lesen Detektivromane für Zehnjährige. Interessantes Profil«, antwortete Sebastian. »Das sollten wir ausarbeiten. Es gibt immer Potenzial nach oben.«

Mit Jacob Amselfeld wollte er nicht warm werden, was an dem verbalen wie körperlichen Angriff auf Inka im letzten Jahr lag. Für den Amselfeld sich allerdings vor versammelter Mannschaft entschuldigt hatte und den er wohl inzwischen aus dem Gedächtnis gelöscht hatte.

»Das langt«, wies Fritz Lichtmann seine Mitarbeiter schroff

in die Schranken. »Sebastians Einwände sind berechtigt. Dennoch werden wir zuerst Knöppels Umfeld abklopfen. Familie, Bekannte, Freunde. Unter jedem Dach gibt es ein Ach. Und genau das müssen wir finden.« Er warf einen entschuldigenden Blick zu Inka und fuhr fort: »Was war mit dem Zeugen, ich meine den, der …?«

Inka spürte, dass sie an der Reihe war, etwas zu sagen. »Mir wäre lieb, wenn wir bei meinem Patenonkel bei der Anrede Knöppel blieben. Und Peters ist der Zeuge, den du meinst, Fritz. Er sagte, er sei um sechs Uhr aufgestanden, habe gefrühstückt und sei ohne Handy Richtung Naturistenweg spaziert. Als er Knöppel fand und uns anrufen wollte, erinnerte er sich an sein Handy, das im Hotel lag. Angeblich sei er deshalb zurückgegangen. Er kommt aus Dortmund und ist in Wehlen, weil sein Vater verstorben ist und er das Erbe regelt. Allerdings steht das Haus des Vaters in Königsmoor.«

»Du meinst, er ist einer dieser Voyeure, die im Garten Eden der Nadelgehölze der ungestörten Einsamkeit herumwandeln?«

Die Wortwahl ihres Chefs ließ Inka schmunzeln. »Ja. Vielleicht beides. Das mit seinem Vater stimmt, hab ich recherchiert. Warum er sich dreißig Kilometer entfernt in Wehlen einquartiert und kein Hotel in Schneverdingen gewählt hat, ist mir schleierhaft.«

»Er sagte doch, er sucht die Ruhe«, erklärte Amselfeld.

»Ja, das sagte er, Kollege. Leider geben Zeugen viele Antworten, die uns in die Irre führen.« Sie war noch immer ungehalten über die nicht abgesagte Jagd. Eingesammelte Gewehre hin oder her. Sie schenkte sich Kaffee ein und griff zu einer Zimtwaffel. »Da Terry den Todeszeitpunkt auf sieben Uhr dreißig bis acht Uhr festsetzt und Peters zu dieser Zeit in der Heide war, muss er die Schüsse gehört haben. Gestern bei der Befragung verneinte er dies, doch das kann nicht sein. Selbst ich habe, bevor ich Peters aufgesucht habe, vier Schüsse gehört. Der Wald schluckt viel, aber Schüsse sind nicht zu überhören. Er hat uns angelogen. Wir sollten ihn auf jeden Fall auf die Dienststube bestellen und in die Mangel nehmen.« Inka wartete auf das Nicken der

Kollegen. »Und dazu kommt, dass, als ich gestern noch einmal zum Tatort gefahren bin, außer Kohlhase und der Freifrau noch ein weiterer Wagen aus dem Wald kam. Der Fahrer hat ein Reh auf der Ladefläche transportiert. Leider konnte ich am Nummernschild nur HK–27 erkennen.«

»Wer ist da dran?«

»Frauke«, sagte Inka und sah, wie ihr Chef zufrieden nickte. »Weiter bin ich völlig deiner Meinung, Fritz. Der Täter kann durchaus Knöppels Gewohnheiten gekannt haben. Sein familiäres Umfeld abzusuchen wäre ein guter Anfang. Aber ebenso könnte der Täter sein Opfer ausspioniert haben, um seinen Tagesablauf zu erfahren. Wer sieht immer über die Schulter, ob ihm jemand folgt.«

Fritz Lichtmann nickte zustimmend. »Du hast recht, Inka. Wir behalten das im Sinn.«

»Und wir sollten abwarten, was die Kollegen zu Peters' Speicherkarte aus der Digitalkamera sagen. Dann sehen wir, was er am Morgen am Tatort fotografiert hat. Übrigens, bevor ihr fragt, warum ich nicht gleich nachgesehen habe, da es sich um eine Digitalkamera handelt: Ich wollte wissen, ob Fingerabdrücke auf der Karte sind. Ist ja möglich, er hat die Karte ausgetauscht. Finden sich aber alte Abdrücke, oder keine Fotos, darf er uns weitere Antworten liefern.«

»Schlaues Mädchen«, lobte Lichtmann.

»Danke. Doch was ich mich frage, ist, er scheint die Lüneburger Heide nicht besonders anziehend zu finden. Nur warum fotografiert er dann Heidekraut und Wacholder?«

»Auch das wird sich rausstellen, Inka«, entgegnete Mark.

»Habt ihr in der Aktentasche nachgesehen, die im Wagen von Knöppel lag?«, wollte Inka wissen.

»Sie enthielt nur Papiere aus dem Rathaus. Ich bin am Auswerten. Dann sein Portemonnaie mit einhundertzwanzig Euro und ein paar Cent, Frühstücksbrot, Deoroller und das Handy, das bei den Kollegen liegt, das war alles. Seine Uhr trug er am Handgelenk, der Ehering steckte am Ringfinger, ein goldener Siegelring mit asiatischem Zeichen am kleinen Finger. Wie du sagst, Fritz: Einen Raubmord können wir ausschließen«, antwortete Mark.

Inka nickte zustimmend. »Konzentrieren wir uns auf die Sitzung, die mit Knöppel im Rathaus angesetzt war. Anne sagte, er war wegen des Termins unruhig. Weiter meinte sie, Clemens Handke, der Landwirt, der hinter der Weide beim Naturistenweg seinen Hof hat, war nicht gut zu sprechen auf die Wanderer, die an seinem Gartenzaun im Adamskostüm vorbeimarschieren. Angeblich hätte er mit einem Gewehr in der Luft herumgeballert.«

»Das erledige ich«, sagte Fritz Lichtmann. »Clemens ist ein alter Bekannter. Und danach gehe ich ins Rathaus. Es stehen fünf Personen und ihre Alibis aus. Sie, Amselfeld, begleiten mich. Und du, Sebastian, erstellst ein Profil des Toten.«

»Ich würde mich gern erst einmal auf die Personen aus Knöppels Umfeld konzentrieren.«

»Auch gut. Mark, du kümmerst dich um den Papierkram. Ist der fertig, mach der Technik Dampf. Inka, du marschierst noch einmal zu den Waidmännern. Sebastian, du kannst dir aussuchen, wen du begleitest und wen du zuerst unter die Psycholampe schiebst. Knöppel war Ratsvorsitzender, wir brauchen Ergebnisse, sonst steigt man uns von oben auf den Kopf.« Fritz Lichtmann drehte sich zur Tür, als die Reporterin das Wort erhob.

»Und was ist mit mir?« Bea schlug ihren Block auf und nahm den Stift zur Hand. »Was kann ich in den Abendnachrichten vor die Linse bringen? Ratsvorsitzender Knöppel war ein Politiker, na ja, zumindest so in der Art und für Schneverdingen«, verbesserte sie schnell. »Wer weiß, was da alles hintersteckt und zu weitreichenden Konsequenzen führt. Da wären Regressansprüche der Jäger, weil sie keine Treibjagd beginnen konnten. Beschwerden über die Sperrung des Wanderweges der Nackten und … Das ist alles sendefähiges Material.« Marks rothaarige Freundin sprudelte über mit ihren Hypothesen.

»So weit sind wir noch nicht mit den Ermittlungen, Frau de Leclerc. Sie dürfen …« Fritz Lichtmann ließ den Satz abreißen.

Ihm war unbehaglich dabei, dass eine Pressetante interne Mitarbeitergespräche verfolgte. Auch wenn sie Marks Freundin war. Erst Inkas Überzeugungskraft und Joulie Sophie Beatrice de Leclercs Schwur, nur das zu berichten, was er vorher persönlich abgesegnet hatte, gewannen sein Vertrauen. Diese engagierte Nachrichtentante hatte wahrlich zu weit ausgeholt. Wer stellte Regressansprüche wegen eingesammelter Gewehre oder einer abgesagten Treibjagd? Er schmunzelte. »Kümmere du dich um die Presse, Mark, aber denk daran …« Fritz Lichtmann brauchte keine weiteren Worte. »Ach, Inka«, sagte er, »hast du mit deiner Kleinen alles geregelt?«

»Ja. Paula ist bei Tilly. Sie fahren jeden Tag an den Baggersee zum Schwimmen. Es ist nicht Helgoland, und ich kann nicht dabei sein, aber Wasser, Sonne satt und Sand zum Buddeln. Was will eine Kinderseele mehr? Und ich darf mein Versprechen später einlösen, hat Paula gesagt.«

»Tilly.« Fritz Lichtmann legte die Hand auf die Klinke. »Unglaublich, diese Frau. Wie lange arbeitet sie schon als Tagesmutter? Zwanzig Jahre, dreißig Jahre? Keine Ahnung. Schon unsere Ranka war bei ihr in Betreuung. Gib deiner Tochter einen Kuss von mir und sage, es ist meine Schuld, dass ihr nicht nach Helgoland fahren konntet. Und, ich mache es wieder gut.«

»Sie wird dich festnageln, Fritz«, sagte Inka.

»Ich weiß.« Er lächelte.

6

Erik Eisenschmied, ein fünfzigjähriger Resthofbesitzer aus Handeloh, im Hauptberuf als Sachbearbeiter im Lüneburger Arbeitsamt tätig, war mit seinen Aussagen sparsam. Er kannte Gerd Knöppel nur als Jagdkumpan, hatte über den Ratsvorsitzenden in Lüneburger Zeitungen gelesen oder ihn auf Vereinsfeiern im Schützenhaus gesehen.

Auch Thorsten Klinger aus Salzhausen, ein kompakter Mittsechziger, den Inka in seiner Backstube antraf, rückte nur mit spärlichen Aussagen Gerd Knöppel betreffend heraus. Er stehe ab drei Uhr früh in der Backstube, würde dann schlafen und am Abend wieder neuen Brotteig ansetzen. Für Freunde und Kontakte sei seine Zeit begrenzt.

Der Zeiger auf dem Armaturenbrett ihres Wagens rutschte auf dreizehn Uhr, als Inka den Parkplatz vor der Backstube verließ. Mittagszeit. Inkas Magen knurrte trotz des Mandelhörnchens, das ihr Bäckermeister Klinger in die Hand gedrückt und das sie im Auto verschlungen hatte. Jetzt brauchte sie Handfestes. Der Wurzeleintopf mit Würstchen, der in der Wohnküche des Sundermöhren-Biohofs ihrer Schwester Hanna köchelte, wäre genau das Richtige.

Von Salzhausen war es ein Katzensprung nach Undeloh. Inka drückte aufs Gas.

Sie jagte ihren altersschwachen Golf, den der Täter aus ihrem letzten Fall in einer Winsener Waldschneise versteckt hatte, über Egestorf weiter nach Undeloh. Als sie in die Heimbucher Straße einlenkte, klingelte ihr Handy. Ohne auf das Display zu sehen, betätigte sie die Freisprechanlage und meldete sich mit Namen.

»Ach, du bist es, Fritz, was gibt's?«

»Hör zu, Inka, Amselfeld und ich kommen aus dem Schneverdinger Rathaus. Auch von den Ratskollegen, die wir gestern nicht angetroffen haben, kann keiner der Täter gewesen sein. Alle sind mit heidefesten Alibis bestückt.«

»Okay, und was war das für eine Besprechung, die Knöppel genervt hat?«

»Das wusste keiner. Ruth Jankowitz, die Ehefrau unseres Staatsanwalts, zweite Schneverdinger Ratsvorsitzende und Gremiummitglied aus Asendorf, hatte die außerplanmäßige Sitzung beider Gemeinden einberufen, die aber wegen Knöppels Tod abgesagt wurde. Die Jankowitz haben wir weder persönlich noch telefonisch erreicht. Aber Mark hat die niederländischen Nummern auf Knöppels Handy angerufen. An die Strippe hat er einen Björn Becker gekriegt, und jetzt rate, was dein Onkel mit Holland zu tun hatte.«

»Ferienhaus buchen, Windmühlen bauen, Käsediplom machen. Keine Ahnung, Fritz.«

»Kannst du dich erinnern, wie vor einem Jahr einige Heidezeitungen über eine geplante Schweinemastanlage in unserer Gegend berichteten?«

»Sicher. War ein ordentlicher Aufruhr in der Bevölkerung. Die Gemeindebriefkästen liefen über mit Beschwerdebriefen. Aber seither hab ich nie wieder etwas gehört. Hat sich wohl erledigt.«

»Von wegen. Nächstes Jahr im Frühjahr geht's los. Und dein Onkel war in den Verkauf von sechs Höfen involviert. Drei Höfe hat er angekauft und an vier holländische Investoren weiterverkauft.«

Inka pustete in den Hörer. »Das gibt's doch nicht. Und warum weiß da kein …« Das Wort »Schwein« lag ihr auf der Zunge. »Und warum weiß kein Bürger etwas davon?«, sagte sie stattdessen.

»Das ist eine gute Frage, Inka.«

»Könnte es sein, dass mein Onkel mit holländischen Investoren und Bauern unter der Hand verhandelt und niemandem etwas gesagt hat?«

»Das steht im Raum. Denn die Anlage war das Thema der gestrigen Sitzung, hat uns Björn Becker verraten, einer der vier

Investoren, der extra aus den Niederlanden angereist ist. Eingeladen hat ihn Ruth Jankowitz.«

»Dann hat Knöppel das mit der Anlage verschwiegen, doch die Jankowitz hat es rausgekriegt.«

»Ja, möglich.«

»Wenn das stimmt, wären das nette Neuigkeiten. Und wo soll die Anlage hin? Hat der Holländer was erzählt?«

»Nach Dierkshausen. Warte kurz.«

Inka hörte das Blättern von Papier.

»Der Brodersen-, Warder- und Heinemann-Hof sind verkauft. Der Clarsen-, Jacobsen- und Tönnies-Hof stehen aus.«

»Und was hatte mein Onkel, ich meine Knöppel, mit Dierkshausener Bauerngrund zu tun? Er war Ratsvorsitzender aus Schneverdingen. Dierkshausen hängt mit Asendorf als Gemeinde zusammen, und die haben ihren eigenen Ratsausschuss. Außerdem erstellt vor Baubeginn ein Architekt eine Zeichnung, und diese wird dann mit dem Bauantrag beim Hanstedter Bürgermeister und beim Bauamt in Winsen eingereicht. Weiß ich noch von Tim und Hanna, als sie anbauen wollten. Und was hat die Jankowitz als Asendorfer Gremiummitglied mit der Sache zu tun?«

»Sie wird es uns erklären. Aber was wir ebenfalls in Erwägung gezogen haben, ist, dass sich die Bauern an Knöppel gewandt haben oder Knöppel an die Bauern, als er von den Absichten der Holländer vor einem Jahr durch die Zeitungen erfahren hat.«

»Und dann hat er niemandem von einer geplanten Anlage erzählt, weil er mit den Bauern eigenmächtig verhandeln wollte, um beim Verkauf der Höfe unter der Hand mitzuverdienen?«, sagte Inka. Sie lenkte den Golf auf den Hof und ihren privaten Parkplatz an der Birke. Ein korrupter Verwandter fehlte noch in ihrem Register.

»Ja. Und lassen wir das so stehen, dann sind für uns nicht nur Familienangehörige deines Onkels, Bekannte und Freunde, Jäger, die Nackten und der ballernde Landwirt Handke verdächtig, sondern auch die Bauern der Umgebung von Dierkshausen.

Wobei es natürlich alle Bürger der Lüneburger Heide betrifft, wenn eine Mastanlage entsteht.«

»Nicht nur die Bürger der Lüneburger Heide, Fritz, die Gülleflut, die uns täglich überrollt, betrifft alle Bürger Deutschlands. Nur die Weichen stellt Brüssel, aber da wird die Mehrheit der Politiker nicht über die anrollenden Gülletracks diskutieren. Und die Lobbyisten laufen gegen Wände, sobald sie mit Güllegesetzen oder der europäischen Düngegesetzgebung auftauchen. Es ist ein ernst zu nehmendes Problem, denn durch die extreme Ausbringung des organischen Düngers gelangt weit mehr Stickstoff auf die Felder als nötig. Er sickert ins Grundwasser und taucht als Nitrat in unserem Trinkwasser wieder auf. Wusstest du, Fritz, dass mehr als siebzig Prozent unseres Grundwassers für Trinkwasser verbraucht werden?«

»Nein. Ehrlich gesagt habe ich mich noch nie ernsthaft mit der Landwirtschaft befasst. Du weißt doch, ich bin ein Stadtkind. Ich dreh den Wasserhahn auf.«

»Ein Stadtkind, das mehr als dreißig Jahre in der Lüneburger Heide wohnt.«

»In einem Mietshaus, Inka. Aber du hast recht. Und ich glaube, über dieses Thema könnten wir stundenlang reden und ich dir stundenlang zuhören, doch wir haben einen Fall. Aber wird bei uns eine Mastanlage gebaut, wird das ordentlich Staub aufwirbeln. Denn wer einen Bauern über den Tisch zieht, kann nicht erwarten, dass der die Füße stillhält. So viel habe ich in den gut dreißig Jahren auf dem Land gelernt. Aber das war nur die erste Sache.« Fritz Lichtmann steckte sich eine Zigarette an. »Da wollte ich unsere Heidekönigin besuchen, du weißt, das Heideblütenfest vor zwei Wochen, wir standen unten an der Freilichtbühne, als sie gekrönt wurde.« Lichtmann wartete auf Inkas Zustimmung. »Genau, du, Charlotte, Sebastian und Mark mit der Franzmännin.«

»Sie heißt Joulie Sophie Beatrice de Leclerc«, verbesserte ihn Inka. »Sie ist Marks Freundin, und er nennt sie Bea.«

»Die meine ich, ja. Wie auch immer. Also wollte ich der neuen Königin persönlich gratulieren, sie arbeitet ja im Rathaus als Knöppels Aushilfe. Und weißt du, was ich erfahren habe?«

»Mach es nicht so spannend, Fritz«, sagte Inka, stellte den Motor aus und klickte den Sicherheitsgurt aus der Halterung.

»Sie ist verschwunden.«

»Wie, verschwunden?«

»Na, wie ich es sage, verschwunden. Vanessa Schönfeld. Vor zwei Wochen. Am Tag der Krönung sah man sie noch tanzen und mit jedermann plaudern, aber ab einundzwanzig Uhr wurde sie nicht mehr gesehen. Bis heute ist sie nicht aufgetaucht. Was sagst du dazu?«

»Ich sage, warum haben wir davon nichts erfahren?«

»Keine Ahnung.«

»Und was sagen die Schneverdinger Kollegen?«

»Sie hätten jeder Lüneburger Dienststube Nachricht erteilt.«

»Haben wir was übersehen?«

»Ich weiß nicht, Inka. Ich erinnere mich nicht, eine Vermisstenmeldung erhalten zu haben. Ich hab Vanessas Akte kopieren lassen. Wir sollten sie studieren. Wer weiß, was alles zusammenhängt.«

»Zusammenhängt, ja. Ich bin begeistert, Fritz. Erst ein Toter, jetzt eine verschwundene Heidekönigin, und alles hängt uns am Hals, so hängt das zusammen. Ich wollte mit Paula ans Meer.«

»Tut mir leid, Inka. Ich schenk dir eine Extrawoche Urlaub, sobald der Fall geklärt ist.«

»Danke«, brummte Inka in den Hörer. »Ich gehe jetzt Mittag essen. In gut einer Stunde bin ich auf der Dienststube, dann sehen wir uns die Akte der Heidekönigin an.«

Inka drückte den Aus-Knopf und stieg aus dem Wagen.

In der Bauernküche des Sundermöhren-Biohofs begrüßte sie der Duft frisch gebackenen Brotes. Hanna, Inkas acht Jahre jüngere Schwester, holte gerade eine neue Ladung Dinkel-Hirse-Brötchen aus dem Backofen und stellte sie für ihre Feriengäste auf den Esstisch. Ein Verwöhnarrangement, das sie ihren Gästen bot, ebenso wie ihr täglich wechselndes Eintopfgericht.

Ab zwölf Uhr bildete sich eine Menschenschlange an Hannas Herd, wo der Zehnlitertopf mit dampfendem Eintopf von Kelle zu Kelle leerer wurde. Als Inka um Viertel nach eins in der Küche eintrudelte, blieb ihr nur ein kläglicher Rest. Um den Küchentisch saßen vier Kinder mit ihren Elternpaaren und drei Rentnerehepaare. Inka zog einen Holzstuhl aus der Ecke vor die Resopal-Arbeitsplatte neben dem Herd.

»Wir gehen gleich, dann können Sie an den Tisch«, sagte eine Mutter, als sie sah, wie Inka in verdrehter Körperhaltung ihren Eintopf löffelte.

»Schon gut«, antwortete Inka. »Ich hab sowieso kaum Zeit.«

»Im Urlaub sollte man nicht hetzen«, kam es von einem Rentner, der an der Stirnseite des Tisches am Fenster saß. Sein Gesicht war rund und von sommerlicher Lüneburger Heidesonne gebräunt.

»Das zählt nicht für mich«, antwortete Inka. »Ich muss arbeiten.«

»So«, sagte der Rentner. »Dann arbeiten Sie auf dem Hof.«

»Nein, ich arbeite bei der Polizei in Hanstedt, aber ich wohne auf dem Hof.«

»Tatsächlich? Schau einer an! Da heißt es, Polizisten leben mit einem kläglichen Auskommen, aber das scheint auf dem Dorf nicht zu stimmen, wenn man sich ein Ferienzimmer leisten kann.«

Was für ein neugieriger Rentner. Inka schmunzelte.

»Mama, die ist eine Polizistin. Die hat eine Kanone«, sprudelte ein etwa zehnjähriger Junge los.

»Ja, mag sein, und jetzt sei still, das geht uns nichts an«, mahnte die Mutter ihn ebenso schnell.

»Ja, ich hab Glück gehabt«, gab Inka dem Rentner zur Auskunft, der sie noch immer neugierig fixierte und auf Antwort wartete. »Aber …«, begann sie, als ein hochgewachsener Vierziger die Wohnküche in Begleitung ihrer Schwester betrat.

»Mahlzeit«, wünschte er der Gästerunde, dann wandte er sich an Inka: »Hallo, Inka, ich wollte sehen, wie es dir geht. Seit unserem Kinoabend hast du dich nicht mehr gemeldet.«

»Jochen, können wir das heute Abend besprechen? In meiner Wohnung. Ich will aufessen und muss dann zur Arbeit.« Inka zeigte auf ihren halb gefüllten Teller.

»Klar, kein Problem«, entgegnete der Mann, küsste Inka auf die Wange und verschwand zur Mittagsrunde nickend aus der Küche.

Vor vier Wochen hatte sie sich von Dr. Jochen Schlegel zu einem Kinoabend überreden lassen. Jochen war vor einem Jahr aus Thüringen in die Lüneburger Heide zurückgekehrt und hatte die Allgemeinpraxis des Landarztes Dr. Werther in Amelinghausen übernommen. Dass sie Jochen aus Schulzeiten kannte, er in eine Klasse über ihr ging und unsterblich in sie verliebt war, hatte ihr Teresa vor ein paar Monaten verraten. Jochen hatte sie zum Essen ausgeführt und ins Hamburger Musical »Tarzan« eingeladen. Sie verbrachten ein paar Abende auf ihrer Terrasse und landeten nach dem Kinoabend in Inkas Schlafzimmer. Eine Nacht voller Leidenschaft, eine Kombination aus Feuer und Eis. Für sie war es eine einmalige Sache geblieben. Sie würde sich nicht wieder auf ihn einlassen. Er war ein charmanter Begleiter, gepflegt, klug und gebildet, sogar mit geistreichem Humor gesegnet. Eine seltene Eigenschaft bei Männern, zumindest bei denen, die sie bisher kennengelernt hatte. Dennoch hatte sie keine Lust, sich wieder Hals über Kopf in eine Beziehung zu stürzen. Ebenso wenig hatte sie Lust, zum x-ten Male die Gründe durchzugehen, warum sie seine übereilten Vorschläge von Verlobung und Zusammenziehen ablehnte. Die fünfjährige Ehe mit Fabian war alles andere als perfekt gewesen, eine zweite überstürzte Beziehung brauchte sie nicht, auch wenn sie mit fast vierzig nicht bereit war, den Glauben an die Liebe zu verlieren. Ihr Traumprinz würde schon kommen. Zudem gab es Sebastian. Ein Mann, der ihre rationalen Erwartungen an ein Leben ohne Mann ins Wanken brachte.

Der Rentner grinste, als hätte er ihre Gedanken erraten, während Hanna damit beschäftigt war, den leeren Topf vom Herd zu nehmen und in die Spülmaschine zu stecken.

»Sind alle satt geworden?«, fragte sie und bekam ein kollektives »Ja« zu hören. »Und was ist mit dir, Schwesterchen?« Hanna legte Inka die Hand auf die Schulter.

»Langt schon, danke dir. War wieder köstlich.«

Sie war im Hier und Jetzt angekommen.

»Ach, Sie sind die Schwester von der großartigen Kochbuchautorin. Wir haben uns gleich ein Exemplar gesichert, mit persönlicher Signierung.« Der Rentner warf Inka ein liebenswertes Lächeln zu und hielt ein Buch mit der Aufschrift »Hannas Geheime Verführungen«, das im Sommer-Verlag erschienen war, in die Höhe.

Ein Titel, wie gemacht für einen Liebesschmöker, war Inka rausgerutscht, als der Gast und Reise- und Kochbuch-Verleger Gisbert Sommer Hanna vor einem halben Jahr überredet hatte, einige geheime Eintopfrezepte ihrer Großmütter preiszugeben. Seitdem fuhr kaum ein Gast ohne eines der Bücher nach Hause, und auch aus den Buchläden der Lüneburger Heide waren »Hannas Geheime Verführungen« nicht mehr wegzudenken.

»Die Dinger gehen weg wie warme Semmeln, nicht, Spatzel?«, flötete der Rentner seiner Ehefrau zu, die neben ihm saß und mit roten Wangen verlegen nickte. »Und wenn Sie die Schwester sind, dann sind Sie die, die in der Wohnung unter uns wohnt. Was haben Sie für eine reizvolle Terrasse – und die Rosen, wunderschön. Das ist die Sorte ›Heidefeuer‹, nicht wahr?« Er wartete nicht auf Inkas Antwort, sondern plauderte munter weiter. »Wissen Sie, wir besaßen eine Gartenbaufirma, jetzt hat sie unser Sohn mit der Schwiegertochter übernommen. Irgendwann muss man wieder an sich denken. Na, wie gesagt, ich kenne mich mit Pflanzen aus. Und ich bin ganz neidisch auf den Ausblick in die Heide, den Sie täglich genießen dürfen. Gestern sagte ich zu meiner Frau –«, fuhr der Rentner fort, als Inka ihn unterbrach.

»Bitte entschuldigen Sie, aber ich muss mich verabschieden. Ich habe zu arbeiten. Vielleicht sehen wir uns ein anderes Mal. Es würde mich freuen.« Sie lächelte.

Der Rentner nickte stumm.

»Mach's gut, Schwesterlein.« Hanna Sundermöhren hob kurz den Blick von dem ungeordneten Tellerstapel, der auf dem Ablagewagen zu kippen drohte, und winkte Inka mit gelben Gummihandschuhen.

»Du auch. Bis heute Abend.«

Begleitet von einem »Peng, peng, peng« aus einem Kinderzeigefinger, verließ Inka die Bauernküche.

7

Bauer Gustav Tönnies' Faust schlug hart auf Bauer Knut Heinemanns Esszimmertisch. Heinemann zog ein Stofftaschentuch aus der Hosentasche und wischte sich den Schweiß von der Stirn. Sie waren eine Bürgerinitiative aus sechs Landwirten, die sich als Gruppe gegen eine vierköpfige holländische Investorengemeinschaft gebildet hatte, die beabsichtigte, im nächsten Frühjahr eine Schweinemastanlage in Dierkshausen zu bauen.

Knut Heinemann griff nach der braunen Steinkrugflasche Hermann-Löns-Kartoffelschnaps und füllte sein Glas. Dann trank er es in einem Zug aus und setzte es hart auf den Tisch.

»Ich sag euch was«, begann er, dabei fixierte er Gustav Tönnies, Edgar Jacobsen, Friedhelm Clarsen, Alfred Warder und Helmut Brodersen, »der Knöppel, der saubere Ratsvorsitzende, der hat uns über den Tisch gezogen.«

»Der hat uns nicht nur über den Tisch gezogen, der hat uns das letzte Hemd ausgezogen, meinst du wohl«, donnerte Alfred Warder hinterher. Er griff über den Tisch, um an die Schnapsflasche zu reichen. »Der hat weder von einer Mastanlage, geschweige denn von holländischen Investoren erzählt, sondern nur mit dem Bodengutachten vor meiner Nase gewedelt und von Enteignung gesprochen, wenn ich nicht unterschreibe. Mir würde der Hof weggenommen, weil mein Land seit Jahren mit Schwermetallen verseucht ist. Cadmium, Quecksilber und der ganze Mistkram. Und ich müsste Strafe zahlen, weil ich mich nicht um eine Bodenprüfung gekümmert hätte. Wie der Teufel hat er mir und meiner Anneliese Bange gemacht. Und jetzt muss ich am Ende des Jahres vom Hof runter. Noch vier Monate, wenn bis dahin kein Geld fließt … dann gute Nacht, Marie. Nur, wer zahlt jetzt? Knöppel ist Geschichte. Und ohne finanzielle Rücklagen. Ihr wisst doch, dass ich vor zwei Jahren den neuen Mähdrescher und den Trecker anschaffen musste, da sind alle Reserven draufgegangen.« Warder legte den Kopf in den Nacken und kippte den Schnaps in einem Zug in seinen Rachen.

»Ja, bei uns war es das Gleiche«, sagte Helmut Brodersen in die finster dreinblickende Bauernrunde. »Mir hat er auch so ein Gutachten unter die Nase gehalten und gesagt, mein Land sei vergiftet. Und ich könne froh sein, dass er es war, der die unliebsame Aufgabe übernommen hat, die Prüfung in Auftrag zu geben. War ich ja auch. Ich wusste gar nicht, dass man das machen muss. Vor sechs Jahren hab ich einen von der Behörde kommen lassen. War sauteuer. Schöner Mist war das. Aber da war alles in Ordnung. Wie das nun mit dem Boden kam, weiß ich auch nicht. Vielleicht hab ich die letzten Jahre zu viel gedüngt. Mach das immer so Pi mal Daumen, wenn ihr versteht. Jedenfalls hatte ich keine Wahl und hab seinen Wisch unterschrieben und ihm mein Land verkauft. Mir fehlt das Geld, um den Boden allein sauber zu kriegen. Und besser den Spatz in der Hand als die Taube auf dem Misthaufen. Aber bezahlt hat Knöppel nicht, nur uns ständig vertröstet. Seid bloß froh, dass ihr drei ihm kein ›Kaiser Wilhelm‹ gegeben habt.« Brodersen schielte zu Clarsen, Tönnies und Jacobsen.

»Ihr hättet vor einem Jahr den Mund aufmachen und von dem Gutachten erzählen sollen«, monierte Tönnies.

»Na, da können wir uns alle an die Nase fassen. Da ist keiner besser als der andere. Jeder hat die Klappe gehalten, weil Knöppel es verlangt hat. Bis zum Sommer, hat er gesagt, dann wollte er ausspucken, wofür er das Land braucht, und zehn Tausender drauflegen«, mischte sich Alfred Warder ein.

»Ich hab ihm fünfzehn aus der Tasche geleiert«, jauchzte Brodersen. Der Kartoffelschnaps zeigte Wirkung. »Und die hab ich ihm gleich abgeknöpft.«

»Und das Geld für den Hof hast du auch gekriegt?«, fragte Warder empört.

»Nee. Hörst mir nicht zu? Ich sach doch, hab bis heute nichts auf dem Konto. Würde ich sonst hier sitzen?«

Bauer Alfred Warder zuckte die Schultern. »Schon gut, Helmut. Ist nur ein ordentlicher Haufen Dreck, dass alles hin ist.

Hätte nicht gedacht, dass die Lüneburger Heide bei uns vor der Haustür so ein verpesteter Sumpf geworden ist.«

»Aber andererseits ist es gut, dass Knöppel uns die Lauferei mit dem Gutachten abgenommen und das mit dem Boden rausgefunden hat. Wer weiß, was passiert wäre«, sagte Edgar Jacobsen und nickte schwerfällig. »Ich wollte ja gleich unterschreiben. Hätte ich das man gemacht, wäre besser gewesen. Mir ist der Hof schon lange zu viel. Das Viehzeug, der Acker. Aber meine Hilde will nicht verkaufen. Sie sagt, der Hof existiert in dritter Generation. Ihre Großeltern haben ihn aufgebaut. Recht hat sie, irgendwie. Wo sollen wir auch alle hin? Hildes Eltern müssten in ein Pflegeheim. Außerdem sind wir über sechzig. Wir finden keinen Job mehr, wenn der Hof weg ist.«

»Was hat Knöppel dir für deinen Hof geboten?«, wollte Brodersen jetzt wissen.

»Dreihundertzehntausend.«

»Na, das ist eine Hausnummer. Aber nicht genug, das sage ich dir. Was meinst du, was du für deine alten Schwiegereltern im Seniorenheim hinblättern musst, da bleiben für dich und Hilde nur Brotkrumen.«

»Das ist es nicht, Alfred. Unser Ältester, der Thomas, hat die Landwirtschaft von der Pike auf gelernt. Er macht mir schon die Hölle heiß. Sein Plan ist, auf Bio umzustellen, das hat Zukunft, meint er. Michael und Lara, die wollen auswandern. Aber unsere Tochter mit Schwiegersohn ist auch noch da. Die vier Enkelkinder, Simone ist schwanger. Aber da der Boden verseucht ist …« Bauer Jacobsen holte tief Luft. »Sie sind noch jung. Nur Hilde liegt mir jeden Tag in den Ohren. Ich soll Knöppel eine Absage erteilen. Na ja, jetzt ist er ja hin, das hat sich erledigt. So oder so.«

»Und verdient hat er es, das ausgekochte Schlitzohr«, platzte Gustav Tönnies ins Gespräch. »Ich hätte ihm sowieso kein Autogramm gegeben. Selbst wenn er noch zehnmal aufgetaucht wäre, um mich und meine Dette zu beschwatzen. Und mein Boden ist ja auch picobello. Was meint ihr, wie der blöde geglotzt hat, als ich ihm gesagt hab, er könne sich das mit dem Gutachten sparen, weil ich das vor sechs Monaten selber hab machen lassen. Wollte wissen, ob alles in Ordnung ist, wegen der zwölf Kühe, die ich zu meinen alten Viechern dazugekauft hab. Nicht dass die auf der Weide was fressen, was giftig ist. Aber Ruhe hat der trotzdem nicht gegeben. Jede Woche ist er aufgetaucht und wollte uns beschwatzen. Besonders auf Dette hatte er es abgesehen. Wenn ich nicht da war, hat er versucht sie zu belatschern, den hinteren Weideteil mit zweihundert Hektar zu verkaufen. Aber sie war ebenso stur. Keinen Meter hat er gekriegt.«

Zehn Augen sahen den Bauern neugierig an. Alfred Warder war es, der sagte: »Du machst ja auch ordentlich Profit mit deiner Vieh- und Milchwirtschaft. Warum solltest du verkaufen? Wie viele Molkereien belieferst du, Gustav?«

»Profit? Dass ich nicht lache. Wo lebst du? Du weißt doch genau, dass der Milchpreis ständig sinkt und wir Milchbauern unten an der wirtschaftlichen Leiter stehen. Außerdem ist das unwichtig, Alfred. Was zählt, ist, dass ich hier mit euch am Tisch sitze.« Bauer Tönnies Gesichtszüge verkrampften wie seine Fäuste, die wie festgemauert auf dem Tisch lagen.

»Was hat er dir und Dette geboten, immerhin habt ihr den größten Hof. Eine oder zwei Mille?«, fragte Brodersen.

»So in der Größenordnung. Aber ich verkauf nicht, da können die Herren aus Holland machen, was sie wollen. Auch jetzt nicht, nachdem Knöppel hin ist«, bekräftigte Tönnies.

»Die zwei Mille hat dir Gerd angeboten?«

»Nein, die aus Holland. Gestern rief mich einer der Investoren an. Im Frühjahr wollen sie anfangen zu bauen.«

»Wussten die das mit Gerd?«

»Ja. Der meinte, wie war noch der Name, warte … Becker oder so ähnlich. Ein Kommissar hätte ihn angerufen und nach seiner Beziehung mit Knöppel ausgefragt. Da hat er das mit der Anlage aus Dierkshausen erwähnt und von drei angekauften Höfen geredet. Das seid wohl ihr.« Tönnies sah zu Warder, Brodersen und Heinemann.

»Und warum haben sie dich angerufen? Woher kennen die Holländer deinen Namen und deine Telefonnummer, wenn du noch nicht verkauft hast?«

»Das hab ich ihn auch gefragt. Er meinte, dass sie alle Namen und Höfe aus Dierkshausen kennen, weil sie mit Knöppel vor einem Jahr die Gegend nach einem passenden Standort für die Mastanlage abgesucht hätten.«

»Und bei uns sechs sind sie hängen geblieben. Schöne Scheiße«, sagte Brodersen. »Dann wusste Knöppel also schon vor einem Jahr, dass bei uns ein Stall gebaut werden soll. Nur das Maul hat er nicht aufgemacht, dieser Teufel.«

»So sieht's aus«, stimmte Warder ihm zu.

»Und dieser Becker hat noch gesagt«, fuhr Tönnies fort, »dass er in den nächsten Tagen alle Bauern persönlich aufsuchen will, die nicht unterschrieben haben.«

»Na, dann lass sie kommen, die Käseköppe. Wenn er dir zwei Mille für deinen Hof geboten hat, dann darf er mir die auch auf den Tisch legen. Sonst kann er gleich abzischen.« Friedhelm Clarsens flache Hand schlug auf den Holztisch. »Ich frag mich, warum haben sie dir, Gustav, zwei Mille geboten, wenn der Grund nichts wert ist? Wissen die nichts von dem Gutachten?«

»Weiß nicht, hab nicht nachgefragt, und über eure Böden hab ich nichts erzählt. Das geht mich nix an. Sollen die sich selber drum kümmern. Sie wollen Land, dann müssen sie auch sehen, ob der Boden nutzbar ist. Das ist weder mein noch euer Problem«, antwortete Tönnies achselzuckend.

»Na, ich weiß nicht, dann sind wir ja nicht besser als Knöppel«, meinte Jacobsen.

»Wieso?«, fragte Heinemann. »Gustav hat recht. Überlegt doch, was wollt ihr mit nutzlosem Boden? Ihr könnt die Viecher nicht auf die Weide bringen, kein Getreide, Mais, Kohl oder Rüben anpflanzen. Sollen die Investoren Bodenproben nehmen. Verkauft ist verkauft.«

Jacobsen und Clarsen nickten. Jeder der Bauern wusste, wenn sie nach Knöppels Tod geschickt mit den holländischen Investoren verhandelten, könnten sie den einen um anderen Tausender draufschlagen.

»Aber so einfach geht das nicht mit: Ich bau schnell eine Mastanlage«, sagte Heinemann. »Da musst du nicht nur ordentlich Schotter investieren, sondern da brauchst du einige Gutachten mehr als nur für den Boden. Und egal, ob Mastanlage oder nicht, jedes Tier benötigt Platz, und die Hektar Land müssen da sein. Und dann hast noch die Scheiße und Pisse der Viecher am Hals. Wenn die einen intensiven, hohen Besatz an Tieren haben, führt das schnell zur Überdüngung bei zu wenig Weidefläche. Die brauchen Platz, um die Gülle auszutragen. Und verkaufen können sie die Gülle nicht. Denn wer von uns Heidebauern will Gülle aus einer Mastanlage für seine Felder zur Düngung einsetzen? Den Mist können die behalten. Unser Gemüse bleibt sauber.« Die Bauernrunde nickte zustimmend.

»Was glaubt ihr, wer Knöppel erschossen hat?«, fragte Brodersen nach einer Weile.

»Gute Frage.« Heinemann nickte. »Wenn die Investoren wussten, dass Knöppel ihnen dreimal vergifteten Boden angedreht hat, kann es gut und gern einer aus deren Kreisen gewesen sein.«

»Die haben garantiert keinen Schimmer, das sag ich euch. Sonst hätten sie mir nicht zwei Mille geboten«, bestätigte Tönnies.

»Gut, dass wir das jetzt wissen«, feixte Brodersen vom Tischende.

»Ja, beruhig dich. Ich hab ja nicht zugesagt.«

»Ja, noch nicht. Woher wissen wir denn, ob du nicht hinter unserem Rücken mit den Käseköppen verhandelst oder ob sie dir mehr als zwei Mille geboten haben?«

Bauer Gustav Tönnies winkte ab. »Das wisst ihr von keinem hier am Tisch. Wir dürfen uns alle an die Nase fassen. Du, Helmut, und du, Knut, ihr habt einen Vertrag mit Knöppel in der Tasche und nichts gesagt. Und warum?« Tönnies machte eine kurze Pause und sah seine Nachbarn mit scharfem Blick an. »Weil jeder sein Brachland verkaufen wollte. Ist doch so. Oder? Das ist doch eine wirtschaftliche Sache.«

»Ich hab nicht verkauft«, sagte Clarsen. »Und Edgar auch nicht. Also was soll das, Gustav? Wenn wir uns gegenseitig charakterlose Spekulationen unterschieben, kommen wir nicht weiter. Fakt ist, dass eine Mastanlage auf unserem Grund entstehen soll. Und das Maul haben wir gehalten, weil das mit Knöppel abgemacht war und wir auf unser Portemonnaie bedacht waren. Die Nachbarn waren uns dabei scheißegal. Da hast du recht. Und wir würden immer noch nicht hier zusammensitzen, würde Knöppel noch unter uns weilen.«

»Stimmt«, bekräftigte Tönnies und schenkte sich einen Schnaps ins Glas. »Ich möchte nur gern wissen, wer ihn erschossen hat.« Kritisch beäugte er jeden Nachbarn. »Warst du es, Friedhelm, oder du, Edgar? Ihr beide wart gestern Morgen zur Treibjagd. Habt ihr einen kurzen Abstecher zu den Nackten gemacht?« Tönnies zwinkerte den Bauern belustigt zu, als wolle er sagen: Ich verpfeif euch nicht. Aber rückt raus mit der Sprache.

Edgar Jacobsen zischte verärgert durch die Zähne. »Jetzt ist genug, Gustav! Es gab keine Treibjagd, weil ein hitziger Dorfbulle unsere Gewehre einkassiert hat.«

»Na und, dann seid ihr früher im Wald gewesen. Du hockst doch immer schon um neun Uhr in der Kanzel.« Tönnies gab keine Ruhe. Es bereitete ihm Freude, zu sehen, wie seine Nachbarn um eine plausible Erklärung rangen.

»Nichts da, du hast nicht mehr alle Kugeln in der Flinte«, mischte sich Friedhelm Clarsen ein. »Wenn du darauf anspielst, einer von uns hat Knöppel umgebracht, verspekulierst du dich gewaltig. Edgar und ich«, Clarsens Blick ging zu seinem Sitznachbarn, »wir bringen niemanden um. Wir haben keinen Grund, weil wir unseren Wilhelm nicht unter den Vertrag gesetzt haben. Und Erik und Thorsten und die Freifrau haben Knöppel auch nicht auf dem Gewissen.« Clarsen war angesäuert. Seine sonst blasse Gesichtsfarbe bekam einen rötlichen Schimmer. »Und was ist mit deinem Gewehr, Edgar? Wie ich hörte, hast du ein Wildschwein vor die Flinte gekriegt.«

»Ja, ich hatte Glück. Es lief mir vor die Füße. Aber das war's auch, dann kam der Bulle, und weg war mein Schießprügel. Aber wenn du neugierig bist, wer Gerd ein Loch in die Brust gepustet hat, frag einen Nackten. Vielleicht hat einem nicht gepasst, wie Gerd mit der Rute gewedelt hat.«

Lautes Lachen, und die nächste Flasche Hermann-Löns-Kartoffelschnaps machte in Knut Heinemanns Bauernküche die Runde.

»Aber zum Wildschwein«, sagte Edgar Jacobsen, als sich die Bauern beruhigt hatten. »Ich soll euch von Hilde ausrichten, dass ihr alle am Wochenende zum Schinkenbraten eingeladen seid.«

»Das ist anständig, Edgar«, sagte Heinemann. »Ich komme mit Christa. Wir helfen beim Wurstmachen.«

Edgar Jacobsen nickte. »Hilfe können wir gebrauchen.«

»Wir bringen unsere Weibsen mit«, meldeten sich Brodersen und Warder zu Wort.

»Ich kann nicht«, sagte Gustav Tönnies, als die Augen der Nachbarn auf ihm ruhten. »Dettes Schwester Frieda feiert Silberhochzeit. Ihr könnt mir ja eine Mettwurst sichern.«

»Wenn wir für dich was übrig lassen«, tönte Clarsen über den Tisch und füllte zum fünften Mal sein Glas mit Kartoffelschnaps. »So wie du uns verdächtigst.« Er hob das Glas und kippte sich die transparente Flüssigkeit in den Hals. Mit dem Handrücken wischte er sich den Mund und sagte: »Kannst ja unsere Freifrau fragen, ob sie dir ein Karnickel abgibt. Die war wenigstens so schlau und hatte ihre Schrotflinte dabei.«

»Sehr witzig«, knurrte Gustav Tönnies. Er wusste, dass seine Nachbarn bezüglich eines alten Gerüchts über die Freifrau und ihn herzogen.

8

Ihr Team erwartete sie, als Inka am Nachmittag auf der Wache ankam. Auch Staatsanwalt Martin Jankowitz mit Ehefrau, die Fritz Lichtmann zur Besprechung ins Büro bestellt hatte, waren vor Ort. Die Jankowitz saßen an Inkas Schreibtisch. Er hatte seine dünnen langen Beine übereinandergeschlagen und futterte Kekse, die Mark mittig beider Schreibtische hingestellt hatte. Bei ihrem Eintreten erhob sich der schlaksige Staatsanwalt und reichte ihr die Hand. Ruth Jankowitz blieb sitzen.

»Frau Brandt, wie schön, Sie persönlich zu treffen. Wir haben uns lange nicht gesehen. In den letzten Jahren haben wir nur telefonisch miteinander gesprochen«, sagte er, letzte Keksreste schluckend.

»Herr Jankowitz. Guten Tag. Ja, es ist eine Weile her. Fast sechs Jahre, glaube ich. Und ich freue mich auch, Sie wiederzusehen.« Inka nahm die gereichte Hand und grüßte dann auch Ruth Jankowitz.

Martin Jankowitz war ein absolut umgänglicher Staatsanwalt mit Brille und Dreitagebart. Seine Kleidung bestand aus locker sitzender Krawatte, Jeans und sportlichem Leinensakko. Inka kannte den Staatsanwalt noch aus der Zeit vor ihrer Heirat mit Fabian und ihrem Aufbruch nach Lübeck. Sie schätzte die unkonventionelle Art, mit der er ihr und den Kollegen begegnete.

Ruth Jankowitz war eine sportlich elegante Frau Anfang fünfzig. Ihr Haar war blond und modisch kurz mit Stirnfransen geschnitten, die über den Augenbrauen endeten. Ihre hellen blauen Augen beäugten Inka neugierig.

»Dann können wir ja loslegen«, begann Jankowitz, stand von Inkas Schreibtischstuhl auf, zog zwei Besucherstühle vor den Schreibtisch und schob seine Kaffeetasse auf die gegenüberliegende Seite. »Also, meine Damen, Herren.« Er nickte zu Inka, die auf ihrem Stuhl Platz nahm, und zu Joulie Sophie Beatrice de Leclerc, die neben Oberkommissar Mark Freese saß. »Der Bürgermeister aus Schneverdingen hat mich heute Morgen angerufen. Er versucht, ein wenig Druck zu machen. Verständlich, wenn Sie mich fragen. Nun, er meint, für ein Fremdenverkehrsgebiet wie die Lüneburger Heide sei es kaum förderlich, wenn ein Ratsvorsitzender aus dem Ort, noch dazu nackt, erschossen auf dem Naturistenparkplatz gefunden wird. Er drängt auf eine rasche Aufklärung, so weit wie mögliches Stillschweigen der Presse gegenüber und ein integres Arbeiten der zuständigen Beamten.«

»Wir arbeiten korrekt, Herr Jankowitz«, gab Fritz Lichtmann mit gewisser Schärfe in der Stimme zurück. »Allerdings gibt es weder eine Garantie auf eine rasche Aufklärung noch auf ein Stillschweigen der Presse.«

»Wie soll ich das verstehen, Herr Lichtmann? Heißt das, ich lese morgen fett gedruckt in allen Zeitungen, was in der Lüneburger Heide schiefläuft?«

»So hart würde ich es nicht ausdrücken, doch den einen oder anderen überhitzten Artikel, wie man sieht«, Lichtmann wies auf das Titelbild des »Hanstedter Heideblatt«, das Inka in wütender Pose auf dem Naturistenweg zeigte, »wird es geben. Und nicht nur bei uns in Hanstedt. Oder wollen Sie sagen, Sie sind nicht über die Dierkshausener Schweinemastanlage, die im nächsten Frühjahr in Bau gehen soll, informiert?«

»Sie wissen auch davon?«

»Was heißt ›auch‹, Herr Staatsanwalt?«

»Ich hörte es am Rande.« Jankowitz warf einen schnellen Blick zu seiner Frau, und Fritz Lichtmann reagierte sofort.

»Am Rande von Ihrer Ehefrau, die im Schneverdinger Rathaus als zweite Ratsvorsitzende tätig ist. Zudem im Ausschuss des Gremiums für Umwelt, Bauen und Planen in Asendorf sitzt und die mit Gerd Knöppel und den Investoren gestern Morgen über genau dieses Thema verhandeln wollte. Stimmt's?«

Einen Versuch war es wert. Fritz Lichtmann sah Ruth Jankowitz an.

»Sie haben recht, Herr Lichtmann«, sagte sie reserviert. »Es ging um die Anlage, aber nicht um eine Verhandlung über den Bau. Denn weder der Hanstedter Bürgermeister noch der Asendorfer Ratsausschuss wurden bis dato vom Winsener Bauamt über eine geplante Schweinemastanlage in Dierkshausen in Kenntnis gesetzt.«

Es entstand eine kurze Pause, dann sagte Fritz Lichtmann: »Stimmt, Frau Jankowitz, Sie sind ja nicht nur zweite Schneverdinger Ratsvorsitzende, sondern auch ein Asendorfer Gremiummitglied.«

Staatsanwalt Martin Jankowitz räusperte sich, rutschte auf dem Stuhl nach vorn und legte die Hände ineinander verschlungen auf den Tisch. Dann übernahm er das Gespräch. »Beginnen wir so: Es könnte sein, Herr Gerd Knöppel hat gemauschelt.«

»Gemauschelt? Wobei? Hat er etwa in fremden Gewässern gefischt?« Fritz Lichtmanns Blick fuhr von Martin Jankowitz zu Ruth Jankowitz. »Und nun frage ich Sie, Frau Ratsvorsitzende: Was hat ein Schneverdinger Vorsitzender im Gremium des Asendorfer Gemeinderats zu sagen? Außer natürlich, dass sich alle …«, Fritz Lichtmann zögerte, »nun, dass sich alle Damen und Herren untereinander kennen. Oder hat da noch jemand das Netz ausgeworfen?«

»Nein«, sagte Ruth Jankowitz. »Wie ich sagte, niemand wusste von der Anlage.«

»Sie meinen wohl, niemand wollte sagen, was er weiß. Aber Sie wussten es. Wieso?«

»Woher wissen Sie es, Herr Lichtmann?«, stellte Martin Jankowitz die Gegenfrage.

»In Gerd Knöppels Handy fanden wir niederländische Telefonnummern. Die haben wir zurückverfolgt. Den Rest lesen Sie in meinem Bericht, Herr Staatsanwalt. Und jetzt wieder zu Ihnen, Frau Ratsvorsitzende. Woher wussten Sie von der Anlage?«

Ruth Jankowitz druckste herum. »Vanessa Schönfeld, Knöppels Aushilfe, suchte mich vor gut zwei Wochen auf. Sie erzählte, Knöppel hätte vor einem Jahr Dierkshausener Bauern Land abgekauft. Und sie vermute, er würde es zu seinen Gunsten an holländische Investoren, die eine Mastanlage in Dierkshausen bauen wollen, weiterverkaufen. Ich hab ihr das natürlich nicht abgenommen. Wir, also das Schneverdinger Gremium und Asendorf, hätten das doch gewusst. Ich weiß nicht, ob Sie sich erinnern, aber vor einem Jahr ging ein Gerücht über holländische Investoren, die eine Schweinemastanlage in der Heide bauen wollten, durch die Heidezeitungen. Aber es war eben nur ein Gerücht, das sich schnell in Luft aufgelöst hat. Andererseits haben mein Mann und ich überlegt: Wenn Vanessas Anschuldigungen der Wahrheit entsprechen, ist Knöppel vielleicht in geheimer Mission auf den Zug aufgesprungen, um es spionagetechnisch auszudrücken. Aber dennoch bleiben Vanessas Anschuldigungen nur eine Vermutung, da es keinerlei Beweise einer Schuldzuweisung für Gerd Knöppel gibt.«

»Wer weiß von Ihrem Gespräch mit Vanessa und über die Anlage?«

»Niemand. Nur mein Mann und ich.«

»Und Sie sind nicht auf die Idee gekommen, beim Bürgermeister oder dem Winsener Bauamt nachzufragen?«

»Leider nein. Aber bevor eine Anlage entsteht, muss als Erstes ein Architekt eine genaue Zeichnung erstellen. Mit dieser geht der Bauherr zum Bürgermeister und dem Bauamt, wo geprüft wird, ob ihm das Land gehört und alle Bestimmungen eingehalten wurden: Emissionsschutz, Menge der Tiere, Abgrenzung des Wohngebiets und so weiter. Aber die Anträge brauchen Zeit. Das geht nicht von heute auf morgen. Und da ich nichts gehört hatte … Ich wollte erst das Gespräch mit dem Gremium abwarten.«

Fritz Lichtmann schüttelte den Kopf. »Warum erfahren wir erst jetzt von Ihrem Gespräch mit Vanessa?«

»Ich hätte Ihnen das mitteilen müssen. Natürlich. Mir war auch nicht wohl dabei, dass ich geschwiegen habe. Und mein Mann hat mich bereits gründlich aufgeklärt, wie die Konsequenzen für mich aussehen, wenn ich Informationen, die eventuell mit Vanessas Verschwinden oder Knöppels Tod zu tun haben, verschwiegen habe. Ich kann mich nur entschuldigen und sagen, dass es mir leidtut. Für gestern Vormittag hatte ich ja auch das Gremium und den Bürgermeister einberufen, um die Geschichte endgültig abzuklären, aber da erreichte mich die Nachricht von Gerds Tod.«

Ruth Jankowitz stockte. Ihr war anzusehen, dass mehr als nur eine Kleinigkeit schiefgelaufen war.

»Sie meinen«, meldete sich Inka zu Wort, »Vanessa Schönfeld, die verschwundene Heidekönigin, hat Ihnen mitgeteilt, Gerd Knöppel hätte zu seinem Vorteil bei dem Verkauf von Bauernhöfen seine Finger im Spiel gehabt?«

»Richtig, Frau Brandt.«

»Und haben Sie über das Gespräch mit Vanessa mit Gerd Knöppel gesprochen?«

»Nein. Vanessas Vorwürfe wollte ich gestern vor allen Mitgliedern zur Sprache bringen.«

»Und warum gestern und nicht vor zwei Wochen?«

»Verstehen Sie doch. Ich war unsicher. Ich wusste nicht, was ich machen sollte. Gerd Knöppel war Ratsvorsitzender, unser Nachbar, ein angesehener Bürger der Lüneburger Heide. Ich wollte mich vergewissern, was an der Planung dran war. Also ging ich ins Zeitungsarchiv, um herauszubekommen, wer die Investoren waren, die vor einem Jahr durch die Heide schlichen. Das dauerte eine Weile. Vorgestern wurde ich fündig.«

»Alles schön und gut, Frau Jankowitz. Doch mir will nicht in den Kopf, dass Sie nicht zuerst mit Knöppel geredet haben, sondern ihn gleich vor versammelter Mannschaft des Betruges bezichtigen wollten. Obwohl nicht sicher war, ob die Angelegenheit der Wahrheit entsprach.«

»Ja. Nein. Natürlich hab ich darüber nachgedacht, aber mich dann doch dafür entschieden.«

»Haben Sie die Anschuldigungen gegen Knöppel inzwischen dem Gremiumausschuss vorgelegt?«

»Nein. Die Sitzung wäre ja gestern gewesen, doch sie wurde abgesagt. Der Todesfall hat uns alle sehr erschüttert. Ich hatte sogar einen der holländischen Investoren, Herrn Björn Becker, eingeladen.«

»Was sagen die Bauern? Haben Sie nachgefragt, ob der Vorwurf, Knöppel hätte sie finanziell übervorteilt, der Wahrheit entspricht?«, fragte Inka weiter. Sie ließ nicht locker. So schnell kam ihr die Jankowitz nicht davon. Sie hatte wichtige Informationen zurückgehalten, mit denen möglicherweise einer oder auch zwei Morde hätten verhindert werden können.

»Ja. Nicht so direkt. Eher durch die Blume, wenn Sie verstehen.«

»Nein, auch das verstehe ich nicht, Frau Jankowitz.«

»Ich war vor einer Woche bei den Bauern, doch keiner ist mit der Sprache rausgerückt. Aber irgendetwas war im Busch, das hab ich gespürt.«

»Und die Buschtrommeln sollen uns jetzt verraten, dass es immer wahrscheinlicher wird, dass Knöppel die Bauern geprellt hat?«

Ruth Jankowitz nickte betroffen. »Ja. Ich kann das nach den Gesprächen nicht ausschließen.«

»Verdammt!«, fluchte Inka. »Sie hätten, wie mein Chef sagt, vor zwei Wochen herkommen und uns die Geschichte erzählen sollen.«

»Ja, ich weiß, aber die Geschichte, die Vanessa mir erzählt hat, klang einfach zu abstrus, um wahr zu sein.«

»Und bisher ist es auch nur eine Geschichte«, mischte Martin Jankowitz sich ins Gespräch. »Es gibt keinen Grund, den Ratsvorsitzenden post mortem irgendwelcher Betrügereien zu verdächtigen oder zu beschuldigen. Er war schließlich nicht irgendwer, sondern ein Ratsvorsitzender.«

»Und weil er seine Fenster nicht selber geputzt, sondern eine Haushaltshilfe bezahlt hat, die ihm die Arbeit abnahm, erfahren die Bürger der Heideregion es ja auch zuletzt, dass übermorgen eine Mastanlage gebaut wird. Menschen vor vollendete Tatsachen stellen ist einfacher, dann gibt es nichts zu rütteln oder zu meckern. Oder zu demonstrieren wegen Gestank, Bemächtigung der Höfe ehrbarer Bauern, die ihr Leben lang geschuftet haben, zerstörter Existenzen oder, oder, oder … Nicht wahr, Herr Staatsanwalt?«, sagte Fritz Lichtmann in einem Tonfall, der sein mangelndes Verständnis verdeutlichte.

»Das wissen wir noch nicht, Herr Lichtmann. Ob übermorgen, in vier Wochen oder vier Jahren. Wer weiß, ob die Anlage überhaupt gebaut wird? Wir wissen von drei Bauern, die ihr Land verkauft haben. Doch noch stehen drei Bauerngrundstücke aus, die die holländischen Investoren für einen Bau benötigen.«

»Was sagt denn unser Bürgermeister zu der geplanten Anlage? Wie sieht er den Fremdenverkehr der Lüneburger Heide, wenn es ständig nach Gülle stinkt, Lastwagen voll schreiender Mastschweine an Touristen vorbei durch die Straßen fahren?«

»Wir, meine Frau und ich, sind dagegen«, beharrte Jankowitz. »Der Bürgermeister hat erklärt, der Bau hänge in der Schwebe.«

»In der Schwebe? Wie kann der Bau in der Schwebe sein, wenn drei Bauern ihre Höfe verkauft haben und weitere Verhandlungen laufen?«

Fritz Lichtmann war wütend. So hatte Inka ihren Chef noch nie gesehen. Er war aufgestanden und hatte sich mit dem Rücken an die Wand neben der Tür gelehnt. Seine Arme waren verschränkt, und er atmete die Luft hörbar durch die Nase ein und aus.

»Beruhigen Sie sich, Herr Lichtmann. Es ist tatsächlich noch nichts in trockenen Tüchern. Wie meine Frau erklärte, wird es noch dauern. Erst wird geklärt, ob für die Menge an Tieren genügend Land vorhanden ist. Da geht es ja nicht nur um den Bau, sondern auch um die Fläche, die benötigt wird, um die Gülle auszutragen. Insbesondere die Geruchsemissionen, klimatischen Verhältnisse oder der Abstand zur Wohnbebauung. Aber alle diese und viele weitere Voraussetzungen prüft der Landkreis anhand von Kenndaten. Und im Verhältnis zu den riesigen Schweinemastbetrieben mit Zehntausenden von Schweinen ist die geplante Anlage mit achttausend Schweinen relativ klein.«

»Aber es ist eine weitere Schweinemastanlage in der Heide, die wir nicht gebrauchen können«, fauchte Inka. »Außerdem besagt eine Regelung, dass eine Anlage ab eintausendzweihundertfünfzig Tieren als Massentierhaltung gilt. Haben Sie das vergessen, Herr Jankowitz?«

»Sie sind informiert, natürlich. Ihr Schwager betreibt –«, begann Jankowitz, als Inka ihn abrupt und ebenso barsch abwürgte.

»Mein Schwager hält fünfundsiebzig Schweine der aussterbenden Rasse des Deutschen Sattelschweins, genauer gesagt, das Rotbunte Husumer Schwein. Noch dazu ist es eine Biozucht und kein Massenlager für Tierkörper. Aber ich kenne mich aus, da haben Sie recht.«

»Also gut, lassen wir das so stehen. Es ist nicht unsere Aufgabe, zu entscheiden, was wo gebaut wird«, wandte sich Lichtmann erst an Inka und weiter an Jankowitz. »Ich will wissen, was ist mit der verschwundenen Heidekönigin? Warum erfahren wir das auch nur, wie sagten Sie, am Rande?«

»Weil dies der Fall der Schneverdinger Kollegen und nicht der Ihrige ist, Herr Lichtmann. Und jetzt beruhigen Sie sich bitte alle wieder. Wir tun ja, was wir können.«

»Es wird aber zu unserem Fall, da Vanessa Schönfeld in Knöppels Schussfeld etwas erfahren hat, was sie vielleicht nicht hätte erfahren sollen. Und da sie dies an Ihre Frau weitergegeben hat, in der Hoffnung auf Unterstützung, die sie aber nicht bekommen hat, weil Ihre Frau ihr nicht geglaubt hat. Doch als Vanessa vor zwei Wochen verschwand, da kreisten die Gedanken bei Ihrer Frau, und sie hat es heiß gekocht auf Knöppels Tisch gebracht und …«

»Wir zählen eins und eins zusammen«, setzte Inka den Satz ihres Chefs fort.

»Richtig, Inka«, sagte der. »Vanessa war im Wege, wenn sie etwas erfahren hat, was sie nicht erfahren sollte.«

»Ach, jetzt hören Sie beide aber auf«, entgegnete Jankowitz. »Sie wollen doch nicht einem achtbaren Schneverdinger Ratsvorsitzenden unterstellen, er hätte seine Büroaushilfe, die amtierende Heidekönigin … Das ist unglaublich.«

»Das wäre unglaublich, richtig, Herr Jankowitz«, bestätigte Lichtmann. »Aber ist es ausgeschlossen, nach dem, was Sie und Ihre Frau uns über Gerd Knöppel erzählt haben?«

»Davon wollen wir ausgehen. Erst müssen wir Vanessa finden. Sie wird hoffentlich Klarheit in die Sache bringen.« Jankowitz verzog grimmig das Gesicht. »Leider soll sie Jonas verlassen haben und mit einem neuen Freund abgehauen sein. So was kommt vor. Sie ist neunzehn. Tausend Wochen fast, heißt es. Unsere Susi wird in drei Wochen neunzehn. Mensch Meyer, was die Zeit vergeht.«

»Stopp«, fuhr Inka dazwischen und merkte, wie wenig sie über ihre Patenfamilie wusste. »Jonas? Meinen Sie Jonas Knöppel, den Sohn des toten Ratsvorsitzenden? Er ist der Freund der Heidekönigin Vanessa Schönfeld?«

»Richtig, Frau Brandt. Ihr Fall und Ihr Cousin, wenn ich das zu Ihrer Aufzählung hinzufügen darf. Die beiden waren seit der zehnten Klasse ein Paar, aber in letzter Zeit gab es angeblich, der Freundin Martina Tamke zufolge, einige Diskrepanzen«, bemerkte Jankowitz mit einer Spur Spannung in der Stimme. »Wussten Sie das etwa nicht?«

»Wir haben die Akte der Schneverdinger Kollegen«, meldete sich Lichtmann knapp zu Wort und nahm Inka die Verlegenheit, zu antworten, ab. Er warf seiner Mitarbeiterin einen Blick zu, der unmissverständlich zu verstehen gab: Sei bitte still. Es wird sich herausstellen, wer hier wem was unterstellt und wer hier mit wem kungelt und wer hier wen für ein Liebesabenteuer entführt oder umgebracht hat.

Inka hielt sich an Lichtmanns stumme Anordnung. Ungern, aber sie tat es, obwohl sie Staatsanwalt Jankowitz gern die Stirn geboten hätte.

Jankowitz nickte zustimmend. »Gut, ich verlass mich auf Sie. Kümmern Sie sich, bevor bei den Medien die Hölle losbricht. Und das mit meiner Frau ... Es war falsch, dass sie geschwiegen hat. Ja, da stimme ich Ihnen zu. Wenn Sie rechtliche Schritte einleiten wollen, dann steht es Ihnen frei, dies zu tun. Wir sind alle nur Menschen. Aber wir hoffen ...«, er warf einen kurzen Blick zu seiner Frau und Lichtmann, »dass Sie vielleicht ... na ja, man könnte ...«

»Wir werden sehen«, kürzte Lichtmann Jankowitz' Satz ab.

Der Staatsanwalt nickte. Unsicher lächelnd wandte er sich an

Mark. »Sind die aus der Keksfabrik Ihres Vaters, Herr Freese? Keksfabrik Freese & Söhne?« Sein Blick ruhte auf dem Teller Gebäck.

Mark nickte. »Orangenschokolade auf Mürbekeks. Eine der fünf neuen Herbstsorten.«

»Die sind gut. Dürfte ich noch einen?«

»Bitte. Ich kann Ihnen aber … Moment.« Mark stieß sich von der Schreibtischkante ab und rollte mit dem Stuhl rückwärts zu einem Karton, der auf dem Boden neben dem Kühlschrank stand. Jedem Kollegen stand es frei, sich aus dem Karton zu bedienen, vorausgesetzt, er oder sie gab ein handfestes Feedback zum jeweiligen Produkt ab. »Hier, für Sie. Die Mürbekekse sind leider alle, aber Butterwaffeln gefüllt mit Ingwerschokoladencreme hab ich noch für Sie. Wenn Sie mir bei Gelegenheit mitteilen, wie Sie Ihnen geschmeckt haben, wäre das prima.«

Nach seinem Studium der Betriebswirtschaft war Mark mit siebenundzwanzig aus der Keksfabrik seines Vaters ausgestiegen und Inka zur Polizei gefolgt. Inzwischen waren zwölf Jahre vergangen und die Kollegen dankbare Kekstester für Makronen, Zitruswaffeln, Kipferln, Bärentatzen, Schokoladentröpfchen und natürlich die Zimtwaffeln. Sorten, die mit der Jahreszeit wechselten und Marks Einfallsreichtum zeigten. Er besaß das richtige Gespür, wenn es um den Keksgaumen seiner Mitmenschen ging, und er hatte den Blick für das Wesentliche, verlor nie die Übersicht. Ob es dabei um die Lüneburger Keksfabrik ging, in der er seinem Vater aushalf, oder seinen Beruf bei der Polizei. Selbst unangenehme bürokratische Aufgaben erledigte er wie Naseputzen. Und er war gut darin, präzise, korrekt und schnell.

»Sehr gern. Aber das ist doch jetzt keine Bestechung unter Beamten, oder?« Jankowitz griff nach den zwei Gebäcktüten, die ihm Mark reichte.

»Wofür sollte ich Sie bestechen? Es ist eine Marktumfrage.«

»Ich habe auch etwas für Sie, Herr Staatsanwalt«, sagte Lichtmann, bevor Jankowitz die Tür erreichte. »Unsere bisherigen Ermittlungsunterlagen. In den nächsten Tagen kommen sicher einige pikante, wer weiß, vielleicht auch süße Enthüllungen dazu.« Er drückte dem Staatsanwalt eine graue Papierakte in die keksfreie Hand.

Am frühen Nachmittag fuhr Inka nach Hause. Mark hatte sich angeboten, auf den Anruf der Techniker zu warten und Vanessa Schönfelds Akte zu studieren. Fritz Lichtmann war zu Clemens Handke aufgebrochen. Amselfeld war zu Peters gefahren, um ihn für den nächsten Tag auf die Wache zu bestellen. Als Tilly, Paulas Tagesmutter, anrief und ihr mitteilte, sie würde, weil die Kinder so viel Spaß am See hätten, zwei Stunden später zu Hause sein, beschloss Inka, ihren Haflinger Harlekin von der Weide zu holen.

Als sie vom Hof auf die Heimbucher Straße ritt, kam ihr Sebastian im Auto entgegengefahren.

»Hey, wo wollt ihr beide denn hin?«, rief er Inka aus dem geöffneten Fahrerfenster zu.

»Eine Runde durch die Heide. Willst du mit?«, fragte sie, obwohl sie lieber allein die Ruhe mit dem Haflinger genossen hätte.

»Klar, warte, ich hole Bajazzo.«

Bajazzo war Harlekins Bruder, den Sebastian vom Gestüt Arno von Hofstetten gekauft hatte. Seit er die Furcht vor Pferden überwunden hatte, verbrachte er Stunden auf dem Pferderücken in der Heide. Seine Angstzustände und Halluzinationen, die ihn vor einem Jahr in die psychosomatische Klinik Seerosenhof in Undeloh geführt hatten, blieben, wenn auch abgeschwächt, wie es für Inka den Anschein hatte, leider erhalten.

Inka nickte, machte mit Harlekin kehrt, ritt auf den Hof zurück und saß ab. Tim Sundermöhren, ihr Schwager, leitete eine Gruppe Feriengäste an ihr vorbei Richtung Schweinestall. Er nickte Inka zu, wobei ihm auf der Stirn geschrieben stand, welche Fragen ihn beschäftigten. *Hast du schon Feierabend? Willst du nicht Hanna bei der Zimmerreinigung helfen? Oder könntest du nicht die Hühner, Gänse oder Schweine füttern, wenn du hier schon rumstehst?* So in etwa würde ein Gespräch seinerseits ablaufen. Tim verstand nicht, dass sie einen Beruf hatte, der sie forderte. Und dass ihre magere Freizeit gerade für den Samstag reichte, um im Hofladen das Gemüse und die Fleisch- und Wurstwaren aus seiner und Hannas Herstellung zu verkaufen. Er war der Meinung, dass es in der Lüneburger Heide überhaupt keine Mordkommission zu geben bräuchte. Wozu? Steuergelder verschwenden für Fahrraddiebstähle, Falschparker oder Pferdeäpfel auf der Straße?

Eine hochgewachsene blonde Mittvierzigerin, die Tim mit Fragen über ökologische Tierhaltung in Beschlag nahm, lenkte ihn aus Inkas Blickfeld.

Am Beginn des Reiterweges ging es für Inka und Sebastian im Galopp weiter. Die Luft der Lüneburger Heide stieg würzig aus dem Boden. Von überall her wehte der herbe Duft der Wacholder und Nadelhölzer, aufgeheizt von der Hitze des Tages.

Die Strecke durch die Heide war malerisch. Hügel und flache Täler inmitten der langsam beginnenden Heideblüte, der Nadelwäldchen und kleinen Bachläufe. Sie begegneten ein paar Spaziergängern, die mit kurzen Hosen, Sonnenbrille und Sonnenhut ihrer Kleidung nach an einen mallorquinischen Strand gepasst hätten.

Zwei Polizistinnen aus Hannover, die auf ihren Pferden durch die Heide ritten und kontrollierten, ob Bürger oder Touristen Heidekraut ausrissen oder ohne Sondergenehmigung verbotene Teile des Naturschutzgebietes betraten, kamen Inka und Sebastian entgegen. Inka hielt den Damen ihren Ausweis entgegen, erklärte den Mordfall Knöppel und Vanessas Verschwinden. Ihre Behauptung, es gebe einen Hinweis auf Vanessas Verbleib in diesem Teil des Naturschutzgebiets, war haushoch geschwindelt.

»Du hast Kolleginnen angelogen«, sagte Sebastian, als die Reiterinnen außer Hörweite waren.

»Jupp. Wenn du mich anzeigst, krieg ich garantiert von Fritz eins auf den Deckel.«

»Warum sollte ich? Immerhin können wir nicht ausschließen, Vanessa beim Beerensammeln auf dem Totengrund zu erwischen. Ist doch möglich.« Sebastian lächelte und legte mit Bajazzo einen Galopp ein. Inka folgte.

Am oberen Rand des Totengrunds saßen sie ab und banden die Pferde an den hohen Kiefernstamm hinter der Holzbank. Auf dem Weg vom Sundermöhren-Hof bis zum Totengrund hatten sie, außer dem Gespräch mit den Polizistinnen, kein Wort gewechselt. Und auch jetzt wollte sich ein Gespräch nicht recht einstellen. Inka setzte sich auf die Bank und rieb ihren verspannten Nacken.

»Warte«, sagte Sebastian und stellte sich hinter Inka. Er legte beide Hände auf ihre Schultern und begann sanft und vorsichtig ihre Schulterpartie zu massieren. »Kann es sein, dass du heute Nachmittag lieber allein ausgeritten wärst?«, fragte er.

Einem Psychologen kann man wohl nichts vormachen. »Ich gestehe«, sagte sie knapp und drehte den Kopf zur Seite, um Sebastian anzusehen.

»Warum hast du nichts gesagt?«

»Ich weiß nicht. Höflichkeit.«

Inka sah über die Talebene und atmete tief durch. Über der Heide lag ein schwerer lauwarmer Wind, der ihr sanft ins Gesicht wehte.

»Höflichkeit ist in diesem Fall schlimmer als Unhöflichkeit«, antwortete Sebastian.

»Ach ja?« Verwirrung zeichnete sich in ihrem Gesicht ab. Sebastian setzte sich auf die Bank neben Inka. »Ja«, sagte er und lächelte. »Aber was anderes. Paula hat in zwei Wochen Geburtstag. Was wünscht sie sich? Hast du einen Tipp für mich?«

»Da fragst du mich was. Ich bin ebenso hilflos. Das, was sie will, kann ich ihr nicht kaufen.«

»Und das wäre?«

»Fabian, ihren Vater. Er soll nach Undeloh kommen. Für immer, hat sie gesagt, weil alle Tageskinder bei Tilly einen Vater haben, der sie abholt.«

Ein Schwall Erinnerungen überrollte Inka. Vor ihren Augen spulten sich die Jahre mit Fabian und Paula in Lübeck ab. Paula vergötterte ihren Vater, und Fabian vergötterte seine Tochter. Und eigentlich war sie davon ausgegangen, verheiratet zu bleiben, das Zweihundert-Quadratmeter-Loft einzutauschen gegen ein Häuschen mit Garten am Stadtrand und ein wundervolles Leben zu dritt oder irgendwann auch zu viert zu führen. Das war Geschichte, und Inka wollte ihren untreuen Noch-Ehemann ganz sicher nicht zurückhaben.

»Und was willst du?«, fragte Sebastian in ihre Erinnerungen.

»Ich? Ich will diesen Fall aufklären und mit Paula in den Urlaub fahren, das ist das, was ich als Erstes will.«

»Und als Zweites?«

»Keinesfalls Fabian. Weder in Lübeck noch in Undeloh. Langt dir das, Herr Psychologe?«

»Und was ist mit Dr. Jochen Schlegel, willst du den in Undeloh haben? Ich sah ihn recht häufig in den letzten Monaten bei euch auf dem Hof herumspazieren.«

Sebastian Schäfer kannte sie über ein Jahr, seitdem er in Undeloh in der psychosomatischen Klinik Seerosenhof aufgetaucht war und ihr bei ihrem ersten Fall nach ihrer Heimkehr mit psychologischem Sachverstand hilfreich zur Seite gestanden hatte. Seitdem ritten sie oft gemeinsam mit den Haflinger-Brüdern durch die Heide, saßen abends bei einem Glas Wein zusammen, lachten, und Inka wollte nicht abstreiten, dass ihre Gefühle für Sebastian über die normale Freundschaft hinausgehen könnten. Könnten. Doch dafür brauchte sie Zeit. Zeit, von der sie das Gefühl hatte, diese würde gerade sekündlich schwinden. Sie fühlte sich zu Entscheidungen gedrängt, für die sie, ebenso wie bei Jochen, nicht bereit war.

Verstimmt darüber, in welche Richtung Sebastian ihr Gespräch lenkte, stand Inka von der Bank auf, drehte ihm den Rücken zu und sah über den Talkessel.

Der Totengrund zeigte sich in schönster Pracht. Dunkelgrüne, teils haushohe Wacholder reckten ihre Spitzen in die Höhe, als wollten sie die Wolken an den Füßen kitzeln. Eine ausgebüxte Heidschnucke bockte durch die Besenheide, ein schwarz-brauner Hirtenhund trieb sie bellend in die Herde zurück. An keinem Ort der Welt wäre sie jetzt lieber gewesen. Sie schloss die Augen und hielt das Bild der Heidelandschaft fest. Tief atmete sie ein, dann öffnete sie die Augen und sah in den Himmel.

Das strahlende Blau, das vor ein paar Minuten für eine Postkartenidylle gesorgt hatte, zog davon, und weißgraue Wölkchen übernahmen den Himmel. Wetterleuchten erhellte den Horizont, Wind frischte auf, und die Wacholderspitzen begannen zu tanzen und sich zu wiegen wie ein verliebtes Pärchen beim Abschlussball. Ein untrügliches Zeichen. Tilly schien mit ihrer Prognose für den späten Nachmittag recht zu behalten.

»Wir sollten zurückreiten«, sagte sie zu Sebastian. »Das Wetter schlägt um.«

Ihre Blicke trafen sich, und in seinen schokoladenbraunen Augen lag ein Leuchten, das sie vorher noch nie wahrgenommen hatte. Sie räusperte sich und schritt eilig zu den Pferden.

»Ja«, hörte sie ihn hinter ihrem Rücken sagen. »Das Wetter schlägt um.«

Inka spürte, wie seine Hände an ihren Armen hinunterglitten, sich um ihre Taille legten. »Das kann in der Heide schnell zum Sturm werden«, stotterte sie.

Sie kam sich vor wie ein Schulmädchen vor dem ersten Kuss. Ihr Herz hämmerte wie verrückt. Was sah dieser Mann gut aus. Trotz der schlabberigen Hosen, staubigen Turnschuhe, des Zehntagebarts und der schwarzgrauen Haare, die er mit einem Gummiband im Nacken band. Und auch wenn er lange nicht so humorvoll war wie Jochen, hatte seine Ernsthaftigkeit eine Ausstrahlung, die sie anzog. Sie atmete den Duft seines Leinenhemdes ein und sah in seine Augen, die bisweilen einen raubvogelartigen Blick bekamen. Inka war durcheinander. Einerseits wollte sie Sebastian wegstoßen, weil ihr Verstand rebellierte und ihr klarzumachen versuchte, dass eine Beziehung nach seinem erlebten Trauma in einer Katastrophe enden müsste, doch andererseits wünschte sie, in seinen Armen zu liegen.

Sebastian beugte sich zu Inka hinunter. »Ich weiß«, sagte er in einem Tonfall, der Inka einen Schauer über den Rücken jagte.

Sie war drauf und dran, zu sagen: »Küss mich endlich.« Sie biss sich auf die Lippen.

Dann brach der Sturm los.

Ein Gewitter donnerte über die Lüneburger Heide, es blitzte im Sekundentakt, und Regen prasselte in dicken Tropfen vom Himmel.

Inka lachte. »Komm«, sagte sie, »steig auf. Ein paar Meter weiter in der Talebene gibt es einen Schafstall und Schäfer Hajos Häuschen. Lass uns da warten, bis der Regen vorbei ist.«

»Ach, die Inka. Wie schön, dich wiederzusehen«, sagte der Schäfer, der ebenfalls mit seiner Herde aus dem Regen heimgekehrt war. »Dich hat wohl das Wetter überrascht. Eigentlich solltest du wissen, dass das Wetter in der Heide schnell umschlagen kann. Hast die Zeichen nicht gesehen?«

»Ja. Nein. Nicht so richtig. Ich war abgelenkt«, antwortete Inka und spürte, wie Hitze über ihre Wangen kroch.

»Soso, abgelenkt«, sagte der Schäfer. Ein verschmitztes Lächeln umspielte seinen Mund. »Na, dann kann man was übersehen.« Er warf einen Blick zu Sebastian. »Ich bin Hajo Manteufel, Schäfer.« Er reichte Sebastian die Hand.

»Sebastian. Sebastian Schäfer«, antwortete der und griff die gereichte Hand.

»Ach, ein neuer Kollege. Das wird Zeit. Wir sind ja grad noch 'ne Handvoll aus unserer Zunft. Wo hast denn deine Herde?« Er sah an Sebastian vorbei in den Talgrund, der düster und grau jeglichen Farbenglanz verloren hatte.

Hajo Manteufel war zwei Meter groß und fast ebenso breit. Er trug einen grünen Filzhut, eine grüne, abgewetzte Lederjacke und eine braune Cordhose zu Wanderstiefeln. Sein vom Wetter gegerbtes Gesicht glänzte rosig wie bei einem Neugeborenen.

»Nein, ich heiße Schäfer. Schäfer mit Nachnamen. Ich bin Inkas Kollege. Polizeipsychologe oder Fallanalytiker genannt.«

»Soso«, sagte Hajo erneut. »Einer der Harten, wie aus dem Fernsehen. So weit ist es also schon bei uns in der Heide, dass wir die Profiler brauchen.« Er lächelte. »Na, dann stellt eure

Braunen unter und kommt rein in die gute Stube. Ihr seid ja klitschnass. Dahinten ist das Bad, und Handtücher liegen im Schrank. Ich setz uns was zum Essen auf. Ihr habt doch Hunger? Ja, bestimmt habt ihr das. Junge Leute haben immer Hunger«, sagte er, obwohl er selbst nicht älter als fünfundvierzig war. Er warf den Filzhut auf eine abgeschrammte Holzkommode und trabte mit eingezogenem Kopf durch einen tief hängenden Türrahmen. Zwei schwarz-braune Hirtenhunde folgten ihm.

Die Stunden mit Hajo Manteufel verflogen in seinem Zwei-Zimmer-Häuschen neben dem Schafstall am Rande der Talebene, als wären es Minuten. Inka und Sebastian hatten nicht bemerkt, dass der Regen längst aufgehört und die Dämmerung eingesetzt hatte. Sie fielen über den Heidschnuckeneintopf her, als sei es die letzte Mahlzeit ihres Lebens. Tauchten Steinofenbrot mit den Fingern in süß-salzige Soße und tranken Limonen-Fassbrause.

Als Inka und Sebastian nach zweiundzwanzig Uhr auf den Sundermöhren-Hof einritten, kam ihnen Tim, die Hände in die Hüften gestützt, über den Hof entgegen.

»Inka, ich glaube, jetzt spinnst du total! Nicht nur, dass du dich zum Vergnügen wegschleichst und uns mit der Arbeit allein lässt, nein, da drückst du Hanna auf, Paula von der Tagesmutter zu holen. Wir haben zwei Kinder, falls du es vergessen hast. Und dann kommt noch einer deiner Verehrer und sitzt zur Abendbrotzeit in unserer Küche. Zur einzigen Zeit, wo wir am Tag gemeinsam mit den Kindern essen.« Sein Blick ging Sebastian hinterher, der mit Harlekin und Bajazzo in der Scheune verschwand.

»Ich hab Hanna angerufen und gefragt, ob sie Paula von Tilly holen kann. Sie war einverstanden. Und der Hof ist deine Arbeit, Tim. Ich helfe gern kostenlos jeden Samstag im Hofladen, falls kein Fall dazwischenkommt. Deine heiligen Abendbrotzeiten kenne nur ich, und das mit Paula war eine Ausnahme. Ich war ausreiten in der Heide, und als es anfing zu gewittern, warteten wir bei Schäfer Hajo.«

»Wenn du in der Heide warst, hättest du die Zeichen sehen können. Du bist hier aufgewachsen und weißt, wie schnell das Wetter umschlägt.«

»Tim, halt die Luft an. Ich mach es wieder gut, versprochen.«

»Hm«, knurrte Tim Sundermöhren. »Und wie?«

Das war klar. Er wollte sofort wissen, wie sie ihren Ausrutscher ausbügeln wollte. »Was sagst du, wenn ich für eine Woche jeden Morgen das Hühnerfüttern übernehme.«

»Wenn, dann zwei Wochen. Abgemacht. Und was ist mit dem Verehrer in unserer Küche?«

»Gänsefüttern und Katzenfüttern ebenfalls. Langt das?«

Tim Sundermöhren grinste zufrieden. »Dein Angebot war zwar überflüssig, Hühnerfüttern hätte mir gereicht, aber wenn du es anbietest. Vielen Dank. Und jetzt treib einen deiner …«, Tim Sundermöhren machte eine winzige Pause, »… Spielkameraden mit seinem Grünzeug aus meiner Küche, ich will endlich abschließen. Und sieh zu, dass du Hanna rüberschickst. Sie hockt in deiner Wohnung und hat Paula ins Bett gebracht.«

9

Als hätte der heftige Regenschauer, der noch die Nacht über angehalten hatte, die Lüneburger Heide von allen Schandtaten reingewaschen, glänzte jeder Stein wie ein Diamant. Inka lenkte ihr Auto über das Kopfsteinpflaster der Heimbucher Straße auf die Wilseder Straße und weiter in den Stiller Weg zu Tillys Haus. Sie hielt am weißen Jägerzaun, stieg aus und holte Paula aus dem Kindersitz. Tilly, die Theodora Thiessen hieß, war eine dreiundfünfzigjährige, gut proportionierte, freundliche Frau, die jeder aus Undeloh nur kannte, wenn sie mindestens fünf Kinder an der Hand spazieren führte. Nur dass Tillys Kinder nie älter wurden. Im Gegenteil, manchmal sah man sie mit einem Kinderwagen, an dem auf der linken Seite zwei Kinder und auf der rechten Seite zwei Kinder brav marschierten, als seien sie an dem Eisengestänge festgewachsen.

»Guten Morgen, ihr zwei Hübschen«, grüßte sie. »So früh heute.«

Inka sah auf die Uhr. Halb acht. Tatsächlich. Sie war eine halbe Stunde zu früh. Das Füttern der Hühner, Gänse und Katzen warf sie aus ihrem Trott.

»Ja, sollen wir warten, bis …«

»Quatsch«, meinte Tilly abwinkend. »Willst du einen Kaffee mit mir trinken?«

»Danke, aber ich muss gleich los. Mein Patenonkel, der Ratsvorsitzende, du weißt doch.«

»Er wurde auf dem Nacktenweg erschossen«, flüsterte Tilly. »Ich habe es im ›Hanstedter Heideblatt‹ gelesen. Ist es wahr, dass er …« Tilly sah zu Paula, die in der Diele ihre Straßenschuhe gegen Hüttenschuhe tauschte. Zwei andere Kinder sprangen munter um sie herum. »… dass er auf dem Nackideiparkplatz erschossen wurde und ihr vermutet, der Täter war ein Jagdkumpan?«

»Tilly, selbst wenn ich es wüsste, dürfte ich dir nichts sagen, das weißt du doch. Aber du musst nicht alles glauben, was der Schmierfink Kohlhase schreibt.« Inka zwinkerte ihr zu.

Tilly wiegte den Kopf. »Ja, verstehe«, sagte sie. »Und jetzt fahr los, schnapp den Kerl.«

Vanessa Schönfeld. Noch ein Fall, der in ihrem Zuständigkeitsbereich gelandet war. Inka stöhnte und schloss die Bürotür auf. Sie mochte nicht daran denken, wie weit sich ihr Urlaub verschieben würde.

Und dann Tims Gequake. Sie konnte nichts dafür, dass es angefangen hatte, wie aus Eimern zu schütten. Und wären sie mit Harlekin und Bajazzo durch aufweichende Sandwege über den Reiterweg nach Hause geritten, hätten sich die Pferde womöglich verletzt. Und dass Jochen mit einem Rosenstrauß über drei Stunden in der Wohnküche auf sie gewartet hatte, war nicht ihre Schuld. Tim war ein Familienmensch, das hielt sie ihm zugute, dennoch war sein Ausbruch übertrieben gewesen.

Inka war die Erste in der Dienststube, außer Frauke Bartels, einer jungen Streifenpolizistin, die am Gangende an der Zentrale Frühschicht schob. Eigentlich sah man Frauke ständig irgendeine Schicht schieben.

Auf Marks Schreibtisch lag die Akte Vanessa Schönfeld. Nachdem Inka die Kaffeemaschine mit Wasser und Pulver gefüttert hatte, rutschte sie auf Marks Bürostuhl und schlug die Akte auf.

Vanessa Schönfeld, amtierende Heidekönigin, seit zwei Wochen abgängig. Zuletzt wurde sie am Sonntag nach der Krönung um einundzwanzig Uhr gesehen. Jonas, ihr Freund, sagte aus, dass er sie in der Hütte am Pietzmoor treffen wollte. Ihrem Vater erzählte Vanessa, sie übernachte bei ihrer Freundin Martina Tamke. Warum hatte sie gelogen? Was war geschehen? Und wie standen die Chancen, sie lebendig zu finden?

Die Schneverdinger Kollegen hatten mit einer Hundertschaft an Einsatzkräften im Moor und in der Umgebung vergeblich nach ihr gesucht. Also war sie entweder mit einem neuen Freund verschwunden, wie ihre Freundin Martina Tamke ausgesagt hatte, oder tot. Einige Dörfler tuschelten, sie sei gegen ihren Willen zur Heidekönigin gekrönt worden, sei verschwunden, weil sie von den Aufgaben als Heidekönigin nichts wissen wollte. Ein Widerspruch, da Jonas zu Protokoll gegeben hatte, Vanessa habe davon geträumt, wie ihre Mutter Heidekönigin zu werden. Nie wäre sie vor ihren Verpflichtungen davongelaufen. Auch von einem anderen Freund wollte er nichts wissen.

Seit zwei Jahren seien sie ein Paar und verliebt wie am ersten Tag. Noch am Abend des Krönungstages hätten sie es sich in der Hütte gemütlich machen und in Zweisamkeit ihre Krönung feiern wollen, doch als er dort angekommen sei, sei sie nicht da gewesen.

Im Protokoll stand, dass die Kollegen, die die Hütte nach Spuren untersuchten, auf dem Tisch eine ungeöffnete Flasche Merlot, Baguettebrot und ein gebratenes Hühnchen vorfanden. Der Tisch war mit Tischdecke, Blumen, Geschirr und Kerzen eingedeckt, und in der Stereoanlage hatte der französische Sänger Roch Voisine in Endlosschleife seinen Song »Seul sur le Sable« gesungen.

Inka kannte das Getratsche in den Dörfern und Kleinstädten der Lüneburger Heide. Die Menschen wohnten teilweise seit Generationen in ihren Häusern, wussten, ob beim Nachbarn Kartoffelsuppe oder Gulasch auf dem Mittagstisch stand. Gerüchte blieben nicht aus. Doch war Vanessa Schönfeld ein flatterhaftes Mädchen, das sich für eine Weile aus dem Staub gemacht hatte? Oder steckte mehr dahinter?

Sie stand auf und schenkte sich einen Becher Kaffee ein, goss Milch hinzu, bis der Kaffee sich karamellfarben aufhellte, dann warf sie drei Stückchen Zucker hinterher. Mit dem Becher in der Hand stellte sie sich ans Fenster und sah hinunter auf den Hof. Auf ihrem Autodach glitzerten die Wasserperlen des nächtlichen Regengusses. Hinter ihr knatterte der Polizeifunk aus Salzhausen aus dem Funkgerät. Ein Dieb hatte in einem Supermarkt ein Rasierwasser gestohlen. *Wenn's nur das wäre.* Sie rührte mit dem Löffel im Kaffee. Was hatte Tilly heute Morgen gesagt: »Schnapp dir den Kerl, der Heideblut vergießt.«

Eine Gänsehaut lief Inka über den Rücken. So viele Mörder hatte sie in all den Jahren als Polizistin eingebuchtet. Nicht nur, seit sie wieder in Undeloh lebte, sondern auch in den fünf Jahren ihrer Lübecker Amtszeit.

Ein braunes Amselweibchen pickte in der Rabattenerde und zottelte einen Regenwurm aus dem Untergrund. Ein anderes Vogelweibchen kam hinzu und machte ihr das Frühstück abspenstig. Kampflos gab die Erste auf.

Inka wandte sich vom Fenster ab, rutschte hinter ihren Schreibtisch und schob den Keksteller mit dem süßen, würzigen Zimtgeruch von sich, der seit gestern auf dem Tisch stand. Sie schlug die Akte Knöppel auf. Sie gab nicht kampflos auf. Sie würde den Mörder ihres Patenonkels finden, und sie würde Vanessa Schönfeld finden. Jeder Mensch hinterlässt eine Spur, egal, wo er hingeht. Ob einen behördlichen Akteneintrag oder eine physische Spur.

Genau das war die Wahrheit.

Fridolins Untersuchungen zufolge stammte das Projektil, mit dem Gerd Knöppel erschossen wurde, aus einem Mauser Jagdgewehr K 98 mit Kaliber 308, erklärte Mark seiner Kollegin, als er das Büro betrat. »Das ist ein Gewehr aus Kriegszeiten. Er schätzt, es stammt aus dem Jahre 1941«, sagte er. Er ließ einen Karton Kekse, den er unter dem Arm getragen hatte, auf den Boden sinken.

»Morgen, Mark. Das heißt, wir dürfen jeden Jäger, jeden Landwirt und jeden Einwohner der Lüneburger Heide befragen, ob er oder sie ein Jagdgewehr aus Kriegszeiten von Opa im Keller bunkert. Oder wie darf ich das verstehen?« Inka blickte ihren Kollegen fragend an.

Mark wiegte den Kopf. »So oder so ähnlich«, entgegnete er. »Wobei wir unsere Suche auf Personen mit Schuhgröße vierzig bis vierundvierzig und fünfundvierzig und einem Gewicht von fünfundsiebzig bis neunzig Kilo, plus/minus vier Kilo, beschränken dürfen.«

»Die Schuhabdrücke im Wald.« Inka nickte.

»Richtig.«

»Was sagt Fridolin zu der Speicherkarte aus der Digitalkamera des Hobbyfotografen Peters?«

»Es ist nur Gestrüpp auf den Bildern. Nebelschwaden, die Wacholderbüsche umarmen. Peters' Angaben stimmen. Die Fingerabdrücke sind älteren Datums. Fridolin meint, den Spuren nach wurde die Karte vor einer Woche eingesetzt.«

»Hm«, brummte Inka und reckte die Arme so weit nach oben, dass ihr Schultergelenk ein knackendes Geräusch bis ins Rückgrat von sich gab. »Und was ist mit den Gewehren, die Amselfeld eingesammelt hat?«

»Du meinst, ob aus einem Gewehr geschossen wurde?«, fragte Mark.

Inka nickte.

»Ein Schuss von Jäger und Landwirt Edgar Jacobsen. Er hat ein Wildschwein erwischt, kurz bevor Amselfeld sein Gewehr einkassierte. Es fehlte nur das eine abgeschossene Projektil, das er für das Wildschwein brauchte. Genau zwischen die Augen. Haben die Kollegen schon aus dem Schweinekopf raus. Stimmt überein. Die Flinten seiner Jagdkumpane waren jungfräulich. Und unsere Schneverdinger Freifrau Leyla Marie von Falkenstein hat mit der Schrotflinte geschossen. Zwei Kaninchen und einen Fasan hat sie, wie ich hörte, erwischt.«

»Aber nur, weil sie zwei Gewehre dabeihatte«, ergänzte Inka.

»Zwei?« Mark krauste die Stirn.

»Ja, hab ich doch gesagt, dass sie mir aus dem Wald entgegenkam, als ich vorgestern noch einmal zum Tatort gefahren bin. Angeblich wusste sie nicht, was sie zum Geburtstagsessen ihrer Tochter auftischen und auf was sie am Morgen anlegen sollte. Hoch- oder Niederwild.«

»Nobel geht die Welt zugrunde – weht der Hauch Monaco-Glamour durch die Lüneburger Heide«, sinnierte Mark schmunzelnd. »Wobei zwei Karnickel und ein Vogel kaum ausreichen bei den fürstlichen Festen, die der Falkenstein-Landadel monatlich veranstaltet.«

»Ja, wohl nicht. Hat Frauke den Namen des Fahrers raus, der mit dem Rehbock auf der Laderampe?«

»Nein. Sie ist noch immer dran.«

»Verdammt. Lass uns zu den drei Bauern aus Dierkshausen. Ich will wissen, ob die Gerüchte stimmen und Gerd tatsächlich drei Höfe billig gekauft und teuer an die holländischen Investoren weiterverkauft hat.«

»Können wir Amselfeld beauftragen?«

»Nein, ich will das erledigen. Hast du gestern den Investor Becker noch einmal erreicht? Ist der noch in der Heide?«

»Nee, der ist wieder in Rotterdam. Ich hab ständig versucht, ihn ans Telefon zu kriegen, aber entweder war er in einer Sitzung oder außer Haus. Ich probiere es weiter. Vielleicht hab ich Glück und krieg einen anderen finanzkräftigen Holländer an die Strippe.«

»Ja. Wir müssen wissen, wann die Verhandlungen mit meinem Onkel begannen.«

»Klar. Wie bist du eigentlich unbeschadet ins Büro gekommen?« Mark stand auf und ging ein paar Schritte zum Fenster.

»Wieso?«

»Na, die da unten. Ich hatte Mühe durchzukommen.«

Inka trat zu ihm ans Fenster und traute ihren Augen nicht. »Mahlzeit«, sagte sie kopfschüttelnd. »Diese verdammten Schreiberlinge. Als ich ankam, war noch keiner da. Ist deine Bea auch dabei?«

»Nein.« Mark lachte. »Sie hat heute frei.«

Nicht nur vor der Hanstedter Wache hatte die Presse ihre Zelte aufgebaut, sondern auch am Tatort. Als die Absperrung entfernt und der Weg für Wanderer freigegeben worden war, hatte sich die Nachrichtenmeute wie ausgehungerte Geier auf den Naturistenweg gestürzt. Sie mischten sich mit Schaulustigen, die hofften, ein Tröpfchen Blut oder eine weitere Leiche zu finden. Sogar eine Schneverdinger Theaterlaienspielgruppe trieb sich am Tatort herum, um ein Stück einzustudieren. So hautnah sei es authentisch nachzuempfinden, wie sich das Opfer kurz vor seinem Tod gefühlt hatte. Wie makaber. Auch das Hotel-Gasthaus »Ferien auf der Heid« bekam sein Zuckerstückchen. Die Übernachtungszahlen verdreifachten sich.

Frauke Bartels hatte sämtlichen Medienleuten die Auskunft erteilt, die Pressekonferenz finde am Abend um achtzehn Uhr im Rathaus statt. Dennoch lauerten sie in ihren Übertragungsvans mit Kaffeebecher in der Hand, bis ein Beamter aus der Wache trat, den sie mit Fragen bombardierten.

»Mark«, sagte Inka und setzte sich zurück an ihren Schreibtisch, »ich war gestern bei zweien der Jäger, denen Kollege Amselfeld … Wo steckt unser Vögelchen eigentlich? Er ist doch sonst immer einer der Ersten, der morgens einfliegt.«

»Habt ihr euch noch nicht versöhnt?«

»Er hat mich angegriffen, ich habe ihm verziehen, er hört nicht auf, mich zu ignorieren oder mit sinnlosen Sprüchen zu argumentieren, sobald ich ihm eine Aufgabe stelle. Also lass mir wenigstens den Spaß, über ihn zu witzeln, wenn er nicht da ist.«

»Schon gut. Schon gut.« Mark hob beschwichtigend die Hände. »Ich glaub, er hat heute einen Urlaubstag. Taufe von seinem Jüngsten, hab ich so mitgekriegt.«

»Er hat Kinder?«

»Drei, vier.« Mark zuckte die Achseln. »Keine Ahnung.«

»Fleißig. Also, ich war gestern bei den Jägern Erik Eisenschmied und Thorsten Klinger, beide haben ein Alibi für die Tatzeit. Steht im Protokoll.«

»Du hast Papierkram erledigt?«

»Ja«, sagte sie. »Weißt du, was mir Kopfzerbrechen bereitet?«

»Na?«

»Die Amsel hat gestern die Waffen der Jäger eingesammelt, aber was ist, wenn einer eine zweite Waffe wie die Falkenstein im Kofferraum liegen hatte und es verschwiegen hat?«

»Dann sind wir am Arsch.«

»Der Mann mit seinem Pick-up, der mit dem Rehbock auf

der Ladefläche, könnte doch auch der Schütze gewesen sein. Immerhin kommt er, dem Nummernschild nach, aus der Region.«

»Wie sah er aus?«

»Mitte vierzig, Vollbart, grimmiges Gesicht, dunkle Augen. Erik Eisenschmied und Thorsten Klinger waren es nicht. Ich werde Reini um ein Phantombild bitten.«

Mark nickte. »Dann nehmen wir uns jetzt die letzten schießwütigen Grünmänner und ihre Waffen vor, die sie uns vielleicht verschwiegen haben.«

»Das hätten wir längst tun sollen«, sagte Inka. »Du gehst auf Eisenschmieds, Klingers, Clarsens und den Jacobsen-Hof.«

»Und die Freifrau?«

»Die übernehme ich.« Inkas Stimmung sank in den Keller.

»Danke«, sagte Mark. »Mit dieser überkandidelten Person komm ich nicht klar. Kartonweise kauft sie bei uns Kekse, aber ich bin froh, wenn ich ihr nicht über den Weg laufe. Ständig hat sie was zu meckern. Die Schokolade ist zu dick oder zu dünn. Die Cremefüllung zu süß oder sauer.« Mark rollte die Augen. »Was ist mit der Akte unserer Heidekönigin, du fleißiges Bienchen? Hast du sie durchgelesen?« Er griff zu einer Zimtwaffel.

»Vorsicht, mein Lieber. Die Bienen in der Heide sind angriffslustiger als sonst wo auf der Welt.« Sie grinste. »Fast. Und du hast mit den Schneverdinger Kollegen gesprochen? Können wir in die Hütte?«

»Ja. Kollege Lamprecht gibt grünes Licht.«

»Okay.« Inka sah auf die Uhr. »Dann treffen wir uns um zwei Uhr im Pietzmoor an der Hütte. Meinst du, dass du das schaffst?«

Mark nickte, nahm die letzte Zimtwaffel vom Teller und steckte sie in den Mund. »Aber wir können nur eines. Entweder in die Hütte oder zu Warder, Heinemann und Brodersen«, murmelte er mit vollem Mund.

»Stimmt, die haben wir ja auch an der Backe.« Inka runzelte die Stirn. »Na gut. Irgendetwas sagt mir, wir sollten zuerst in die Hütte.«

»Dann soll es so sein, Schnüffelnäschen.« Mark schmunzelte. »Willst du, das sind zart buttrige Bärentatzen mit Füßchen in Zartbitterschokolade getaucht?«, fragte er und leerte eine Kekstüte auf den Teller. »Die gehen im Oktober in die Produktion. Wir wissen nur noch nicht, mit welcher Füllung. Nugat oder Preiselbeergelee. Probier.«

»Später, Mark«, sagte Inka. »Könnte dieser Daniel Nissen etwas mit Vanessas Verschwinden zu tun haben?«

»Na ja, möglich ist es schon. Immerhin war er sauer, weil Jonas ihm am Krönungstag auf der Tanzfläche eins auf die Nase gegeben hat. Alle haben zugesehen, vielleicht gelacht. So was kratzt am Ego. Und vielleicht hat er sich dafür an Vanessa gerächt.«

Inka nickte. »Ich hab kein gutes Gefühl bei dem Fall.«

»Ich knöpf ihn mir vor, Inka.«

»Mach das. Dann muss die Amsel auf die Höfe der Bauern Brodersen, Warder, Heinemann flattern und sehen, ob da noch mehr Gewehre rumstehen. Wir können uns nicht zerteilen. Ruf ihn an. Wenn ja, soll er alle in die Technik bringen. Für wann hat er Werner Peters herbestellt?«

Mark zuckte die Schultern. »Keine Ahnung.«

»Hm. Gut. Bevor du losbraust, bestell Jonas für heute Nachmittag auf die Wache. Wann kommt Fritz wieder?«, fragte Inka, ohne Luft zu holen.

»Hat er nicht gesagt. Du kennst doch Jankowitz, wen der in den Fingern hat, lässt er so schnell nicht wieder los.«

»Was will unser Staatsanwalt von Fritz?«

»Beförderung?«

»Meinst du?«

Mark nickte. »Warum lädt er ihn sonst zu einer Jagd auf seinen pompösen geerbten Landsitz im Schwarzwald ein? Der hat einiges gutzumachen.«

»Du meinst, damit Fritz die Sache mit seiner Frau unter den Teppich kehrt?«

Mark nickte.

»Das macht Fritz nie, da kann ihm sonst wer Honig um den Bart schmieren. Aber ehrlich, glaubst du, Jankowitz ist …?«

Mark nickte ein drittes Mal, bevor Inka ausgesprochen hatte.

»Verdammt. Ausgerechnet wenn wir mitten in einem Fall stecken. Die hätten mit ihrer Jagd auch warten können.« Inka stöhnte.

»Der? Niemals, Inka. Für den muss alles sofort geschehen. Du kennst doch Jankowitz.«

Inka zog eine Grimasse. »Hat Fritz Landwirt Handke erreicht?«

»Ja. Handke hat ein Alibi. Seine Schwester war bei ihm, weil er stockbesoffen bei ihr anrief und ihr sein Leid von seinem toten Hund klagte. Sie ist zu ihm gefahren und war die ganze Nacht bis zum anderen Mittag bei ihrem Bruder. Sie sagt, Clemens hätte weder auf jemanden zielen noch jemanden treffen können, selbst wenn er zehn Zentimeter vor ihm gestanden hätte. Der war sternhagelvoll.«

»Na super. Wieder eine Sackgasse. Ich frag mich, wo Sebastian heute Morgen bleibt.«

»Ja, wundert mich auch«, sagte Mark.

Komisch. Er wollte sich heute Morgen melden. Gestern Abend war er, nachdem sie Harlekin und Bajazzo versorgt hatten, nach Hause gefahren. Über ihre zarten Annäherungen auf dem Totengrund, die der Regen unterbrochen hatte, hatte keiner von ihnen mehr ein Wort verloren. Auch als Inka in die Scheune gekommen war, um Sebastian beim Absatteln der Haflinger zu helfen, hatte er abgewinkt. Er kümmere sich um die Pferde, hatte er sie abgewürgt, und sie würden sich morgen sehen, war alles, was er ihr über die Schulter zugeworfen hatte. Kein Gruß, kein Blick, kein weiteres Wort. Nichts.

Inka griff zum Telefon, dann zu einem Keks.

10

Sebastian ließ die Eiswürfel in seinem Whiskyglas kreisen. Es machte keinen Sinn, länger gegen seine Gefühle anzukämpfen.

Vor einem Jahr waren seine Alpträume und Halluzinationen der Grund gewesen, warum er sich in die psychosomatische Klinik Seerosenhof hatte einweisen lassen. Für einen kurzen Augenblick war er zurückgeworfen worden an einen anderen Ort und zu Menschen, die er geliebt hatte, aber denen er nicht hatte helfen können.

Der Serienkiller, der persische und indische junge Frauen tötete und der auch seine Frau Maja und seine Tochter Katharina getötet hatte. Über fünf Jahre war es her. Es war seine Schuld, das sagten sie ihm in seinen Alpträumen. Nacht für Nacht. Seine Frau. Seine Tochter. Seitdem war sein Leben nicht mehr dasselbe, ausgelöscht von einer Sekunde zur anderen, vorbei, für immer verändert.

Doch jetzt blieb er wegen Inka in der Lüneburger Heide. Die unausgepackten Kartons aus der Othmarschener Hochhauswohnung ohne Namensschild, wo er niemanden kannte und kennen wollte, hatte er nach Wilsede transportiert, um in Inkas Nähe zu sein.

Ein halbes Jahr hatte er versucht, sich einzureden, dass sie ihn, seine Profilerkompetenzen für ihre Arbeit brauchte. Aber das war es nicht. Er hatte Inka als eine Frau und Polizistin kennengelernt, die ihre Fragen versiert bei der einheimischen Bevölkerung verhandelte. Sie ließ nicht locker, stellte Fragen um Fragen, so lange, bis sie mit der Antwort zufrieden war. Sie formte alle Informationen wie ein Knetgummimännchen, bis es aussah wie … wie der Mörder.

Inzwischen gestand er sich ein, dass er sich in Inka verliebt hatte, als sie sich vor einem Jahr in der Heide über den Weg gelaufen waren. Sie, eins sechzig groß, mit achtunddreißig vier Jahre jünger als er, kurzes blondes Strubbelhaar, blaue Augen und drahtig genug, um mit einem Schwung auf den Haflinger aufzusitzen, den sie ihm am Zügel entgegengeführt hatte. Was hatte sie ihm mit Harlekin für eine Heidenangst eingeflößt. Dieser braune Gaul, der in lila blühendem Heidekraut vor ihm stand wie ein riesiges Urzeitvieh und ihn aus schwarzen Augen fixierte.

Das Ausreiten mit Inka gehörte, wie die Arbeit in der Hanstedter Wache und die Kollegen, inzwischen zu seinem Leben. Doch wie weit durfte er ihr seine Gefühle offenbaren, ihr sagen, er könne sich eine feste Beziehung vorstellen? Es lag eine unangenehme Trennung hinter ihr, und vielleicht war sie noch nicht bereit für einen neuen Mann. Er wollte sie nicht drängen. Aber wahrscheinlich hatte er gestern Abend in der Scheune mit seiner schroffen Art nun jegliche Aussicht auf weitere Nähe vergeigt. Er war wütend.

Dennoch ließen sich die Gefühle für Inka nicht abschütteln. Ebenso die Schuldgefühle, die in ihm aufstiegen. Was würden Maja und Katharina sagen, wenn …? Er hatte sie geliebt, liebte sie noch immer, und dies würde sich bis an sein Lebensende nicht ändern.

Mit dem Zeigefinger strich Sebastian über das schwarze Lederarmband am linken Handgelenk. Auf der Innenseite standen eingebrannt die Namen seiner Tochter und seiner Frau. Zum dritten Hochzeitstag hatte sie es ihm geschenkt. Tränen rannen über sein Gesicht. Er würde sie nie vergessen. Nein. Und er würde nie aufhören, ihren Mörder zu suchen.

Die Augen geben das Innerste eines Menschen preis, sie lassen tief in die Seele blicken. In ihnen brennen Freude und Trauer. Er wollte es sehen. Ihn sehen. Die Augen des Ungeheuers, das sein Leben so verändert hatte, ihn leiden ließ und ihm immer wieder entkam, um Haaresbreite.

Sebastian stellte zum tausendsten Mal in den fast fünf Jahren fest, wie der Wunsch nach einem weiteren Whisky, das Verlangen nach Betäubung größer wurde als der Wunsch, zu essen oder sich zu waschen.

Sein Handy klingelte. Er sah auf die Anruferkennung. Inka.

Er drückte die Aus-Taste. Es war zehn Uhr am Morgen und er auf dem besten Weg, sich den ganzen Tag zu besaufen und in Selbstmitleid, Angstzustände, Schuldgefühle und Halluzinationen zu verfallen. *Guten Morgen, Mister Teufelskreis.*

Sebastian holte aus und warf das volle Glas mit Wucht an die Wand mit den Fotos, den Tatorten des »Kreuzers«, wie der Mörder deutschlandweit genannt wurde. Alles hatte er penibel aufgezeichnet, vergrößert und an die Wand seines Untermieterzimmers geheftet. Jede kleinste Spur des perfiden Spiels. Dann griff er zum Handy und wählte die Nummer eines Kollegen aus Hamburg.

Es gab kein Zurück.

11

Inka legte den Hörer zurück und stand auf. »Bis nachher«, sagte sie zu Mark, hob die Hand zum Gruß und eilte durch die Bürotür. Sie war schon im Treppenhaus der Dienststube, als ihr Martina Tamke, Vanessas Freundin, einfiel. Martinas Mutter hatte ihr mitgeteilt, dass ihre Tochter in der Uni zu Vorlesungen sei. Inka erreichte Martina auf dem Handy, und sie verabredeten sich um dreizehn Uhr am Schneverdinger Busbahnhofkiosk. Sie eilte die Treppen hinunter und zur Hintertür hinaus in die Mittagsglut, wo die Medienleute, die an ihren Übertragungswagen kampierten, auf Informationen lauerten. Sie warf Beas Kollegen einen kurzen Blick zu.

Die Sonne hatte unbarmherzig auf Inkas altersschwachen Golf geknallt und ihn aufgeheizt wie einen Backofen. Sofort stand ihr der Schweiß auf der Stirn. Sie kurbelte alle Scheiben herunter, ließ den Motor an, drehte die Lüftung auf höchste Stufe und fuhr, verfolgt von der Pressemeute, vom Polizeihof. Als sie auf die Hauptstraße einbog, sah sie im Rückspiegel, wie die Reporter die Mikrofone senkten und zurück zu ihren Wagen trotteten.

Die Lüftung gab ihr Bestes, doch es wurde erst kälter, als sie Hanstedt verließ, auf die Landstraße Richtung Schneverdingen einbog und das Tempo anhob. *Ich brauche einen Wagen mit Klimaanlage.*

Der Straßenasphalt flimmerte in der Hitze. Es war kaum Verkehr. Ein paar Busse, die Touristen in die Heideregionen brachten, ein Lastwagen, ab und zu ein Pkw. Der Nachrichtensprecher verkündete nach dem Regenguss der letzten Nacht hohe Luftfeuchtigkeit und Hitze über der Dreißig-Grad-Marke, die für die kommende Woche die Heide überrollen würde. Inka stöhnte und gab Gas.

Als sie in Schneverdingen einfuhr, piepte ihr Handy. Eine SMS von Sebastian. Sie überlegte, ob sie die Nachricht ignorieren sollte. Er hatte ihren Anruf weggedrückt, ohne mit ihr zu sprechen. Sie entschied sich dagegen und öffnete die Nachricht.

»Bin unterwegs und morgen oder übermorgen zu Hause. Melde mich, Basti.« Die Nachricht war eindeutig. Inka wusste, was das bedeutete. Sebastian verschickte nur schriftliche Nachrichten, wenn er getrunken hatte oder auf der Jagd war. Er war noch lange nicht genesen. Und er würde wieder herumirren, den Serientäter verfolgen, der seine Frau und Tochter getötet hatte. Er würde keine Ruhe finden, bis er ihm Auge in Auge gegenüberstand.

Immer wieder kam es vor, dass Sebastian einen oder mehrere Tage von der Bildfläche verschwand. Er sagte nicht, wo er war, Inka fragte nicht. Eine stumme Vereinbarung, die sie akzeptierte, aber auch ein Grund, keine Beziehung mit Sebastian aufzubauen, solange er sie nicht in sein Leben ließ.

Inka lenkte den Wagen vor die Garageneinfahrt, die zum Haus der Schönfelds in der Straße Am Dorfbrunnen gehörte. Ein weißes Einfamilienhaus, eingefriedet von grünen Sträuchern, die einen ordentlichen Gartenschnitt vertragen konnten. Sie ließ den Motor verstummen und stieg aus. Als sie an der Tür klingelte, hörte sie Schritte, dann sah sie, wie sich der Türspion verdunkelte.

»Wer sind Sie?«, fragte eine männliche Stimme durch das weiße Holz.

»Hauptkommissarin Inka Brandt, Hanstedter Wache. Es geht um Ihre Tochter, Herr Schönfeld. Sind Sie Hannes Schönfeld?«

Ohne eine Antwort wurde die Tür geöffnet.

»Haben Sie sie gefunden?« Ein Mann um die fünfzig in einer blauen Jeans und einem beigefarbenen Shirt sah sie aus müden Augen an.

»Nein, leider nicht«, sagte Inka.

»Was wollen Sie dann hier?«

»Dürfte ich reinkommen?«

»Nein. Ich hab nicht aufgeräumt.«

»Ich müsste in Vanessas Zimmer.«

»Da waren Ihre Kollegen.«

»Ich weiß, aber ich würde gern auch das Zimmer sehen.«

Mit schlaffer Armbewegung wies er Inka den Weg zur Treppe. »Oben, das zweite Zimmer auf der linken Seite.«

Vanessas Zimmer war penibel aufgeräumt. Auf einem Milchglasschreibtisch am Fenster standen ein frischer Blumenstrauß, eine schwarze Schreibtischlampe und eine mit Stiften und Notizzetteln gefüllte Ordnungsbox. Ein schwarzer, geschlossener Laptop, auf dem rosa Herzchen klebten, die sich leicht an den Enden aufrollten und ablösten, und ein Collegeblock mit einem Stift lagen daneben. Das Gespräch zwischen Vanessa und Ruth Jankowitz ging ihr durch den Kopf. Wenn Vanessa ihr von Knöppels Mauscheleien erzählt hatte, warum war nichts unternommen worden? Nur weil die Jankowitz ihr nicht geglaubt hatte? Oder hatte die Jankowitz sie angelogen und doch mit Gerd geredet, ihm von dem Gespräch mit Vanessa erzählt? Und Gerd hatte … Nein. Er war ihr Patenonkel. Auch wenn sie kaum Kontakt pflegten, wollte sie nicht glauben, dass es einen Mörder in ihrer Familie gab.

Inka rutschte auf den Schreibtischstuhl und sah aus dem Fenster hinaus in den Garten. Die Sonne hatte den Rasen verbrannt, und die Blumen ließen die Köpfe hängen. Sie mussten Tage nicht mehr gegossen worden sein, da selbst der Regenguss der letzten Nacht sie nicht zum Leben erweckt hatte. Eine mächtige Tanne stand im Garten, an ihren Spitzen hingen bunte Plastikostereier vom vergangenen Osterfest.

Inka drehte sich mit dem Stuhl in den Raum. Es war das modern eingerichtete Zimmer einer jungen Frau. Ein breites Bett mit Patchworkdecke in Königsblau und Lindgrün stand in der rechten Zimmernische, davor ein weißer, stoffbezogener Paravent mit chinesischen Schriftzeichen. Den restlichen Raum füllten ein dunkelblaues Ledersofa, ein weißer Cocktailsessel, ein Flachbildschirm, Holztischchen und zwei Highboards mit blau funkelnder Lichtleiste. Der Ficus benjamini neben dem Sofa ließ ebenso die Blätter fallen wie die Blumen im Garten.

Hannes Schönfeld sorgte für einen frischen Blumenstrauß auf dem Schreibtisch, aber ignorierte alle weiteren Gewächse.

Inka öffnete die erste der vier Schubladen eines Rollcontainers, der unter dem Schreibtisch stand. Handcreme, Taschentücher, Speicherstick. In der zweiten Schublade: Handykabel, Selfiestick. In der dritten Schublade lagen Stifte, Blöcke und ein Adressstempel. Die unterste Schublade war leer. Was hatte sie gehofft zu finden? Ein Tagebuch, in dem Name und Adresse des zweiten Liebhabers geschrieben standen? Waren Tagebücher nicht längst aus der Mode? Bis sie siebzehn war, hatte sie täglich Tagebuch geschrieben. Irgendwann wurden die Einträge weniger und hörten mit zunehmendem Alter auf. Als ihr Vater im Herbst die Laubtonne im Garten angezündet hatte, hatte sie alle gesammelten Werke hineingeworfen.

Inka bemühte sich, aus ihren Erinnerungen zurückzukehren, stand auf, blickte noch einmal durch den Raum und aus dem Fenster und ging die Stufen hinunter in den Flur.

Am Treppenaufgang blieb sie stehen. »Herr Schönfeld«, rief sie.

»Ich bin im Wohnzimmer«, kam es matt zurück.

Geradeaus durch den Flur folgte Inka der Stimme. Die Küchentür stand offen, sie wagte einen Blick hinein. Schmutziges Geschirr stapelte sich auf der Spüle. Der Herd war von übergelaufenem, eingebranntem Essen verkrustet. Drei Bierkisten füllten die Ecke neben zwei Mülleimern, aus denen es nach verfaulten Eiern stank.

Das Wohnzimmer war verdunkelt. Nur ein paar Sonnenstrahlen drängten durch seitliche Rolloschlitze und verteilten sich wie Laserstrahlen im Zimmer. Aufgeheizt von der prallen Sonne, die auf die Fenster knallte, roch der ungelüftete Raum nach Schweiß und abgestandenem Bier.

Hannes Schönfeld saß auf dem Sofa. Der Fernseher lief, zeigte eine Mittagssendung. Vor ihm auf dem Tisch stand eine geöffnete Flasche Bier, und auf der aufgeschlagenen Fernsehzeitung lag eine mit Kochschinken belegte Scheibe Schwarzbrot, die ihrem angetrockneten Äußeren nach vom gestrigen Abendbrot stammte.

»Herr Schönfeld«, begann Inka. »Ist alles in Ordnung?«

»In Ordnung? Was soll denn in Ordnung sein? Meine Tochter ist weg, und Sie fragen, ob alles in Ordnung ist. Natürlich ist es das nicht!«, brauste Schönfeld auf.

Inka nickte. »Bitte entschuldigen Sie.« Sie setzte sich in einen Sessel. »Bitte, Herr Schönfeld. Ich will nur helfen, Vanessa zu finden.«

»Das haben Ihre Kollegen zwei lange Tage getan, dann hatten sie keine Lust mehr.«

»Das stimmt nicht«, wandte Inka ein. »Ich weiß, dass die Schneverdinger Kollegen lange und gründlich nach Ihrer Tochter gesucht haben.«

»Einen Dreck wissen Sie! Sie sehe ich das erste Mal. Wo waren Sie, als meine Tochter verschwand?«

»Stopp, Herr Schönfeld. Jede Polizeiwache aus der Heide wurde informiert.« Dass sie in Hanstedt erst vorgestern von Vanessas Verschwinden gehört hatten, weil das Fax der Schneverdinger Kollegen hinter die Anrichte gerutscht war, verschwieg sie. »Doch Schneverdingen fällt nicht in unseren Zuständigkeitsbereich, darum –«

Hannes Schönfeld unterbrach Inkas Satz: »Na also, was wollen Sie dann hier, wenn Sie meine Tochter nicht interessiert?«

»Mich interessiert Ihre Tochter sehr wohl.«

»Ach ja.« Hannes Schönfeld blickte mit gequälter Miene zum Fernseher.

»Ja. Mein Patenonkel, Gerd Knöppel, ist ermordet worden. Ihre Tochter hat für ihn als Aushilfe im Rathaus gearbeitet. Wir vermuten, dass …« Jetzt war es Inka, die ihren Satz unterbrach. Denn was sie auch sagte, alles würde darauf hinauslaufen, dass Vanessa nicht mehr lebte.

»Was? Dass Vanessa tot ist? Dass Ihr Onkel meine Tochter umgebracht hat? Dass Jonas, ihr Freund, sie umgebracht hat? Oder verdächtigen Sie vielleicht mich?«

Hannes Schönfeld sprach aus, was sie dachte, und am liebsten hätte sie »ja« gesagt. »Können Sie sich vorstellen, dass Vanessa mit einem neuen Freund zusammen eine Auszeit genommen hat?«

»Nein, das kann ich mir nicht vorstellen«, erwiderte Schönfeld schroff.

»Wie war Ihr Verhältnis zu Ihrer Tochter?«

»Was soll diese blöde Frage? Wie es zwischen Vater und Tochter eben ist, wenn die Frau und Mutter verschwunden ist.«

»Das geschah, wie ich in der Akte las, vor zwölf Jahren, als Ihre Frau Sie verlassen hat.«

»Zwölf Jahre und vier Tage, ja. Und Delia hat mich nicht verlassen, sie ist von heute auf morgen verschwunden. Das ist ein gewaltiger Unterschied.«

»Gab es vorher Anzeichen für das Verschwinden Ihrer Frau? Hatten Sie Streit?«

»Was soll das jetzt? Wollen Sie mir etwas unterstellen?«

Inka ging auf Schönfelds Frage nicht ein. »Wissen Sie, wohin Ihre Frau gegangen ist? Hat sie sich gemeldet? Vielleicht zu Vanessas Geburtstag oder zu Weihnachten?«

»Nein, weiß ich nicht und hat sie nicht.«

Inka nickte. »Könnte es sein, dass Vanessa ihre Mutter sucht?«

»Wo denn? Wir haben nicht die geringste Ahnung, wohin sie verschwunden ist.«

»Nun, Vanessa arbeitete im Rathaus, möglich, sie hat beim Standesamt oder der Meldestelle nachgeforscht.«

»Nein. Das hätte sie mir gesagt. Ganz bestimmt, Frau Brandt.«

»Und wie sieht es mit Verwandten aus?«

»Wir sind allein.«

Inka nickte. »Herr Schönfeld, was ist an dem Abend vor zwei Wochen nach der Krönung geschehen? Gab es Streit zwischen Ihnen und Ihrer Tochter?«

»Sagen Sie, ticken Sie noch richtig? Anstatt mir Fragen zu stellen, sollten Sie lieber meine Tochter suchen.«

»Das tue ich, Herr Schönfeld. Aber wie ich sagte, Vanessas Verschwinden fiel nicht in unseren Zuständigkeitsbereich, somit war ich nicht vertraut mit dem Fall.« Jetzt war es raus. Fall. Das hörte sich nach Mord an. Inka erwartete eine donnernde

Antwort. Zu ihrem Erstaunen blieb der Mann auf dem Sofa völlig ruhig. »Je mehr ich über Vanessa und ihre Umgebung weiß, desto größer sind die Chancen, sie zu finden. Bitte helfen Sie mir. Auch wenn Sie alles schon meinen Kollegen erzählt haben. Manchmal fallen einem Kleinigkeiten erst nach Tagen oder Wochen ein. Doch genau diese Kleinigkeiten könnten uns zu Vanessa führen.«

Inkas Worte schienen in Hannes Schönfeld zu wirken. Er sah ihr fest in die Augen. »Ja. Es gab einen Streit, aber nicht mit mir, sondern mit Jonas. Er war sauer auf Vanessa, weil sie sich von Daniel hat anfassen lassen.«

»Ich las, Jonas habe Daniel von der Tanzfläche gezerrt und verprügelt.«

»Ja, das stimmt, aber hinterher hat Jonas Vanessa angeschrien, dass sie ja auch etwas hätte tun können.«

»Zum Beispiel?«

»Na ja, dem Daniel eine kleben oder einfach mit dem Tanzen aufhören.«

»Wie haben Sie die Situation oben auf der Tanzfläche mit Ihrer Tochter und Daniel erlebt?«

»Was gab es da zu erleben? Vanessa war zur Heidekönigin gekrönt worden, sie musste mit jedem, oder fast jedem, tanzen. Viele der Männer waren angetrunken. Daniel hatte auch einen zu viel gebechert. Standen Sie nicht unten am Podium?«, fragte Schönfeld.

»Ja, aber nicht so lange, um die Rauferei mitzubekommen.«

»Aha.« Hannes Schönfeld nickte. »Jonas war wütend und Vanessa auch. Aber das hielt bei den beiden nicht lange an. Vielleicht eine halbe Stunde, dann lagen sie sich wieder in den Armen.«

»Wussten Sie, dass Vanessa sich mit Jonas in Ihrer Hütte am Pietzmoor treffen wollte und dass sie Jonas etwas Wichtiges erzählen wollte?«

»Nein. Mir sagte sie, sie wolle mit Martina den Abend verbringen. Das mit der Hütte hab ich erst von Ihren Kollegen erfahren.«

»Hat Vanessa mit Ihnen über ihre Arbeit im Rathaus gesprochen?«

Hannes Schönfeld schüttelte den Kopf. »Warum fragen Sie?«

»In Dierkshausen soll eine Schweinemastanlage entstehen. Hat Vanessa darüber erzählt?«

»Ja, sie hat so was erwähnt. Vor drei Wochen. Wir saßen beim Abendbrot. Ich hatte Schnitzel gebraten und Kartoffelsalat gemacht. Sie liebt meine Schnitzel, müssen Sie wissen.« Ein leichtes Lächeln überzog Schönfelds Gesicht. »Sie schob den Teller beiseite und sagte, sie wolle kein Schweinefleisch mehr essen. Ich fragte sie, warum nicht. Da hat sie mir das mit der Anlage erzählt und dass sie die Tierquälerei in den Mastbetrieben nicht unterstützen wolle. Aber ich dürfe von der geplanten Anlage nichts weitererzählen, da es noch nicht offiziell sei.«

Inka nickte. »Kommen wir auf den Krönungsabend zurück. Vanessa wollte, wie sie Ihnen erzählte, mit ihrer Freundin in der Hütte feiern. Aber verabredet war sie dort mit Jonas. Was machte Jonas auf Sie für einen Eindruck, als er zu Ihnen kam und Vanessa suchte?«

»Als Erstes sollten Sie wissen, Frau Brandt, dass ich mit Vanessas Freundewahl nicht einverstanden war. Jonas' Vater und ich sind uns nicht grün. Ist eine lange Geschichte.«

»Ich höre gern Geschichten«, antwortete Inka und rutschte im Sessel zurück. Sie warf einen kurzen Blick auf ihre Armbanduhr. Sie musste noch zur Freifrau, und um dreizehn Uhr war sie mit Martina Tamke am Busbahnhof verabredet. Das wurde knapp.

»Ich kenne Gerd aus der Schule. Wir sind in Schneverdingen aufgewachsen. Er hatte was mit Delia. Eine kurze Affäre, vor gut zwanzig Jahren. Ist verjährt, aber wie zerstrittene Familien eben so sind. Gerd meinte, Vanessa wäre seine Tochter. Alle hat er verrückt gemacht mit seiner Verleumdung. Vanessa, Delia, unsere Freunde und mich. Ich wollte wissen, ob …« Hannes Schönfeld sah zur Bierflasche. »Überall hat er Lügen rumerzählt, so lange, bis ich, wir … wir haben einen Vaterschaftstest gemacht. Vanessa ist meine Tochter. Und jetzt kommt Vanessa mit Jonas daher. Ich war nicht begeistert, das können Sie sich wohl denken. Ich will mit Gerd und seiner Brut nichts zu tun haben.«

»Das wusste ich nicht«, sagte Inka. Wieder ein Stückchen Familiengeschichte, das ihr verborgen geblieben war. »Jonas ist mein Cousin. Da ich ihn nicht oft sehe, kenne ich ihn nicht genau. Für mich macht es den Anschein, dass er ein netter Junge ist.«

Schönfeld sah Inka in die Augen. »Stimmt. Entschuldigung. Sie sind ja verwandt mit … Hatte ich vergessen.«

»Schon gut«, sagte Inka.

Schönfeld nickte. »Ich wusste, sie trifft ihn heimlich. Was sollte ich machen? Sie ist eine erwachsene Frau. Aber ein Kind bleibt immer ein Kind, egal, wie alt es ist. Und Sorgen darf ich mir ja wohl machen.«

Inka ahnte, dass das nicht alles war, warum Hannes Schönfeld die Beziehung seiner Tochter mit Jonas missfiel. Und wie stand er dazu, dass Vanessa in Gerds Büro ausgeholfen hatte? Gab es Streit zwischen Vater und Tochter, den er ihr jetzt verschwieg?

»War es etwas Ernstes zwischen den beiden?«, fragte Inka.

»Vielleicht?«, wich Schönfeld aus, griff zur angetrockneten Schwarzbrotscheibe und biss hinein.

Mit vollem Mund redet man nicht. Inka hörte ihren Vater am Abendbrottisch. Es wurde wirklich Zeit, dass sie wieder nach Hause kamen. Nicht nur Paula vermisste ihre Großeltern, auch Inka wollte ihre Eltern endlich wiedersehen. Sie holte sich in Schönfelds Wohnzimmer zurück. »Am Abend nach der Krönung ist Vanessa mit dem Fahrrad vom Fest weggefahren. Ist das richtig?«

»Ja, sie ist eine begeisterte Fahrradfahrerin. Bereits als Dreijährige konnte sie ohne Stützräder fahren. Wir haben wunderbare gemeinsame Radtouren durch die Lüneburger Heide unternommen«, sagte Schönfeld, schluckte und warf das Brot zurück auf die Fernsehzeitung.

»Aber Vanessas Fahrrad steht bei Ihnen im Schuppen.«

»Ja. Und ihre Heidekrone liegt im Fahrradkorb. Sie wird sich umgezogen haben und zu Fuß zur Hütte gegangen sein. Jonas hat ein Auto.«

»Sie meinen, Vanessa fuhr mit dem Rad nach Hause, zog sich um und ging zu Fuß zum Pietzmoor, weil sie wusste, Jonas würde sie mit dem Auto nach Hause bringen.«

»Möglich.«

»Von hier bis zum Pietzmoor ist es nicht gerade um die Ecke. Und wo sind Vanessas Kleid und der Krönungsumhang? In ihrem Zimmer hängen die Sachen nicht. Haben Sie sie in die Reinigung gebracht?«

»Nein. Sie wird es sich auf dem Weg hierher anders überlegt haben und gleich zum Pietzmoor gefahren sein. Aber was macht dann ihr …«

Inka nickte. Sie wusste, warum Hannes Schönfeld zögerte. »Richtig, Herr Schönfeld«, sagte sie in die Überlegung des Mannes. »Vanessa muss zu Hause gewesen sein, wie kommt sonst ihr Fahrrad mit der Heidekrone in den Schuppen?«

Von der Schneverdinger Straße Am Dorfbrunnen bis zu Inkas Verabredung mit Martina Tamke am Busbahnhof waren es knapp vier Minuten.

Martina Tamkes dunkle Haare hielt ein perlenbestickter Haarreif aus dem runden Gesicht. Ihre üppige Figur verbarg sie unter einer weiten mintfarbenen Bluse, die sie über weißen Leggings trug. Als Inka ankam, saß Martina auf der Wartebank und lutschte an einem orangefarbenen Wassereis.

»Hallo, sind Sie Frau Tamke?«, fragte Inka.

Die Frau hielt das Wassereis in die Höhe. »Ich liebe dieses Eis«, sagte sie, und: »Ja, bin ich. Frau Brandt?«

»Ja. Inka Brandt, Hanstedter Wache. Wie ich am Telefon sagte, geht es um Ihre Freundin Vanessa Schönfeld.«

»Hören Sie, Frau Brandt. Ich habe keine Ahnung, was ich Ihnen noch sagen soll. Ihre Kollegen haben mich tagelang gelöchert. Und ich kann nur wiederholen: Vanessa ist mit einem neuen Freund durchgebrannt. Vermutlich wollte sie, dass ihr Verschwinden so aussieht, als wäre sie entführt worden, damit sie ihre Ruhe hat. Hat sie doch auch gut arrangiert. Die Kerzen, den Tisch und die Musik. Ich bin sicher, dass sie bald wieder auftaucht, als wäre nichts gewesen.«

»Hat sie das öfter gemacht? Ich meine, so einfach für zwei Wochen eine Auszeit genommen, ohne jemanden zu informieren?«

Martina Tamke lutschte am Eis, dann schüttelte sie den Kopf. »Ich glaube nicht.«

»Wenn Sie ihre beste Freundin sind, warum wissen Sie dann von keinem Kurzurlaub?«

»Beste Freundinnen, ja, aber deswegen hat sie mir trotzdem nicht alles erzählt.« Martina stand kurz auf und warf den Eisstiel in den Mülleimer.

»Ich verstehe«, sagte Inka. Doch sie verstand nicht. Beste Freundinnen in diesem Alter erzählten sich immer alles. Wie sie früher auch Teresa und Mark, ihren besten Freunden. Jede Kleinigkeit wurde sofort mitgeteilt, diskutiert und auseinandergepflückt. »An dem Abend, als Vanessa verschwand, erzählte sie ihrem Vater, sie wolle mit Ihnen in der Hütte feiern.«

»Ich war ihre Ausrede, wenn sie sich mit Jonas getroffen hat oder anderes vorhatte, wovon ihr Vater nichts wissen sollte.«

»Anderes?«

»Ja. Wenn sie länger wegblieb als vereinbart, so was eben. Ihr Vater ist wie eine Glucke. Ich mein, Vanessa war … wird zwanzig. Sie ist erwachsen, aber das will er nicht wahrhaben. Er will sie überall hinfahren und abholen wie eine Grundschülerin. Das nervt total.«

»Hat Vanessa das nicht gefallen?«

»Nein. Und wenn sie mit Jonas unterwegs war, dann hat ihm das erst recht gestunken. Die Familien sind sich spinnefeind, hat mir Vanessa gesagt. Aber was genau?« Die junge Frau zuckte die Schultern und blinzelte zur Eistafel. »Wollen Sie eins?«

»Nein danke«, sagte Inka und sah Martina nach, wie sie ein zweites Wassereis am Kiosk kaufte.

»Ich kann nicht widerstehen.« Ungeduldig wickelte sie das

Eis aus dem orangefarbenen Papier. »Aber mehr darf ich nicht.« Sie legte eine Hand auf ihren Bauch und lächelte.

Ihr rundes Gesicht erinnerte Inka an ihre Puppe Susi, mit der sie in ihrer Kinderzeit gespielt hatte. Sie hatte sie geliebt und überall mit hingenommen.

»Ist alles im grünen Bereich«, sagte Inka beruhigend. Sie meinte es, wie sie es gesagt hatte. Martina Tamke hatte sicherlich zwanzig Kilo zu viel auf den Hüften, dennoch war sie eine Frau mit wohlproportionierten Rundungen und hübschem Gesicht.

»Meinen Sie, oder sagen Sie das nur so?« Sie warf Inka einen zweifelnden Blick zu.

»Nein. Das meine ich ehrlich. Ihr Freund stimmt mir da sicher zu.«

»Ich habe keinen Freund.«

»Nein?«

»Nein«, sagte Martina. Ihr Blick verriet Traurigkeit ebenso wie eine Gleichgültigkeit, die Inka irritierte. Neunzehnjährige Frauen hatten doch fast nur Männer im Kopf, außer sie orientierten sich wie ihre Freundin Teresa gleichgeschlechtlich. Aber diesen Anschein erweckte Martina nicht. Im Gegenteil.

»Männer finden mich nett, unterhalten sich gern mit mir und fragen mich um Rat. Aber ausgehen und tanzen und für eine Beziehung will mich keiner. Das war schon immer so, auch in der Schule. Aber das macht mir nichts. Ich habe Vanessa. Sie ist toll.«

»Aber Vanessa hat Jonas.«

»Ja.« Martina Tamkes Gesichtszüge verkrampften. »Jonas, der ist ihr doch nicht treu.« Sie biss sich auf die Lippen, als hätte sie etwas ausgeplaudert, was sie verschweigen wollte.

»Sie meinen, Jonas hatte außer Vanessa noch eine Freundin.«

Martina zuckte die Schultern. »Weiß ich nicht. Aber kann ich mir vorstellen. Immerhin war er auf der Schule der Liebling aller Mädchen.«

»Auch von Ihnen, Martina?«, fragte Inka und sprach die Frau absichtlich mit Vornamen an.

Martina biss ein Stückchen Eis ab und verzog das Gesicht.

»Früher, jetzt ist er nicht mehr mein Typ.« Sie vermied es, Inka anzusehen.

»Waren Sie schon Heidekönigin, Martina?«

»Ich?« Die Frage kam etwas zu schrill. »Nein, um Himmels willen. Ich auf dem Krönungswagen, das wäre ja was.« Sie lachte, und ein glitzernder Schmuckstein auf ihrem Eckzahn blitzte auf.

»Wollten Sie nicht?«

»Meine Eltern wollten, dass ich mich bewerbe. Aber das ist nichts für mich. Ich hab viel zu lernen, wann soll ich da Zeit finden, mich um den Tourismuskrempel zu kümmern.«

»Aber als Heidekönigin die Heideregion zu präsentieren ist eine ruhmreiche Aufgabe. Davon träumt doch jedes Mädchen aus der Lüneburger Heide. Einmal oben auf dem Prunkwagen sitzen. Das Volk hat die Augen nur auf mich gerichtet, und jeder jubelt mir zu. Alle bewundern mich, mich, die Königin. Vier Tage lang bin ich der Mittelpunkt, dreht sich alles nur um mich, die neue Königin. Ich werde mit Geschenken, Aufmerksamkeiten und Freundlichkeiten überhäuft. Die jungen Männer der Heide liegen mir zu Füßen und buhlen um meine Gunst. Überall auf der Straße oder beim Einkaufen werde ich erkannt. Ich werde auf Feste eingeladen, bekomme den Ehrenplatz und werde angehimmelt. Ach, das wäre was«, schwärmte Inka, während sie Martina keinen Moment aus den Augen ließ.

Die Neunzehnjährige knickte den hölzernen Eisstiel in Stücke, bis er splitterte.

»Tatsächlich«, sagte Martina überraschend und warf die Holzstückchen unwirsch zur Seite. »Tja, jeder, wie er es mag. Und jetzt muss ich los. Ich hab zu lernen.« Sie griff nach dem dunkelblauen Rucksack, der neben ihr auf der Bank stand, und schwang ihn auf ihren Rücken.

»Eine Frage noch, Martina. Kann es sein, dass Vanessa nach ihrer Mutter sucht? Hat sie erwähnt, dass sie das vorhat?«

Martina Tamke schüttelte nachdenklich den Kopf. »Nein. Das war für sie, glaub ich, abgehakt. Ab und an sprach sie über sie, aber dass sie sie suchte … nein, das wirklich nicht.«

Inka nickte. »Wann waren Sie zuletzt in der Hütte der Schönfelds?«

Martina Tamke starrte Inka aufgeschreckt an und errötete. Oder war es nur die Hitze, die das Thermometer erbarmungslos über die Dreißig-Grad-Marke jagte?

»Das ist mindestens ein halbes Jahr her. Im Februar oder März muss es gewesen sein.«

»An dem Krönungsabend waren Sie nicht im Moor?«

»Nein. Ich bin nach Hause, als Vanessa losgefahren ist. Ungefähr gegen einundzwanzig Uhr. Warum fragen Sie?« Sie stand von der Bank auf und stellte sich vor Inka.

»Sie sagten, Vanessa hätte in der Hütte alles arrangiert. Kerzen, den Tisch und die Musik.«

»Ach so, ja, das hat mir Jonas erzählt. Er sagte, als er ankam, war der Tisch gedeckt, Musik spielte, aber Vanessa war nicht da.«

»Ich verstehe«, sagte Inka. Sie blinzelte der Sonne entgegen. »Jonas studiert mit Ihnen im gleichen Semester Geschichte. Richtig?«

»Im ersten Semester, ja. Wir haben vor drei Wochen mit dem Studium begonnen.« Martina lächelte.

»Es ist schön, wenn man sich von der Schule kennt und im Studium zusammen ist.«

»Ja. Wir helfen uns gegenseitig.«

»Vanessa hat sich nicht für Geschichte interessiert?«

»Nein. Sie steht auf Biologie und diesen wissenschaftlichen Kram. Kann ich jetzt?« Martina wies auf eine Reihe parkender Autos.

»Sicher. Vielen Dank für Ihre Zeit.«

Sie sah Martina nach, wie sie in einen kleinen blauen Wagen einstieg und davonfuhr.

Es war halb zwei, als Inka beschloss, erst zur Hütte zu fahren und hinterher die Freifrau zu besuchen. *Das Gute zum Schluss.* Sie schmunzelte. Sie lenkte ihren Golf auf die Verdener Straße und weiter Richtung Stadtausfahrt. Am Steakrestaurant hielt sie an und bestellte ein Knoblauchbrot. Zur Mittagszeit war im Restaurant und auf der Sonnenterrasse kein Stuhl und Tisch unbesetzt.

Inka verstaute die Flasche Cola in der Getränkehalterung, pulte das in eine Serviette eingewickelte Brot aus der Verpackung und biss herzhaft hinein, dann startete sie den Motor.

Mark Freese saß in seinem gelben Mini, als Inka ihren Wagen auf den Parkplatz am Pietzmoor lenkte.

»Du liebe Zeit, Inka, was hast du denn gefuttert?« Mark verzog das Gesicht, als Inka sich zu ihm herunterbeugte.

»Stell dich nicht so an. Das war nur ein Knobibrot«, frotzelte sie. »Warst du schon in der Hütte?«

»Natürlich nicht. Ich renn doch nicht bei dieser Hitze den Steg rauf und runter.«

»Also gut, dann steig aus deiner Werbedose aus und lass uns gehen.« Inka warf einen Blick auf das dunkelblaue Logo der Keksfabrik Freese & Söhne, das auf dem Wagen klebte und eine Seite der Karosserie in Beschlag nahm.

Die Mittagshitze brannte auf das Pietzmoor herab und verstärkte den herben, leicht modrigen Geruch des Moorwassers, der bei jedem Windhauch aus den jahrhundertealten Tiefen hervorstieg. Die schimmernden grün-blauen Mosaikjungfer-Libellen schwirrten mit leisem Summen über der Wasseroberfläche oder saßen auf den Blattstielen der auswuchernden Seggen, die ihre Spitzen ins spiegelnde Wasser tauchten. Ein aufgeschrecktes Kranichpärchen streckte die schwarz-weiß gezeichneten Hälse in die Flugrichtung, hob die langen Beine und schwang sich mit trompetenartigen Rufen in die Höhe.

Die Hütte der Familie Schönfeld lag dreihundert Meter vom Parkplatz entfernt am Ende eines Privatstegs, der durch ein rund gebogenes Gittertor führte. Inka drückte das Tor auf, das ein leichtes Quietschgeräusch von sich gab, und betrat den Weg. Vorsichtig, wie auf einer Eisbahn schlitternd, folgte Mark über den rutschigen Bohlenweg. Vorbei an dichtem Strauchwerk, Birkenbäumen und Seggenhügeln, an aufgelockerten Moorflächen, wo Wollgräser ihre weißen Wollschöpfe im sanften Sommerwind wiegten und der Sonnentau seine nelkenartigen, klebrigen Blätter streckte, um Beute zu fangen.

»Hat im Pietzmoor nicht der Lüneburger Heidemörder Karuschke seine Opfer versenkt?«, fragte Mark in die Stille.

Inka blieb stehen. »Im Moor wird alles Mögliche versenkt. Aber Karuschke kenn ich nicht. Welchen Heidemörder meinst du, Mark? Es gibt einige, die in der Vergangenheit unsere Gegend aufgewühlt haben.«

»Ich meine den, der die Rentner überfallen und ermordet hat.«

»Fällt mir jetzt nicht ein.« Inka schüttelte den Kopf. »Das muss vor unserer Zeit bei der Polizei gewesen sein.«

»Ist ja auch egal. Aber ich möchte nicht wissen, wer hier alles herumschwimmt und nie wieder auftaucht.«

»Irgendwann kommt auch im Moor alles ans Tageslicht, Mark. Und nicht nur die Leichen. Ich würde mich nur freuen, wenn es ein paar Jahrhunderte dauert, damit ich vorher in Ruhe mit Paula nach Helgoland fahren kann.«

»Warum willst du unbedingt nach Helgoland?«

»Warum nicht? Was hast du gegen die Insel?«

Mark verzog das Gesicht. »Mit zwölf hat mich meine Tante da hingeschleppt«, sagte er gelangweilt. »Es war ziemlich öde. Die Straße vom Anleger hinauf bis zum Oberland gab es nur Geschäfte mit Krimskrams, den niemand gebrauchen kann. Außer den zollfreien Waren, mit denen mich Tante Grete ausstaffiert hat, bis ich aussah wie ein Michelin-Männchen. Und dann die angriffslustigen Möwen. Ich sag dir, Inka, pass bloß auf Paula auf, dass sie nichts Essbares in der Hand hält, wenn ihr einen freien Platz betretet. Diese fliegenden, aggressiven Wegelagerer wissen, wo es was zu holen gibt. Und meist geht das nicht ohne Verletzungen ab.«

»Tatsächlich?« Inka sah Mark erstaunt an.

»Ja. Hast du das nicht gewusst? Silbermöwen sind keine Spatzen, sondern haben eine Flügelspannweite von über einem Meter sechzig und einen Schnabel, der nicht nur Kindern gefährlich werden kann. Einige Touris haben schon ordentliche Verletzungen davongetragen.«

»Ich dachte …« Inka zögerte. Nachdenklich zog sie die Augenbrauen zusammen. »Hm, vielleicht sollte ich ein anderes Ferienziel für mich und Paula suchen.«

»Fahr hin, wenn du die Insel sehen willst. Bleib zwei, drei Tage, aber sonst rate ich dir, verbringe deinen Urlaub an einer anderen Küste. Helgoland ist eine Insel für Rentner, Ornithologen oder Touris, die ein paar Euro für ihre Stange Zigaretten sparen wollen, nicht für Menschen in unserem oder Paulas Alter. Und das hat sich bis heute nicht geändert.«

»So hab ich das noch nicht gesehen, Mark. Aber du hast recht, ich werde mir die Fahrt gründlich überlegen. Schließt du auf«, sagte Inka, als sie die Veranda der Hütte betreten hatten.

Als Mark den Schlüssel im Schloss gedreht und die Tür aufgedrückt hatte, strömte ihnen pestilenzialischer Gestank entgegen.

»Wow, was ist das denn?« Inka hielt die Hand vor Nase und Mund.

»Das da, würde ich sagen«, bemerkte Mark und zeigte auf den gedeckten Tisch, wo ein gebratenes Hühnchen lag. Allerdings war es, nach dem Appetit der gelbschleimigen Maden, die zu Hunderten auf dem Huhn herumkrabbelten, inzwischen recht unvollständig.

»Verdammt, das vergammelte Ding hätten die Kollegen doch wegschmeißen können«, fluchte Inka.

»Da war es wohl noch nicht vergammelt«, entgegnete Mark. Er zog zwei Paar Latexhandschuhe aus der Jeanstasche und reichte Inka ein Paar. Während er die Handschuhe anzog, sah er sich in der Hütte um. »Geh zur Seite.« Er nahm die Kehrschaufel des Kaminbestecks, schob sie unter das Huhn und balancierte es nach draußen. Mit Schwung warf er das verweste Tier ins Moorwasser und klopfte die Schaufel mit dem restlichen Krabbelgetier an den Holzsteg.

»Das ist ja widerlich.« Inka öffnete ein Fenster.

»Was glaubst du, hier mit deinem Jagdinstinkt zu finden?«, fragte Mark und hängte die Kaminschaufel an ihren Platz.

»Alles das, was die Kollegen übersehen haben könnten«, antwortete sie und wies auf eine sich windende Made, die versuchte, sich auf einem Porzellanteller voranzubewegen.

Mark grinste, nahm den Teller und warf ihn samt Getier aus dem Fenster.

Inka hörte dem Platsch nach, als der Teller im Wasser landete. Sie lachte.

»Nein, ehrlich, ich habe keine Ahnung, Mark, aber du kennst mich doch. Besser noch einmal nachgesehen, als etwas übersehen.« Mit dem Fuß kickte sie eine Made, die auf dem Fußboden krabbelte, durch die offen stehende Hüttentür ins Freie. Dann beugte sie sich zum Kamin und besah die verkohlten Holzscheite. Eine silberne Haut hatte jedes Stück Holz wie ein Mantel eingehüllt. Inka nahm den Kaminstecher und stocherte in den Scheiten, die immer mehr auseinanderbröckelten. »Hm«, machte sie und richtete sich wieder auf.

Auf dem Kaminsims standen drei Fotografien in hellen Holzrahmen. Der Staub, der Zeit gehabt hatte, sich auszubreiten, vernebelte das Glas und die Bilder. Familienfotos der Schönfelds – Vater, Mutter, Kind –, ein kinderhandgroßes Schwarz-Weiß-Bild eines Ehepaars in Hochzeitskleidung. Ein weiteres Bild eines weiß-braunen Jack-Russell-Terriers, der von Vanessa, sie musste sieben Jahre gewesen sein, einen Waldweg entlanggeführt wurde.

Inka steckte den Handschuhfinger in den Blumentopf, der auf dem Fensterbrett stand. Die Erde war knüppeltrocken und pikste durch das Latex. Über den Blättern lag, wie überall in der Hütte, eine graue Staubschicht. In ein paar Wochen würde sich das Pietzmoor, ohne menschliches Eingreifen, ein Stückchen Land zurückerobern, das ihm die Menschen in früheren Zeiten mit dem Torfabbau gestohlen hatten.

Inka nahm die zwei Teppichläufer hoch, legte sie über die Stuhllehne und ging auf die Knie. Mit der Taschenlampe leuchtete sie in die Ritzen des Holzfußbodens.

»Du kannst mir gern helfen«, sagte sie zu Mark, der am Fenster stand und verträumt hinaus auf das Moor blickte.

»Die balzen«, sagte er, ohne auf Inkas Bitte einzugehen.

»Wer?«

»Die blauen Moorfrösche.«

»Jetzt? Im August? Du hast in Bio wohl geschlafen.« Grinsend sah Inka zu ihrem Kollegen. »Die Moorfrösche wechseln nur von März bis April ihre Farbe ins Blaue, und auch nur für ein paar Tage.«

»Was sind das denn da draußen für Viecher?«

»Das weiß ich nicht, Mark. Und jetzt komm her und hilf mir gefälligst.«

Außer weiteren Maden und anderweitigem Krabbelgetier entdeckten Inka und Mark auf dem Fußboden nichts an Spuren, die sie im Fall der vermissten Vanessa Schönfeld hätten weiterbringen können.

Auch im Bücherregal, wo Inka, wie in Vanessas Zimmer, auf ein verstecktes Tagebuch gehofft hatte, stand außer Liebesromanen und Historienschmökern, deren vergilbte Seiten ihr Alter verrieten, nichts Verwertbares. Inka legte die Läufer zurück an ihren Platz, als sie just auf einen Ziegel, der an der rechten Seitenwand des Kamins in unterster zweiter Reihe ein paar Zentimeter hervorstand, aufmerksam wurde. Sie ging in die Hocke.

»Was machst du da?«, fragte Mark, als er sah, wie Inka mit beiden Händen an einem Ziegelstein zottelte.

»Warte, ich hab's gleich. Hier. Na bitte«, stöhnte sie und plumpste samt Ziegel in den Händen auf den Hintern.

»Was willst du mit dem Stein?«

»Nichts, aber …« Inka legte den Ziegel zur Seite und steckte eine Hand vorsichtig tastend in die Mauerlücke. »Aber hiermit.« Sie zog einen Stapel Papiere hervor.

Mit den Unterlagen in der Hand stand sie auf und setzte sich, nachdem sie sich vergewissert hatte, dass keine Made auf dem Stuhl krabbelte, an den Tisch. Sie schob die restlichen Gläser, das Besteck und die Teller samt Tischdecke beiseite und breitete die Papiere aus.

»Wusste ich doch, dass ich was finde. Vanessa wollte Jonas etwas Wichtiges sagen. Wenn es das war, was sie auch der Jankowitz erzählt hat, dann hatte sie schriftliche Beweise. Und wo wären die sicher aufgehoben, wenn nicht hier. Vor allem, da sie sie Jonas zeigen wollte.« Inka breitete die Papiere aus. »Ich glaub es nicht. Gerd hat tatsächlich …«

Mark sah über ihre Schulter auf die Unterlagen. »Wenn ich das richtig deute, dann hat dein Patenonkel ordentlich in seine Tasche gewirtschaftet.«

Inka nickte. »Er hat den Bauern Warder, Heinemann und Brodersen ihr Land abgekauft. Aber nicht nur das, Mark, er hat verseuchten Grund gekauft.« Inka wies auf drei Bodengutachten, die den Weideflächen nutzlosen Grund bestätigten.

»Darüber wird er ordentlich wütend gewesen sein«, antwortete Mark.

»Eben nicht. Sieh auf das Datum.« Inka tippte mit dem Zeigefinger auf die Unterlagen. »Die Bodengutachten wurden ausgestellt, bevor er die Verträge mit den Bauern ausgehandelt hat. Und dann erst hat er die unbrauchbaren Weideflächen an die holländischen Investoren weiterverkauft.«

»Du hast recht, Inka. Die Verträge mit den Bauern und Investoren sind ein Dreivierteljahr alt, die Gutachten bereits ein Jahr. Das heißt, dein Onkel hat wie wir alle über die geplante holländische Anlage in den Zeitungen gelesen und ist dann, wie die Jankowitz sagte, auf den Zug aufgesprungen, ohne ein Wort verlauten zu lassen.«

»Richtig. Die Bauern waren froh, ihren verseuchten Grund los zu sein, den Knöppel für einen Spottpreis erworben hat, um ihn an die Investoren mit gutem Profit weiterzuverkaufen. Ohne Skrupel, dass die Holländer eine Anlage auf nutzlosem Boden bauen würden. Und die drei Bauern haben den Mund gehalten. Und das war es, was Vanessa Ruth Jankowitz vor einem Monat mitzuteilen versucht hat.« Inkas Zeigefinger tippte erneut auf die zwischen Gerd Knöppel und den Bauern geschlossenen Kaufverträge. »Dazu die Verträge mit Gerd und den Investoren.«

»Das ist ein Spottpreis für die Menge an Hektar. Und ein hervorragendes Motiv für deinen Onkel, seine Aushilfe zu ermorden. Vanessa hat herausbekommen, dass er ein krummes Ding mit den Bauern und Investoren dreht. Und klar wusste sie, dass das Land als Sozialbrache eine nicht mehr zu bewirtschaftende landwirtschaftliche Nutzfläche wird. Dann hat sie die Unterlagen kopiert und hier hinter dem Ziegel in der Hütte versteckt, wo sie garantiert nie jemand gefunden hätte. Außer du mit deinem Jagdinstinkt«, setzte Mark schmunzelnd nach. »Und das wollte sie Jonas Wichtiges erzählen. Vielleicht hat sie deinen Onkel erpresst?«

Inka zuckte die Schultern. »Möglich, aber vielleicht wollte sie auch nur, dass er alles wieder in Ordnung bringt. Und auf Hilfe hoffend, hat sie sich Ruth Jankowitz anvertraut.«

»Richtig«, stimmte Mark zu. »Vanessa wollte, dass die Jankowitz mit Gerd spricht. Vielleicht hat sie es sogar. Doch für Gerd war es längst zu spät, auszusteigen, weil er zu tief im Sumpf steckte. Und wie hätte es ausgesehen? Ein korrupter Ratsvorsitzender, der Bauern und Investoren über den Tisch zieht. Es wäre sein Untergang gewesen. Die Bürger der Heide hätten ihn nackt durchs Dorf gescheucht. Allerdings, ob ihm das viel ausgemacht hätte? Oh, entschuldige, Inka, ich wollte nicht ...«

»Schon gut.« Inka grinste. »Jedenfalls hat die Jankowitz Vanessa nicht geglaubt, und darum wollte sie Jonas einweihen. Nur will ich nicht glauben, Mark, dass mein Onkel Vanessa ermordet hat und ...« Inka zögerte. »Wenn er wusste, dass Vanessa seine Betrügereien weitergeplaudert hatte, dann war es doch sowieso egal. Oder er hätte die Jankowitz gleich mit umbringen müssen.«

»Tja, wie Fritz gesagt hat: Unter jedem Dach gibt es auch ein Ach. Und ob es dir gefällt oder nicht, Inka, es bleibt ein Motiv. Auch wenn ich dir mit der Jankowitz zustimme und ich mir Gerd ebenfalls nicht als Mörder vorstellen kann«, sagte Mark und nahm ein Telefonat auf seinem Handy an. Er meldete sich und fragte nach, da er den Anrufer nicht verstand. »Wer sind Sie? Ach so, ja. Guten Tag.« Er schaltete die Mithörfunktion ein. »Das sind die Holländer«, flüsterte er Inka zu.

»Ich habe leider eben erst Ihre korrekte Telefonnummer herausbekommen. Bitte entschuldigen Sie, Herr Kommissar. Ihre Telefonnummer ist mit einem Zahlendreher von unserer Sekretärin aufgeschrieben worden«, sagte der Mann am anderen Ende der Leitung, der sich als Björn Becker vorstellte. »Was kann ich heute für Sie tun, Herr Kommissar?«

»Hm«, brummte Mark in den Hörer. »Ich hatte gestern vergessen zu fragen, wann Sie und Ihre Kollegen mit dem Schneverdinger Ratsvorsitzenden Gerd Knöppel die Verträge mit den Bauern Brodersen, Warder und Heinemann geschlossen haben.«

»Das war, warten Sie, lassen Sie mich nachsehen.« Papier raschelte. »Am zwölften August vor einem Jahr.«

Mark zeigte auf die Unterlagen und nickte zu Inka, die verstand, was er ihr sagen wollte. Sie hatten das gleiche Datum in den Unterlagen gefunden. »Noch eine Frage, Herr Becker: Warum wurden die Verträge nicht mit den Bauern abgeschlossen, sondern mit Herrn Knöppel?«

»Weil uns Herr Knöppel mitteilte, er sei für den Verkauf der Höfe und des Weidelands zuständig. Zudem sagte uns Herr Knöppel, es sei der Wunsch der Bauern, dass er alles in die Wege leitet und sie so wenig Papierkram wie möglich erledigen müssen.«

»Können wir das schriftlich nachlesen?«

»Nein. Herr Knöppel meinte, die Herren Brodersen, Warder und Heinemann bräuchten keine schriftliche Vereinbarung, sie vertrauten ihrem Ratsvorsitzenden.«

»Und wie ist es mit Ihnen, Herr Becker?«

»Äh, ja. Wir auch, warum fragen Sie? Es ist doch alles zu jedermanns Zufriedenheit geregelt worden. Allerdings stehen für unser Projekt noch drei Höfe und das dazugehörige Weideland aus. Wer ist denn nun zuständig, wenn Herr Knöppel … Nun, wir müssen ja weiter planen.«

»Planen? Das wird erst einmal nichts, Herr Becker. Doch fragen wir uns, wie Sie ein so großes Projekt mit Herrn Knöppel überhaupt planen konnten.«

»Wie darf ich das verstehen, Herr Kommissar?«

»So wie ich es gesagt habe. Gerd Knöppel war Ratsvorsitzender aus Schneverdingen, aber saß weder im Winsener Bauamt noch im Asendorfer Gremium.«

Einen Moment herrschte Schweigen in der Leitung.

»Wir gingen davon aus, dass Herr Knöppel Handlungsvollmacht für die Höfe auf dem Dorf besaß«, sagte Becker vorsichtig, als würde er die weitere Entwicklung des Gesprächs ahnen.

»Nein. Die hatte er nicht. Die Gemeinde Asendorf in Zusammenhang mit Dierkshausen und den zuständigen Ausschüssen für Wege, Straßen, Bauen, Umwelt, Planen sowie natürlich der Gemeinderat wären Ihre Ansprechpartner gewesen. Ebenso der Bürgermeister und das Winsener Bauamt.«

Wieder war Stille in der Leitung.

»Ja, Sie haben recht«, sagte Herr Becker mit dem Akzent, der Mark an den verstorbenen Entertainer Rudi Carrell erinnerte. »Das wissen wir natürlich. Aber wie gesagt, wir nahmen an, Herrn Knöppel obliegt die Zuständigkeit. Wir waren unaufmerksam. Wir … wir werden alles bereinigen.«

»Herr Becker, wussten Sie von den verseuchten Böden der Bauern?«

»Wie darf ich das wieder verstehen?«

»Der Grund, den Sie von den Bauern oder eher von Herrn Knöppel erworben haben, ist keinen Pfifferling wert.«

»Pfifferling?«, wiederholte Becker.

»Cent. Euro«, setzte Mark nach. »Sie haben Weideland erworben, das eine Sozialbrache ist.«

Inka und Mark hörten tiefes Atmen.

»Wie Sie wissen, bin ich bereits wieder in Rotterdam. Gibt es Unterlagen über ein Bodengutachten, die Sie uns senden können?«, fragte Becker atemlos.

»Ja. Reicht ein Fax?«

»Natürlich. Ich danke Ihnen für die Auskunft. Wir melden uns. Auf Wiedersehen.«

Mark drückte den Aus-Knopf und verstaute das Handy in seiner Hosentasche. »Meine Fresse, da ist die Kacke ordentlich am Dampfen. Wenn Knöppels Betrug aufgeflogen wäre, wäre es sein Untergang gewesen, ob so oder so. Du hast gesagt, Vanessa hätte ihrem Vater von der Schweinemastanlage erzählt. Was ist, wenn Vanessa ihrem Vater auch brühwarm Gerds Gaunereien erzählt hat?«

Inka sammelte die Kopien zusammen. »Sie hat ihm von der Anlage erzählt und wollte kein Schweinefleisch mehr essen, das hat sie ihm erzählt, aber mehr …« Inka krauste die Stirn. Das vergangene Gespräch mit Hannes Schönfeld fiel ihr ein. Hatte er von Gerds Betrügereien gewusst und auch, dass seine Tochter ihn dabei erwischt hatte? »Du meinst, Schönfeld hat Gerd zur Rede gestellt, als Vanessa verschwunden war, und der hat gebeichtet, dass er Vanessa umgebracht hat. So in etwa?«

Mark wiegte den Kopf. »Ist nicht abwegig.«

»Hm. Oder es war Jonas, der seine Freundin … Immerhin wollte sie ihm Wichtiges an dem Abend in der Hütte erzählen. Und was ist wichtiger als das hier?« Inka legte ihre Hand auf die Unterlagen. »Sie gerieten in einen Streit, und er hat seine Freundin umgebracht, um seinen Vater zu schützen.«

»Oder deine Tante hat mit Vanessas Verschwinden etwas zu tun.«

»So kommen wir nicht weiter«, sagte Inka. »Lass uns einen Schritt nach dem anderen gehen und abwarten, was Jonas zu sagen hat.« Sie stand auf und ging zum Fenster. Als sie den Riegel umlegte, um das Fenster zu schließen, klimperte es auf dem Fensterbrett. Ein silberfarbener Ohrring mit einer erbsengroßen grünen Perle kugelte Richtung Blumentopf und klackerte an die Keramik.

»Was haben wir denn hier?« Inka zog ein Papiertaschentuch aus der Hosentasche, griff den Schmuck und hielt ihn in die Höhe.

»Der hat sich in der Übergardine verfangen«, sagte Mark. Er breitete den zartgelben Vorhangstoff aus. »Sieh, hier könnte er gehangen haben. Hier ist ein kleines Loch.«

Inka hielt den Anhänger, der an der Perle befestigt war, an das Gardinenloch. »Tatsächlich. Den müssen unsere Kollegen übersehen haben. Ich frage mich nur, wie kommt ein Ohrring an einen Gardinenschal?«

»Vielleicht ist Vanessa beim Fensterschließen oder Gardinenaufhängen mit dem Ohrring hängen geblieben.«

»Nein. Das spürt man. Sieh her, das ist ein Hakenverschluss, wenn du mit dem hängen bleibst, tut das höllisch weh.«

»Du meinst, der Ohrring wurde aus dem Ohr herausgerissen?«

»Ich meine, wir sollten die Spusi noch einmal in die Hütte schicken. Irgendetwas sagt mir, dass Vanessa nicht zu einem Liebesabenteuer auf und davon ist.« Inka wickelte den Ohrring in das Papiertaschentuch und steckte ihn in die Hosentasche. »Kannst du das erledigen? Ich fahr jetzt zur Freifrau.«

»Krieg ich hin«, sagte Mark und drehte den Schlüssel im Schloss der Hüttentür.

Leyla Marie Freifrau von Falkenstein lebte mit ihrem Mann und zwei Kindern in Königsmoor außerhalb Schneverdingens. Ihr Anwesen lag von der Straße getrennt hinter einer dichten Heckeneinfriedung und einem schwarzen Eisentor mit goldenen Spitzen. Verziert mit dem Monogramm seiner Besitzer, gewährte es nur spärlichen Einblick in das Grundstück.

Inka lenkte den Wagen dicht an die Einfriedung, hangelte mit dem Arm durch das heruntergekurbelte Fenster und drückte den Klingelknopf an der Messingtafel ohne Namensschild.

»Ja bitte. Sie wünschen?«, fragte ein Mann, dessen Wortwahl nicht auf Georg Alexander Freiherr von Falkenstein schließen ließ.

Inka kannte den Freiherrn als lustigen, sympathischen Mann, der aussprach, was ihm auf der Zunge lag. Immer wenn sie ihren Vater als Kind auf die Jagd begleitet hatte und auf den Freiherrn traf, zauberte er ein Fünfmarkstück aus ihrem Zopf hervor. Dass dieses bereits in seiner Hand gelegen hatte, begriff Inka erst als Jugendliche.

»Hauptkommissarin Inka Brandt. Ich möchte Frau von Falkenstein sprechen«, antwortete Inka in die Sprechanlage.

»Bitte fahren Sie vor«, sagte die Stimme.

Es summte, das zweiflüglige Eisentor öffnete sich und gab den Blick auf ein parkähnliches Grundstück frei. Langsam fuhr Inka nach rechts über eine geteerte Auffahrt, vorbei an grünen Rasenflächen, die keinen einzigen braun verbrannten Fleck aufwiesen. In einem Teich, der fünfmal so groß war wie der Undeloher Dorfteich, schwamm ein Entenpärchen. Zwei Gärtner in Arbeitskleidung gaben mannshohen Buchsbäumen einen kreativen Rundschnitt. Inka rollte weiter über die Auffahrt, die inzwischen geradeaus durch ein kleines Wäldchen mit Nadelbäumen führte. Nach guten achthundert Metern durch die Grünanlage entdeckte Inka das Anwesen. Mit ihrem Vater war sie ein paarmal als Mädchen hier gewesen, wenn die Falkensteins zur Fuchsjagd luden. Bereits als Kind hatte sie das Anwesen als Prinzessinnenschloss empfunden. Aber so riesig hatte sie es nicht in Erinnerung.

Ein rot glänzendes Dach bedeckte das Haus, das auf jeder der drei Etagen seiner Vorderfront fünfzehn Fenster zeigte. Zwei Türme an jeder Seite, auf denen je eine Fahnenstange mit hochgezogener Fahne das Familienwappen der Falkensteins zeigte, wiesen das Haus als Adelssitz aus. Ein Eingangsportal gab wagenradgroßen Blumenkübeln, üppig mit rosaroten Geranien bepflanzt, einen Platz neben dem Treppenaufgang.

Inka parkte den Wagen neben einem opulenten Busch Sommerflieder, der die Formen und Farben Weiß, Rot und Grün des Falkenstein-Wappens aufnahm. Ein Schimmel und eine rote Krone auf grünem Untergrund. Wofür die einzelnen Sinnbilder standen, hatte Inka bisher nie interessiert. Viele Großgrundbesitzer der Lüneburger Heide besaßen ihr eigenes Wappen, symbolisierten damit die Vergangen- und Verbundenheit ihrer Ahnen.

Inka stieg aus. Sie unterließ es, die Fenster hochzukurbeln und den Wagen abzuschließen. Als sie nach den sechsundzwanzig Stufen an der Eingangstür läutete, öffnete ein grauhaariger Mann in einem Frack. Doch kaum dass Inka ein Wort gesagt hatte, tönte es hinter dem Mann durch das Foyer. Leyla Marie

Freifrau von Falkenstein, in einem luftigen cremefarbenen Leinenkostüm und gleichfarbigen Pumps, klackerte über glänzenden elfenbeinfarbigen Fliesenboden in Inkas Richtung. Hinter ihr tobten die zwei roten Irish Setter, die Inka bereits im Geländewagen der Freifrau gesehen hatte. Die Hunde jagten kläffend einem roten, faustgroßen Ball hinterher. Was ihnen sichtlich schwerfiel, da sie auf dem glatten Boden ausrutschten und wie Schlittschuhfahrer wirkten, die zum ersten Mal Eis betraten.

Ohne Gruß polterte die Freifrau los: »Die Angelegenheit, in der Sie hier sind, ist schnell geklärt, hoffe ich. Kommen wir gleich zum Wesentlichen und bringen es hinter uns«, sagte sie.

Unwirsch schob sie sich vor den Mann im Frack. Ihre aufrechte, steife Haltung drückte aus, wie überlegen sie sich fühlte. Sie versuchte nicht einmal, ihre Verachtung zu verbergen.

Inka stöhnte innerlich auf. *Was glaubt diese eingebildete Person, warum ich hier bin? Vielleicht, um für eine Spende für die neuen Kirchenglocken zu sammeln?* Bisher war Inka nur nervös gewesen, jetzt wallte die Abneigung gegen diese Frau in ihr auf.

»Das kommt mir gelegen, Frau von Falkenstein«, antwortete Inka.

»Fein«, sagte diese und an den Mann im Frack gewandt: »Sie dürfen gehen, Alfons. Und sperren Sie gefälligst Lady Elisabeth und Lady Eleonora ein. Ich will nicht, dass sie ständig im Haus umhertollen.«

Der Frackträger nickte und entfernte sich wortlos.

»Bitte«, sagte die Freifrau. »Gehen wir in die Bibliothek.«

Im Haus war es erfrischend kühl. Inka genoss die Kühle, die sich über ihre nackten Arme legte.

Die Bibliothek konnte wahrlich als Bibliothek bezeichnet werden. Um diese Menge an Literatur durchzulesen, die in deckenhohen nussbaumfarbenen Bücherregalen stand, brauchte es mehr als ein Leben. Auf einer Leiter, die an der linken Seite des Raumes an einem Regal lehnte, stand ein Hausmädchen mit einem Staubwedel in der Hand. Als sie Inka und die Freifrau entdeckte, hielt sie in ihrer Arbeit inne.

»Elisa, bitte setzen Sie Ihre Arbeit in der Bibliothek später fort«, forderte die Freifrau ihre Angestellte in dem gleichen herrischen Ton auf, den sie dem Frackträger gegenüber angeschlagen hatte.

»Jawohl, gnädige Frau.«

»Und bringen Sie uns Tee. Oder möchten Sie etwas anderes, Frau Brandt?«

»Tee ist wunderbar«, sagte Inka und sah dem Hausmädchen nach, wie es aus der Bibliothek eilte.

»Bitte.« Die Freifrau zeigte auf zwei einander gegenüberstehende braunlederne Chesterfieldsofas, die einem Zwei-Meter-Mann einen gemütlichen Mittagsschlaf gewährt hätten.

»Danke. Ja, dann kommen wir gleich zu dem Grund meines Besuches«, begann Inka. »Ich möchte Sie bitten, dass Sie mir alle Jagdgewehre aushändigen, die Sie im Hause haben. Die Schrotflinten benötigen wir nicht.«

»Wozu?«

»Um zu untersuchen, wann das letzte Mal mit ihnen geschossen wurde«, antwortete Inka kühl.

»Dass Sie die nicht auf dem Flohmarkt verscherbeln wollen, ist mir klar«, sagte die Freifrau schnippisch. »Aber warum wollen Sie meine Gewehre? Ich sagte Ihnen bereits, dass ich auf der Jagd nur mit Schrot geschossen habe.«

»Das mag richtig sein, Frau von Falkenstein, aber Sie hatten zwei Gewehre auf der Jagd dabei. Und wer sagt uns, dass nicht ein drittes Gewehr im Auto lag?«

»Mit dem ich Gerd erschossen habe? Sie ...« Die Freifrau zögerte, als das Hausmädchen einen Servierwagen in die Bibliothek fuhr.

»Danke«, sagte sie, »wir schenken uns selber ein. Beeilen Sie sich jetzt und richten Sie das Gesindehaus für unseren Wochenendbesuch. Und vergessen Sie mir nicht, Getränke, frische Blumen, Obst und Gebäck bereitzustellen. Haben Sie verstanden?«

»Sehr wohl, gnädige Frau«, antwortete das Hausmädchen, wirbelte herum und verschwand auf den Sohlen seiner weißen Gummisandalen.

»Das Personal heutzutage versteht keine andere Sprache«,

entgegnete die Freifrau fast entschuldigend, als sie Inkas verwunderten Blick auffing.

Inka wartete, bis die Zimmertür geschlossen war, dann sagte sie, in Gedanken noch bei dem Hausmädchen: »Nein. Wenn, Frau von Falkenstein, dann haben Sie meinen Onkel nicht vorsätzlich erschossen, diesen Skandal würden Sie Ihrer Familie nicht antun, egal, welchen Grund Sie auch gehabt hätten. Wie Sie im Affekt handeln würden, müsste ein Kollege in einem Profil ausarbeiten. Das ist jedoch zurzeit, wie ich denke, nicht nötig. Dennoch gehört es zu unseren Aufgaben, alle Möglichkeiten zu untersuchen. Was sicherlich auch in Ihrem Interesse liegt.«

»Was lassen Sie denn für eine gestelzte Assoziationskette los, Frau Brandt? Ich könnte oder würde, das ist doch völlig absurd. Und natürlich will ich, dass Gerds Mörder gefasst wird. Immerhin war er unser Freund«, brüskierte sich die Freifrau.

Sie reichte Inka die Tasse.

»Danke«, sagte Inka und nippte am Tee.

Eindeutig Darjeeling und einer der besten Marke. Sie kannte sich ein wenig aus. Flora, Teresas Lebensgefährtin, eine Halbinderin und Buddhistin, hatte sie vor drei Monaten zu einem Tee-Einsteigerabend in den Egestorfer Resthof eingeladen, wo zwölf interessierte Teilnehmer die Unterschiede des »Champagners unter den Tees« kennenlernen durften.

»Der ist sehr gut, würzig und duftig«, sagte sie. »Es müsste ein Sommertee aus Nordindien sein, der in dem kaum bekannten Garten Avongrove neben dem Balasun-River wächst.« Inka stellte die zierliche, mit kleinen blauen Blumen bedruckte Teetasse, die, wie sie vermutete, aus feinstem Porzellan hergestellt worden war, auf den Unterteller und den mit Glaseinsätzen gearbeiteten Wurzelholztisch.

»Sie erstaunen mich, Frau Brandt.« Die Höflichkeit war in das Gesicht der Freifrau zurückgekehrt.

»Und ich fühle mich geehrt, dass ich einen Tee mit Ihnen trinken darf, von dem das Kilo um die hundert Euro kostet.«

»Bitte, gern.« Die Mundwinkel der Freifrau zuckten. »Ein Stück Gebäck?« Mit ausladender Handbewegung wies sie auf eine silberne Schale. Es war die gleiche Sorte Gebäck, die Mark ihr im Büro angeboten hatte.

»Nein danke. Kommen wir auf Ihre Gewehre zurück.« Für einen kurzen Augenblick schwenkte Inka ihren Blick zu vier mannshohen Ölgemälden an der einzigen buchfreien Wand.

»Gefallen sie Ihnen?«, fragte die Freifrau Inkas Blick folgend.

»Ich mag die plastische Aussagekraft der Gesichter. Haben Sie die Bilder gemalt?« Inka sah der Frau, die ihr gegenübersaß, in die grünen Katzenaugen. Die grüne Augenfarbe ist die seltenste auf der Welt, das hatte sie gestern Abend in einem Fernsehbericht erfahren.

»Ja. Diese, wie viele Bilder, die in den Galerien in Hamburg, Düsseldorf, Berlin, Amsterdam und London aushängen. Aber ich male nicht nur Gesichter, sondern auch Landschafts- und Tierbilder. Sie stehen alle zum Verkauf, falls Ihnen eines gefallen sollte … nur zu.«

»Für Bilder dieser Größe reicht der Platz in meiner Wohnung nicht aus. Aber vielen Dank. Doch sollten wir uns jetzt Ihren Gewehren widmen, Frau von Falkenstein. Wo ist Ihr Waffenschrank?«

»Im Hinterhaus, dem früheren Gesindehaus. Möchten Sie noch eine Tasse Tee?«

»Danke, nein.« Inka war nicht entgangen, dass die Freifrau sie von den Gewehren abzulenken versuchte. »Ich würde den Schrank gern sehen.« Sie blieb hartnäckig.

»Meinetwegen.« Leyla Marie Freifrau von Falkenstein stand auf, und Inka folgte.

Das Gesindehaus lag abseits des Haupthauses, versteckt hinter einem Rosengarten, der die Größe eines Fußballfelds besaß. Ein süßer, pudriger Duft wehte aus Millionen geöffneter Blüten, die mit glutroter Farbenpracht ihre Köpfe der Sonne entgegenstreckten.

»Sind die Rosen nicht wundervoll«, sagte die Freifrau und hielt die Nase an eine Blüte. »Diese heißt nach meiner Tochter Lisa Marie. Die Rosen und die daraus gewonnenen Essenzen sind ihr Beruf. Parfümhersteller aus Frankreich reißen sich um diese Blüten. Ich lasse Ihnen einen Strauß pflücken«, sagte die Freifrau.

»Vielen Dank«, sagte Inka, verschweigend, dass sie Sonnenblumen bevorzugte. »Ich dachte, Ihre Tochter malt. Ich wusste nicht, dass sie sich duftenden Arbeiten widmet.«

»Das ist richtig. Aber Sie wissen doch, Künstler haben es nicht immer leicht, auch wenn sie …« Die Freifrau zögerte kurz. »Es ist ihr zweites Standbein«, sagte sie, als sie das Ende des Rosenfeldes erreicht hatten.

Inka nickte. Lisa Marie von Falkenstein bekam durch die Geburt mit dem goldenen Löffelchen ihre Beziehungen in die Wiege gelegt. Sie brauchte kein zweites Standbein, außer um auf ersteres aufmerksam zu machen. Wie Inka gehört hatte, malte Lisa zwar wie ihre Mutter, aber ihr Talent bewegte sich in begrenztem Rahmen.

»So, da sind wir am Gesindehaus angekommen. Heute leben hier keine Angestellten«, plauderte die Freifrau und schloss die Tür des weiß verklinkerten Hauses auf. »Es wird als Gästehaus eingesetzt. Bitte, treten Sie ein.«

Im Gesindehaus war es so angenehm kühl wie im Haupthaus. Ein leichtes Frösteln überzog Inkas Haut, das nicht von der Kühle herrührte, sondern von den ausgestopften Fasanen, Mardern, dem Keilerkopf und den Hirschköpfen, die die rau verputzten Wände der Diele zierten. Inka war die Jagd nicht fremd, doch erlegte Tiere als Trophäen an Wänden waren ihr zuwider.

Die Freifrau zeigte auf einen dunklen Holzschrank mit verglaster Tür, der rechts an der Wand stand.

»Da finden Sie alle Gewehre, die mein Mann und ich besitzen. Zwei Schrotgewehre, die würde ich gern behalten, und zwölf Jagdgewehre.«

Inka legte den messingfarbenen Hebel über dem Schloss des Schrankes um. »Ist der Schrank immer geöffnet?«

»Nein … das ist er normalerweise nicht, aber … Ich verstehe das nicht.« Die Freifrau wirkte zugleich irritiert und angespannt.

»Und die Munition liegt neben den Waffen. Wie praktisch.« Inka griff zu drei Patronenpackungen.

»Was soll das, Frau Brandt? Ich weiß sehr wohl, dass Waffen und Munition getrennt aufzubewahren sind. Ich bin ja nicht …« Sie zögerte. »Die Munition lagert normalerweise im Keller, verschlossen in einem Wandschrank. Warum sie hier liegt …«

Inka sparte sich weitere Worte. Die Freifrau über das Waffengesetz aufzuklären oder ihr eine Anzeige wegen des Verstoßes anzuhängen wäre überflüssig. Die Anwälte der Familie von Falkenstein fänden genug Hintertürchen, um ihre Mandanten von jeglicher Schuld freizusprechen. Zudem war sie sicher, dass dies eine Unachtsamkeit und nicht die Normalität war und dass sie deshalb keine behördliche Papierflut in Gang setzen musste.

Einen üppigen Rosenstrauß und zwölf Gewehre legte Inka, nachdem sie der Freifrau den Erhalt quittiert und den Waffenschein kontrolliert hatte, auf die Rückbank ihres Wagens. Die Kollegen der KTU würden mit den weiteren eingesammelten Gewehren der Jagdkumpane ordentlich Arbeit haben.

Als Inka ihren Wagen durch die Parkanlage zum Ausgang lenkte, klingelte ihr Handy.

»Hallo, Mark, was gibt es?«, fragte Inka und trat auf die Bremse.

»Hallo, Inka. Frauke konnte dich nicht erreichen. War dein Handy ausgestellt?«

»Ja. Für die Zeit, wo ich mit der Freifrau … egal. Was ist los?«

»Du wolltest doch, dass sie den Halter des Geländewagens herausfindet.«

»Und?«, fragte Inka, während sie einem Gärtner zusah, der mit Anglerhose und Kescher im Teich stand und Fadenalgen aus dem Wasser fischte.

»Nichts. Das Kennzeichen existiert nicht.«

»Wie, das existiert nicht? Wie kann das sein?«

»Woher soll ich das wissen? Sie konnte auf jeden Fall nichts finden.«

»So ein Mist. Kannst du Reini und seine Software für ein Phantombild am Nachmittag ins Büro bestellen? Ich hab es noch nicht geschafft, ihn anzurufen. Aber ich will wissen, wer der Kerl war, der ein Reh auf der Laderampe spazieren gefahren hat. Womöglich ist er unser Täter.«

»Ich hol deinen Schatz. Das krieg ich hin. Wann bist du wieder da?«

»In einer Stunde. Ich will erst bei den Kollegen die Gewehre der Freifrau abliefern. Sind Jonas und Peters eingetroffen?«

»Gut, dass du danach fragst. Jonas hat angerufen, er kommt eine Stunde später. Von Peters hab ich keine Nachricht.«

»Passt. Danke, Mark, bis nachher. Und übrigens, Reini ist nicht mein Schatz.« Inka legte auf und trat aufs Gaspedal.

12

Bevor es an der Bürotür klopfte, hatte Inka die Akte Vanessa Schönfeld durchgelesen.

»Hallo, Jonas. Schön, dass du da bist. Fangen wir gleich an. Glaubst du die Geschichte von einem neuen Freund?«, fragte Inka den jungen Mann, der sich vor ihren Schreibtisch auf den Stuhl setzte.

»Mensch, Inka. Nein, natürlich nicht. Hab ich doch alles schon deinen Kollegen in Schneverdingen erzählt. Vanessa und ich, wir lieben uns, warum sollte sie …«

Jonas Knöppel schluckte. Ein junger Mann, der gerade sein Abitur bestanden hatte und im ersten Semester Geschichte studierte. Er sah gut aus, keine Frage. Ein Zwanzigjähriger, der durchaus in einer dieser Jungenpopbands der Sänger oder Gitarrist hätte sein können, vor dem Mädchen in Schreikrämpfe verfielen oder reihenweise in Ohnmacht, sobald er die Bühne betrat.

Er nahm einen Schluck Mineralwasser, um das er Inka gebeten hatte. »Das hat Martina gesagt, die alte Ziege. Stimmt's?«

Inka nickte. »So steht es in der Akte.«

»Die spinnt. Ich hätte das bemerkt, wenn Vanessa mit mir Schluss machen wollte. Martina ist nur …« Jonas zögerte.

»Ja?«

»Ach, ich weiß nicht, Inka. Ich glaub, sie studiert nur Geschichte, weil ich dieses Fach gewählt habe. Vanessa hat mir erzählt, dass Martina wie sie Biologie studieren wollte, aber dann soll sie sich im letzten Moment umentschieden haben.« Jonas schüttelte den Kopf. »Kann auch Einbildung sein«, wiegelte er schnell ab.

»Hat sie Andeutungen über ihre Gefühle zu dir verlauten lassen?«

»Nein, aber … Sie betüdelt mich. Bringt mir Obst oder Schokolade mit. Ich brauch nur zu sagen, dass ich einen Bleistift kaufen muss, schon liegt morgens ein Stift auf meinem Platz. Das ist nicht normal. Ich hab ihr gesagt, dass sie das lassen soll, aber …« Jonas zuckte die Schultern.

»Du meinst, sie ist in dich verliebt?«

Jonas zuckte ein zweites Mal die Schultern. »Ich weiß nicht, wie gesagt, kann Einbildung sein. Vielleicht will sie nur freundlich sein. Aber zu viel Freundlichkeit ist auch zu viel. Und ich weiß, dass sie wie Vanessa lieber Biologie anstatt Geschichte studiert hätte.«

Inka nickte nachdenklich. »Kommen wir auf Vanessa zurück. Kann es sein, dass sie dir an dem Abend in der Hütte den Laufpass geben wollte? Vielleicht war das das Wichtige, das sie dir erzählen wollte? Vielleicht war es ein Abschiedsessen unter Freunden, das du anders gesehen hast? Vielleicht bist du wütend geworden und ausgerastet und hast sie ermordet?« Weitere »vielleicht« behielt Inka vorerst für sich. Auch das »vielleicht« mit Vanessa und der Ratsvorsitzenden Ruth Jankowitz. Sie wollte Jonas nicht erzählen, dass Vanessa Kopien gemacht und herausgefunden hatte, dass sein Vater ein korrupter Politiker oder gar Mörder seiner Freundin war. Sie brauchte erst Klarheit.

»Vielleicht. Vielleicht. Vielleicht. Nein, Inka, das ist totaler Quatsch. Seh ich wie ein Mörder aus? Glaubst du das wirklich? Ich sagte dir doch, wir wollten miteinander …« Jonas Knöppel machte eine Pause.

»Vanessa ist neunzehn Jahre. Ich meine … junge emanzipierte Frauen in dem Alter haben …«

Jetzt war es Inka, die eine Pause machte. Ihr erstes Mal mit einem Jungen lag fünfundzwanzig Jahre zurück. Sie war vierzehn, er fünfzehn. Zwei Kinder, die sich ausprobierten, weiter nichts.

»Nein. Vanessa war anders. Sie wollte, dass es etwas ganz Besonderes wird.« Jonas senkte den Blick zu Boden.

»Wie lange seid ihr zusammen?« Inka warf einen kurzen Blick in die Akte. »Zwei Jahre.«

»Ja, eigentlich schon länger, drei Jahre und zwei Monate. Ich liebe sie, und ich wollte sie nicht drängen.«

»Das nenn ich anständig. Oder was meinst du?« Inka sah zu Mark und erntete müde Zustimmung.

»Also gut, Jonas. Wenn es nicht der Grund war, dass Vanessa mit dir Schluss machen wollte, was wollte sie dir dann dringend erzählen?«

»Woher soll ich das wissen, Inka?« Er sah auf und blickte ihr direkt in die Augen.

Sie fand, er wirkte aufrichtig bestürzt. Was natürlich Show sein konnte. *Wer sieht schon hinter die Stirn eines Mörders?* Aber hatte dieser junge, gut aussehende Mann, der dazu noch ihr Cousin war, seine Freundin verschwinden lassen, ermordet? War es am Ende ein Eifersuchtsdrama, das sich zwischen zwei Liebenden abgespielt hatte? Oder hatte Vanessa ihm längst erzählt, was sein Vater getan hatte? Hatte er seinen Vater schützen wollen, indem er Vanessa ermordete? Immerhin konnte er kein Alibi für die Zeit des Verschwindens seiner Freundin vorlegen.

»Inka, du musst Vanessa finden. Ich … ich weiß nicht mehr, wo ich suchen soll. Jeden Tag fahre ich mit dem Rad die Strecke ab, die sie nach der Krönung gefahren sein muss. Erst zu ihr nach Hause, dann zurück zum Moor.«

»Also gut, Jonas«, begann Inka erneut, »so kommen wir nicht weiter. In der Akte steht, die Schneverdinger Kollegen haben in der Hütte am Pietzmoor keinerlei Hinweise auf einen Kampf und auch keine Blutspuren gefunden. Sie schließen ein Gewaltverbrechen vorerst aus. Was nichts heißt. Auch ohne Kampf und Blutspuren …« Sie stoppte ihren Satz. »Ich möchte nur, dass du dir diese Möglichkeit vor Augen führst.«

Jonas nickte zaghaft.

»Gut. Somit kamen die Kollegen zu dem Schluss, dass Vanessa sich vor dem Stelldichein mit dir heimlich aus dem Staub gemacht hat. Oder sie hat sich aufgemacht, um nach ihrer Mutter zu suchen. Möglich ist auch, sie wurde entführt. Auch das müssen wir in Betracht ziehen.«

»Entführt?« Jonas sah Inka verstört an. »Aber dann hätte man doch von den Entführern etwas hören müssen. Geldforderungen oder …«

»Du siehst zu viel fern, Jonas. Nicht alle Entführer wollen Geld. Es gibt unendlich viele Gründe, warum Menschen entführt werden. Geld, um ein sorgenfreies Leben zu führen, ist nur ein Grund. Entführt wird aus Eifersucht, Rache und …« Entführer, die ihr Opfer leiden sehen wollen, lag ihr auf der Zunge, sie verschluckte die Worte und sagte stattdessen: »Habt ihr über ihre Mutter gesprochen?«

»Selten.« Jonas wirkte durcheinander. »Sie hat mir Bilder gezeigt … von früher. Dass sie sie vermisst, hat sie gesagt. Aber dass sie sie suchen will … Nein, das kann ich mir nicht vorstellen. Vanessa hätte es mir gesagt und mich um Hilfe gebeten.«

»Erzähl mir von der Prügelei auf dem Fest zwischen dir und …«, Inka blätterte einen Moment in der Akte, »… Daniel Nissen.«

»Er hat Vanessa angefasst, da bin ich ausgerastet.«

»Einfach so? Ich meine, du bist einfach so ausgerastet.«

»Nein, nicht einfach so. Daniel ist mein bester Freund, aber seit der Schulzeit hat er ein Auge auf sie geworfen. Christian auch, aber …« Jonas war anzusehen, wie seine Gedanken kreisten. »Auf dem Fest hat er sie angegrabbelt, da bin ich dazwischengegangen und durchgedreht.«

»Und Vanessa?«

»Wie?«

»Was hat Vanessa gesagt, als Daniel zudringlich wurde.«

»Na, was wohl, sie wollte das nicht, hat ihn abgewehrt. Höflich wie immer, aber er hat ja nicht von ihr abgelassen, also bin ich auf die Bühne und hab ihn runtergeholt und ihm welche verpasst. Das war alles. Danach ist jeder am Abend seines Weges gegangen.«

Inka nickte nachdenklich. »Jonas, wir wissen von deinem Streit mit Vanessa.«

»Das war nur eine Kleinigkeit.«

»Und um was ging es bei der Kleinigkeit?«

»Ich hab gesagt, sie muss nicht immer so freundlich sein. Sie hätte Daniel ja auch eine knallen können. Aber sie meinte, das gehöre sich nicht und er habe nur ein wenig zu viel getrunken. Ein Wort gab das andere, aber wir haben uns schnell versöhnt.«

Inka nickte nachdenklich. Jonas' Aussage deckte sich mit der Aussage von Vanessas Vater.

»Wo warst du vorgestern, am Mittwochmorgen in der Zeit von sieben bis acht Uhr?«

»Zu Hause. Beim Frühstück. Ich hatte um neun Uhr Vorlesung. Glaubst du etwa, dass ich meinen Vater umgebracht habe?« Jonas schüttelte den Kopf, als wollte er die Frage abschütteln, die Inka ihm gestellt hatte. »Das ist doch wohl nicht dein Ernst. Oder?«

Inka ging auf die Frage nicht ein. »Wo war deine Mutter?«

»Inka, was soll das? Mutter saß mit mir beim Frühstück, wie jeden Tag.«

»Sicher?«

»Ja, natürlich. Wir hätten nicht … Nein! Verdammt! Was glaubst du denn?«

»Es tut mir leid, Jonas, aber ich will Vanessa finden und den Tod deines Vaters aufklären.« Aus der Schreibtischschublade holte Inka das Beweistütchen mit dem Ohrring und schob es in Jonas' Hände. »Weißt du, ob der Vanessa gehört?«

Jonas überlegte kurz. »Nein, sicher nicht«, sagte er schwer atmend. Inkas Fragen hatten ihn aufgewühlt. »Erstens steht Vanessa nicht auf Perlen, und zweitens hat sie keine Ohrlöcher.«

»Danke, Jonas, das war es für heute. Ich gebe dir Bescheid, wenn wir etwas herausgefunden haben. Mehr kann ich im Moment nicht für dich tun. Und … mein herzliches Beileid zum Tod deines Vaters«, sagte Inka abschließend und beendete das Gespräch. Einerseits war sie erleichtert, andererseits plagte sie das schlechte Gewissen, Jonas mit seinen aufgewühlten Gefühlen allein zu lassen.

»Ja. Dir auch mein Beileid. Danke. Inka, du musst sie finden. Vater ist tot, und wenn Vanessa, nein, ich … Inka, du bist die Beste. Wenn sie einer findet, dann du.« Jonas blickte kurz zu Mark. »Bitte«, wiederholte er, »findet sie.«

Inka war bewusst, dass Vanessa längst über alle Berge sein

konnte. Vielleicht hatte sie ein Lastwagenfahrer mitgenommen, und sie sonnte sich inzwischen am Strand in Spanien, Frankreich oder war nach Mexiko ausgewandert. Oder sie war tatsächlich allein aufgebrochen, um ihre Mutter zu suchen. Sie konnte überall stecken, immerhin hatte sie genügend Zeit gehabt, das kleine Städtchen Schneverdingen, ihren Vater, Jonas und die zwölfmonatigen Verpflichtungen einer amtierenden Heidekönigin weit hinter sich zu lassen. Oder sie war tot. Eine Möglichkeit, die Inka aus ihren Gedanken nicht verbannen konnte, so makaber sie auch sein mochte.

Eine eiskalte Ahnung kroch ihr in die Knochen.

13

Eine Stunde später hatte Inka mit Reini, der mit vollem Namen Reinhard Mönninghof hieß, das Phantombild erstellt. So konnte es an die umliegenden Dienststuben und die Medien weitergegeben werden. Joulie Sophie Beatrice de Leclerc, Marks Freundin vom LAN-Fernsehsender aus Lüneburg, musste, auch wenn sie gehofft hatte, das Bild zuerst ihrem Sender geben zu dürfen, ebenso warten wie ihre Reporterkollegen.

Gerd Knöppels Obduktion war abgeschlossen, und mehr, als Teresa am Tatort feststellen konnte, brachte auch der Bericht nicht zutage, den Inka aus dem Faxgerät zog. Die Staatsanwaltschaft hatte den Leichnam freigegeben.

Inka griff zum Telefon und wählte die Nummer ihrer Tante. »Anne«, sagte sie, als sich eine leise Stimme mit »Knöppel« meldete. »Wie geht es dir?«

»Hallo, Inka. Danke, es geht. Jonas unterstützt mich. Aber Vanessas Verschwinden nagt an ihm. Habt ihr Neuigkeiten?«

»Nein. Leider nicht. Aber ich hab die Freigabe für Gerd. Wenn du möchtest, kannst du die Beerdigung organisieren.«

»Ja. Was ist mit deinen Eltern, Inka? Werden sie kommen?« Anne Knöppels Stimme klang müde.

»Das weiß ich nicht. Sie sind in Sevilla. Ich hab ihnen von Gerds Tod erzählt.«

»War nur ein Gedanke. Ich weiß, Gerd und deine Mutter haben ihre Probleme nie ausgeräumt. Und jetzt, jetzt ist es zu spät.«

Inka hörte ein Schluchzen.

»Ich werd da sein«, sagte sie und hoffte, ihre Worte spendeten Trost. »Brauchst du etwas?«

»Nein, Inka, das ist lieb, Jonas ist ja da. Danke, dass du angerufen hast. Ich gebe dir Bescheid, sobald …« Sie schluchzte wieder. »… sobald ich einen Termin habe«, brachte Anne noch heraus, dann legte sie auf.

Inka war noch in Gedanken versunken, als ihr Handy klingelte. Fabian. *Der hat mir noch gefehlt.* Inka nahm ab. »Na, Fabian, was gibt's?«

»Ich grüße dich auch, Inka. Und da du schon so direkt fragst: Ich beantrage für Paula das alleinige Sorgerecht.«

»Was willst du?« Inka blieb die Luft weg. »Was läuft denn bei dir im Hirn für ein Programm ab?«, keuchte sie.

»Ich hab mich beraten lassen, Inka. Wenn du es auf einen Kampf anlegst, stehen meine Chancen nicht schlecht.«

»Einen Kampf? Geht's noch, Fabian? Du sprichst über das Kindeswohl unserer Tochter, und das kann bei dir mit deinen Eskapaden ja kaum gesichert sein. Und wo hast du dich denn beraten lassen, bei deinem windigen Bruder, dem Winkeladvokaten, der für Verkehrsdelikte zuständig ist?«

»Nur nicht so abfällig, meine Liebe. Udo hat sich auf Familienrecht spezialisiert und gehört inzwischen zu den besten Rechtsanwälten, die Lübeck zu bieten hat. Er sagt, wenn wir uns nicht außergerichtlich einigen, lädt er die schweren Geschütze. Aber apropos, wolltest du nicht mit Paula in den Urlaub?«

»Der ist verschoben.« Inkas Gedanken ratterten. Udo, ihren Schwager, konnte sie nicht leiden. Ein Mittvierziger, der an jedem etwas auszusetzen hatte und sich auf keiner Familienfeier benehmen konnte.

»Na bitte, da geht es schon los. Verschoben, weil ein Fall dazwischengekommen ist. Mein Beileid übrigens zum Tod deines Onkels«, sagte Fabian in einem Atemzug.

»Woher weißt du das mit Gerd?«, zischte Inka durch den Hörer.

»Von deinem reizenden Schwager Tim, der auch der Meinung ist, dass der Polizeiberuf für ein Kind kein gutes Umfeld bietet. Ich erinnere dich nur daran, dass du Paula mit Windpocken in die Rechtsmedizin zu deiner Freundin geschleppt hast, während du seelenruhig zur Arbeit gefahren bist. Das langt ja schon, um …«

»Jetzt hör auf, Fabian! Ich hatte dir gesagt, du sollst Paula holen, weil sie nicht zu Tilly kann, aber du musstest ja mit deinen Betthäschen Sektfrühstück abhalten. Und jetzt ist Schluss, ich will mit dir nicht diskutieren.«

»Nein, das will ich auch nicht. Aber du musst zugeben, dass wieder ein Fall dazwischengekommen ist und du zu Hause geblieben bist, um zu arbeiten, anstatt mit Paula in den Urlaub zu fahren, wie es einem Kind zusteht. Und das geschieht ständig. Euer mordendes Kuhdorf ist einfach nichts für ein vierjähriges Mädchen. Bei mir hat sie …«

Inka hörte ihrem Noch-Ehemann nicht mehr zu und legte auf. Es hatte eine lange Zeit gedauert, bis Paula sich an ihre neue Umgebung auf dem Hof, die vielen Tiere und die Menschen gewöhnt hatte. So viele Nächte, in denen ihre Tochter weinend aufgewacht war und nach Hause zu ihrem Papa wollte und sie sich wie eine Verräterin vorkam. Nein. Das konnte sie Paula nicht noch einmal zumuten. Nicht, nachdem sie ihre kleinen Freunde bei Tilly gefunden hatte, und nicht, nachdem sie endlich angekommen waren.

»Was will dein Ex denn jetzt wieder?«, wollte Mark wissen, als er sah, wie Inka das Handy auf den Schreibtisch warf.

»Ex hört sich wunderbar an, Mark. Das Trennungsjahr ist vorbei. Jetzt warte ich auf den Scheidungsbeschluss. Mit Glück noch sechs Wochen und dann bin ich ihn endlich los, zumindest auf dem Papier.« Inka schnaufte. »Aber jetzt will er Paula«, sagte sie leise und hatte das Gefühl, als würde ihr jemand den Hals zudrücken.

»Der … der hat sie doch nicht alle! Dieses …«

»Genau«, antwortete Inka. »Sprich es ruhig aus. Er ist ein Arschloch. Er kann keinen Unterhalt von mir fordern, aber dafür will er mir jetzt eins auswischen und meint, mir Paula wegnehmen zu müssen.«

»Habt ihr keine notarielle Scheidungsfolgenvereinbarung geschlossen?«

»Nein.«

»Du weißt schon, Inka, dass das Trennungsjahr um drei Jahre verlängert werden kann?«

»Ja, ich weiß, aber dafür muss er stichhaltige Gründe vorweisen, dass unsere Ehe nicht gescheitert ist. Und ehrlich, aus welchem Hut will er die zaubern? Bei seinem Frauenverschleiß. Doch das Schlimmste ist, sein sauberer Bruder, dieser Maulheld von Anwalt, unterstützt ihn bei der Sache.«

»Dann brauchst du auch einen guten Anwalt.«

»Kennst du einen?«

Mark schüttelte den Kopf. »Nein, meiner war nicht der Hit. Aber frag Sebastian.«

»Ich ruf ihn später an«, sagte Inka, obwohl sie wusste, dass sie Sebastian heute nicht mehr ans Telefon bekam. »Was hat Amselfeld bei den Jägern erreicht? Hatten sie weitere Gewehre?«, fragte sie, um der Gedankenspirale mit Fabian zu entkommen.

»Ja. Eisenschmied hatte drei, Klinger zwei, Tönnies vier und Jacobsen auch drei. Sie liegen seit einer halben Stunde bei Fridolin in der KTU. Wo kommen die Rosen her?« Mark nickte zu dem blutroten Rosenstrauß, der Inkas halbe Schreibtischseite einnahm.

»Von der Freifrau. Ihre Tochter hegt ein Beet so groß wie ein Fußballfeld. Für die Parfümherstellung. Wusstest du das?«

»Ich habe davon gehört. Das Feld wurde vor drei Jahren angelegt. Es gab ein riesiges Fest beim ersten Spatenstich. Wie immer, wenn es um die Falkensteins geht.«

»Na, meinetwegen. Jedenfalls hast du mir mit der Xanthippe ordentlich was aufgehalst. Die schnauzt ihre Angestellten an, keinen Tag würde ich es mit der als Chefin aushalten.«

»Sie ist ein Original.« Mark schmunzelte.

»Die ist kein Original, sondern der Inbegriff schlechten Benehmens. Außerdem standen in ihrem Gästehaus in einem unverschlossenen Dielenschrank zwölf Jagdgewehre und zwei Schrotflinten. Die Schrotflinten habe ich ihr gelassen, die Gewehre einkassiert.«

»Und ihr hoffentlich den Marsch geblasen.«

»Du meinst, wegen des unverschlossenen Dielenschranks und der drei Patronenpackungen, die danebenlagen?«

Mark hob die Augenbrauen.

»Nein. Das hab ich mir gespart. Ich erzähle es Fritz und

schreib es in den Bericht, dann sehen wir, was geschieht. Wo bleibt Peters?«

»Keine Ahnung. Amselfeld sollte ihn herbestellen.« Mark griff nach dem Telefonhörer und wählte Frauke Bartels in der Zentrale an. »Hallo, Frauke, kannst du bitte Werner Peters anrufen und ihm sagen, dass wir auf ihn warten?«

»Mach ich«, hörte Inka Fraukes kräftige Stimme.

»Warst du bei Daniel Nissen, Jonas' Freund?«, fragte Inka, als Mark aufgelegt hatte.

»Das ist erledigt. Er hat für beide Fälle …«, Mark zuckte die Schultern, »… also für den Zeitraum, wo Vanessa verschwunden ist, ein alkoholgeschwängertes Alibi. Weil er sich nach der Rangelei mit Jonas erst recht zugeschüttet hat und dann so blau war, dass sein Vater ihn nach Hause schleppen musste. Und deinen Onkel kann er nicht erschossen haben, da er um acht Uhr beim Zahnarzt saß, weil ihm nach der Prügelei zwei Wochen lang ein Backenzahn schmerzte. Zudem besteht zwischen Daniel und deinem Onkel kein Zusammenhang, der ihn mit der Tat in Verbindung bringen könnte.«

»Dann streichen wir ihn von der Liste.«

»Jupp«, sagte Mark bestätigend und nahm ein Telefonat auf dem Dienstapparat an. »Mark Freese, Kripo Hanstedt«, meldete er sich. »Ach, du bist es, Fridolin, hast du was für uns?« Er drückte die Mithörfunktion.

»Von den Gewehren noch nicht, aber ich bin mit Achim in der Hütte. Wir haben noch einmal alles nach Blutspuren abgesucht, aber nichts gefunden. Doch an dem Ohrring, den Inka uns gegeben hat, an dem klebt etwa zwei bis drei Wochen altes Blut. Ob es Vanessas Blut ist … Ich brauche einen Vergleich, Haare, Zahnbürste oder so etwas, könnt ihr das organisieren?«

Inka nickte. »Kriegst du, Fridolin. Und bitte beeilt euch mit den Gewehren.«

»Aber immer doch. Bis dann, ihr zwei.« Fridolin Kärcher legte auf.

»Ist doch komisch, Inka. Wenn Vanessa der Ohrring nicht gehörte und sie keine Ohrlöcher hatte, von wem stammt dann das Blut? Die einzige Möglichkeit wäre, sie hat sich an ihrem Krönungstag Ohrlöcher stechen lassen, und die Wunde hat nachgeblutet. Von der Zeit her kommt es ja hin.«

»Das gibt es nicht, Mark. Werden Ohrlöcher gestochen, wird ein steriler Ohrstecker eingesetzt. Der bleibt sechs Wochen, bevor eigener Schmuck eingesetzt werden kann.«

»Mir fällt da was ein, Inka. Vielleicht gibt es Fotoaufnahmen der Krönung?«

»Das haben wir gleich«, sagte Inka und rief die Suchmaschine im Internet auf. Sie fanden einige Fotos, die Vanessa seitwärts oder nur so zeigten, dass eine lockige Haarsträhne die Ohren verdeckte. Dann öffnete Inka ein Video der Krönung. »Siehst du was?«

»Nee, noch nicht, aber … kannst du es vergrößern?«, fragte Mark.

»Ich versuche es.«

Inka tippte auf der Tastatur, bewegte die Maus nach links und rechts. Fabian hatte ihr ein wenig Computerwissen beigebracht, wenn sie ihn in der Werbeagentur Wetzleder in Lübeck besuchte. Wetzleder war ein feiner Chef, auch wenn er Fabian, den ewigen Junggesellen, zu der Hochzeit mit Inka gedrängt hatte, weil ein verheirateter Werbemanager seriöser wirkte. Sogar Fabians Heiratsantrag im Heißluftballon, während sie über Lübeck und der Lübecker Ostseebucht schwebten, war Wetzleders Idee gewesen. Leider erfuhr sie von der hinterlistigen Planung erst, als Paula unterwegs war. Fabian entwickelte sich zu einem wunderbaren Vater, doch ebenso zu einem lausigen Ehemann. Und da er seine Fraueneskapaden mit der Ehe nicht ablegen wollte, war Inka mit Paula nach fünf Jahren zurück nach Undeloh in ihr Geburtsdorf gezogen. »Ha, jetzt sieh einer an«, sagte sie und kehrte zum Gespräch zurück.

»Das ist doch …« Mark tippte mit dem Zeigefinger auf den Bildschirm. »Das Mädchen mit dem Perlenohrring.«

14

Sebastian ging unter die Dusche. Eine halbe Stunde später, nach kaltem und heißem Wasser, das abwechselnd auf seiner Haut brannte und ihn frösteln ließ, war sein Kopf einigermaßen klar. Er griff zum Telefon und wählte das Hamburger Büro an, in dem er zwanzig Jahre gearbeitet hatte.

»Ich bin es, Olli«, sagte er. »Ich wollte fragen, ob wir morgen ein Bier trinken gehen.«

»Hallo, Basti. Ja, das wäre klasse. Ich wollte dich auch schon anrufen. Es ist sechs Wochen her, wo wir uns gesehen haben.«

»Ja«, sagte Sebastian. »Wird Zeit. Also, wo willst du hin? An die Alster oder auf den Jungfernstieg?«

Jetzt kam es drauf an, was Olli antwortete. Sagte er »an die Alster«, war klar, es gab neue Fakten zum Serienmörder, »dem Kreuzer«. Bestimmte er eine der Bars am Jungfernstieg, liefen alle Ergebnisse der Hamburger Kollegen weiter ins Leere. Die Orte waren ihr Codewort, wenn sie über das Büro telefonierten.

»Mensch, Basti, das ist eine wunderbare Idee. Lass uns an die Alster. Das Wetter ist klasse, warum in einer Bar hocken. Wie wäre die Terrasse des Alsterpavillons?«

Sebastian holte tief Luft. Es gab Neuigkeiten. »Ja, ist in Ordnung. Pass auf, Olli, ich bin nachher bei meinen Eltern, dann komme ich kurz zu dir ins Büro, und wir können alles Weitere besprechen.«

»Klar, die Kollegen freuen sich bestimmt, dich zu sehen.«

Anderthalb Stunden später saß Sebastian in Hamburg-Othmarschen an seiner alten Arbeitsstelle Klaus-Olaf Zinner gegenüber.

»Du siehst scheiße aus«, sagte der und schob die vor ihm liegende Akte zur Seite. »Und du hast getrunken.«

»Erzähl mir Neues, Olli.«

»Basti, du bist mein Freund. Meine Frau und Maja waren Freundinnen. Unsere Töchter gingen in die gleiche Klasse.

Ich …« Zinner sah über Sebastians Schulter zu den Arbeitskollegen, die an der geöffneten Bürotür vorbeigingen oder kurz reinsahen und mit Sebastian ein paar Worte wechselten.

»Hör auf«, sagte Sebastian scharf. »Ich will nicht wissen, was ich weiß, sondern was ich noch nicht weiß.« Sebastian folgte Zinners Blick und winkte einem Kollegen der Betrugsabteilung, der ihnen mit einem Aktenstapel unter dem Arm zulächelte, aber schnell und geschäftig verschwand. »Also, was gibt es für Neuigkeiten?«

Sebastian klammerte die Hände um die Schreibtischplatte und sah seinem Freund fest in die blauen Augen. Klaus-Olaf Zinner kannte er seit siebzehn Jahren. Er war sein bester Freund und Kollege. Ein kräftiger Mittvierziger, groß wie ein Bär, der die Welt und ihre Bewohner retten wollte, wo es nur ging, und das ungeachtet dessen, ob die das wollten oder nicht.

»Wir folgen einer Spur, aber ob der …« Zinner zögerte. »Vor zwei Wochen wurde eine junge Frau aus dem Stadtparkteich gefischt. Sie war nackt, eingewickelt und verschnürt in ein weißes Bettlaken, auf das ein Hakenkreuz gemalt war. Es ist die gleiche Vorgehensweise wie bei allen elf Opfern, außer dass sie nicht an einen Baum gebunden war, sondern im Wasser schwamm und erwürgt anstatt vergiftet wurde.« Zinner zog die Akte wieder heran, öffnete sie.

»Dann verlässt er sein Tatmuster«, sagte Sebastian nachdenklich. »Er hat die Haare nicht abrasiert, sie lag im Wasser, und er hat sie erwürgt. Hat sie sich gewehrt? Gibt es Abwehrspuren?« Sebastian griff nach der Akte.

»Hey, wenn das jemand sieht, dass du …«, begann Zinner. »Gib sie wieder her.« Er griff nach den Unterlagen, doch Sebastian war schneller, hob die Akte hoch und lehnte sich im Stuhl zurück. Einige Tatortfotos flatterten auf den Schreibtisch.

»Warte, ich will kurz lesen. Hier, hier steht es doch. Sie hat sich gewehrt, und der Täter muss mindestens einen Kratzer am Arm oder sogar im Gesicht haben. Außerdem mordet er jetzt am helllichten Tag. Wir wissen, er hat einen Hang zur Inszenierung. Doch entweder wird er jetzt unvorsichtig, oder es ist ihm egal, erkannt zu werden. Vielleicht legt er es sogar darauf an. Er fühlt sich sicher, Olli.«

»Ja. Aber wir gehen davon aus, dass er in seinem Vorgehen gestört wurde.«

»Gibt es einen Zeugen?«

»Alle Jogger und Spaziergänger, die aufzutreiben waren, sind befragt worden. Und gäbe es einen Zeugen, hätte der sich gemeldet.«

»Das glaub ich nicht. Vielleicht hat ein Zeuge den Täter gesehen, und der Täter hat ihn gesehen. Er hat Angst, auszusagen«, sagte Sebastian und griff nach den Fotos.

Die Bilder zeigten eine junge Frau mit dunklen Haaren und kupferfarbenem Teint.

»Es ist ebenso möglich, er ist ein Trittbrettfahrer oder ein Spinner, der unbedingt an die Öffentlichkeit will.«

»Ich weiß nicht«, sagte Sebastian. Der Whiskyrest in seinem Blut ließ seine Gedanken schlingern. »Gibt es DNA-Spuren?«

»Die Kollegen sind dran.«

Sebastian nickte. Nachdenklich blickte er auf die Bilder in seiner Hand. Die Frau, die auf einer schwarzen Plane am Stadtparksee lag, kam ihm bekannt vor.

»Wie heißt sie?«

»Badira Schulz. Das Ehepaar Astrid und Christian Schulz adoptierte sie vor neunzehn Jahren als Säugling und …«, begann Zinner, als Sebastian ihn unterbrach.

»… und sie studierte an der Hamburger Uni Medizin.«

»Ja, woher weißt du das?«

»Sie ist die Tochter von Majas Freundin Astrid. Die Schulzes waren Bekannte. Badira hab ich vor sieben Jahren auf einem gemeinsamen Gartenfest kennengelernt, bevor die Familie für fünf Jahre nach Uganda auswanderte. Sie hat mir euphorisch von ihrer Berufsplanung erzählt, wenn sie die Schule und das Studium beendet hat. Sie wollte, wie ihre Adoptiveltern, in Afrika als Ärztin arbeiten. Du warst doch auch mit Svenja da, du müsstest dich an sie erinnern.«

»Stimmt, Basti. Scheiße, jetzt, wo du es sagst, fällt es mir ein.«

Zinner lehnte sich auf dem Stuhl zurück und verschränkte die Arme vor der Brust. »Verdammt, das hab ich total vergessen. Na ja, das Mädchen ist älter und reifer geworden. Und die Schulzes sind ausgewandert. Aber dass ich sie nicht erkannt habe ...«

Sebastians Hirn rotierte. »Wie haben es die Eltern aufgenommen?«

»Die treiben sich noch immer in Afrika rum. Wir versuchen, sie anzurufen, aber bekommen keinen Empfang. Wer weiß, in welchem Dorf die rumkrabbeln, wo es kein Telefon gibt. Wir gehen jetzt über eine Zentralstelle.«

»Gibt es weitere Fakten?«

»Keine, Basti. Nichts. Ihr gesamtes Umfeld ist akribisch durchleuchtet worden. Jeder Nachbar, Mitbewohner, Verwandte, Dozent und Kommilitone ist unter die Lupe gelegt worden. Sogar den Müll und die Wäsche des Opfers haben wir auseinandergepflückt. Deine Vermutung kann nicht stimmen. Er wird ein Irrer sein, der dunkelhäutige Frauen hasst.«

Just in diesem Moment stand Sebastians früherer Chef im Raum.

»Wen haben wir denn da, den Herrn Schäfer.« Mit vorgestreckten Armen stürmte er auf Sebastian zu. »Wie schön, Sie zu sehen. Wie geht es Ihnen?«

»Danke«, sagte Sebastian und beeilte sich, seinem Freund den Rücken zuzudrehen, um ihm Gelegenheit zu geben, die Fotos in der Akte verschwinden zu lassen.

»Fein.« Kriminaldirektor Norbert Dregelberg griff mit der linken Hand an Sebastians Oberarm und drückte zu, als messe er seinen Bizeps. »Und wie lebt es sich in der idyllischen Lüneburger Heide zwischen all den blökenden Heidschnucken und sturen Dörflern? Haben Sie sich erholt?«, wollte er nun im Plauderton wissen.

Sein früherer Chef war immer leicht zu durchschauen, und Sebastian wusste, dass Fragen hinter seiner hohen Stirn brodelten, die nur auf den passenden Augenblick warteten, um hervorzubrechen. Normalerweise gelang es Sebastian mühelos, seine Gefühle mit psychologischem Geschick zu verbergen. Umso mehr erschreckte es ihn, dass es ihm jetzt, nach den neuen Erkenntnissen, nicht ansatzweise gelang.

»Ja. Vielen Dank«, sagte Sebastian knapp, löste den Handschlag und drehte sich aus Dregelbergs Klammergriff, als er seinen Freund sich räuspern hörte. Sie waren ein eingespieltes Team.

»Schön«, sagte Dregelberg. »Und was treibt Sie in die stickige Hamburger Großstadtluft?« Er rückte einen Stuhl dichter, als es Sebastian lieb war, neben ihn und sah seinen ehemaligen Mitarbeiter misstrauisch, gar lauernd an.

»Ich besuche meine Eltern und wollte es nicht verpassen, bei meinen alten Kollegen vorbeizuschauen«, log Sebastian und setzte sich wieder.

»Tatsächlich, Herr Schäfer. Wie ich hörte, wurde ein Ratsvorsitzender auf dem Naturistenweg erschossen, und eine Heidekönigin ist verschwunden. Und da können die drei Männeken der Hanstedter Wache auf den deutschlandweit besten Profiler verzichten?« Dregelberg warf Sebastian ein unverschämtes Grinsen aus pausbäckigem Gesicht zu.

»Sie sind gut informiert. Aber es sind drei Kommissare und eine Kommissarin«, erläuterte Sebastian, und hätte er nicht, trotz der auf der Fahrt nach Hamburg aufgefutterten Rolle Pfefferminzdrops, eine Fahne gehabt, wäre er seinem ehemaligen Chef an die Gurgel gesprungen. Doch der musste nicht wissen, dass sein Gefühlsleben phasenweise noch immer ein Auf und Ab war und er getrunken hatte.

»Na, dann sind Sie ja dort gut aufgehoben und können in aller Ruhe genesen. Wir kümmern uns hier um die …«, Dregelbergs Blick ruhte stirnrunzelnd auf Klaus-Olaf Zinner, »… die anderen Fälle. Nicht wahr, Kollege? So ist es doch.«

Zinner schwieg, und Dregelberg fuhr fort: »Kommen Sie, Herr Schäfer, fahren wir gemeinsam mit dem Fahrstuhl nach unten. Ich muss Blumen kaufen, meine Sekretärin hat heute Geburtstag, und ich hab vergessen, welche zu besorgen. Sie sieht mich an, als wolle sie mich durch den Fleischwolf drehen.« Dregelberg lachte, stützte sich am Schreibtisch ab und brachte seinen aufgeschwemmten Bürobauch in Bewegung.

Sebastian nickte zustimmend, obwohl er gern weitere Details mit seinem Freund durchgegangen wäre. Doch das, was er hatte, musste vorerst genügen.

»Ach, Zinner, dass ich es nicht vergesse. Darum war ich ja hier: Die Schulzes, Sie wissen schon, die von …« Dregelbergs Blick schnellte kurz zu Sebastian, dann wieder zu Zinner. »Wir haben sie gestern Abend erreicht. Sie landen mit der Mittagsmaschine. Ich hab sie herbestellt. Die Freigabe ist erteilt.«

15

Der Ohrring, den Inka am Mittag in der Hütte gefunden hatte, gehörte Martina Tamke. Fridolins Analyse war überflüssig. Das Video, das Mark und Inka von der Krönungszeremonie im Internet aufgerufen hatten, zeigte sie eindeutig mit erbsengroßen grünen Perlenohrringen. Da sie diese bei Vanessa Schönfelds Krönung getragen hatte, musste sie danach in der Hütte gewesen sein.

Sie hatte gelogen.

Inka griff zum Telefon und wählte Martinas Handynummer.

»Frau Tamke, Inka Brandt, Kripo Hanstedt.«

Ein schwaches »Hallo« drang durch den Hörer.

»Frau Tamke, wir hätten noch einige Fragen zu klären und möchten Sie bitten, zu uns auf die Wache zu kommen.«

»Jetzt? Es ist Freitagnachmittag, ich will zum Sport.«

»Wir erwarten Sie in einer Stunde«, antwortete Inka und legte auf, ohne auf Martinas Widerspruch einzugehen.

»Du denkst, dass Martina etwas mit Vanessas Verschwinden zu tun hat, Inka?«

»Möglich. Immerhin ist es ein Beweis, dass sie nach der Krönung in der Hütte war. Außerdem glaube ich, dass sie in Jonas verliebt ist. Zumindest hab ich da so eine Ahnung.«

Martina Tamke war sichtlich ungehalten, als sie die Wache betrat. Mit einer flinken Bewegung ließ sie sich auf den Stuhl vor Inkas Schreibtisch fallen.

»Also, was gibt es?«

»Wir haben einen –«, setzte Mark an, als Inka ihn unterbrach.

»Wir haben eine Frage an Sie, Frau Tamke. Sie sagten, Sie wären nach der Krönung nicht mehr in der Hütte gewesen.« Inka warf Mark einen entschuldigenden Blick zu.

»Das ist richtig«, sagte Martina.

»Hat Vanessa mit Ihnen über den bevorstehenden Abend gesprochen? Immerhin ging es um einen besonderen Abend.«

Das forsche Auftreten der Studentin war verschwunden. Martina senkte die Augen und pulte am Daumennagel. »Was für einen besonderen Abend meinen Sie, Frau Kommissarin?«, fragte sie vorsichtig.

»Na ja, Sie wissen schon, das erste Mal, mit einem Mann. Das ist doch etwas Besonderes. Und Freundinnen wie Sie haben darüber doch geredet.«

Martina Tamke warf einen verstohlenen Blick zu Mark Freese hinüber.

Sie zierte sich, vielleicht war es auch Scham, über ein intimes Ereignis zu sprechen, während ein Mann im Raum war. Inka gab ihr einen Moment, um mit der Antwort herauszurücken, indem sie über ihre erste Jugendliebe erzählte. Wie sie heimlich auf einer Klassenfahrt in den Harz im Zimmer geknutscht hatten. Martina lächelte, und Inka spürte, wie eine kleine Sicherheit in die Studentin zurückkehrte.

»Ja, wir haben über ihren Abend geredet, aber nur einmal und auch nur kurz«, sagte sie. »Vanessa meinte, sie wolle eigene Erfahrungen machen. Was sollte ich ihr auch darüber erzählen, ich … ich weiß wirklich nicht mehr.«

Martina log. Inka war sicher, der Abend in der Hütte zwischen Vanessa und Jonas hatte zum Gesprächsthema Nummer eins bei den Freundinnen gezählt.

»Mögen Sie Jonas?« Mit der Frage stach Inka ins Wespennest.

»Ich hab mit Jonas nichts am Hut. Er ist ein eingebildeter Gockel«, fauchte Martina.

»Aber Sie studieren zusammen Geschichte, und das, obwohl wir hörten, dass Sie lieber wie Vanessa Biologie studiert hätten. Wollen Sie uns das erklären?«

»Wer sagt das? Jonas? Ich hab mich eben anders entschieden, das ist alles«, platzte sie heraus.

»Frau Tamke, was wollte Vanessa Jonas am Abend nach der Krönung mitteilen?«

Martina zuckte die Schultern. »Woher soll ich das wissen?«

»Vielen Dank, dass Sie sich auf den Weg zu uns gemacht haben.« Inka schloss Vanessas Akte.

»Gern«, sagte Martina, bückte sich nach ihrer Sporttasche und stand auf.

»Sie tragen hübsche Ohrringe, Frau Tamke«, bemerkte Inka mit Blick zu den filigranen silbernen Ohrhängern in Herzform, die an Martinas Ohren bei jeder Bewegung hin und her schwangen.

»Danke.« Martina lächelte.

»Bei Vanessas Krönung trugen Sie erbsengroße grüne Perlenohrringe. Wunderschöne Schmuckstücke.«

»Wie?«, fragte Martina verwirrt.

»Die Perlenohrringe, Frau Tamke.« Inka drehte ihren Computerbildschirm, auf dem das Videostandbild der Krönung zu sehen war, in Richtung der Studentin. »Diese hier.« Mit dem Zeigefinger tippte Inka auf Martina, die mit mürrischen Gesichtszügen neben Vanessa stand. »Darf ich fragen, wo Sie die gekauft haben? Ich würde gern meiner Schwester welche zum Geburtstag schenken. Sie ist ganz wild auf Perlen, und in der Farbe Grün hat sie keine.«

Martinas Blick klebte am Bildschirm, als wolle sie ihn mit der Kraft ihrer Gedanken sprengen. »Das … weiß ich nicht mehr. Kann sein, dass ich sie im letzten Griechenlandurlaub gekauft habe.«

»Oh, da komme ich wohl die nächste Zeit nicht hin«, sagte Inka in bedauerndem Tonfall. »Würden Sie sie mir verkaufen?« Jetzt hatte Inka die Studentin da, wo sie sie haben wollte. Martina war eine intelligente junge Frau, die wusste, wohin das Gespräch sie führte, wenn sie die falschen Worte wählte.

»Das wird nicht gehen.« Sie schluckte. »Es war ein Geschenk meiner Eltern. Tut mir leid.«

»Ich verstehe, aber wenn Sie sie mir ausleihen, kann ich einen Juwelier beauftragen, diese für meine Schwester herzustellen. Das wäre wunderbar.« Inka schenkte Martina ihr aufwendigstes Lächeln. Sie musste freundlich bleiben und sich gedulden, obwohl sie Martina ihren Verdacht, dass diese etwas mit Vanessas

Verschwinden zu tun hatte, gern sofort an den Kopf geknallt hätte.

»Ja. Ich … ich weiß nicht …«, stotterte Martina. »Ich glaub, ich hab sie auf dem Fest verloren.«

»Schauen Sie doch noch einmal nach, manchmal sind Schmuckstücke ja nur verlegt. Im Bad, im Nachttisch oder …«

»Ja, das mach ich. Aber wenn ich sie finde, muss ich meine Eltern fragen, ob sie damit einverstanden sind«, sagte sie schnell.

»Och, rufen Sie sie doch gleich an. Es würde mir viel bedeuten«, bat Inka und reichte Martina den Telefonhörer.

»Nein, das erledige ich persönlich. Außerdem muss ich sie ja erst wiederfinden.« Martina griff zur Türklinke und verschwand eiligst im Treppenhaus.

»Wow«, sagte Mark, als er hörte, wie die Haustür im Erdgeschoss des Gebäudes mit einem Knall ins Schloss fiel. »Deine Logik sollte niemand unterschätzen.«

Inka grinste. »Danke für die Blumen. Los. Sehen wir, wer schneller an der Hütte ist. Martina oder wir.«

Inka rutschte auf den Beifahrersitz von Marks Mini und drehte die Klimaanlage auf die unterste Kältestufe. Welch ein Genuss.

»Ich brauch ein neues Auto«, sagte sie und krallte sich an den Türgriff, als Mark von der Rathausstraße über die rote Ampel rauschte, um nach Schneverdingen zu kommen.

Frauke Bartels' Anruf erreichte Inka, als sie auf den Parkplatz des Pietzmoors einlenkten.

»Hallo, Inka. Du wolltest doch, dass ich Peters anrufe.«

»Ja, und das seit …«, Inka sah auf ihre Armbanduhr, »… seit zwei Stunden.«

»Ich weiß, aber ich konnte ihn eben erst erreichen.«

»Und?«

»Das ist es eben. Er wusste von nichts. Kollege Amselfeld habe ihn nicht informiert. Ich hab ihn für Montagvormittag auf die Dienststube bestellt. Ist das okay für euch?«

»Montag. Ja. Nein. Da ist Gerds Beerdigung. Verschieb den

Termin auf Montagnachmittag. Und bestell die Amsel sofort zum Pietzmoor.«

»Geht in Ordnung. Schönes Wochenende.«

»Dir auch«, sagte Inka und legte auf.

Martina Tamkes blauer Polo stand bereits auf dem Parkplatz, als Inka und Mark eintrafen.

Ihr Geständnis war eindeutig und nur eine Formsache. Martina war eifersüchtig. Vanessa hatte ihr nicht nur den letzten Studienplatz in Biologie und die Heidekrone, für die sie sich seit fünf Jahren beworben hatte, weggeschnappt, sondern auch Jonas. Immer wieder musste sie sich Vanessas Schwärmereien anhören.

Am Krönungstag, als Vanessa ihr sagte, wie sie sich auf den Abend mit Jonas freute, hielt sie es nicht mehr aus. Sie fuhr mit dem Rad zur Hütte und erzählte Vanessa, was ihr jahrelang die Seele zermürbte. Im folgenden Streit drückte Vanessa ihre Freundin an das Fensterbrett und zottelte in ihren Haaren. In der Rangelei riss der Ohrring aus Martinas Ohrloch und verhedderte sich im Gardinenschal. Vom Schmerz wütend, krallte Martina ihre Fingernägel in Vanessas Oberarme und schubste sie von sich. Vanessa stolperte rückwärts, schlug mit dem Kopf auf den Kaminsims und sackte torkelnd auf dem Fußboden zusammen.

»Und was ist danach passiert?«, wollte Mark wissen. Eine tote Fliege, die auf dem Fensterbrett lag, kickte er mit Daumen und Zeigefinger aus dem Fenster.

»Sie hat sich nicht mehr gerührt. Ich hab sie geschüttelt und ihren Namen gerufen.« Martina weinte. »Dann hab ich Angst bekommen.«

»Und warum haben Sie nicht den Notarzt gerufen?«

»Weil, weil … ich weiß es nicht. Sie war doch tot.«

»Und anstatt einen Arzt zu rufen, wollten Sie eine eingebildete Ungerechtigkeit mit einem Mord zudecken?«, fragte Mark forsch. »Sie können nur hoffen, dass Sie einen gnädigen Richter bekommen, der Ihnen das Gejammer abnimmt.«

»Nein, ich wollte das wirklich nicht. Ich wollte nicht, dass Vanessa stirbt. Aber ich war so wütend auf sie. Immer hat sie mir alles weggenommen. Ich war in Jonas schon verliebt, bevor sie zusammengekommen sind. Sie hätte jeden haben können, warum ausgerechnet ihn?«

»Wo ist Vanessa?«, fragte Inka ungerührt.

Martina Tamke schwieg, und Inka wiederholte ihre Frage deutlich schärfer. »Wo ist Vanessa?«

»Im Moor. Ich hab sie ins Moor geworfen.«

Mark und Inka wechselten einen stummen Blick. Inka griff in die Hosentasche zu ihrem Handy und wählte die Kollegen der Spurensicherung und Teresa an.

»Sobald meine Kollegen hier sind, zeigen Sie uns die Stelle, wo Sie Vanessa ... Das ist doch unglaublich. Immer die gleiche Eifersuchtsscheiße.« Inka schüttelte den Kopf. Einerseits war sie entsetzt über Martinas Tat, andererseits erleichtert, dass sie endlich wussten, wo sie Vanessa finden würden, falls das Moor sie nicht für immer verschluckt hatte.

»Was ist mit Vanessas Fahrrad? Wie kommt es in den Schuppen der Schönfelds? Haben Sie es dort hingestellt?«, hakte Inka nach, nachdem sie die Kollegen über ihren Standort im Moor informiert und Teresa aus ihrem Feierabend geholt hatte.

»Ja. Ich bin Vanessa mit meinem Rad zur Hütte gefolgt und mit ihrem nach Schneverdingen zurückgefahren. Meins habe ich ins Moor geworfen und Vanessas, damit es so aussieht, als wäre sie zu Hause gewesen, in den Schuppen gestellt. Es tut mir leid, bitte, das müssen Sie mir glauben. Ich wollte das alles nicht. Sie lag plötzlich da und rührte sich nicht mehr. Ich wollte sie nicht umbringen.«

Vanessa sah aus, als wäre sie erst vor einer Stunde im Moor versenkt worden. Noch immer trug sie ihr weißes langes Kleid, waren die Haare zwar zerzaust und klebten am Kopf, doch sie waren noch hochgesteckt, und ihre Haut glänzte milchig weiß wie ein frisch gebadetes und gecremtes Baby.

»Wie kann das sein, Terry? Vanessa sieht aus, als sei sie vor ein paar Minuten gestorben«, fragte Inka ihre Freundin. Funde gut erhaltener Moorleichen, die Jahrhunderte im Moor schliefen, waren ihr nicht unbekannt. Die saure Beschaffenheit des Moores sorgte für eine Konservierung. Aber so hatte sie sich das nicht vorgestellt.

»Das ist einfach zu erklären, Inka. Der Sauerstoffmangel im Moor und die Huminsäuren verwehren den Mikroorganismen, die für eine Verwesung sorgen, den Zugriff. Selbst Haare und Kleidung werden konserviert. Zudem liegt sie erst seit gut zwei Wochen im Moor.« Teresa Hansen zeigte zu Vanessas Leichnam. »Manchmal, wie in diesem Fall sicher auch, können wir ermitteln, was sie zuletzt gegessen hat.«

»War sie schon tot, als sie versenkt wurde?«

»Kann ich jetzt nicht sagen. Was ich sagen kann, ist, dass sie deutliche Hämatome auf dem Brustkorb, der Bauchregion und den Oberschenkeln hat. Es muss sie jemand …« Teresa wiegte den Kopf und sah zu Martina Tamke, die abseits des Fundortes stand und schluchzte. »Sie wurde massiv mit einem Stock unter die Wasseroberfläche gedrückt und muss bis auf den Grund gesackt sein. Das war auch der Grund, warum unsere Schneverdinger Kollegen sie nicht gefunden haben. Ich schätze, dass sie erst seit zwei, drei Tagen wieder aufgetaucht ist und sich dann am Steg verfangen hat. Glück für uns. Das Pietzmoor ist knapp achttausend Jahre alt, und wenn sie wieder runtergesackt und von den ständigen Bewegungen des Moores weggezogen worden wäre, hätten wir sie die nächsten achttausend Jahre lang suchen können. Durch die Muldenlage und die wasserundurchlässigen Tonschichten im Untergrund ist das Moor an einigen Stellen über sieben Meter tief.«

»Was du alles weißt, Terry.«

»Ich? Du bist unsere Heide-Spezialistin. Zehntes Schuljahr, Süße. Extra-Fach in Naturwissenschaft über die Lüneburger Heide.«

Inka zuckte die Schultern. »Vergessen. Haben wir einen Stock gefunden, der zu den Verletzungen passt?«, fragte sie Fridolin.

»Nein, aber das Fahrrad der Täterin haben wir rausgefischt. Es lag nur zwei Meter entfernt. Wir nehmen es mit ins Labor.«

»Danke«, sagte sie und gab Jacob Amselfeld, der neben Martina stand, mit Handzeichen zu verstehen, er möge die Frau zu ihr bringen.

»Also, Frau Tamke, hier liegt Ihre Freundin, sehen Sie genau hin. Das ist Ihr Werk. Wie haben Sie Ihre Freundin unter Wasser ins Moor gedrückt? Einfach reinwerfen und weg funktioniert nicht«, sagte Inka.

»Ich wollte das alles nicht, aber sie kam immer wieder nach oben und ...« Martina Tamke wandte den Blick kurz zu ihrer Freundin, ließ ihn dann über die Wasseroberfläche schweifen, auf der die Sonne in der späten Nachmittagsstunde eine schillernde silberne Fläche zauberte.

Eine Sumpfohreule saß wie versteinert auf einem Baumstamm, der aus dem Wasser ragte. Mit ihren runden gelben Murmelaugen beobachtete sie jede Bewegung, die um sie herum geschah. Ein Bachstelzenpärchen erhob sich aus der krautigen orangerot leuchtenden Mitte einer Moorlilie und flatterte aufgeregt davon.

»Also, wie nun?«, drängelte Inka.

»Mit einem Besenstiel aus der Hütte«, sagte Martina, den Blick auf ihre Turnschuhe gesenkt, als vermutete sie dort Verständnis.

»Es stand kein Besen in der Hütte.«

»Ich hab ihn auf dem Weg nach Hause ins Gebüsch geworfen.« Martina zitterte, obwohl das Thermometer an diesem Spätnachmittag achtundzwanzig Grad maß.

»Wo?«

»Gleich nach dem Moor auf der rechten Straßenseite.«

»Sie zeigen meinem Kollegen ...«, Inka blickte zu Amselfeld, »... die Stelle. Herr Kollege«, sagte sie zu Amselfeld, »Sie sind mir für Frau Tamke verantwortlich. Nehmen Sie einen Spusikollegen mit und suchen Sie diesen Besenstiel, dann kommen Sie mit Frau Tamke auf die Dienststube, damit sie ihr Geständnis unterschreiben kann.«

Amselfeld nickte stumm, griff Martina Tamke am Oberarm und zog sie mit sich. Inka sah ihrem Kollegen kurz nach, wie er über den Bohlenweg davonging.

16

Die Beerdigung des Stadtratsvorsitzenden Gerd Knöppel fand im engsten Familienkreis statt. So wollten es die Ehefrau und der Sohn. Aus Gerds Verwandtschaft erkannte Inka nur einen entfernten Cousin, der aus Münster mit Ehefrau angereist war. Inkas Eltern, die ihre Reise durch Andalusien unterbrochen hatten, waren bereits am Sonntagabend angekommen. Von Sebastian hatte Inka noch immer nichts gehört. Inzwischen war eine Woche ohne ein Lebenszeichen von ihm vergangen, und langsam machte sie sich nicht nur Sorgen, sondern war auch angesäuert.

Teresa und ihre Lebensgefährtin Flora saßen an der Kaffeetafel, die in Schneverdingen im Haus der Knöppels stattfand, neben Inkas Schwester Hanna und ihren Eltern und plauderten über ihre Fahrten mit dem Wohnmobil. Auf dem Schoß ihrer Mutter saß Paula, die fragte, warum alle Menschen schwarz angezogen seien. Die Antwort, dies sei bei dem Besuch einer Beerdigung üblich, stellte sie nicht zufrieden. Sie rutschte vom Schoß, ging von einem Trauergast zum nächsten, zupfte an Röcken und Hosen und fragte jeden das Gleiche. Ihre Hartnäckigkeit erklärte sich schnell. Inzwischen hatte sie fünfundzwanzig Euro anstatt einer deutlichen Antwort in ihrer kleinen rosa Winnie-Puuh-Umhängetasche, die sie wie eine Erwachsene über der Schulter ihres Blumenkleidchens trug, eingesammelt. Wie schlau, überlegte Inka, als sie am Abend Paulas Ausbeute in den Spartopf steckte.

Sie war froh, dass ihre Eltern ihre Reise unterbrochen hatten und zur Beerdigung gekommen waren. Auch Anne freute sich über den Besuch ihrer Schwägerin und ihres Schwagers und bat um ein klärendes Gespräch. Der jahrelange Streit zwischen Inkas Eltern und Gerd sollte endlich verblassen.

In den nächsten drei Tagen blieb Paula zu Hause bei Oma und Opa. Sie hatte sie vermisst. Jeden Morgen rannte sie im

Schlafanzug ans Küchenfenster und sah auf den Hof, ob das Wohnmobil noch vor der Tür stand. Inkas Eltern hatten es sich nicht nehmen lassen, bis zu ihrer erneuten Abreise in ihrem Wohnmobil zu schlafen. »Es ist einfacher, wenn wir keine Gästezimmer besetzen«, hatten sie Hanna und Tim mitgeteilt. Tim war mit diesem Arrangement zur Hochsaison sehr einverstanden. Hanna hätte ihre Eltern gern im Haus gehabt. Wofür hatten sie die zweite Drei-Zimmer-Einliegerwohnung eingerichtet? Doch nur für ihre Eltern. Inständig hoffte Hanna, dass sie wieder auf dem Hof wohnen würden, wenn sie ihrer Fahrten überdrüssig wurden. Leider schien das nicht der Fall zu sein. Ihre Eltern sprachen von Islands Einöde, die sie nach ihren nächsten südlichen Touren durch Frankreich, Spanien und Portugal ansteuern wollten.

»Und, habt ihr mit Anne und Jonas alles geklärt?«, fragte Inka am gemeinsamen Abendbrottisch.

»Ja, Inka, das haben wir. Anne wird alle Papiere unserer Eltern zusammensuchen. In vier Monaten, wenn wir zurückkommen, setzen wir uns zusammen und sehen, ob uns Gerd vor zehn Jahren mit der Erbschaft tatsächlich über den Tisch gezogen hat.«

»Es ist gut, dass ihr euch ausgesprochen habt«, sagte Inka.

Die Suche nach dem Mörder ihres Onkels lief auf Hochtouren, doch noch immer kamen sie keinen wesentlichen Schritt voran. Mit keinem der Jagdgewehre, die sie bei den Jägern und der Freifrau eingesammelt hatten, war in den letzten Tagen geschossen worden. Auch das gesuchte Jagdgewehr blieb verschwunden.

Den Zeugen Werner Peters konnten sie endgültig von der Verdachtsliste streichen. Sollte er auf Suche nach den Bildern einiger Nackter am Morgen des Tattages unterwegs gewesen sein – ein Mord war ihm nicht nachzuweisen. Die Dortmunder Kollegen, die sein Umfeld akribisch ausgekundschaftet hatten, fanden keinen Fleck auf seiner Weste. Werner Peters pflegte keine sozialen Kontakte und lebte zurückgezogen. Den Wald mit Flora und Fauna auf Fotos zu bannen schien seine letzte große Leidenschaft zu sein. Ab und an verkaufte er seine Bilder an Naturzeitschriften.

Das Phantombild des ominösen Fahrers, der im Wald mit dem Rehbock auf der Laderampe an Inka vorbeigefahren war, brachte ebenso keine Ergebnisse. Die vagen Hinweise der Lüneburger Bevölkerung stellten sich nach gründlicher Untersuchung als unbrauchbar heraus. Doch immer wieder stellte sich die Frage: Hatte der Jäger, der den Rehbock erlegte, auch Knöppel erschossen? Hatte Knöppel einen Wilderer erwischt? War der ihm zum Parkplatz gefolgt? Es würde erklären, warum kein Jäger oder Bauer die Tatwaffe besaß. Es kam vor, dass ein Mord geschah, um eine andere Tat zu vertuschen. Dennoch blieb es reine Spekulation. Solange sie nicht wussten, wer der Fahrer mit dem Reh war, kamen sie mit dieser Vermutung nicht weiter.

Inka hatte Jacob Amselfeld beauftragt, jeden der einundachtzig Jäger, die im Heidekreis über eine Jagdlizenz verfügten, abzuklappern und zu fragen, ob ein Reh geschossen wurde. Große Hoffnung machte sie sich nicht.

Sie wischte Paula den Milchmund ab, als ihr Handy in der Hosentasche klingelte. Jeder Anrufer besaß einen eigenen Klingelton. Dieser gehörte Sebastian. Sie entschuldigte sich bei ihrer Familie und eilte aus der Küche.

»Ja«, sagte sie kurz.

»Ich bin es, Sebastian.«

»Ja«, sagte sie ein zweites Mal.

»Ich wollte mich entschuldigen, dass ich mich nicht gemeldet habe. Wie geht es dir und Paula?«

»Gut. Was ist passiert?«, fragte Inka.

»Es gab eine Spur des Täters. Darum konnte ich nicht zur Beerdigung deines Onkels kommen. Tut mir leid.«

»Schon gut. Was ist mit der Spur?«

»Ich muss in Hamburg bleiben.«

»Warum?«

»Weil …« Sebastian zögerte. »Weil ich glaube, dass er mir alle Menschen nehmen will, die ich kenne, die mir nahestehen und die ich liebe. Er hört nicht auf, das weiß ich. Und ich will niemanden gefährden.«

»Was ist passiert?«

»Er hat die Tochter einer Bekannten umgebracht. Erst vermuteten wir, es sei ein Trittbrettfahrer, aber am Wochenende hat er einen Brief in den Briefkasten meiner Eltern gesteckt.«

»Lies vor«, bat Inka.

Sie hörte, wie Sebastian schluckte, dann las er: »Hallo, Herr Schäfer. Wie schön, dass Sie aus der Lüneburger Heide zurück sind und in Hamburg weilen. Meine Reise nach Bremen ist ebenfalls beendet. Finden Sie nicht, Herr Schäfer … Hamburg ist ja so schmutzig geworden. Es wird Zeit, dass ich aufräume. Der Anfang in Ihrer Umgebung ist gemacht. Sie kannten die kleine Schlampe Badira, soweit mir der Vater auf der Trauerfeier erzählte.

Sie sind erstaunt, Herr Schäfer, dass ich mit dem Vater gesprochen habe? Aber ja, ich war am Freitag auf der Beerdigung. Das gehört sich doch. Für eine Weile stand ich sogar neben Ihnen, Herr Schäfer. War der Leichenschmaus nicht köstlich? Was haben Sie gewählt, das geschmorte Huhn oder den Rinderbraten? Ach, da fällt mir ein, habe ich Ihnen erzählt, dass ich auch auf dem Friedhof war, als Ihre Frau und Tochter beerdigt wurden? Wie lange ist das her, Herr Schäfer, drei Jahre, vier Jahre?«

Sebastian machte eine kurze Pause. Er hatte den Brief bestimmt schon hundert Mal gelesen und nach Anhaltspunkten gesucht, die er verwerten konnte, um den Mörder zu schnappen. Und noch immer war es, als würgte ihm jemand die Luft ab. Dass der Mörder seiner Frau und Tochter seine Tränen, seine Verzweiflung und Trauer gesehen hatte, konnte er aushalten. Aber dass er Maja und Katharina Geleit gegeben hatte, gesehen hatte, wie ihre weißen Särge in dunkle Löcher fuhren, war nicht zu ertragen.

Inka hörte, wie Sebastian flüsternd weiterlas:

»Doch Sie wissen genau, dass ich solche Mischverbindungen nicht akzeptieren kann und etwas unternehmen muss. Und

Badira war auch so eine, die es mit unserer Rasse getrieben hat. Ich musste dringend Einhalt gebieten, bevor noch mehr dieser Sorte auf die Welt kommen und unser Land bevölkern. Aber Sie als Psychologe, Herr Schäfer, verstehen mein Handeln, da bin ich sicher. Wir kennen uns ja ein paar Jahre, nicht wahr? Zu gern würde ich mit Ihnen ein paar persönliche Worte wechseln, so von Mann zu Mann, und nicht nur die Hand schütteln und Ihnen mein Beileid aussprechen, wie damals. Aber das wird warten müssen, denn es gibt so viel für mich zu tun. Wir hören voneinander, Herr Schäfer.«

»Wie kann ich dir helfen?«, fragte Inka, als Sebastian den Brief zu Ende gelesen hatte.

»Du sollst mich nur verstehen, das ist alles.«

Inka nickte in den Hörer. »Ja«, sagte sie dann leise. »Ich verstehe dich. Aber die Suche macht dich kaputt, Sebastian. Du kannst nicht nach vorn sehen, wenn …«

»Ich weiß, Inka«, sagte Sebastian. »Aber ich kann nicht anders. Er rückt mir nahe. Sein Brief ist eine Annäherung an meine Person. Und gleichzeitig ist es ein Fehler, den er gemacht hat. Ich muss dranbleiben. Er glaubt, er ist mir überlegen. Sein Kick ist es, mit mir zu spielen. Aber sein Stolz ist seine größte Schwäche, und die muss ich ausnutzen.«

»Aber er hat doch gesagt, dass er auf dem Friedhof war, als …«

»Ja.« Sebastian nahm Inka die Verantwortung ab, den Satz auszusprechen. »Dass er bei Majas und Katharinas Beerdigung auf dem Friedhof war, kann ein Versuch oder Trick gewesen sein, damit wir auf der nächsten Beerdigung nach ihm suchen. Allerdings glaube ich ihm, dass er auf Badiras Beerdigung war. Ich hab mir schon den Kopf zermartert, wer alles neben mir gestanden hat, aber …«

»Können sich Badiras Eltern nicht erinnern?«

»Nein. Ihr Vater sagt, sie haben mit so vielen Menschen gesprochen und dass sie sich nicht an ein einziges Gespräch erinnern können, so durcheinander waren sie.«

»Ich verstehe«, sagte Inka bestürzt. »Und jetzt denkst du, er sucht nach weiteren Opfer in deiner Nähe.«

»Ich kannte das letzte Opfer. Er spricht mich im Brief mit Namen an. Das sind Auffälligkeiten, Machttrümpfe, die er gegen mich ausspielt. Er weiß, dass ich in der Heide wohne, und dann weiß er auch von dir, Paula, Hanna, den Kindern, Tim und …«

Bei Tim musste Inka schmunzeln. Ihrem Schwager, dem blonden Hünen, kam keiner zu nahe, wenn der in Schlachtermontur mit Hackebeil und Messer über den Hof marschierte. Dennoch hatte Sebastian recht, und Inka mochte nicht daran denken, dass Paula oder einem ihrer Liebsten etwas passieren würde.

»Wir sind aber keine Perserinnen, Inderinnen und haben keine dunkle Hautfarbe wie seine Opfer«, wandte Inka ein.

»Aber ich traue ihm nicht. Bei Badira hat er seine Vorgehensweise geändert. Er hat sie erwürgt und in den Stadtparksee geworfen. Die toxikologische Untersuchung konnte diesmal kein Gift nachweisen, auch hat er ihr nicht die Haare abrasiert und sie nicht an einen Baum gebunden.«

»Was ist er für ein, ein … wie tickt er? Was weißt du über ihn?«, fragte Inka.

»Das kann ich dir nicht alles am Telefon erzählen. Am Wochenende komme ich nach Wilsede. Ich brauche frische Kleidung. Es wäre schön, wenn wir uns Samstag um dreizehn Uhr im ›Hotel Heiderose‹ treffen könnten, dann erzähle ich dir alles. Ich setze mich auf die Terrasse vor den Hintereingang. Auf der Bank bei der Mauer, da warte ich auf dich. Wäre das in Ordnung?«

Der Platz, den Sebastian ausgesucht hatte, bot einen Blick auf den Restaurantbetrieb der »Heiderose«, der bei warmem Wetter hauptsächlich im Außenbereich des Hotels und Restaurants stattfand.

»Ja, das ist okay. Aber wenn du bis dahin Hilfe brauchst …«

»Dann melde ich mich bei dir, versprochen«, antwortete Sebastian.

17

Am Freitagfrüh um neun Uhr hing Paula am Hals ihrer Oma und weinte. »Oma«, schluchzte sie, »warum kannst du mit Opa nicht hierbleiben? Du darfst auch in meinem Bett schlafen. Ich mach mich ganz klein.«

»Das geht nicht, Herzchen«, sagte Angelika Brandt und streichelte Paula die blonden Locken. »Der Opa und ich wollen noch ein wenig von der Welt sehen.«

»Aber hier ist doch deine Welt. Da sind Gustav und Gloria und die Schweine und Pferde und Rocky und Bonny und Basti –«

»Stopp«, sagte Angelika. Zärtlich lächelnd legte sie ihren Zeigefinger auf den Mund der Kleinen. »Ich verspreche dir, dass wir Weihnachten wieder bei dir sind.«

»Wann ist Weihnachten, Mama? Kommt Basti dann auch wieder und feiert mit uns Weihnachten? Ich bastel für ihn auch Kekse.« Die Kleine drehte den Kopf zu ihrer Mutter. Ihre klaren blauen Augen waren rot verweint.

»Kekse werden gebacken, Paula. Und Weihnachten ist in vier Monaten. Und Sebastian hat einen Papa und eine Mama in Hamburg, die mit ihm Weihnachten feiern wollen.«

»Aber wir können ihn fragen, oder?«

»Versprochen. Wir fragen ihn. Und nun komm her, Oma und Opa müssen losfahren.«

Inka hatte einen Kloß im Hals, als sie Paula aus den Armen ihrer Mutter nahm. Aber nicht nur wegen der Abfahrt ihrer Eltern, sondern auch, weil Paula mit keiner Silbe nach Fabian, ihrem Vater, gefragt hatte. Einerseits war sie froh, dass Paula sich endlich eingewöhnt hatte, andererseits wollte sie sie keinesfalls von Fabian entwöhnen. Er war ihr Vater, so oder so. Und damit musste sie klarkommen und nicht Paula.

Als ihre Eltern das Wohnmobil starteten und hupend vom Hof fuhren, konnte auch Inka sich ihrer Tränen nicht erwehren.

»Hier«, sagte Hanna, als das Hupkonzert aufgehört hatte und die winkenden Arme gesunken waren. »Der ist gestern bei uns im Briefkasten gelandet. Allerdings wollte ich ihn dir nicht vor unseren Eltern geben.« Sie tippte auf den Absender. Rechtsanwalt Dr. Udo Neureuther. »Sie hätten sich nur aufgeregt und womöglich ihre Reise abgeblasen.«

Inka nickte. »Hast du gut gemacht. Danke, Schwesterlein. Paula, mein Schätzchen, hol deinen Rucksack, ich bringe dich gleich zu Tilly.«

»Ja, Mama, aber nicht mehr weinen. Weihnachten ist ja in vier Monaten.«

Inka musste lachen. »Ja, da hast du recht, Paula. Und ich verspreche, ich werde nicht mehr weinen.« Sie setzte die Kleine auf den Boden, die zufrieden in die Wohnung davonrannte. *Doktor?* Inka sah auf den Absender. *Wenn der den Titel nicht gekauft hat, fress ich einen Besen.* Ihrem Schwager traute sie alles zu. Sie riss den Brief auf und glaubte kaum, was sie las. Ihr Noch-Ehemann ging tatsächlich so weit, sie vors Gericht zu zerren, um einen Sorgerechtsstreit auszufechten.

»Und?«

»Hier.« Inka drückte Hanna den Brief in die Hand.

»Dieser Fischkopf! Was fällt dem ein? Der soll sich hier ja nicht blicken lassen«, schimpfte Hanna, und Tim stimmte stürmisch zu.

»Dieses arrogante Kieselhirn mach ich einen Kopf kürzer, wenn der sich einen Schritt auf den Hof traut.« Tim Sundermöhren schlug die Schultern zurück, was ihm augenblicklich ein paar weitere Zentimeter zu seinen fast zwei Metern an Größe und Breite einbrachte.

Inka musste unwillkürlich schmunzeln. Ihr Schwager stellte sich schützend vor sie. Das war neu.

»Was willst du jetzt tun?«

»Keine Ahnung. Als Erstes werde ich mir wohl nun doch einen Anwalt suchen müssen.«

»Nimm Dr. Volker Pilzer-Siegfried, er ist unser Anwalt für den Hof und ein echt scharfer Hund«, mischte sich Tim ein.

»Danke, aber ich glaub, ich bin bei einem Familienanwalt besser aufgehoben. Ich werde das Netz durchstöbern oder Sebastian fragen, vielleicht kennt er jemanden in seiner Nähe. Macht's gut, ich muss los. Bis heute Abend«, sagte sie, nahm Paula, die auf den Hof gelaufen kam, den Rucksack ab und setzte sie auf den Kindersitz im Wagen.

Bevor sie einstieg, bat sie Bonny, die graubraune Katzendame, sie möge sich von ihrem Autodach entfernen. Müde hob die Katze den Kopf, reckte im Liegen ihre Beine von sich, spreizte die Tatzen, bis die Krallen hervortraten, gähnte und legte den Kopf zurück auf das sonnengewärmte Autodach. Inka stellte sich auf die Schweller der Fahrerseite und schob die Katze bedächtig über das Dach, bis sie über die Frontscheibe rutschte und mit genervtem »Miau« von der Motorhaube sprang.

Als Inka sich anschnallte, läutete ihr Handy. Dem Klingelton nach war es Teresa. Eilig wühlte sie in der Handtasche und sah aufs Display. Teresas Porträt lachte ihr entgegen.

»Terry, guten Morgen, was gibt's?«

»Morgen, Süße. Ich wollte nur sagen, dass ich mit Vanessas Ergebnissen durch bin. Es spielt zwar keine Rolle mehr, da ihr ein Geständnis habt, aber …« Teresa Hansen zögerte.

»Was ist los?«

»Vanessa Schönfeld hat gelebt, als sie im Moor versenkt wurde. Sie war höchstens bewusstlos. Gestorben ist sie nicht an der unblutigen Kopfverletzung, die hat nur eine Gehirnerschütterung verursacht. Auch die Hämatome an Brust und Oberbauch wie an den Oberschenkeln, die ich mit dem Besenstiel verglichen habe, den mir Kollege Amselfeld gebracht hat, waren nicht ausschlaggebend für ihren Tod. Das Mädchen ist schlichtweg ertrunken.«

»Und da bist du dir sicher, Terry?«

»Möchtest du herkommen und sie wieder aufmachen? Dann zeig ich dir alle Einzelheiten.«

»Schon gut«, sagte Inka. »Ich glaub dir ja. Und kannst du mir sagen, ob sie noch Jungfrau war?«

»Auch das. Eine unberührte Heidekönigin«, sagte Teresa.

»Danke. Bis dann.«

Inka legte auf und starrte durch die Frontscheibe ihres Wagens zu der Gartenbank, die neben der Birke stand und auf der Bonny saß und sie anblinzelte. Jonas' Bemerkung über den besonderen Abend ging ihr im Kopf herum. Erst als Paula auf dem Kindersitz zu quengeln anfing, weil sie nun endlich zu Tilly wollte, erwachte sie aus ihrem Tagtraum.

Verdammt. Was sollte sie bloß Vanessas Vater sagen? Sollte sie ihm überhaupt erzählen, dass seine Tochter nicht hätte sterben müssen, wenn Martina Tamke einen Notarzt gerufen und sie nicht im Moor versenkt hätte? Würde es etwas an seinen Gefühlen, seiner Trauer ändern? In den Bericht musste sie es aufnehmen, das war unabdingbar. Inka startete den Motor, schaltete das Radio ein, um ihre Gedanken zu ordnen, und fuhr vom Hof. Gustav und Gloria, die beiden Hausgänse, schnatterten aufgeregt und starteten klägliche Flugversuche, die wie Hüpfer aussahen, um ihrem Wagen auszuweichen.

Die Dienstbesprechung, an der Fritz Lichtmann, Mark Freese, Jacob Amselfeld, die zweite Ratsvorsitzende Ruth Jankowitz, Staatsanwalt Martin Jankowitz und Marks Freundin Bea teilnahmen, empfand Inka als entmutigend und gleichzeitig befreiend. Ihr Patenonkel hatte seine Aushilfe nicht ermordet. Jedoch hingen seine Betrügereien den holländischen Investoren gegenüber wie ein Damoklesschwert im Raum. Inka fühlte sich, als hätte sie selbst die Verträge mit den Bauern Helmut Brodersen, Alfred Warder und Knut Heinemann abgeschlossen und müsse jetzt dafür geradestehen.

Zumindest hatten sie den Fall Vanessa Schönfeld aufgeklärt. Die Schneverdinger Kollegen gratulierten zum gemeinsamen Erfolg und luden alle Hanstedter Kollegen auf das in zwei Wochen stattfindende Sommerfest mit Spanferkelessen ein.

Staatsanwalt Martin Jankowitz und seine Frau konnten sich vor Verlegenheit kaum retten, als Inka sie mit Vanessas kopierten Unterlagen konfrontierte.

»Da haben Sie wohl vergessen, uns etwas mitzuteilen, Frau

Jankowitz«, begann Inka. Sie setzte sich in den noch freien Sessel der schwarzen Ledergarnitur in Fritz Lichtmanns Büro.

»Nein. Über verseuchte Grundstücke und Bodengutachten hat Vanessa nichts erzählt. Lediglich von den Verträgen, die Knöppel mit drei Bauern abgeschlossen hat, und dass er, wie es aussieht, die Investoren übertölpelt hat«, sagte Ruth Jankowitz. »Und dass sie Kopien hatte, davon wusste ich auch nichts.«

»Das ist alles in Ordnung zu bringen«, beschwichtigte Martin Jankowitz Inka.

»So einfach geht das nicht«, protestierte Fritz Lichtmann. »Gerd Knöppel hat den Bauern Brodersen, Warder und Heinemann keinen Cent für ihren Verkauf ausbezahlt. Ich habe mit Brodersen gesprochen, und er sagt, Knöppel habe sie Monat für Monat vertröstet und gemeint, sie könnten ihm ruhig vertrauen. Ihr Geld läge auf der Bank, brächte Zinsen und werde ihnen bei Hofübergabe ausgezahlt.«

»Und das haben die Bauern geglaubt?« Ruth Jankowitz sah mit großen Augen zu Fritz Lichtmann, der gegenüber auf dem Sofa saß.

»Sicher. Gerd Knöppel war Schneverdinger Bürger, ein Nachbar aus der Lüneburger Heide, dem anderen Freund und jahrelang Ratsvorsitzender. Es gab keinen Anlass, ihm zu misstrauen. Sie haben Vanessa doch auch nicht geglaubt, was sie Ihnen über Knöppel erzählt hat.«

»Und was stellen Sie sich jetzt vor, Herr Lichtmann? Wie sollen wir vorgehen?«, fragte Martin Jankowitz.

»Da der Bau der Mastanlage nicht vom Tisch ist, wäre es das Beste, wenn Sie die Investoren zusammentrommeln und vorschlagen, die Verträge mit Brodersen, Warder und Heinemann aufzulösen und den Bau vorerst auf Eis zu legen.« Fritz Lichtmann ignorierte Jankowitz' Stöhnen und fuhr fort: »Die Bauern, deren Land für die Anlage in Frage kommt … Mark, was sagte der Holländer, wer war das, sieh in die Akte.«

»Der Tönnies-, Clarsen- und Jacobsen-Hof«, antwortete Mark.

»Danke. Die drei müssen erst verkaufen. Und da die Holländer jetzt erfahren haben, dass das Land verseucht ist, wird es schwierig.«

»Wie ich vor ein paar Tagen sagte: Es ist nichts in trockenen Tüchern. Bevor der erste Spatenstich für eine Mastanlage gesetzt wird, sind zahlreiche Dinge zu klären, und das geht nicht von heute auf morgen. Erst muss das Land her, wenn nicht in Dierkshausen, dann in einer passenderen Ecke«, sagte Jankowitz. »Und nach den Bodengutachten, die jetzt vorliegen, wird der Bau sich verzögern oder aufgehoben. Zumal nicht Schneverdingen, sondern der Hanstedter Bürgermeister, das Winsener Bauamt und, wenn ich orientiert bin, die Emissionsschutzbehörde des Landkreises Harburg über eine Schweinemastanlage in der Lüneburger Heide entscheiden.«

»Dann sind wir ja einer Meinung.« Fritz Lichtmann sah in die Runde. »Somit ist es kein Problem, die Kaufverträge mit Bauer Brodersen, Warder und Heinemann zu lösen. Falls diese unter den manipulierten Bedingungen entstandenen Verträge rechtlich anerkannt sind. Was nachzuprüfen für Sie, Herr Staatsanwalt, eine Kleinigkeit ist.«

Jankowitz schluckte, dann sagte er kleinlaut: »Ich versuche mein Möglichstes.«

»Davon gehe ich aus. Nur wäre es schön, wenn Sie Ihr Möglichstes versuchen, bevor feststeht, wohin die Gülle einer Anlage ausgeschüttet wird. Denn eins kann ich Ihnen versichern, die Holländer finden keinen Bauern in der Lüneburger Heide, der ihnen die Gülle abkauft, um seine Felder mit Gülle aus einer Mastanlage zu düngen, Herr Staatsanwalt. Die müssen allein für genügend Fläche sorgen.«

»Wie gesagt, ich werde die Angelegenheit bereinigen. Aber abgesehen davon ist das für einen Bauern ein wunderbares Motiv, Gerd Knöppel zu erschießen«, versuchte Jankowitz abzulenken.

»Ihre Theorie, Herr Staatsanwalt«, wandte Inka ein, »bedarf einiger Arbeit. Denn ich sehe das in einem anderen Licht.« Sechs Augenpaare wechselten zu Inka. »Gerd Knöppel war der Verbündete der drei Bauern. Keiner hat bisher nur einen Mucks über eine Anlage verlauten lassen. Und warum nicht?« Inka wartete nicht auf Antwort. »Weil sie wussten, wenn sie ihren Grund nicht an Knöppel loswerden, können sie ihn auch nicht den Investoren andrehen. Denn wer kauft verseuchtes Land? Aber ohne Land keine Landwirtschaft und ohne Landwirtschaft kein Einkommen. Da beißen sich die grauen Feldmäuse in die Schwänze.«

»Ich sag doch: Die Bauern haben ein Motiv. Wenn ihr Verbündeter weg ist, kann er nicht plaudern und sie verpfeifen, dass sie von dem verseuchten Land gewusst haben«, erklärte Jankowitz knapp. Ungeduldig sah er auf die Uhr. Er wirkte genervt, so als würde er wegen Kinderkram festgehalten, der nur zu offensichtlich war. »Gab es da nicht einen Zeugen?«

»Nein. Der Zeuge war ein Hobbyfotograf, der Gerd Knöppel zwar gefunden, aber niemanden auf dem Parkplatz gesehen hat.«

»Schade«, sagte Jankowitz. »Aber ich habe in der Akte ein Phantombild gesehen. Den bärtigen Mann, den Sie, Frau Brandt, mit einem Stück Wild auf der Laderampe am Tatort vorbeifahren sahen.«

»Ein toter Rehbock, ja. Die Suche läuft, doch bisher gibt es keinerlei eindeutige Hinweise. Alle Jäger im Heidekreis und alle Personen mit einer Jagdlizenz sind nach ihrer letzten Jagd befragt worden. Ohne Erfolg.«

»Vielleicht war es der Förster.« Jankowitz war mit seinen Hypothesen kaum zu stoppen.

Inka verneinte. »Ich kenne zwar den neuen Förster nicht, den Nachfolger von Dietrich Hagemann, aber das ist abgeklärt. Der neue Förster, Uwe Neidling, ist seit zwei Wochen im Urlaub und seit gestern bei seiner geschiedenen Frau im Ruhrgebiet. Sie feiern die Scheidung.«

»Wie bitte?« Jankowitz horchte neugierig auf.

»Er feiert die Scheidung mit seiner Ex-Frau«, wiederholte Inka schmunzelnd und zwinkerte Mark zu. Mark hatte sich vor sechs Jahren von seiner Frau Nicole scheiden lassen. Er wollte Kinder, sie nicht ihre Figur ruinieren. Als er sie kurz darauf in flagranti mit zwei Männern erwischte, zog er nach zehn Jahren den Schlussstrich. Eine weise Entscheidung, wie sie fand.

»Was es alles gibt. Unglaublich.« Jankowitz schüttelte den Kopf.

»Das sind teilweise tolle Partys«, platzte Mark heraus, ohne Jankowitz zu verraten, dass seine Feier ein Wochenende gedauert hatte. »Scheidungstorte, Trauzeugen, Gäste, meist wird mit den neuen Partnern der Eheleute gefeiert. Da ist immer richtig was los. Wie auf einer großen Familienfeier.«

»Das würde mir nicht im Traum einfallen«, sagte Jankowitz ungläubig.

»Mir auch nicht«, sagte Inka. »Ich wäre froh, wenn ich … Nun, wir sollten zum Thema zurückkehren.« Sie räusperte sich. »Auf jeden Fall kommt der Förster erst in einer Woche zurück, wie uns seine Haushälterin mitteilte. Somit war er nicht der Fahrer. Zudem habe ich keine übliche Förster-Kennzeichnung am Wagen gesehen.« Inka nahm die Kaffeetasse auf, während sie Ruth und Martin Jankowitz beobachtete.

Ein Ehepaar Anfang fünfzig. Wie Inka gehört hatte, hatten sie letztes Wochenende den dreißigsten Hochzeitstag auf dem von Ruth Jankowitz geerbten Landsitz im Schwarzwald gefeiert. Sie hatten eine Jagd angekündigt, doch verheimlicht, dass hinterher mit allen damaligen Hochzeitsgästen ein rauschendes Fest stattfinden sollte. Und wenn der Staatsanwalt orderte, durfte der Chef der hiesigen Polizei nicht fehlen.

Marks und ihre Spekulationen über Wiedergutmachung fielen ihr ein. Inka schmunzelte. Doch trotz der belustigenden Vorstellung, Staatsanwalt Jankowitz habe Fritz nur geladen, um ihn wegen des Verstoßes seiner Frau milde zu stimmen, fühlte sie sich irgendwie unwohl. Seit über einem Jahr wartete sie auf Fabians unterschriebene Scheidungspapiere. Niemals hätte sie sich vorstellen können, mit ihm dreißig Jahre verheiratet zu sein. Ein Schauer lief ihr über den Rücken, als sähe sie gerade den schlimmsten Horrorfilm aller Zeiten. Dennoch schien es Ehen zu geben, die funktionierten. So wie bei ihren Eltern, die sich aus der Sandkiste kannten und mit Anfang sechzig so verliebt waren wie am ersten Tag. Wo sie wohl auf ihrem Weg nach Frankreich gerade steckten? Wenn sie nur nicht immer wild campten. Wie oft hatte Inka ihre Eltern vor einsamen Orten gewarnt.

»Ich könnte mir vorstellen, der Mörder ist jemand aus der Investorengemeinschaft«, sagte Mark in Inkas Gedanken hinein. »Für mich hat Knöppel die Holländer beschissen. Ich kann mir nicht vorstellen, dass die nur einen Quadratmeter von dem nutzlosen Grund gekauft hätten. Das ist ein starkes Motiv.«

»Und ein guter Einwand, Mark. Die verlieren nicht nur Zeit, sondern ordentlich Geld, um das Land sauber zu kriegen«, sagte Lichtmann. »Wobei du vergisst, die Investoren sitzen in Rotterdam und nicht bei uns um die Ecke. Und zur Tatzeit war keiner der vier Herren in der Heide.«

»Und wenn die Holländer einen Killer beauftragt haben, um Knöppel vor Ort zu erschießen?«

»Nein, Mark, lass es gut sein. So weit schießen selbst Holländer mit Käseecken nicht.« Lichtmann schmunzelte, entweder über Marks Hypothese oder über seinen Witz. »Wie war Ihr Verhältnis zu Gerd Knöppel?«, wandte er sich an Ruth Jankowitz. »Bestand privater Kontakt?«

»Herr Lichtmann, das sollten Sie wissen. Sie waren unser erster Trauzeuge und Gerd unser zweiter Trauzeuge.«

»Das beantwortet nicht meine Frage, Frau Jankowitz. Wir halten auch nur beruflich und nicht privat Kontakt. Und dass ich Trauzeuge wurde, verdanke ich meinen Eltern, die bei Ihrer Hochzeit, wären sie nicht im Urlaub gewesen, als Zeugen agieren sollten.«

»Nein«, sagte Ruth Jankowitz schroff. Ihre Miene verfinsterte sich. »Wir unterhielten keinen privaten Kontakt. Wir hätten Gerd zur Feier geladen, aber das wäre es gewesen.«

Lichtmann nickte. »Habt ihr noch Fragen oder …?«

Er sah von Amselfeld zu Mark und Inka und weiter zu Bea, die mit übergeschlagenen Beinen abseits am Fenster auf seinem Bürostuhl saß.

Sie wirkte müde. Ihr sonst sorgfältig geschminktes Gesicht war blass, und ihr Haar hatte den weichen Schimmer roten Samtes verloren. Auch ihre Kleidung wirkte farblos. Die knallbunten Farben ihrer Pullis und Blusen waren einem nachtblauen Schlabbershirt gewichen. Die poppigen Jeans hatte sie gegen schwarze Leggings getauscht, in die Menschen nach der Arbeit schlüpften, um es sich auf dem Sofa bequem zu machen. Oder die Frauen trugen, die sich sukzessive in graue Mäuse verwandeln wollten.

»Nein«, sagte Inka. »Von mir aus können wir stoppen.«

Mark Freese, Jacob Amselfeld und Bea nickten zustimmend, und das Ehepaar Jankowitz erhob sich. Lichtmann, Mark, Amselfeld und Inka taten es ihnen gleich.

»Ach, die Butterwaffeln mit Ingwerschokoladencreme … das wollte ich Ihnen sagen, Herr Freese. Die waren köstlich. Nicht, Ruth?« Jankowitz beobachtete seine Frau, die ihre Handtasche schulterte und kurz nickte. »Sobald es die Kekse in Ihrer Fabrik zu kaufen gibt, freuen wir uns über eine Nachricht.«

»Oh, schade«, begann Mark. »Die Produktion der Füllung wurde eingestellt. Die Aromen stimmten nicht überein. Aber eine Cranberry-Vanille-Füllung ist im Versuch. Warten Sie, ich sehe nach, ob die Kollegen ein paar Tüten übrig gelassen haben«, sagte er und flitzte aus Lichtmanns Büro auf die gegenüberliegende Tür zu. Es raschelte, dann war er auch schon wieder da. »Bitte.« Er drückte Jankowitz vier Kekstüten in die Hand. »Der erste Durchlauf. Heute Morgen frisch vom Band gerollt. Und über einen kurzen Anruf … Na, Sie wissen schon.«

»Oh.« Jankowitz' blaue Augen strahlten. »Klar, und wir beeilen uns mit der Antwort.«

Er reichte Fritz Lichtmann die Hand, nickte in die restliche Runde der Beamten und verließ mit seiner Frau das Büro.

Lichtmann stöhnte auf. »Meine Güte. Er ist ja ganz in Ordnung, aber immer muss ich den nicht um mich haben. Das Wochenende im Schwarzwald reicht für die nächsten zehn Jahre. Stellt euch vor: Weil sie den wahren Grund für die Einladung verschwiegen hatten, brachten die Gäste keine Geschenke. Dafür sollten wir an eine Tierschutzorganisation spenden. Sie gehen jagen und spenden für das Leben der Tiere. Wie verdreht.«

Fritz Lichtmann schüttelte den Kopf. Mit leicht tänzelnden Schritten ging er zu seinem Schreibtischstuhl, auf dem eben noch Bea gesessen hatte. »Ach, und bevor ich es vergesse …« Er sah zu Bea, die mit ihrem Schreibtischblock an die Brust gedrückt an der Tür stand. »Noch darf nichts an die Medien.«

18

Am Samstagvormittag stand Inka bis zwölf Uhr im Hofladen und verkaufte Kräuter, Möhren, Fenchel und allerlei Gemüse sowie Fleisch- und Wurstwaren aus Tims eigener Herstellung. Normalerweise arbeitete sie am Wochenende, wenn es einen Fall zu lösen gab. Doch Fritz hatte am Freitagabend beschlossen, für die gesammelte Mannschaft die Tür der Dienststube zu schließen. Die Bauern und die Investoren würden nicht verschwinden, die Dörfer sich nicht in Luft auflösen und sie alle ein Wochenende bei ihren Familien sein.

Da Hanna ihren Jungs und Paula vorgeschlagen hatte, ins Freibad nach Soltau zu fahren, was die Kinder mit Jubelschrei begrüßten, konnte sich Inka mit Sebastian am »Hotel Heiderose« treffen.

Tim war wütend, dass Hanna mitten in der Hochsaison einen Nachmittag Auszeit vorschlug. Ihr Ehekrach war bis in Inkas Einliegerwohnung zu hören. Dass der Streit aus einem anderen Grund begann, und nicht wegen der nachmittäglichen Auszeit, war offensichtlich. Es gab keine Zimmer zu richten, Essen zu kochen oder Schweine zu füttern. Der Hofladen hatte geschlossen, und die Wurst- und Käseherstellung erledigte Tim seit jeher allein mit einem Mitarbeiter. Zudem waren alle Feriengäste, die einen Wunsch hätten äußern können, ausgeflogen. Sie lagen im Freibad, wanderten, saßen auf Entdeckungstour im Heide-Shuttlebus oder aßen in einem der Undeloher Cafés die heidetypische Buchweizentorte. Es war eine dieser Streitigkeiten zwischen Eheleuten, wo am Ende keiner mehr wusste, welche Kleinigkeit den Auslöser für den Krach gegeben hatte.

Inka war dankbar für Hannas Angebot, mit den Kindern einen Ausflug zu unternehmen, auch wenn ihr der traurige Blick ihrer Schwester für eine Weile nachhing. Am liebsten wäre sie mit ins Freibad gefahren, doch sie musste Sebastian treffen. Sie musste endlich wissen, was los war.

Sie lenkte den Wagen die Heimbucher Straße hinunter, vorbei am verwaisten Hotel »Zum Storchennest«, das seit einem guten halben Jahr zum Verkauf stand, und dann rechts auf die Wilseder Straße.

Der Parkplatz vor dem Hotelrestaurant »Heiderose« war restlos überfüllt. Inka zählte elf Reisebusse, die in Zweierreihe hinter den Vier- und Zweispännern dicht an dicht eingeparkt hatten. Menschentrauben versammelten sich vor den Kutschen, um die einstündige oder zweistündige Kutschfahrt durch die Heide zu buchen. Links des Pkw-Parkplatzes erwischte sie eine Lücke hinter einem der Verkaufsstände, die die Wilseder Straße pünktlich zur Hochsaison zwischen Juli und Oktober in ein Volksfest verwandelten. Heideliköre, Wildschweinsalami, Hirschschinken, Bienenkörbe, Honig, Bienenwachskerzen, Schaffelle und Hausschuhe, Mützen mit Lammfell und allerlei sonstige heidetypische Schätze wollten als Andenken mit nach Hause gebracht werden.

Sie nickte der Verkäuferin zu, die mit einem Buch in der Hand aufsah und ihr zulächelte. Inka kannte die Frau aus flüchtigen Gesprächen. Sie kam aus Soltau, um ihre Waren zu verkaufen.

»Heute kein Krimi, sondern eine Liebesschnulze«, sagte die Verkäuferin und hielt das Buch, das ein eng umschlungenes Pärchen auf dem Cover zeigte, in die Höhe.

»Ein bisschen heile Welt kann nie schaden«, antwortete Inka, schloss den Wagen ab und winkte der Verkäuferin kurz zu, bevor sie über den Parkplatz auf die Terrasse des Restaurants »Heiderose« zuging.

Der Tisch an der Hintertür der Terrasse wurde gerade frei. Miriam, die Kellnerin, räumte die leeren Teller und Gläser ab und wünschte drei Ehepaaren einen schönen Tag. Die Männer und Frauen bedankten sich mit schwäbischem Akzent und strömten mit Ausflugsprospekten und Kameras in den Händen Richtung Kutschen davon.

Inka schob sich auf die Bank, die Sebastian für ihr Treffen vorgeschlagen hatte.

»Hallo, Frau Brandt. Schön, dass Sie mal wieder hier sind. Was darf ich Ihnen bringen?«, fragte Miriam.

»Nur ein Glas Cola. Ich warte auf jemanden«, sagte Inka, nahm die Sonnenbrille ab und legte sie zu ihrem Handy auf den Tisch.

»Heute keine Maisplätzchen?« Miriam sah sie lächelnd an.

Obwohl Inka an den frittierten, süß-salzigen Maisplätzchen selten vorbeikam, lehnte sie heute ab.

»Nein. Ich bin pappsatt. Vielen Dank, Miriam.« Inka legte die Hand auf ihren Bauch. »Ich habe zwei Teller von Hannas Kartoffel-Gemüse-Eintopf mit geräucherter Schnuckenwurst verdrückt.«

»Wie lecker. Das Rezept kenne ich, es steht in ›Hannas Geheime Verführungen‹. Ich hab mir das Buch Ihrer Schwester gleich gekauft, als es rauskam. Leider bin ich noch nicht dazu gekommen, auch nur ein Rezept auszuprobieren. Hier ist dieses Jahr die Hölle los. Mein Mann fragt ständig, wann ich am Wochenende zu Hause bleibe.« Sie lachte. Ein Mann drei Tische Richtung Dorfteich signalisierte, dass er zahlen wollte, und Miriam verabschiedete sich.

Der Zeiger der Uhr schlich auf dreizehn Uhr. Auf der Terrasse herrschte Hochbetrieb. Kellner eilten mit Tabletts an Inka vorbei und nickten freundlich. Man kannte sie. Dass Herr Wischhof, der Besitzer der »Heiderose«, zu ihr kam und auf dem freien Stuhl ihr gegenüber Platz nahm, verwunderte sie nicht. Wenn eine Undeloherin, die noch dazu Kommissarin war, auf der Terrasse saß, wurde aufgehorcht.

»Hallo«, sagte er und reichte Inka die Hand. »Sind Sie heute auswärts zum Essen unterwegs, Frau Kommissarin? Oder verfolgen Sie auf unserer Terrasse einen Mörder?«

Inka lachte auf. »Nein, Herr Wischhof, keine Sorge. Bei Ihnen geht alles mit rechten Dingen zu, da bin ich sicher.«

»Na, man weiß ja nie, wer hier sein Unwesen treibt. Oder? Erlebt haben wir ja schon einiges.« Der Gastronom legte den Kopf schräg und lachte schelmisch, als wünschte er, Inka säße tatsächlich hier auf der Bank, um einen Verbrecher anzuvisieren.

»Das stimmt.« Inka warf einen schnellen Blick an Wischhofs Schulter vorbei auf den Dorfteich, der kaum dreißig Meter entfernt lag und wo vor gut einem Jahr ein Therapeut umgebracht worden war. »Aber heute hab ich nur eine Verabredung. Wobei es so aussieht, als ob diese mich versetzt.«

»Wie kann man nur eine so schöne Frau versetzen«, schmeichelte ihr Wischhof und stand auf. »Sonst haben Sie alles, was Sie brauchen?« Er sah auf das Glas Cola.

»Vielen Dank. Ja.«

Herr Wischhof, ein wendiger Endvierziger, der immer lächelnd anzutreffen war, eilte durch den breiten Terrassenflügel zurück ins Hotel. Seine Neugier war gestillt.

Das Wetter war traumhaft. Das Thermometer zeigte fünfundzwanzig Grad, und es wehte ein laues, erfrischendes Lüftchen durch die Heide. Inzwischen hatte sich an Inkas Tisch, der normalerweise leer blieb, weil er direkt in der Eingangsschneise der Kellner stand, eine Handvoll Touristen versammelt und bei Miriam Essen bestellt. Der Mann neben ihr schlürfte Bier, rülpste ungeniert und schwatzte mit seinen Tischgesellen in einem urbayrischen Dialekt, sodass Inka glaubte, sie säße in einem fremden Land.

Um halb zwei vibrierte ihr Handy auf dem Holz.

»Gemma«, sagte der Bayer neben Inka, als wäre das Vibrieren des Handys ein Aufruf zu neuen Taten. Er klatschte seine riesigen Hände neben den leer geputzten Teller, auf dem nur noch der abgenagte Knochen der Heidschnuckenkeule und ein Viertelchen Tomate lagen, und erhob sich. Die Bank knarrte und wackelte bedenklich bei seinen schwerfälligen Bewegungen. Dann rutschte der Tisch einen halben Meter über den Terrassenboden, Inkas Colaglas kippte und entleerte den Rest erst auf ihre Sonnenbrille und dann auf die dunkelgrüne Tischdecke.

»Herrschaftszeiten, Dicker, dass du mit deiner Wampe immer alles umreißen musst«, schimpfte eine blonde Frau in einwandfreiem Hochdeutsch. Das hellblaue Dirndl mit goldfarbenen Bordüren schmeichelte ihrer mädchenhaften Figur.

Der beleibte Mittsechziger zog den Bauch ein, was ihm nicht wirklich gelang, und wandte sich entschuldigend an Inka.

»Das ist in Ordnung«, beschwichtigte ihn Inka, es war nur noch ein Schlückchen im Glas gewesen.

Sie stand auf und schnappte nach dem Handy, das zu vibrieren aufgehört hatte.

Sie sah auf das Display. Keine Rufnummer.

Mit einer Ecke des Tischtuchs trocknete sie ihre Sonnenbrille, schob das nasse Tuch beiseite und legte das Handy auf den Tisch. Sie hörte die Dirndlfrau noch mit ihrem Mann schimpfen, als das Paar bereits um die Ecke der Terrasse verschwunden war.

Es dauerte keine zwei Minuten, bis Miriam eine saubere Tischdecke auflegte und vor Inka eine Eisschale mit Erdbeeren und Sahne und ein neues Glas Cola auf den Tisch stellte.

»Von dem bayrischen Tölpel. Mit besten Grüßen, soll ich Ihnen von seiner Frau ausrichten«, sagte sie, grinste und verschwand mit der zusammengeknüllten Tischdecke unter dem Arm im Gastraum.

Als Inka die ersten zwei Erdbeeren aus der Eisschale gefischt hatte, vibrierte ihr Handy erneut. Sie griff danach und klappte es auf. Doch was sie jetzt zu hören bekam, verschlug ihr den Atem.

»Schmeckt Ihnen das Eis nicht?«, fragte Miriam, die erschrocken an Inkas Tisch zurückkam und sah, wie diese hektisch nach der Sonnenbrille griff und von der Bank aufsprang.

Doch das hörte Inka schon nicht mehr, als sie zu ihrem Wagen rannte.

19

Sebastian Schäfer saß im Gästezimmer seiner Eltern in Hamburg-Othmarschen auf dem Sofa und hielt eine Flasche Whisky in der Hand, aus der die Hälfte getrunken war.

Als Inka eintrat, sah er verstört mit geröteten Augen auf. »Was willst du denn hier?«, fragte er barsch, als wolle er sie sofort achtkantig aus dem Zimmer werfen.

»Ich wurde angerufen«, sagte sie knapp. Mit den Augen suchte sie nach einer Sitzgelegenheit.

»Von wem?«

»Das hat er nicht gesagt. Nur, dass du bei deinen Eltern bist und ich nach dir schauen soll, weil du dir die Seele aus dem Leib säufst. Und dass es schade um dich sei, weil er mit dir noch viel vorhabe.«

»Ein Mann?«

»Die Stimme klang nach einem Mann«, sagte Inka, schnappte einen Stapel Kleidung, der einen niedrigen Lederhocker verdeckte, und legte ihn auf eine freie Stelle des Sofas.

»Mein Vater?«

Inka schüttelte den Kopf. »Nein. Nicht dein Vater.«

»Wer dann? Olli?«

»Ich kenne keinen Olli, Sebastian.« Sie setzte sich.

»Verdammt, dann …« Sebastian sprang aus der halb liegenden Position vom Sofa hoch, stand für drei Sekunden, sackte dann wie ein Klappmesser zusammen und landete auf dem Fußboden.

Inka sprang auf und kniete sich zu Sebastian runter. Der zuckte mit den Augen und den Gliedern, als überfiele ihn ein epileptischer Anfall. Inka rannte zur Tür und schrie nach seinen Eltern, dann wählte sie auf dem Handy den Rettungsdienst. Noch bevor sie den Namen und die Othmarschener Adresse durchsagen konnte, riss Sebastian ihr das Handy aus der Hand und warf es in die Sofaecke.

»Nichts da. Ich brauche keinen Arzt. Ich bin selber einer.«

»Du brauchst Hilfe.« Inka kniete noch immer vor Sebastian, der sich aufgerappelt und auf die Sofakante gesetzt hatte.

Seine Eltern standen mit betretenen und sorgenvollen Gesichtern in der Tür und sahen der Szene zu.

»Er will sich ja nicht helfen lassen«, begann Sebastians Mutter zaghaft. Eine Mittsechzigerin mit hellbraunen Haaren, die eine modisch frisierte kurze Föhnfrisur trug. »Wir haben ihn schon so oft gebeten, er soll nach Hause ziehen.«

»Richtig. Und er müsste nicht arbeiten, wenn …«, begann Bernd Schäfer, doch er wurde sofort von Sebastian unterbrochen.

»Mir geht es besser, Mutter, Vater. Außerdem ist Wilsede ein wunderbarer Ort, um sich zu erholen. Und jetzt seid so lieb und lasst mich mit Inka ein paar Minuten allein. Wir kommen nach unten, versprochen.« Bittend sah er seine Eltern an. »Ein Kaffee wäre toll, Mama«, bat er noch, bevor er den Rücken an die bunt gemusterte Sofalehne drückte.

Inka hörte, wie Sebastians Eltern hinter der Tür tuschelten und die Treppe ins Erdgeschoss hinunterschritten. »Wir müssen rauskriegen, wer dich angerufen hat.«

Sebastian beugte sich seitwärts, um an Inkas Handy zu reichen.

Inka war schneller. »Das kannst du vergessen. Mir ist gerade scheißegal, wer mich angerufen hat. Das klären wir später«, platzte sie heraus, schnappte nach dem Telefon und steckte es in ihre Hosentasche. Jetzt hielt sie nichts mehr auf. »Sag mal, was sollte das denn hier eben? Bist du nicht mehr bei Trost? Langt es nicht, dass deine Eltern ihre Schwiegertochter und ihre Enkeltochter auf die grausamste Weise verloren haben? Müssen sie jetzt zusehen, wie ihr einziger Sohn sich buchstäblich zu Tode säuft, weil er in Selbstmitleid und Schuldgefühlen ertrinkt? Und das vor ihren Augen? Verdammt, Sebastian, du reißt ihnen das letzte Stückchen Herz aus dem Leib. Wach endlich auf! Du steckst emotional viel zu tief in dem Fall, als dass du klar denken könntest. Und das bedeutet, du machst Fehler, und du überschätzt dich.«

Inkas Hals kratzte. Sie griff nach der Whiskyflasche und trank einen ordentlichen Schluck.

»Hey, was soll das?«

»Was?« Sie wischte mit dem Handrücken über den Mund. »Was siehst du mich so ungläubig an? Glaubst du, du bist der einzige Mensch auf der Welt, der Probleme hat, mit denen er nicht klarkommt?«

»Deine Tochter lebt, das ist ja wohl ein Unterschied.«

»Ja, das ist ein großer Unterschied. Ein verdammt entscheidender und riesengroßer Unterschied. Ein Unterschied, der dich lieb hat und vermisst, weißt du das auch?« Inka standen die Tränen in den Augen. »Ich kann nicht ändern, was deiner Frau und deiner Tochter geschehen ist. Und du kannst es auch nicht. Aber du musst aufhören, dir die Schuld zu geben. Wenn du den Täter finden willst, kannst du auf jede Unterstützung hoffen, die ich dir geben kann, denn langsam nehme ich das persönlich. Aber verdammt, geh nicht auf Teufel komm raus mit dem Kopf durch die Wand. Damit hilfst du niemandem.«

»Paula mag mich?« Sebastians Augen füllten sich ebenfalls mit Tränen.

»Ja, das tut sie, und sie fragt täglich nach dir.«

»Du lügst mich an, weil …«

»Verdammt, Sebastian, werd klar in der Birne! Warum sollte ich dich anlügen? Du fehlst ihr, und das ist die Wahrheit. Noch heute Morgen hat sie dich in einem Atemzug mit den Gänsen, Schweinen und ihren Schmusetigern Rocky und Bonny genannt. Und dann hat sie gefragt, ob du mit uns Weihnachten feiern willst.«

»Weihnachten ist …«

»Sind noch ein paar Tage hin, ja, aber mit der Zeitrechnung hapert es bei Paula. Auf jeden Fall will sie morgen anfangen, für dich Weihnachtskekse zu backen. Hat sie gesagt. Ich schwöre.« Inka hob die flach ausgestreckte Hand in die Luft.

»Sie ist ein tolles Mädchen«, sagte Sebastian. Er senkte den Kopf und streichelte das schwarze Lederband an seinem linken Handgelenk.

Inka folgte seinem Blick. Sie wusste, dass die Namen seiner Frau und seiner Tochter eingebrannt auf der Innenseite des Lederbandes standen. Sie stand auf, setzte sich neben Sebastian und legte ihre Hand in die seinige. Mehr konnte sie momentan nicht für ihn tun. Sie konnte nur bei ihm sein.

»Also«, sagte sie. »Erzähl, was ist los?«

»Die Tochter einer Bekannten wurde umgebracht.«

»Das sagtest du am Telefon. Und dass du einen Brief bekommen hast.«

Sebastian nickte. »Der Brief lag im Briefkasten meiner Eltern. Aber ich kann nicht viel tun. Ich gehöre nicht mehr zu Hamburg und bin außerdem vom Fall abgezogen. Meine Kollegen arbeiten daran. Nur mit Olli, meinem Freund und früheren Kollegen, halte ich Kontakt. Ich war bei ihm im Büro.«

»Ah, das ist also Olli.«

»Ja. Er arbeitet mit an dem Fall. Ich hab ihn angerufen, weil ich wissen wollte, ob es Neuigkeiten gibt. Unsere Codewörter sind in Hamburg die Alster und der Jungfernstieg.«

»Und?«, fragte Inka neugierig.

»Er hat ›Alster‹ gesagt. Es gab Neuigkeiten. Also bin ich losgefahren und hab erfahren, dass Badira ermordet wurde. Die Hamburger Kollegen denken an einen Trittbrettfahrer, aber ich weiß, dass *er* es war, der Badira umgebracht hat. Und dann kam der Brief. Ich hatte also recht.«

»Hast du den Brief den Hamburger Kollegen gegeben, damit sie –«

»Ha. Hätte ich das getan, könnte ich keinen Schritt mehr ins Büro setzen, ohne dass mich mein früherer Chef auf dem Kieker hätte. Nein. Ich war noch einmal bei Badiras Eltern, ob sie sich inzwischen erinnern können, mit wem sie am Freitag auf der Beerdigung gesprochen haben. Aber leider … Olli und ich, wir wissen es auch nicht.« Sebastian zuckte die Schultern.

»Und was willst du jetzt machen?«

»Ich grabe Badiras gesamtes Umfeld um, bis ich den nächsten Hinweis finde. In der Uni hab ich angefangen.« Sebastian sah auf den runden blauen Wecker auf der Fensterbank. »In einer

Stunde bin ich mit einer Kommilitonin verabredet. Sie sagte mir am Telefon, Badira habe öfters mit einem Mann in der Uni-Bibliothek gesessen und geredet. Vielleicht weiß sie ein paar Details, mit denen ich ein Stückchen weiterkomme.«

»Wie wäre es mit einem Softwareprogramm zur Gesichtserkennung auf deinem Handy?« Inka schmunzelte. »Ich könnte da vielleicht etwas organisieren.«

Sebastian wartete, bis Inka mit Reini aus Soltau gesprochen hatte. Reinhard Mönninghof war Computerspezialist, und was er nicht auf ein Handy spielen konnte, bekam keiner irgendwo hin.

»Das mach ich nur für dich, mein Schatz. Wenn auffliegt, dass wir dienstliche Software für private Zwecke nutzen, dann geht's uns allen an den Kragen«, beteuerte Mönninghof.

»Das weiß ich, Reini«, sagte Inka. »Tausend Dank. Küsschen.«

Es war in der achten Klasse auf der Klassenfahrt nach Norderney gewesen. Erst hatten sie nachts in den Dünen geknutscht, und dann war es passiert. Sein erstes Mal und ihr erstes Mal. Erst am nächsten Morgen waren sie wie Diebe in die Jugendherberge zurückgeschlichen. Über zwei Jahre hielt ihre Beziehung. Bis heute war Inka für Reini, auch wenn er inzwischen glücklich verheiratet war und drei wunderbare Kinder hatte, noch immer seine erste große Liebe. Seine Frau Christina sah schmunzelnd darüber hinweg, wenn er Inka »mein Schatz« nannte. Eine tolle Frau, wie Inka fand. Reini hatte wirklich Glück.

»So, das sollte es gewesen sein«, sagte Inka. »Er schickt dir eine Software auf dein Handy. Und am Montag nimmt er sich mein Handy vor. Dann wissen wir, woher der Anruf kam. Heute und morgen schafft er es nicht, er braucht seinen Bürocomputer, und da kommt er jetzt nicht ran.«

»Danke.« Sebastian sah sie mit glasigen Augen an. »Ist er dein neuer Freund? Ich meine, wegen des Küsschens.«

»Ich krieg von Reini immer ein Küsschen. Und nein, er ist

nicht mein neuer Freund. Irgendwann lernst du ihn kennen. Ein toller Typ und der beste Computerspezialist, den Soltau und die Welt gesehen haben. Außerdem ist er verschwiegen. Mach dir keine Sorgen.«

Das mit Reini und dem Verschwiegensein war allerdings so eine Sache. Inka erinnerte sich an ein Schulerlebnis mit ihm und Teresa. Eine unschöne Sache, die …

Sebastian riss Inka aus ihren Erinnerungen.

»Ich vertraue dir, und Sorgen mache ich mir wegen … Er spielt mit mir, Inka. Und ich weiß nicht, wie ich das Spiel gewinnen kann. Er will die absolute Macht. Er will mich besiegen, größer sein als ich. Größer und besser, als ich in meiner Arbeit, meinen Gedanken bin, verstehst du?«

Inka nickte zaghaft. Auch Serientäter hatte sie in ihrer Laufbahn schon verfolgt und geschnappt. In ihren fünf Jahren Lübecker Amtszeit hatte sie drei Seminare besucht, die amerikanische Profiler geleitet hatten, die ihr Fallanalysen und Hintergründe erläutert hatten. Doch Sebastians Fall wurde persönlich und wirbelte alle Erkenntnisse durcheinander.

»Ich habe Angst, er könnte allen Menschen, denen ich nahestehe, etwas antun, weil er glaubt, mich schwächen zu können. Und genau damit hat er recht.« Sebastian sah zur Whiskyflasche. »Ich hab lang nicht mehr so viel getrunken. Aber seit dem Brief … Ich hab das Gefühl, endgültig wahnsinnig zu werden. Badira war nur der Anfang und …«

Sebastian hatte noch nicht ausgesprochen, als sein Handy eine SMS meldete. Er griff danach und öffnete die Nachricht. »Die ist von Olli«, sagte er erklärend. »Er würde dich gern kennenlernen und fragt, ob ich dich erreichen kann und ob wir uns an der Alster auf einen Kaffee treffen.«

»Ich muss Hanna anrufen, sie ist mit Paula und den Jungs ins Schwimmbad. Ich weiß nicht, wie lange ich bleiben kann.«

»Und ich muss vorher in die Uni. Kommst du mit?«

Inka zuckte die Schultern und griff zum Telefon. Als sie hörte, dass Hanna mit den Kindern nicht vor neunzehn Uhr zu Hause sein würde, stimmte sie zu.

Der Kaffee, den seine Mutter gekocht hatte, brachte Sebastian nach der Wechseldusche, die ihm Inka verordnet hatte, einigermaßen in die Bahn.

Der zweite Kaffee, den er im Alsterpavillon trank, machte ihn vollends munter. Obwohl Inka sicher war, dass genug Restalkohol in seiner Blutbahn schwamm, erstaunte sie sein Geschick, dies zu verbergen. Sie fragte sich, wie oft er schon getrunken und sie es nicht bemerkt hatte.

Klaus-Olaf Zinner war mit dreiundvierzig Jahren in Sebastians Alter. Ein kräftiger Bursche, der an einen bayrischen Holzfäller erinnerte. Lediglich fehlten ihm die Axt über der Schulter, die Krachlederne an den Beinen und der Vollbart.

Zinners Gesicht war glatt rasiert wie ein Babypopo. Inka fiel ein Tattoo, ein zwei Zentimeter großer schwarzer Sichelmond auf seiner linken Halsseite nah seinem Haaransatz, auf. Dazu seine modische Brille mit den roten Bügeln, die hinter zu großen und dünnen Ohren klemmten. Er hatte stahlblaue Augen und volles dunkles Haar, das er mit den Händen kämmte, zu Demonstrationszwecken oder aus Nervosität. Sonst war er im Gegensatz zu Sebastians stiller, introvertierter Art ein deutlich geräuschvollerer Kerl, der sich gern reden hörte.

Das Kaffeegedeck, ein Kännchen Kaffee und Lübecker Nusstorte, hatte er schon bestellt und bezahlt, bevor Inka mit Sebastian eintraf. Inka ließ den Kaffee stehen, bestellte ein Glas Wasser und stocherte mehr in dem Tortenstück, als dass sie es aß. Ihre Gedanken hingen bei Sebastian und der letzten Stunde in der Uni-Bibliothek.

Reinis Softwareprogramm funktionierte auf Sebastians Smartphone einwandfrei. Annika Radke, Badiras Kommilitonin und Mitbewohnerin, benötigte mit Sebastian eine Viertelstunde, um einen Mann mit Bart, braunen Augen und einer Halbglatze auf dem Display zum Leben zu erwecken. Ein Mann Anfang fünfzig mit einem Feuermal auf der linken Halsseite bis zum Kehlkopf.

Inka hatte Sebastian das Versprechen abgenommen, das Bild

keinem Kollegen zu zeigen. Reini durfte nicht in Schwierigkeiten gebracht werden, weil er ein dienstliches Softwareprogramm für eine private Nutzung weitergegeben hatte.

»Ich finde, dass wir uns duzen«, sagte Zinner und holte Inka aus ihren Gedanken. »Ich weiß schließlich viel über dich.«

»So.« Inka warf einen Blick zu Sebastian hinüber. Er wirkte durcheinander, und sie wusste, wo seine Gedanken festhingen. Suchte er den »Kreuzer« oder seinen Dämon? Er hatte einen Hinweis, auch wenn es nur ein Bild auf seinem Handy war, das jetzt in der Hosentasche steckte, das ihm eine Hoffnung gab und ihn spüren ließ, wie nah er ihm war.

»Ja. Zum Beispiel, dass du keine Lübecker Nusstorte magst.« Er zeigte auf Inkas Tortenstück, das aussah, als hätte sie es wie ein Radio auseinandergenommen, um es nun wieder sorgfältig zusammenzubauen. Jeder Schicht, angefangen beim Tupfer Sahne und der halben Walnuss über die Marzipandecke und den Biskuitboden bis zur Nusssahne, hatte sie ein eigenes Häufchen auf ihrem Teller zugeordnet.

»Danebengegriffen. Ich liebe Lübecker Nusstorte«, sagte Inka. »Nur diese Torte ist kein Original. Das Marzipan ist eine Spur zu hell, zu süß und hinterlässt einen bitteren Nachgeschmack. Höchstwahrscheinlich wurde es mit zu viel Puderzucker und Alkohol gestreckt.«

Er schmunzelte. »Und schon weiß ich wieder etwas mehr über Sebastians hübsche Begleitung und, was mich sehr freut, auch über Marzipan.«

Inka war wütend. Klaus-Olaf Zinner, der sie mit psychologischem Geschick ausgefragt hatte, vermittelte ihr gerade das Gefühl, eine dumme Küchenschabe zu sein.

»Und ich weiß, dass du eine Tochter hast, die bezaubernd sein soll«, fügte Zinner grinsend hinzu, während er Sebastian einen Blick zuwarf, der erklärte, woher seine Informationen stammten.

»Sie haben auch Kinder?«, fragte Inka. Noch einmal ließ sie sich nicht überfahren, ob es um ein läppisches »Du« ging, einen Kaffee oder die Wahl ihres Tortenstücks.

Die anfängliche Sympathie für Klaus-Olaf Zinner entwickelte sich zur Abneigung, und Inka fragte sich, wie Sebastian diesen Mann als Freund bezeichnen konnte.

»Ja, zwei Mädchen.« Zinner winkte der Kellnerin und bat um einen Espresso. »Wir sollten zusammen ein Grillfest veranstalten«, sagte er und bohrte seine blauen Augen in Inkas Gesicht. »Am besten gleich nächstes Wochenende. Und ihr übernachtet natürlich bei uns, weil es sicher spät wird. Oh, das wird wunderbar. Die Kinder spielen zusammen auf dem Rasen, und wir führen Erwachsenengespräche, alles wie früher«, beschloss Zinner.

Als Inka mit energischem Widerspruch ansetzen wollte, kam ihr Sebastian zuvor.

»Das ›früher‹ kommt erst wieder, wenn ich diesen Kerl gefunden habe.« Sebastians schokoladenfarbige Augen verdunkelten sich. »Hier«, sagte er und zog das Handy aus der Hosentasche. »Das ist ein Mann, der mit Badira in der Uni-Bibliothek gesehen wurde.«

Inka hatte das Gefühl, vom Stuhl zu fallen. Sebastian hatte ihren Wunsch, das Bild keinem Kollegen zu zeigen, einfach missachtet.

»Kommt er dir bekannt vor? Er könnte ein Nachbar der Familie Schulz sein.« Sebastians Augen waren voller Zuversicht, als er Zinner das Display vorhielt.

Inka brachte kein Wort zu Sebastians Verhalten über die Lippen. Das konnte warten. Jetzt galt es, vorsichtig zu sein. Sie musste Reini aus der Sache heraushalten.

Klaus-Olaf Zinner schüttelte den Kopf. Das erste Mal an diesem Nachmittag verkrampfte sein Gesicht zu einer starren Maske. Seine überspannte Fröhlichkeit, der Versuch, die gesamte Terrasse des Alsterpavillons mit Verbrechergeschichten aus seiner Beamtenlaufbahn zu unterhalten, verstummte.

»Wer hat dir das Bild erstellt, Basti?«, fragte er, ohne die Augen vom Handydisplay zu lösen.

»Ich hab es, das muss dir fürs Erste reichen. Aber bist du sicher, Olli, überlege genau, war ein Nachbar dabei, der so ausgesehen hat? Oder hast du ihn auf Majas und Katharinas Beerdigung gesehen? Erinnere dich«, sagte Sebastian, während er unter dem Tisch nach Inkas Hand suchte.

Als sich ihre Fingerspitzen berührten, zog sie ihre Hand zurück. Er hatte sein Versprechen gebrochen, sein schlechtes Gewissen durfte er eine Weile behalten.

»Das weiß ich alles, Basti. Ich bin auch Psychologe. Aber das ist ein Allerweltsgesicht. Was bringt dir das? Und nein, ich habe diesen Mann noch nie gesehen.«

»Wie, Allerweltsgesicht? Sieh doch, auffälliger geht es nicht.« Sebastian tippte auf das Feuermal. »Der muss zu finden sein. Manchmal sind die Dinge so offensichtlich, dass man sie übersieht, Olli.«

»Und wo, Basti, soll ich was übersehen haben? Kannst du dich nicht erinnern? Du warst auch auf Badiras Beerdigung. Und auf Majas und Katharinas Beerdigung musst du ihn auch gesehen haben. Was ist mit einem der Studenten? Kann dir niemand etwas über ihn erzählen? Seinen Namen, wo er wohnt, was er gern isst oder sein Sternzeichen?«

Mit verkniffener Miene schüttelte Sebastian den Kopf, dann sagte er: »Warum spottest du, Olli? Wie und wer uns da weiterhilft, ist völlig egal. Auf jeden Fall ist der Mann weder Student noch Dozent, das hab ich geklärt.«

Annika Radke war nervös und ängstlich gewesen, als Inka und Sebastian sie in der Uni-Bibliothek aufgesucht hatten. Eine verständliche Angst, wenn es darum ging, einen eventuellen Mörder zu entlarven. Erst als Sebastian versprach, niemandem zu verraten, dass sie ihm diesen Hinweis gegeben hatte, und auch er ihr das Versprechen abnahm, dass sie ihn niemals gesehen hatte, war sie bereit, das Bild zu erstellen. Er hatte sein Versprechen gebrochen und fühlte sich nicht einmal schlecht dabei. Was war nur aus ihm geworden? Ging er auf seiner Jagd nach dem Ungeheuer inzwischen selbst über Leichen?

Sebastian schloss das Display und legte das Handy auf den Tisch neben die Kaffeetasse. »Aber Fakt ist, dass es einen Mann gibt, der mit Badira zusammen in der Uni gesehen wurde«, sagte er und wischte sich den Schweiß von der Stirn.

»Fakt ist, dass du dich verrennst, wie vor ein paar Monaten in Augsburg, Basti. Du benimmst dich wie ein komödiantischer Suffkopf, der ...« Zinner hielt inne. »Entschuldige, ich wollte ...« Die Kellnerin kam an den Tisch und brachte den Espresso. Zinner legte einen Fünf-Euro-Schein auf das Tablett. »Stimmt so«, sagte er lächelnd.

»Ja, da hab ich mich getäuscht«, begann Sebastian, als die Kellnerin außer Hörweite war. »Aber hier bin nicht ich der, der einen Hinweis abgegeben hat, sondern ...« Sebastian verstummte. Was würde geschehen, wenn er jetzt Annikas Namen nannte? Olli ahnte, es gab einen Informanten in der Uni. Er würde dem nachgehen, nachgehen müssen, das war seine Pflicht als Polizist und als Psychologe. »Du wolltest mir helfen, den Mörder von Maja und Katharina zu finden, egal, mit welchen abstrusen Sachverhalten ich bei dir auftauche, das hast du geschworen. Doch ich hab das Gefühl, Olli, dass du meine Vorgehensweise boykottierst. Ich fühle mich, als käme ich von einem anderen Stern.«

»Nein. Du täuschst dich, Basti. Ich boykottiere nichts, ich halte mein Versprechen. Schick das Bild auf mein Handy. Ich werde es mit den Kollegen weiterverfolgen. Auf dem Revier haben wir mehr Möglichkeiten als du als Einzelperson. Vergiss nicht, es ist nicht mehr dein Fall. Wenn du auf eigene Faust ermittelst und –«

»Es ist meine Familie, Olli, und weder du noch sonst jemand wird mich daran hindern, den zu suchen, der sie getötet hat.« Sebastians Atem ging schnell und unregelmäßig.

»Gib mir das Bild, Basti. Ich will dir doch nur helfen.«

»Und was willst du den Kollegen erzählen, woher das Bild stammt?«

»Die Wahrheit natürlich, sobald du mir deinen studierenden Informanten genannt hast. Ich spreche mit ihm und bitte ihn auf die Wache. Dort geht alles seinen Gang.«

Sebastian warf einen bittenden Blick zu Inka.

Inka biss sich auf die Unterlippe. Wenn er jetzt verriet, wie er zu dem Bild gekommen war, erriet Zinner sofort, dass sie ihm geholfen hatte, wenn er das nicht sowieso bereits ahnte. Es musste nur noch ausgesprochen werden. Doch wenn Sebastian das tat, würde für Inka die Geschichte jetzt hier enden, bevor sie einen Anfang gefunden hatte.

20

In Undeloh saßen am Abend um zweiundzwanzig Uhr, als Inka aus Hamburg zurückkehrte, noch immer vereinzelt Gäste auf der Terrasse des »Hotels Heiderose«. Der Wind hatte aufgefrischt und brachte den Duft aufblühender Besenheide und würzigen Wacholders ins Dorf. Die Verkaufsstände hatten ihre Holzläden geschlossen, und die Kutschen warteten vor den Scheunen der Bauernhäuser, bis sie am nächsten Morgen für ihre Heidetouren wieder hinter die Pferde gespannt wurden.

Sebastian hatte geschwiegen und auch auf nochmaliges Drängen Zinners die Kommilitonin Annika Radke nicht als Informantin preisgegeben. Wenigstens das. Dass Zinner und seine Kollegen erneut alle Kommilitonen ausfragen würden, konnte sie nicht verhindern. Vielleicht war es sogar vorteilhaft. Da Annika den Mann mit Badira gesehen hatte, bestand durchaus die Möglichkeit, dass er auch anderen Kommilitonen in der Bibliothek aufgefallen war.

Auf dem Weg nach Hause hatte sie Annika angerufen und ihr knapp von dem Gespräch mit Zinner erzählt. Wiederholt hatte sie Annika gebeten, Sebastians und ihr Auftauchen zu verschweigen. Wenn rauskam, dass Reini ihr in privater Sache geholfen hatte, würde sie sich das nie verzeihen.

Inka fuhr auf den Sundermöhren-Hof und parkte vor der Birke am Gartenzaun. Paula schlief heute Nacht bei ihren Cousins im Zimmer. Für sie ein Heidenspaß, da die Jungs nicht müde wurden, mit ihr herumzutollen. Heute schlummerten alle drei seelenvoll seit acht Uhr, wie Hanna ihr versichert hatte. Der Tag im Freibad hatte sie geschafft.

Nach einem kurzen Blick ins Kinderzimmer schlich Inka nach unten zu Hanna und Tim ins Wohnzimmer. In der Tür blieb sie stehen. »Ich geh dann rüber. Vielen Dank euch zweien und einen schönen Abend.«

»Komm, setz dich ein Weilchen zu uns«, bat Hanna. »Möchtest du ein Glas Traubensaft?«

»Ich will euch nicht am Feierabend stören«, sagte Inka mit Blick auf Tim. Sie war unsicher, ob der vormittägliche Ehestreit ihrer Schwester und ihres Schwagers ausgetragen war.

»Jetzt setz dich, ich beiß heute nicht mehr.« Tim grinste sie aus meerblauen Augen übermütig an.

»Na, alles ruhig bei den Rabauken da oben?«, wollte Hanna schmunzelnd wissen. Sie füllte für ihre Schwester ein Rotweinglas mit glutrotem Saft.

»Die schlafen wie die Engel.« Inka rutschte in den steingrauen Ledersessel.

»Wir hatten riesigen Spaß. Schade, dass du nicht dabei warst.«

»Ich wäre gern mitgekommen, aber …« Sie zögerte. Sollte sie Hanna und Tim mit Sebastians Nöten konfrontieren? »Ich musste dringend mit Sebastian reden«, sagte sie ausweichend.

»Konnte er dir einen Anwalt nennen?«, fragte Tim.

»Ich hab ihn nicht gefragt. Es gab so viel zu besprechen.« Inka trank einen ordentlichen Schluck vom süßen Saft. Er war fruchtig wie frisch gepflückte Trauben und hinterließ einen leicht klebrigen Film auf ihren Lippen.

»Hanna und ich haben nachgedacht. Wenn es hart auf hart kommen sollte und Fabian, der Windhund, dich tatsächlich vor den Kadi ziehen will, dann stehen wir selbstverständlich hinter dir.«

»So schnell schießen die Lübecker nicht, Tim«, antwortete Inka. Sie war gerührt. Tim, der ihr Schützenhilfe anbot, das wurde immer unheimlicher. »Übrigens hat mir Fabian erzählt, du ständest auf seiner Seite, weil du der Meinung wärst, dass mein Beruf für Paula nachteilig in ihrer Entwicklung sei.«

»Das hat er gesagt? Dieser Knallfrosch.« Tim schüttelte den Kopf. »Ich hab lediglich gesagt, dass du manchmal am Wochenende arbeiten musst. Aber wenn er meine Antwort umdreht, Inka, wenn er glaubt, dass dein Beruf als Polizistin Paula kein geregeltes Leben sichern kann, dann sind wir ja da. Wir werden seinem Bruder, diesem Rechtsverdreher, oder dem Gericht schon erzählen, wo die Harke hängt. Wir möchten nur, dass du das weißt.«

Inka standen die Tränen in den Augen. Den ganzen Tag hatte sie den Brief von Fabians Bruder verdrängt. Jetzt kam alles wieder hoch. Am liebsten wäre sie aufgestanden und hätte ihren Schwager umarmt, aber das ging dann doch zu weit.

21

Jonas hatte es seiner Mutter freigestellt, ob sie mit zu Vanessas Beerdigung gehen wollte. Doch eigentlich gab es auf dem Dorf, auch wenn Schneverdingen zu den Städten der Lüneburger Heide zählte, keine Ausrede. Es gehörte sich so wie viele andere Dinge auf dem Dorf eben auch. Selbst wenn seine Mutter nach dem Tod ihres Mannes mit einer Schonfrist von den Nachbarn und Dörflern rechnen durfte.

Auch Jonas hatte sich eine Auszeit genommen. Seit dem Tod seines Vaters schwänzte er Uni-Vorlesungen und igelte sich zu Hause ein. Als Vanessa gefunden wurde, brach seine Welt gänzlich zusammen. Er verbrachte seine Abende stumm vor dem Fernseher oder vor Computerspielen sitzend. Morgens um zwei oder drei ging er ins Bett und stand meist erst mittags auf. Er duschte kaum und ließ sein Handy ausgestellt. Meist bewegte er sich nur aus dem Bett, um auf die Toilette zu gehen und etwas zu essen.

Doch heute musste er aufstehen, ob er wollte oder nicht. Das war er Vanessa schuldig. Eine Stunde lag er in der Badewanne. Dann zog er sich an und nahm die schwarze Hose aus dem Schrank, die er auf der Beerdigung seines Vaters getragen hatte. Sie war ihm zwei Nummern zu groß geworden. Er schnürte den Gürtel fest um den Bauch. Auch das Jackett schlackerte um den Körper, selbst die Schuhe rutschten ihm fast von den Füßen. Er zitterte, und sein Gesicht war blass und vom Rasieren mit kleinen Schnittwunden versehen. Das eingetrocknete Blut hinterließ dünne dunkle Streifen auf Kinn- und Halspartie.

Der Pastor aus Hanstedt, der als Urlaubsvertretung des Schneverdinger Pastors Jobst Klawitter die Rede hielt, machte es kurz, aber pietätvoll und persönlich. Er schwitzte unter seinem Talar, als säße er in der Sauna. Keine zwei Minuten vergingen, ohne dass er sich den Schweiß aus dem geröteten Gesicht wischte.

Jonas zitterte, als wäre die Eiszeit angebrochen. Händchenhaltend stand er mit seiner Mutter hinter Vanessas Vater und den Nachbarn der Familie Schönfeld. Etwas abseits erkannte Inka den Schneverdinger Bürgermeister, einige Gremiummitglieder des Rates, darunter Ruth Jankowitz, sowie viele Schneverdinger Bürger. Ihren betroffenen Gesichtern war anzusehen, wie sehr sie mit Hannes Schönfeld und Jonas litten.

Als der elfenbeinfarbene Sarg mit dem Gesteck aus sonnengelben Ranunkeln und weißem Schleierkraut von den Trägern zwischen den grasgrünen Kunstrasendecken in die Tiefe gelassen wurde, begannen einige der zweiundachtzig Trauergäste zu schluchzen. Wie verabredet zückten sie ihre Taschentücher.

Den Kopf zum Sarg gesenkt, sprach der Pastor ein letztes Gebet. Dann trat er zur Seite und gewährte jedem Trauergast, am Grab Abschied zu nehmen.

Kleine Blumengestecke oder einzelne Blumen wurden in das Grab geworfen. Jeder der Gäste hielt einen Moment inne und griff dann zur Schaufel, die in einem kleinen Sandhaufen steckte. Das dumpfe Bumm, mit dem der Sand auf das Holz des Sarges traf, klang wie eine in der Ferne abgeschossene Kanonenkugel.

Inka hatte nie verstanden, warum Erde auf einen Toten geworfen wurde. Blumen, ja. Aber Erde? Das wiederkehrende Bumm auf dem Holz des Sarges ging ihr durch und durch. Sie besuchte oft Beerdigungen von Opfern, und normalerweise überstand sie diese ohne innerlichen Aufruhr, aber Vanessas Beerdigung knotete ihr den Magen zu. Eine Neunzehnjährige, die sterben musste, weil ihre Freundin sie im Moor ertränkt hatte, anstatt den Notarzt zu rufen. Ein sinnloser Tod.

Der Pfarrer kondolierte Hannes Schönfeld, spendete ein paar tröstende Worte und wandte sich weiter jedem Trauergast zu. Als er allen die Hände geschüttelt hatte, verließ er mit wehendem Talar das frische Grab. Er schien froh, nun gehen zu dürfen.

Inka beobachtete Jonas, der mit seiner Mutter auf Hannes Schönfeld zusteuerte. Es war beruhigend, zu sehen, dass zwischen den Parteien kein Unfrieden herrschte, sondern Vanessas Verlust die Trauernden in eine Verbundenheit führte, die es vorher nie gegeben hatte.

Mit vorsichtigen Schritten näherte sich Inka der Dreiergruppe, die sich wie verschweißt im Arm hielt. »Entschuldigung«, sagte sie leise. »Herr Schönfeld, ich möchte Ihnen nochmals mein herzlichstes Beileid aussprechen.«

Hannes Schönfeld sah sie mit glasigen Augen an. »Danke. Danke«, sagte er, »dass Sie mein Kind gefunden haben.« Er griff nach Inkas Hand und hielt diese in seinen Händen sekundenlang umschlossen.

Inka schluckte und wischte sich eine Träne von der Wange. »Ja«, sagte sie. »Es tut mir sehr leid.«

Als sie sich von Anne und Jonas verabschieden wollte, hielt Hannes Schönfeld sie am Arm.

»Bitte«, sagte er, »kommen Sie mit in den ›Alten Krug‹ zum Essen. Vanessa hätte …« Ihm versagte die Stimme.

Inka schüttelte den Kopf. »Nein, vielen Dank«, antwortete sie. »Ich muss in die Dienststube. Ich kann die Kollegen nicht allein lassen. Der Mord an meinem Onkel ist noch unaufgeklärt.«

Als Inka sich umdrehte, sah sie, zehn Gräber weiter, Martina Tamkes Eltern neben einer hohen, breit auswuchernden Konifere stehen. Sie warf ihnen ein kurzes Nicken zu. Die Mutter senkte den Kopf. Der Vater grüßte nickend zurück.

Für das Ehepaar Tamke war das Leben in Schneverdingen ein Spießrutenlaufen geworden. Überall in der Stadt wurde getuschelt, dass ihre Tochter Martina die Heidekönigin umgebracht hatte. Inzwischen kursierten die wildesten Gerüchte über die Tat, über die jeder etwas mehr zu berichten wusste.

Einige Bürger behaupteten, Martina habe Vanessa mit einem Messer zerstückelt und ihre Einzelteile ins Moor geworfen. Andere wiederum hatten aus angeblich sicherer Quelle vernommen, Vanessa sei von ihrer Freundin vergiftet worden. Manche Schneverdinger Bürger gingen sogar so weit, herumzuerzählen, Martinas Tat sei ein rituelles Motiv vorausgegangen und Vanessa sei eine Hexe gewesen, die sich am Krönungsabend im Moor verwandelt habe. Man kenne schließlich die Sagen aus der Lüneburger Heide. Vor allem im Pietzmoor, wo sich immer wieder Unheimlichkeiten zutrugen.

Inka waren die mystischen Erzählungen von Riesen, Kobolden, Hexen, Untoten, Werwölfen, Feen und anderen sagenhaften Figuren, die reale Schauplätze in der Heide bevölkern sollten, bekannt. Besonders die Erzählungen von Hermann Löns erfreuten sich reger Beliebtheit. Mit faszinierenden Erzählungen von sprechenden Blumen, Steinen und Tieren, Moorhexen und unterirdischen Gesellen, Tanzjungfern und Schäferkönigen, die mit ihrem Gold die Seelen töteten und die Herzen härteten, hatte er der reizvollen Landschaft unvergessliche und geheimnisvolle Ausblicke geschenkt.

Alle Vermutungen und Anschuldigungen rechtfertigten jedoch keinesfalls die Übergriffe gegen Martinas Eltern, denen sie tagtäglich ausgesetzt waren. Erst waren es nur die Reifen ihres Wagens, die sie zerstochen vorfanden. Zwei Tage später stand in dicken roten Buchstaben das Wort »Mörderhaus« an der Hauswand. Heute Morgen, noch vor Vanessas Beerdigung, waren die Scheiben ihres Küchenfensters eingeworfen worden. Bisher waren die Täter noch auf freiem Fuß. Die Tamkes vermuteten die Randalierer unter Vanessas Kommilitonen.

Als Hannes Schönfeld das Ehepaar Tamke entdeckte, stürmte er schimpfend auf sie zu.

»Verpisst euch!«, schrie er mit krächzender Stimme.

Mit wild in der Luft gestikulierenden Armen eilte er auf die Eheleute zu, die verschreckt hinter die Konifere traten, als ließe sie diese unsichtbar werden. »Ihr habt eine Mörderbrut großgezogen!« Schönfelds Gesicht lief knallrot an, seine Haare klebten ihm schweißnass und wirr am Kopf.

Bevor die verbliebenen Trauergäste realisierten, was Schönfeld in diesen Aufruhr versetzt hatte, war der bei den Eheleuten angekommen und griff Martinas Vater am Kragen. Er ballte eine Hand zur Faust und schlug Tamke mitten ins Gesicht. Tamke taumelte und ging zu Boden. Mit dem Ärmel wischte er sich über die blutende Nase, doch er machte keinen Versuch, aufzustehen und sich zu wehren. Hannes Schönfeld stand über dem am Boden liegenden Mann und schrie ihn mit wüsten Beschimpfungen, ohne Luft zu holen, weiter an.

Die Stimmung auf dem Friedhof schlug augenblicklich um. Anstatt schluchzend Nasen zu putzen, begannen die letzten verbliebenen Gäste zu tuscheln und mit dem Finger auf Martinas Mutter zu zeigen. Weinend kniete diese neben ihrem Mann auf der Friedhofserde.

Auf dem Rückweg zum Büro dachte Inka darüber nach, was Hannes Schönfeld davon abgehalten hatte, Martinas Vater windelweich zu prügeln. Sie kam zu keinem vernünftigen Ergebnis. Vielleicht war es das anschwellende Stimmengewirr, das sich hinter Schönfeld aufgebaut hatte. Vielleicht aber auch das Schreien von Martinas Mutter, er möge aufhören, sie bedauerten Vanessas Tod. Als Freundin ihrer Tochter war sie auch ihnen ans Herz gewachsen. Vielleicht lag es auch an Schönfelds Einsicht, dass Martina keinen Mord begangen hatte, sondern dass es ein schrecklicher Unfall gewesen war, wie Inka ihm vorsichtig zu verstehen gab.

Fritz Lichtmann war es, der nach Inkas Eintragungen in die Akte entschieden hatte, Hannes Schönfeld mitzuteilen, dass kein vorsätzlicher Mordgedanke, sondern der Streit zwischen Vanessa und Martina zu einem tödlichen Unfall geführt hatte. Martinas unterlassener Notruf und dass Vanessa noch lebte, als sie ins Moor geworfen wurde, blieben verschwiegen in der Akte.

22

Das Bauernhaus von Knut und Christa Heinemann in Dierkshausen war ein Backsteingebäude, das über zweihundert Jahre alt sein musste. Die schadhaften Stellen an den Mauerwänden sahen aus, als hätten Tiere an ihnen genagt, und dem Reet schienen täglich mehr Halme auszufallen. Die neueren Ziegel an der linken Mauerseite bewiesen, dass das Haus irgendwann angebaut worden war. Inka und Mark parkten ihren Wagen an der Hauswand und stiegen aus. Ein schwarz-rosa geschecktes Schwein, das gut fünf Zentner auf die Waage brachte, spazierte an ihnen vorbei über den Hof Richtung Scheunentor.

»Schnitzel, verdammter Düwel. Verschwind in den Stall, sonst bist leewert un ick kaak Eintopf aus dir und häng deinen Schinken in den Wind«, wetterte Heinemann, halb hoch-, halb plattdeutsch. Mit einem dünnen Stock in der Hand schlurfte er in Gummistiefeln hinter dem Schwein her.

Inka und Mark grinsten, als sie sahen, wie das Schwein grunzend im Stall verschwand und Heinemann immer noch schimpfend das halbhohe Holztor zuhebelte.

»Dieses verdammte Vieh. Ich weiß nicht, wie es das Tor aufkriegt, aber immer wieder büxt es mir aus. Irgendwann kommt er auf den Teller.« Bauer Heinemann kratzte sich unter der Prinz-Heinrich-Mütze den Kopf. »Er ist es eben nicht gewohnt, im Stall zu sein, aber er muss ja wegen … Und was wollen Sie hier?«, fragte er die Kommissare. Heinemann war ein hagerer Mann Mitte sechzig, der Inka und Mark aus zusammengekniffenen Augen musterte.

Inka stellte sich und Mark vor und reichte Heinemann die Hand. »Wir müssen mit Ihnen über Gerd Knöppel reden, Herr Heinemann.«

»Den toten Nackten, ja. Wann krieg ich denn meine Gewehre wieder?«

»In den nächsten Tagen«, sagte Mark.

»Ich hab ihn nicht erschossen, das hab ich Ihrem Kollegen gesagt, der meine Schießprügel mitgenommen hat.«

»Könnten wir ins Haus gehen?«, bat Inka.

Der Gestank nach Schweine- und Kuhmist, der aus den Ställen drang und in der Mittagshitze unerträglich wurde, ließ kaum Luft zum Atmen.

Würde Heinemann die Ställe regelmäßig gründlich reinigen, wie ihr Schwager es tat, wäre der frische Schweine- und Kuhdung lange nicht so unerträglich.

»Ja, drinnen ist es kühler, kommen Sie«, sagte Heinemann und ging voraus. Vorbei an der Scheune mit dem Mähdrescher, abgestellten Fahrrädern, einer ausrangierten Waschmaschine, einem Schneeschieber und dem zerlegten Motor eines Autos, überzogen von Spinnweben und Insektenkadavern. Heinemann führte sie zum Eingang. »Vorsicht, nicht fallen. Ist alles ein bisschen marode.« Er zeigte auf eine Seitenwand, die mehr und mehr abbröckelte.

Im Haus war es erheblich kühler.

»Gehen wir in die Küche«, sagte Heinemann und trottete voraus. »Christa, machst 'nen Kaffee für die Kommissare. Oder wollen Sie lieber 'nen Löns?«

Er warf den dünnen Stock und seine Mütze auf den Küchentisch, ließ sich stöhnend auf den gepolsterten Sitz einer Holzeckbank fallen und griff zur Steinkrugflasche, die auf dem Tisch stand.

»Guten Tag, Frau Heinemann. Nein, vielen Dank. Machen Sie sich bitte keine Umstände. Wir haben nur ein paar Fragen«, antwortete Inka und rutschte auf die gegenüberliegende Seite der Eckbank. Mark zog einen Holzstuhl unter dem Tisch hervor.

In der Küche roch es nach frischem Gebäck und den ersten Mittagsvorbereitungen. Christa Heinemann stand in einer blau geblümten Kittelschürze in der Bauernküche und wusch Geschirr. Sie war so hager und klein wie ihr Mann. Ihr halblanges graubraunes Haar war dicht und lockig. Mit einer schwarzen Plastikhaarklemme hielt sie es aus dem Gesicht.

»Ach, die Frau Brandt«, sagte sie und strich die feuchten Hände seitwärts an der Schürze ab. Sie reichte Inka und Mark die abwaschfeuchte Hand. »Ich hab schon gehört, dass Sie wieder zu Hause sind. Ist doch schöner in der Heide als in Lübeck, was? Da am Wasser ist es doch immer kalt und windig.« Bevor Inka antworten konnte, plauderte Christa Heinemann weiter. »Und eine kleine Deern haben Sie mitgebracht. Sie ist bei der Tilly. Nicht? Ich brüh uns Kaffee auf, dann ist es gleich gemütlicher«, sagte sie. Sie griff nach der Mütze und dem Stock ihres Mannes und legte beides auf die Kommode am Fenster. »Und du sauf nicht so viel.«

Sie stellte die Steinkrugflasche Kartoffelschnaps, aus der ihr Mann das zweite Glas füllte, auf die Fensterbank.

Knut Heinemann warf ihr einen bissigen Blick zu, dann fragte er: »Nun, was gibt's?«

Er sah erst Inka, dann Mark an.

»Bewirtschaften Sie den Hof nur mit Ihrer Frau?«, begann Inka vorsichtig. Sie kannte die Bauern der Heide. Zu viel gab keiner gern preis, sie musste behutsam vorgehen.

Heinemann nickte schwerfällig. »Unsere drei Kinder sind aus dem Haus. Die haben mit dem Hof nichts am Hut.«

»Kommen Sie, essen Sie ein Stück frischen Apfelkuchen. Ich hab heute Morgen drei Bleche gebacken«, mischte sich lächelnd Christa Heinemann ins Gespräch. Sie schob eins der Kuchenbleche mit dem Apfelgebäck unter der dicken Zuckerglasur auf den Tisch. Mit einem langen Messer bearbeitete sie den Kuchen. Sie schnitt den Rand ab und teilte den Blechkuchen in handgroße Stücke. Noch bevor Inka und Mark ablehnen konnten, setzte Christa Heinemann jedem ein Stück Gebäck auf den Teller. »Käffchen ist gleich durch.« Mit vor dem Bauch gekreuzten Händen stand sie wartend am Tisch.

»Ja, vielen Dank«, sagte Inka. Sie kam nicht drum herum, vor dem Mittagessen Kaffee zu trinken und Kuchen zu essen, wenn sie von den Heinemanns etwas erfahren wollte.

»Der ist gut.« Mark zeigte mit der Gabel auf den Apfelkuchen. »Da ist ordentlich Zimt drinnen.«

»Ja, so soll er sein. Ich back jeden Tag für das Hotel ›Ferien auf der Heid‹, unten in Wehlen. Der geht weg wie warme Semmeln.«

»Aha«, sagte Inka. Der Geschmack kam ihr bekannt vor.

»Es ist nur ein Zubrot für die Haushaltskasse, aber bitte, wenn das unter uns bleiben würde. Sonst weiß es morgen das ganze Dorf.« Sie lächelte.

»Sicher. Aber kommen wir auf den Mittwoch vor einer Woche zurück. Wo haben Sie sich in der Zeit von sieben bis acht Uhr aufgehalten?« Inka sah Heinemann an, der mit seiner Gabel das nächste Stück Kuchen vom Blech stach.

»Das hat uns Ihr Kollege schon gefragt. Warum sollen wir denn alles noch einmal runterleiern?«, fragte Heinemann mit vollem Mund.

»Sie meinen unseren Kollegen, der Ihre Gewehre eingesammelt hat.«

Er nickte. »Ja. Und wo wird ein Bauer sein um diese Uhrzeit? Bei seinen Viechern. Wenn Sie uns ans Bein pinkeln wollen, haben Sie die Falschen«, mokierte sich Bauer Knut Heinemann. »Ich und meine Christa haben Knöppel, den Schweinehund, nicht umgebracht.«

»Knut, hör auf, wie redest du? Einem Toten sagt man nichts Schlechtes nach. Und das war doch der Onkel der Frau Brandt.« Christa Heinemann senkte verschämt den Kopf.

»Schon gut, Frau Heinemann. Dass meinem Onkel Schimpfwörter hinterhergeworfen werden, daran ist er nicht unschuldig, wie sich herausgestellt hat.«

Knut Heinemann nickte zustimmend, griff nach der Steinkrugflasche und schenkte sich einen weiteren Schnaps ein. Christa Heinemann ließ ihn gewähren.

»Gibt es einen Zeugen, der Sie zur Tatzeit im Stall gesehen hat?«

»Die Lotte, Bärbel, Berta, der Siegfried und Schnitzel. Sonst niemand. Ich sagte doch, wir machen das hier allein.«

»Ich verstehe. Ihre Tiere.« Inka nickte und nahm die Kuchengabel wieder auf.

»Sind Sie immer zur gleichen Zeit im Stall?«, wollte nun Mark wissen.

»Ihnen gehört die in Lüneburg ansässige Keksfabrik Freese & Söhne, stimmt's?« Bauer Heinemann griente Mark an.

»Meinem Vater. Ja. Ich helfe in der Fabrik nur aus, seitdem ich bei der Polizei arbeite.«

»Und gehen Sie jeden Morgen zur gleichen Zeit auf die Arbeit?«

»Meistens.«

»Na, warum soll es dann bei mir anders sein? Ab sechs Uhr hängt mir Kuhscheiße am Stiefel. Ab sieben Uhr Schweinescheiße. Ab acht Uhr sitze ich beim Frühstück. Danach geht's auf die Weide. So ist das. Und meiner Christa geht's ebenso. Sie ist Hühner füttern und steht in der Küche und backt Kuchen für das Restaurant da bei den Nackten. Langt Ihnen das, Herr Kommissar Freese?«

Mark nickte. »Natürlich«, sagte er. »Jagen Sie?«

»Sie meinen, weil Treibjagd war, als Knöppel …? Nein, ich hab zwar einen Jagdschein, wie viele Bauern der Heide, aber ich hab auf dem Hof genug zu tun. Jagen geh ich nur, wenn ich Zeit habe. Und das kommt selten vor.«

»Hat Herr Jankowitz bei Ihnen vorgesprochen?«

»Wer?«

»Staatsanwalt Jankowitz. Er wollte die Verträge …«

»Ach, der. Ja, der war hier und hat gesagt, unser Vertrag mit Knöppel wurde aufgelöst. Es ist wieder unser Hof. Wir kriegen es schriftlich.« Heinemann schien unzufrieden.

»Das war alles? Mehr hat er nicht gesagt?«, wollte Inka wissen.

»Nee. Nur wenn wir jetzt erneut verkaufen wollen, sollen wir die Verhandlungen mit den holländischen Investoren führen. Aber dass wir damit warten sollen, weil der Bau der Mastanlage in der Schwebe hängt, weil erst die Gemeinden zustimmen müssen. Nur die aus den Niederlanden zahlen jetzt bestimmt weniger als Knöppel. Das ist klar.«

»Warum sollten sie das tun, Herr Heinemann?«

»Na, weil … weil man das doch weiß. Bei der zweiten Verhandlung gibt's immer weniger«, versuchte er sich rauszureden.

»Ich glaube eher, dass Sie denken, dass sie Ihnen weniger zahlen, weil sie jetzt wissen, dass Ihr Weideland verseucht ist. Und außerdem glaube ich, dass Sie an Knöppel verkauft haben, weil Sie glaubten, gut daran zu verdienen. Leider haben Sie Ihren Hof und das Land unter Wert verkauft, wie mein Kollege Herr Freese ermitteln konnte. Denn ob verseucht oder nicht, Sie haben nur einen Spottpreis erhalten. Stimmt das?«

Knut Heinemann zögerte. »Geld ist keins geflossen. Dass das man klar ist. Aber mit der anderen Sache, Frau Brandt, ja, da haben Sie recht. Unser Land ist verseucht. Wer hat Ihnen das geflüstert? Der Gustav?«

»Gustav Tönnies? Nein. Es existieren Kopien der Gutachten und Kaufverträge der Bauern, die an Gerd Knöppel verkauft haben.«

»So, na ja. Sie waren schon immer flott drauf.« Heinemann zog eine Grimasse. »Aber trotzdem stimmt das nicht so ganz, wie Sie das sagen. Der Knöppel kam zuerst und meinte, er müsste kontrollieren, ob unser Land sauber ist. Da wäre ein neues Gesetz raus, das jedes Jahr eine Bodenprüfung verlangt. Und ob wir das gemacht hätten. Nee, haben wir gesagt, wir wussten das gar nicht. Er meinte dann, er könnte das für uns erledigen. Er bräuchte nur kurz auf die Weide und bisschen Erde einsammeln. Irgendwie kam das meiner Christa und mir komisch vor. Aber er war ja der Ratsvorsitzende. Wir dachten, das wird schon seine Richtigkeit haben.« Heinemann nickte. »Und wir waren froh, als er sagte, er würde uns die Laufereien mit dem Papierkram abnehmen. Unsere Bärbel hatte die Nacht zuvor gekalbt, und irgendwas stimmte nicht. Der Tierarzt war da. Mann, was das wieder gekostet hat. Weißt du noch, Christa?«

Christa Heinemann rutschte auch auf die Holzeckbank. »Ja. Ich bin dann mit ihm auf die Weide. In jeder Ecke hat er Erde ausgebuddelt und ist damit abgewackelt.« Mit der Hand wischte sie ein paar Kuchenkrümel von der Tischdecke auf den Boden.

»So war es, Frau Brandt. Was meine Frau sagt, stimmt. Eine

Woche später kam er wieder, hat uns ein Schriftstück unter die Nase gehalten und gesagt: Euer Boden ist vergiftet, und besser, wir verkaufen, bevor uns Ärger am Hals hängt. Natürlich haben wir gleich unterschrieben. Das Geld, um die Äcker und Weiden unbedenklich zu kriegen ...« Heinemann stöhnte auf. »Das haben wir nicht. Aber ich schwör Ihnen, von den Holländern und einer Mastanlage hat Knöppel nix erzählt. Das wissen wir erst seit ein paar Tagen und nur, weil ein Investor bei Gustav, also bei den Tönnies, angerufen hat. Da haben wir sechs uns zusammengesetzt und rausgekriegt, dass Knöppel bei allen die gleiche Show abgezogen hat. Keiner hatte dem anderen was erzählt, niemand hat von der Anlage gewusst. Und Knöppel hat allen, außer Tönnies, die gleiche Kuhscheiße runterpalavert. Es gäbe ein neues Gesetz, und sie sollten besser sofort an ihn verkaufen.«

»Was war bei Bauer Tönnies anders? Warum hat mein ... Gerd Knöppel bei Bauer Tönnies kein Gutachten angefordert?«

»Weil der Gustav selbst eins hatte machen lassen, wegen der neuen Milchkühe. Sein Boden ist sauber.«

»Und warum haben Sie an Gerd Knöppel verkauft? War es nur wegen des Bodengutachtens?«

Christa Heinemann schenkte Mark Kaffee nach. »Nun sag es schon«, drängelte sie ihren zögerlichen Mann.

Heinemann stockte. »Wir überlegen seit zwei Jahren, uns in ein Seniorenheim einzukaufen. So eine Wohnung mit Betreuung. Man weiß ja nie, was kommt. Und als Knöppel mit dem Gutachten ... da überlegten wir ... Na ja, bis vor ein paar Tagen, bis Gustav uns sechs zusammengetrommelt hat, wussten wir ja nicht, dass Holländer unser Land für eine Mastanlage brauchen. Das hat er uns, also der Knöppel, meiner Christa und mir ja nicht gesagt, der Sauhund. Und wer will schon verseuchtes Land kaufen? Wir dachten, wir verkaufen ihm den nutzlosen Grund, weil er ihn haben will, wofür auch immer, machen einen Reibach und kriegen unsere Wohnung. Jetzt ist alles hin.«

»Überlegen Sie, erneut an die holländischen Investoren zu verkaufen?«, fragte Mark weiter.

»Ja. Einer hat heute angerufen. Nächste Woche will er vorbeikommen und mit uns verhandeln. Aber was soll da rausspringen, jetzt, wo die Holländer wissen, dass unser Grund hin ist? Und bei Friedhelm und Gustav, da beißen die ins Holz. Der Friedhelm, der Clarsen, der sagt, die Holländer wollen nur seine westliche Landseite. Bei Tönnies sollen alle raus. Der Gustav mit Dette, die Kinder und die Mitarbeiter. Aber das macht der nie. Der will keinen Stinkstall neben seiner Weide.« Heinemann winkte ab. »Die leben von der Vieh- und Milchwirtschaft. Erst hat Knöppel gedrängelt, jetzt drängeln die Käsköppe. Na ja, ist 'ne Menge Grund, und genug Geld, um den Boden in Ordnung zu bringen, scheinen die zu haben, diese Holländer. Ist ein lohnendes Geschäft, ein Mastbetrieb. Pfui, kann ich da nur sagen. Wir sind dann weg, uns kann es egal sein. Ein bisschen haben wir auf der hohen Kante.«

»Dann sind die Tönnies bestimmt wütend auf die Investoren.«

»Nicht nur auf die. Wenn die rauskriegen, dass wir an die Investoren verkaufen, scheppert es im Tassenschrank, das können Sie glauben, Frau Kommissarin. Ich sag doch, niemand will eine Mastanlage in der Nachbarschaft.«

»Ja, nur wenn Clarsen und Tönnies nicht verkaufen, müssen die Investoren unverrichteter Dinge abziehen. Selbst wenn Sie, Brodersen und Warder verkaufen, wird der Grund nicht reichen, um eine Mastanlage mit fünfhundert Hektar zu bauen, außer sie verkleinern ihren Bau«, sagte Inka.

»So groß wird das Ding?« Christa und Knut Heinemann staunten.

»Ja.«

»Das klappt nur, wenn sie Edgars, Gustavs und Friedhelms Hof auch kriegen. Mit uns allen zusammen wird's was, aber wenn nicht, haben sie mit Rosinen gehandelt. Dann müssen sie eine neue Ecke für ihren Prunkbau suchen oder, wie Sie sagen, kleiner denken.«

»Auf der Flurkarte ist zu sehen, dass der Jacobsen-Hof an Ihren Grund grenzt. Ist das richtig?«

Knut Heinemann nickte. »Genau. Mit drei Generationen leben sie da. Und wenn der Edgar allein entscheiden könnte, hätte er längst verkauft. Dem wird alles zu viel. Seiner Hilde aber nicht, die zetert rum. Die will den Hof behalten. Und Gustav, na, ich sag ja, der mit seiner Vieh- und Milchwirtschaft wird auch nicht aufgeben.«

Inkas Handy klingelte in dem Moment, als Christa Heinemann ihr ein zweites Stück Apfelkuchen auf den Teller schieben wollte. Sie lehnte höflich ab, entschuldigte sich, stand auf und verließ die Bauernküche. Ein schwülwarmer Gestank schnürte ihr die Kehle zu und fuhr den Apfelkuchen in ihrem Magen ein Stückchen höher.

Sie sah auf das Display. »Fritz ruft an«, las sie.

»Hallo, Fritz, was gibt's?«

»Hallo, Inka. Ruth Jankowitz hat mir vor ein paar Minuten mitgeteilt, dass das Winsener Bauamt den Bau der Anlage genehmigt hat. Und die Damen und Herren des Schneverdinger Stadtrats in Zusammenarbeit mit den Asendorfer Räten und dem Bürgermeister seien auch einverstanden.«

»Was? Das gibt's doch nicht. Die Jankowitz sagten doch, dass sie dagegen stimmen.«

»Ja, aber jetzt nicht mehr.«

»Und was hat den Sinneswandel in Winsen ausgelöst? Die standen einem Bau in der Gegend doch ablehnend gegenüber.«

»Das hat die nette Dame am Telefon mir nicht verraten. Nur so viel, dass eine Mastanlage Arbeitsplätze schaffen würde und die Heide wirtschaftlich mithalten müsse.«

»Sauerei!«

»Im wahrsten Sinne, Inka. Aber das war nicht alles. Ich hoffe, du sitzt.«

»Nein«, sagte Inka und lehnte den Rücken gegen die aufgeheizte Backsteinmauer des Hauses. »Was noch?«

»Kollege Amselfeld rief kurz danach an. Du weißt doch, er hat zwecks der Gutachten nachgeforscht.«

»Und?« Inkas Magen rumorte.

»Er hat rausgekriegt, dass dein Onkel keinen Untersuchungsauftrag für Bodenproben bei der … warte, ich muss nachsehen, wie heißt die Stelle in …«

»Du meinst die LUFA, die Landwirtschaftliche Untersuchungs- und Forschungsanstalt, das Institut für Boden und Umwelt in Hameln«, erklärte Inka.

»Genau. Da liegt nichts vor. Er hat keine Gutachten in Auftrag gegeben. Es wurden weder Proben eingesandt, noch kam jemand von der Behörde, um Proben auf den Weiden zu nehmen. Wieso haben die Bauern sich so übers Ohr hauen lassen? Das kenn ich von Landwirten nicht.«

»Ich kapier das auch nicht, Fritz. Bodengutachten werden nur alle sechs Jahre durchgeführt und auch nur, wenn gedüngt wird. Das wissen die Bauern. Allerdings war August, als Knöppel bei denen antanzte. Da ist auf den Feldern viel zu tun. Und, wie sie alle ausgesagt haben: Er war der Ratsvorsitzende, ihr Nachbar und Freund.«

»Unglaublich, dass dein Onkel …« Lichtmann stockte. »In Holland hab ich bereits angerufen und den Investoren über das Falschgutachten Nachricht gegeben. Die sagten, einer der Investoren sei heute früh auf dem Weg zu den Heinemanns. Er müsste jeden Moment eintrudeln. Am besten wird sein, du informierst die Heinemanns, ich telefoniere mit Jacobsen, Brodersen, Warder, Clarsen und Tönnies.«

»Wer kommt?«, fragte Inka. Ihre Gedanken waren bei ihrem Patenonkel, dessen Liste von Betrügereien sich täglich weiter füllte.

»Ein Holländer mit vollem Portemonnaie.«

»Wieso das? Heinemann sagte, dass erst nächste Woche ein Investor zum Verhandeln käme.«

»Tja, anscheinend überlegen sich das gerade alle ganz schnell anders. Ihr seid doch bei den Heinemanns, oder?«

»Wir waren im Aufbruch. Was sollen wir jetzt machen?«

»Nichts könnt ihr machen, Inka.«

»Mist. Wenn die Heinemanns unterschreiben, wovon ich ausgehe, weil sie sich in ein Seniorenheim einschreiben wollen, dann unterschreiben sie.«

»So sieht es aus.«

»Was ist mit dem Brodersen-, Warder-, Clarsen-, Tönnies- und Jacobsen-Hof?«

»Ich sag doch, die rufe ich gleich an. Aber sie stehen als Nächstes auf der Liste. Ich denke, die Investoren gehen gezielt vor und holen sich zuerst die kleinsten Höfe und die Bauern ins Boot, die alles allein bewirtschaften.«

»Na super, das kann ja heiter werden.« Inka stöhnte. »Also gut, dann werde ich die Neuigkeit verbreiten. Hinterher fahr ich mit Mark die Bauernhöfe ab. Neben den Heinemanns liegt der Jacobsen-Hof, den besuchen wir als Nächstes. Ich will keine Schweinemastanlage, ob in Dierkshausen oder sonst wo in der Heide. Drück die Daumen, vielleicht kann ich Edgar Jacobsen überzeugen, nicht zu unterschreiben.«

»Versuch dein Glück. Bis nachher. Aber denk daran, unsere Priorität liegt darauf, den Mord an deinem Onkel aufzuklären, nicht, ob ein Stinkstall gebaut wird.«

»Ja, ich weiß, Fritz. Bis nachher.« Inka legte auf.

Mark war inzwischen aus der Küche gekommen. »Was ist los?«, fragte er und leckte einen Zuckerkrümel von der Oberlippe.

»Mein Onkel hat die Gutachten gefälscht. Es hat nie eine Bodenanalyse für die Weideflächen der Bauern gegeben.«

»Oh Mann, das ist …« Mark fuhr mit den Händen durch die Haare. »Und jetzt?«

»Das ist nicht alles, das Beste kommt noch. Der Bau der Anlage wurde gestern vom Winsener Bauamt genehmigt. Und ein Holländer ist auf dem Weg zu den Heinemanns, um zu verhandeln. Er müsste jeden Moment eintreffen.«

»Was? Verdammte Scheiße.« Mark beobachtete Schnitzel, der grunzend im Kuhstall verschwand.

»Lass uns reingehen«, bat Inka. »Vielleicht erfahren wir etwas, was uns weiterbringt. Ansonsten …« Sie zuckte die Schultern.

Es dauerte keine fünf Minuten, bis ein blondlockiger und blauäugiger Mittvierziger die Bauernküche von Christa und Knut

Heinemann betrat. Er stellte sich als Björn Becker und holländischer Investor vor. Geduldig und ausgiebig beantwortete er jede Frage, die die Heinemanns, Inka und Mark stellten.

Er sei heute nur gekommen, um ein Angebot zu unterbreiten und zu fragen, ob sie erneut verkaufen wollten, mehr wolle er nicht. Zudem habe er auf dem Weg von seinen Mitinvestoren erfahren, dass es nie ein Bodengutachten gegeben habe.

Christa und Knut Heinemann sahen verstört auf. »Was soll das heißen? Knöppel hat uns doch die Auswertung vorgelegt«, fragte Knut Heinemann sichtlich überrascht.

»Das heißt, dass Herr Gerd Knöppel Ihnen, wie allen anderen Bauern, kein korrektes Gutachten übergeben hat. Es waren allesamt Fälschungen. Er hat eigens Bodengutachten angefertigt, um Sie zu täuschen und um das Land günstig zu erwerben, um es dann an uns mit Profit zu verkaufen«, erklärte Björn Becker.

»Ich sag's doch, dieser Sauhund. Der hat uns beschissen, wo es nur ging. Sie haben einen sauberen Onkel, Frau Brandt«, brauste Heinemann auf und warf Inka einen wütenden Blick zu.

»Gerd Knöppel war Ihr Onkel? Und Sie sind bei der Polizei?« Björn Becker sah Inka erstaunt an.

»Ja«, sagte sie knapp. Wie vor ein paar Tagen, während der Dienstbesprechung, hatte sie das Gefühl, für die Schandtaten ihres Onkels geradestehen zu müssen.

»Moment, Herr Heinemann«, mischte sich Mark ein. »Erstens kann meine Kollegin nichts für ihre Verwandtschaft. Und zweitens bin ich mir nicht sicher, ob Sie, wenn das Gutachten rechtens wäre, den verseuchten Grund nicht behördlich hätten melden müssen. Und da kommen wir gleich zum dritten Punkt: Nur weil Knöppel kein Gutachten in Auftrag gegeben hat, heißt das nicht, dass Ihre Böden sauber sind. Außerdem hätten Sie sich auch selber erkundigen können, ob ihr Boden sauber ist. Sie sind nicht erst seit gestern Landwirt. Also halten Sie die Füße still. Verstanden?«

»So hat mein Mann das nicht gemeint, Herr Kommissar. Bitte

entschuldigen Sie, Frau Brandt. Knut ist manchmal schnell aufbrausend«, sagte Christa Heinemann.

»Und ob ich das so gemeint hab!«, widersprach Heinemann lautstark.

»Jetzt hör auf, Knut. Was soll die Streiterei? Der Onkel der Frau Kommissarin ist umgebracht worden, reicht das nicht? Musst du so einen Aufstand machen? Außerdem hat Herr Freese recht, wir sind nicht schuldlos. Immerhin wussten wir von den verseuchten Böden.« Christa Heinemann warf ihrem Mann einen bösen Blick zu.

»Ist schon gut, Frau Heinemann«, wiegelte Inka ab. »Ich denke, dass wir nun alle wissen, woran wir sind, und einen geraden Weg einschlagen können.«

»Ja. Entschuldigung, Frau Brandt. Ihr Onkel hat uns alle über den Tisch gezogen.« Heinemann griff zu der Steingutflasche und schenkte einen doppelten Kartoffelschnaps ins Glas. »Das macht mich wütend.«

»Das verstehe ich«, sagte Inka. »Nur kann ich die Schandtaten meines Onkels nicht ungeschehen machen.«

»Dagegen spielen wir immer mit offenen Karten, wie man sagt.« Becker lächelte schwach.

»Das sagt man nicht, das tut man.« Mark warf Becker einen finsteren Blick zu.

»Ich denke, wir sollten das Thema abhaken und, wie haben Sie eben so schön gesagt, Frau Kommissarin … einen geraden Weg einschlagen. Und darum frage ich Sie, Frau und Herr Heinemann: Würden Sie an uns verkaufen, natürlich erst nach belegten Bodenuntersuchungen und rechtlichen Formalitäten?«

»Und wir kriegen mehr für unser Land, als uns Knöppel zahlen wollte?«

»Das kann durchaus sein, Herr Heinemann«, antwortete Becker. »Ich kenne Ihre Verträge mit Herrn Gerd Knöppel nicht. Aber um eine Zahl in den Raum zu werfen, darf ich Ihnen dreihundertvierzigtausend Euro bieten. Weitere Verhandlungen nicht ausgeschlossen.«

»Das sind ja hunderttausend mehr, als uns Knöppel gezahlt

hätte«, staunte Heinemann. »Na, was sagst du, Christa? Wir könnten uns die Wohnung locker leisten.«

»Ja, Knut, das könnten wir.« Lächelnd legte sie ihre Hand auf den Unterarm ihres Mannes.

»Das ist Ihr Land wert. Und ich kann mich nur für unseren Vertragspartner Gerd Knöppel entschuldigen. So sollte es nicht laufen.«

»Sie müssen sich nicht entschuldigen, wenn …« Knut Heinemann ließ seinen Satz abreißen. Doch nicht, ohne Inka erneut einen vorwurfsvollen Blick zuzuwerfen.

»Hätten Sie keinen anderen Standort für so einen Stinkstall finden können?«, platzte Mark heraus. Er musste sich endlich Luft verschaffen.

Björn Becker lächelte. »Ich verstehe«, sagte er. »Wir kennen die Problematik der Bauern, die mit dem Bau einer Schweinemastanlage entstehen. Es ist nicht unsere erste Anlage, Herr Kommissar. Aber bedenken Sie, dass wir Arbeitsplätze schaffen. Die Bevölkerungszahl wächst stetig und nicht nur in den Großstädten, sondern auch auf dem Land.«

»Das beantwortet nicht meine Frage, Herr Becker. Außerdem weiß jedes Kind, dass das, was Sie palavern, keinen Wert hat. Eine Massentierhaltung mit zigtausend Tieren pro Stall ist hoch technisiert und kommt mit wenigen Arbeitsplätzen aus. Verbessern Sie mich, wenn ich mich irre. Aber ich habe mich erkundigt und hörte, dass höchstens ein Arbeitsbedarf von fünf Mitarbeitern in einer von zehntausend Tieren besetzten Anlage benötigt wird. Und jetzt noch einmal zu meiner Frage: Warum wollen Sie in der Heide bauen?«

»Nun …« Becker druckste. »Sagen wir so, Fleisch vom Land genießt besseres Ansehen.«

»Ach, Sie meinen, sobald auf der eingeschweißten Supermarktware ein lächelndes Schwein auf der Weide herumtollt, sieht der Käufer gern darüber hinweg, dass das Tier garantiert nie Gras oder Sonnenlicht gesehen hat.«

Björn Becker wiegte den Kopf. »Wir sorgen mit diesen Anlagen für die Ernährung der Weltbevölkerung. Fleisch zählt als ein Stück Lebenskraft. Und viele Menschen möchten ein Stück Fleisch auf dem Teller. Nicht jeder ist Vegetarier oder hat einen dicken Geldbeutel.«

»Ja, aber was ist drinnen in einem Pfund Hackfleisch für zwei Euro? Antibiotika ohne Ende. Abgesehen davon, dass Sie gewaltsam intelligente und mitfühlende Lebewesen töten. Und dass wir uns alle vegetarisch ernähren, das wollen Sie doch gar nicht. Und dass wir weniger Fleisch essen, es aus biologischer Tierhaltung kaufen, weil wir wissen, dass das Tier nicht mit Medikamenten vollgestopft ist, das wollen Sie auch nicht. Sie wollen massenweise Billigware produzieren und verkaufen. Je mehr, umso besser.«

»Auch ein Biohof kommt nicht ohne Antibiotika und Schlachtung aus, Herr Kommissar, und wir –«

»Da widerspreche ich, Herr Becker«, mischte sich Inka ein. »Meine Schwester und mein Schwager betreiben seit vier Jahren einen Biohof, und ich weiß sehr wohl, dass sie Antibiotika nur bei Tieren einsetzen, die krank sind, und sie zusätzlich von der Herde trennen. In Ihrer Anlage gibt es keine Möglichkeit einer Quarantänestation, alle Tiere werden behandelt, ob sie krank sind oder nicht. Nur ist das nicht der Sinn von artgerechter Tierhaltung. Oder schlucken Sie Antibiotika, wenn Ihr Nachbar eine bakterielle Infektion hat?«

Becker schüttelte lächelnd den Kopf. »Es gibt überall schwarze Schafe. Da werden osteuropäische Schweine nach Holland und Deutschland und sonst wo durch die Welt transportiert, als Bio-Schweine angegeben und teuer verkauft, dabei sind die Tiere billigste Massenware. Nicht so bei uns. Schauen Sie, alles ist transparent«, sagte er und holte aus einem schwarzen Aktenkoffer einen Stapel an Unterlagen. Er griff nach einer Klarsichtmappe. »So wird die Anlage aussehen, wenn sie fertig ist.«

Inka warf einen kurzen Blick auf das Prospektblatt. Ein dunkelgrüner Bau, karminrote Dächer und silberfarbene Schornsteine, die in den Himmel ragten. Ein u-förmiger Bau inmitten grüner Weideflächen, auf den die Sonne schien.

»Und wo sind die Bilder dieses Hochglanzprospekts, die uns zeigen, wie hinter frisch gestrichenen Metallwänden die Tiere auf einem Quadratmeter Fläche mit verkrüppelten Gelenken leiden?«

»Mindestens eineinhalb Quadratmeter, Herr Kommissar Freese. In unserem Fall, nach der Menge der Tiere, sogar über zwei Quadratmeter. Die Zuchteber dürfen sich auf sieben Quadratmetern austoben. Sie können einander sehen, hören, riechen und beim Toben ungehindert ausweichen. Ich darf Ihnen versichern, auch Ihnen, Frau Brandt, wir arbeiten nach sauberen tierschutzrechtlichen Erkenntnissen im Sinne des Tierwohls und der Tiergesundheit. Unsere Tiere sehen jeden Tag Tageslicht.« Becker tippte auf ein rotes Dach. »Wir fahren die Dächer täglich zweimal für drei Stunden zur Seite. Der Geräuschpegel und Gasgehalt wird nach strengsten Emissionsschutzregeln von Mitarbeitern akribisch unter Kontrolle gehalten. Zusätzlich installieren wir Schweineduschen, die wir fünfmal am Tag aktivieren und wo sich die Tiere im Sommer abkühlen können. Wir bieten Strohhaufen und alternative Materialien an. Auch ausreichend Beschäftigungsmaterial stellen wir bereit und –«

Mark ließ den Investor nicht ausreden. Er griff nach der Prospektmappe und warf sie Becker vor den Bauch. »Dann arbeiten Sie doch in Ihrem Land. Da wird sich bestimmt ein Eckchen finden, wo Sie so einen … einen rosafarbenen, sauberen Stinkstall bauen können. Hier in der Heide brauchen wir Sie nicht. Wir haben genug Vieh. Oder glauben Sie etwa, die Bürger der Heide lassen sich Ihren Stall gefallen? Da wird keiner seelenruhig zusehen, wie unsere schöne Region mit einer weiteren Anlage verpestet wird. Außerdem bekommen Sie nicht genug Land, um die anfallende Gülle auszubringen. Sie exportieren doch jetzt schon siebzig Prozent Ihrer holländischen Scheiße nach Deutschland. Das sind eins Komma vier Millionen Tonnen jährlich. Und das ist kein Geheimnis.«

»Darf ich etwas einwenden?«, bat Becker. »Das ist eine übliche Verfahrensweise. Sie bekommen Gülle für Ihr Weizenfeld, der Weizen wird nach Holland exportiert und an unsere

Schweine verfüttert. Es ist ein ökologischer Kreislauf, Herr Kommissar.«

»Ja, wer es glaubt. Das sind doch Märchen bis zum Sankt-Nimmerleins-Tag.«

»Herr Kommissar, ich möchte anmerken, dass es in Deutschland gegenüber den Niederlanden immer noch relativ lasche Regeln für das Austragen der Gülle gibt. In den Niederlanden ist die direkte Bodenapplikation, die Einarbeitung der Gülle mit unterirdischen Leitungen, seit 1994 verpflichtend. Nichts wird mehr durch die sogenannte Gülle-Luftphase auf Pflanzen gesprüht und kann in irgendeiner Weise, wissenschaftliche Untersuchungen erspare ich mir zu erklären, der umliegenden Flora und Fauna schaden.«

»Ach, hören Sie auf, Herr Becker. Wie kann es dann sein, dass in Ihrem Gemüse das ESBL-Enzym gefunden wurde? Und jetzt kommen Sie mir nicht mit: Von dem Keim, der Antibiotika-Resistenzen auslösen kann und der aus der Gülleaustreibung stammt, hab ich noch nie etwas gehört.«

»Herr Kommissar, ich lege nicht für jeden Holländer meine Hand ins Feuer. Schwarze Schafe gibt es überall. Doch ich wiederhole: Wir arbeiten nach korrekten Vorschriften.«

»Und was ist im Winter, wenn Sie gesetzlich keine Gülle austragen dürfen? Wo wollen Sie dann damit hin? Sollen wir dann in Deutschland in Gülle ersaufen, oder wird sie weiterverkauft?« Mark wartete nicht auf die Antwort des Holländers. »Ja, das Geschäft mit der Gülle boomt. Aber so funktioniert das System nicht, denn auf lange Sicht werden die Böden versauern, die Gewässer umkippen, und das Trinkwasser wird mit Nitrat verseucht. Ich bin kein Vegetarier, aber ich bin dafür, die Zahl der Nutztiere zu reduzieren, nicht noch mehr zu züchten. Und wenn überhaupt, artgerecht zu halten. Denn ein Tier am Fließband zu produzieren kann keine gute Sache sein. Wenn alle Tiere artgerecht wie bei Familie Sundermöhren, Jacobsen oder Clarsen gehalten würden, stiegen zwar die Fleischpreise, aber die Bauern überlebten, und das Tier- und Menschenwohl würde uns keine Sorgen bereiten. Denn hier landet die eigene Gülle auf den Feldern. Aber Unternehmer wie Sie wollen Menge, Profit, um ein neues Auto, einen Karibikurlaub oder ein noch größeres Haus zu finanzieren. Ihnen ist scheißegal, was in zwanzig oder fünfzig Jahren mit unserer Welt geschieht. Jeder normal denkende Mensch kann sich an zehn Fingern ausrechnen, wann das Ökosystem endgültig zusammenbricht. Und was ist dann mit unseren Kindern und Enkeln?« Mark hatte sich in Rage geredet.

»Mark«, flüsterte Inka und zog ihren Kollegen am Hemdärmel. »Mark, lass es gut sein. Noch ist nichts entschieden. Lass uns gehen.«

Mark reagierte nicht auf Inkas Bitte und riss sich los. »Und nur, weil dieser Hof vielleicht bald Ihnen gehört, heißt das nicht, dass Sie hier Fuß fassen werden. Das garantiere ich Ihnen, Herr Becker. Und das können Sie auch Ihren Mitinvestoren verklickern. Zudem ist mir völlig unverständlich, wie Sie mit Knöppel über ein Projekt verhandeln konnten, ohne sich zu informieren, ob Dierkshausen in seinen Zuständigkeitsbereich fällt. Aber wenn man einen Trog aufstellt, dann kommen die Schweine von allein. So ist es doch, Herr Becker, nicht wahr?«

»Mark, bitte.« Inka zerrte erneut an Marks Ärmel.

»Ja, ich komme«, sagte er an Inka gewandt. »Schönen Tag noch, die Herrschaften.« Mit festen Schritten eilte er aus der Küche.

»Mensch, Mark, was hast du für einen Auftritt hingelegt? So kenn ich dich gar nicht. Und wo hast du das Wissen über Schweinemast her, was du auf den Tisch geschmissen hast?«

»Ich hab mich schlaugemacht, das ist alles, Inka.«

»Die Mastanlage wurmt dich.«

»Ja«, sagte er. »Weißt du, was Winston Churchill gesagt hat?«

»Nein.«

»›Ich mag Schweine. Hunde schauen zu einem auf, Katzen auf uns herab, Schweine begegnen uns auf Augenhöhe.‹«

»Das hat er gesagt?«

»Ja. Und da drinnen sitzt so ein Schwein auf Augenhöhe, und jetzt lass uns weiterfahren, hier stinkt's.«

23

Der Jacobsen-Hof lag westlich von Dierkshausen und bot einen überwältigenden Blick über die Weite der Felder, wo der Sommerweizen seine goldenen Spitzen im lauen Wind wiegte. Das Thermometer kletterte auf den Tageshöchstpunkt von vierunddreißig Grad.

Ein Mann mittleren Alters fuhr eine Schubkarre dampfenden Mist über den Innenhof, als Inka und Mark den Wagen parkten.

»Guten Tag, Inka Brandt und mein Kollege Mark Freese von der Hanstedter Wache. Sind Sie Herr Edgar Jacobsen?«

»Nein. Das ist mein Schwiegervater«, antwortete der Mann, der mit nacktem Oberkörper in einem Blaumann steckte. »Der ist im Schweinestall. Dahinten.« Mit dem Kinn wies er die Richtung, bevor er die Ladung Dung auf den Misthaufen kippte. Sofort füllte die Hofluft eine weitere Prise Landluft.

»Würden Sie ihn holen, wir müssen mit ihm sprechen«, bat Inka.

»Wenn es sein muss.« Der Mann schob die Karre vor sich her wieder in den Stall.

Zwei Minuten später schlurfte ein Mann in matschbeschmierten Gummistiefeln auf Inka und Mark zu.

»Tag, mein Schwiegersohn sagt, dass Sie mich sprechen wollen. Geht es um den toten Knöppel?«

»Ja, auch«, sagte Inka.

»Sind Sie nicht eine der Brandt-Töchter, die ein paar Jahre verschwunden war?«

»Ja, das bin ich. Aber ich war nicht verschwunden, sondern fünf Jahre in Lübeck«, berichtigte ihn Inka.

»Stimmt. Ich hab davon gehört. Bei den Fischköppen. Ihre Schwester ist dageblieben«, sagte er mit leicht amüsiertem Unterton.

»Ja. Sie hat mit meinem Schwager den Hof unserer Eltern übernommen.«

»So wie es sein soll, lieber Schwiegervater. Von einer Generation zur nächsten.« Der Mann mit der Schubkarre kippte eine weitere Ladung auf den Misthaufen.

»Justus, ihr habt ja recht«, sagte Edgar Jacobsen.

»Sie wollen den Hof nicht verkaufen«, wandte sich Inka an den Schwiegersohn.

»Nein. Wollen wir nicht. Wir Bauern sind traditionsbewusste Leute, die das Familienerbe in Ehren halten. Aber Vater will alles aufgeben.« Justus Jacobsen atmete schwer aus. Neben seinem Schwiegervater blieb er stehen und wischte sich mit dem Unterarm den Schweiß vom Gesicht.

»Ist ja noch nichts unterschrieben, Justus. Erst muss Mutter einverstanden sein.«

»Das wird sie nie, darauf kannst du lange warten.«

»Können wir vielleicht irgendwo in Ruhe reden? Gern mit Ihrer Frau, den Kindern und Ihren Mitarbeitern, Herr Jacobsen.«

»Die Mitarbeiter sind auf dem Feld beim Erdbeerpflücken und im Mais. Kannst du sie anrufen und herbestellen, und machst du den Schweinestall?« Edgar Jacobsen sah seinen Schwiegersohn bittend an.

»Klar. Ist ja nicht mehr viel. Ich komm gleich nach.« Er nahm die Schubkarre auf und verschwand hinter der Holztür.

Inka und Mark folgten Jacobsen in die Bauernküche, wo sich tagsüber von Mittagessen bis Besuch alles abspielte.

Hilde Jacobsen, eine Endfünfzigerin mit blonden kurzen Haaren, saß am Küchentisch. Vor ihr lag eine aufgeschlagene Zeitung, auf der sich Kartoffelschalen häuften. Ihr gegenüber saß eine Frau, die Inka auf um die achtzig schätzte. Mit dünnen Fingern hielt sie eine Möhre, die sie auf einem Holzbrett in Scheiben schnitt. Beim Eintreten der Besucher sahen die Frauen auf. Eine Dackelhündin wedelte mit dem Schwanz und sprang an Inkas Beinen hoch.

»Hey, du bist ja eine Süße.« Inka ging in die Hocke und kraulte die fuchsrote Hündin hinter den Ohren. »Wie heißt sie?«

»Cora. Sie ist meine Jagdhündin. Sie spürt jedes Viehzeug der Heide auf«, antwortete Edgar Jacobsen stolz und setzte sich auf die Holzbank an den Tisch.

»Braves Mädchen.« Inka streichelte über den Rücken des Tieres und richtete sich auf.

»Bist du fertig im Stall?«, fragte die jüngere der beiden Frauen den Senior.

»Nein. Aber wir haben Besuch. Herr Kommissar Freese und Frau Brandt aus Hanstedt.«

»Ja. Ich kenne die Polizei. Hab schon gehört, Frau Brandt, dass Sie wieder in der Heide unterwegs sind.«

»Ja, der Dorffunk funktioniert.« Inka lächelte die Frauen an.

»Meine Mutter kennen Sie?« Mit dem Kartoffelschälmesser in der Hand zeigte Hilde auf die Frau, die ihr gegenübersaß.

»Natürlich. Guten Tag, Frau Jacobsen.«

»Kind, Inkaleinchen, wie schön, dass du wieder da bist. Lübeck hat dir nicht gefallen, was?«

»Lübeck schon. Es ist eine wundervolle Stadt. Es waren die Umstände, die mich in die Heide zurückgeführt haben.«

»Die Umstände. Ja.« Die Alte grinste. »Da sind die Mannsleute alle nicht besser, ob in der Heide oder am Wasser, das sag ich dir. Verlässt dich auf einen, dann bist verlassen.«

Die Gerüchte über ihre Ehe mit Fabian hatten vor keinem Dorf in der Lüneburger Heide haltgemacht. Inka lächelte. Klara Jacobsen war Marks und ihre Lehrerin in Naturwissenschaft gewesen und eine begnadete Turnierreiterin.

»Und du, Markilein. Was ist mit dir? Hast du eine neue Frau gefunden?«

Inka musste unwillkürlich grinsen. Inkaleinchen, Markilein. Schon in der Schulzeit hatte ihre Lehrerin jeden Schülernamen verniedlicht. Die Mädchen bekamen ein »-leinchen« oder ein »-chen« angehängt, die Jungen ein »-ilein«. Was sich besonders bei den Stefans aus der Klasse lustig anhörte. Doch so kannte man Klara Jacobsen, die zwei Tage in der Woche als Lehrerin arbeitete, dann Turniere ritt und die restliche Zeit auf dem Hof arbeitete.

»Nein. Ja. Frau Jacobsen, das ist –«

»Ja, ja. Das wird schon. Bist ein hübscher Jung, und kräftig bist ja auch geworden.« Sie begutachtete Mark mit ihren dunklen Murmelaugen, die schon immer genauestens beobachten konnten. »So, nun steht nicht rum, setzt euch hin.« Mit ihrem knöcherigen Zeigefinger wies sie Inka und Mark einen Platz am Esstisch an.

»Danke.« Inka setzte sich dem Senior gegenüber auf einen Stuhl. Mark nahm auf der Holzbank an der Wandseite Platz. »Darf ich zuvor bitte die Namensverhältnisse klären? Ich bin etwas verwirrt. Frau Klara Jacobsen ist Ihre Mutter, Frau Jacobsen.«

»Das ist richtig.«

»Aber Ihr Mann trägt den gleichen Nachnamen.«

»Finden Sie Scheuerländer schöner als Jacobsen, Frau Brandt?«

Inka zuckte die Schultern.

»Sehen Sie, wir auch nicht. Mein Mann hat meinen Namen angenommen, und so ist es auch bei Justus, unserem Schwiegersohn.«

»Sie wissen, warum wir hier sind?«, fragte Inka, ohne weiter auf die Namensgabe einzugehen.

»Wegen Ihres Onkels, dem Knöppel. Sicher.« Hilde Jacobsen warf eine geschälte Kartoffel in den Wassertopf. Wasser spritzte auf die Zeitung.

»Nicht nur, Frau Jacobsen. Hat unser Chef Sie angerufen?«

»Um uns zu sagen, dass unser Land nicht verseucht ist, ist es das?«

»Nein, um Ihnen zu sagen, dass Gerd Knöppel die Bodengutachten gefälscht hat. Ob Ihr Land dennoch verseucht ist, wird ein neues Gutachten klären.«

Hilde Jacobsen nickte. »Ja, er hat angerufen. Vor einer halben Stunde. Und was wollen Sie? Abbitte leisten für Ihren Onkel? Keine Silbe hat er uns von der Mastanlage erzählt. Dieser Schmierenkomödiant. Wie gut, dass wir vor einem Jahr nicht unterschrieben haben.«

Wieder beschlich Inka das Gefühl, sich für ihren Patenonkel entschuldigen zu müssen. Jetzt langte es.

»Hildaleinchen, das sagt man doch nicht. Und für ihren Onkel kann das Inkaleinchen nicht herhalten. Das hat er allein zu verantworten.«

»Nun nicht mehr, Mutter. Er ist tot«, widersprach Hilde Jacobsen.

»Ja, wie schrecklich.«

»Das ist nicht schrecklich, das ist ...« Hilde Jacobsen sah zu Inka. »Tut mir leid«, sagte sie knapp und griff nach der nächsten Kartoffel.

Inka schnaufte. »Wir möchten Ihnen mitteilen, dass ein holländischer Investor auf dem Weg zu Ihnen ist. Er sitzt zurzeit bei Familie Heinemann und verhandelt.«

»Wollen die wieder verkaufen, diese dummen Ochsen? Erst an Knöppel, jetzt an die Holländer.« Eine blonde Endzwanzigerin betrat die Küche und streichelte sich den gerundeten Bauch. Sie reichte erst Inka, dann Mark die Hand.

»Simone Jacobsen. Ich bin die Tochter. Guten Tag.«

»Inka Brandt und das ist mein Kollege Mark Freese, von der Hanstedter Wache. Ja«, sagte sie. »Die Heinemanns werden voraussichtlich unterschreiben. Jedoch wird erst ein legal angefertigtes Bodengutachten über die endgültige Verkaufssumme entscheiden.«

»Inkaleinchen, ist das wahr? Es soll eine Schweinemastanlage gebaut werden? In unserer Gegend? Ich wollte es nicht glauben, als der Edgar es erzählt hat. Wir haben doch eigene Schweine.«

»Es ist im Gespräch, Frau Jacobsen.«

Klara Jacobsen schüttelte den Kopf. Die grauen Locken wippten um ihre Schläfen.

Die Bauernküche hatte sich gefüllt. Drei Männer von Mitte zwanzig bis Ende dreißig und drei Frauen gleichen Alters standen verteilt im Raum.

»Das sind unsere Söhne und Schwiegertöchter«, erklärte Edgar Jacobsen knapp. »Wo ist dein Mann, Simone?«

»Noch im Stall mit den Kindern, Paps. Soll ich sie holen?«

»Nein, lass ihn, die Kinder haben hier nichts zu suchen.«

»Also, Frau Brandt«, begann Hilde Jacobsen. »Wie Sie sehen, sind wir eine große Familie. Der Hof ist seit Generationen in unseren Händen. Wir wollen nicht weg.«

»Genau, Mutter«, pflichtete ein Mittzwanziger bei. »Komme, was wolle. Wir bleiben.«

Inka nickte. »Ich verstehe«, sagte sie. »Ist das die Meinung aller hier?« Inka sah in die Runde.

Hilde Jacobsen nickte, der jüngste Sohn stimmte ihr zu, dann einer der älteren.

»Ich und mein Mann wollen auch bleiben«, antwortete Simone. Wieder streichelte sie ihren runden Bauch. Lange konnte es nicht mehr dauern, bis ein weiterer Jacobsen-Enkel auf dem Hof geboren wurde.

»Was ist mit Ihnen?« Inka sah zu Michael, dem mittleren Sohn, und seiner Frau Lara, die an der Fensterbank lehnten.

»Wir stimmen Vater und dem Verkauf zu«, sagte er. Seine Frau nickte. »Vater wird die Arbeit in der Landwirtschaft zu viel. Und Lara und ich wollen nach Neuseeland auswandern, und das, bevor wir uns für Kinder entscheiden.«

»Ja, ja, ihr und eure verrückten Pläne. Der Hof gehört zur Familie. Bedeutet euch das denn nichts?« Der älteste Sohn bäumte sich auf. »Wenn Vater nicht mehr kann, sind wir ja da. Michael ist fünfundzwanzig, Lara dreiundzwanzig, ich bin fünfunddreißig und Kristin dreißig. Wir können anpacken. Wir lassen Vater nicht im Stich.«

»Darum geht es nicht, Thomas«, wandte Kristin ein. »Michael und Lara haben sich für ihren eigenen Weg entschieden. Sie werden den Hof verlassen. Und nur weil wir bleiben wollen, können wir das nicht von ihnen verlangen.«

»Schluss jetzt, Kristin, darüber haben wir genug geredet. Es gehört sich nicht, die Eltern im Stich zu lassen«, beendete Thomas den Einwand seiner Frau.

Kristin Jacobsen drehte ihrem Mann den Rücken zu und half, die Möhren zu schneiden.

»Was ist mit Ihnen, Frau Jacobsen?«, fragte Mark die alte Lehrerin, bevor der Familienstreit erneut aufflammte.

»Ich, Markilein, was soll ich sagen? Mein Mann und ich werden uns fügen. Wie es kommt, so kommt es. Nur in ein Heim ...« Sie verstummte, und in ihren dunklen Murmelaugen lag ein trauriger Glanz.

»Es ist ja noch nichts entschieden«, sagte Inka.

Klara Jacobsen tat ihr leid. Wenn sich Edgar Jacobsen als Oberhaupt des Hofes durchsetzte und verkaufte, war ihr Schicksal besiegelt. Ihr ganzes Leben hatte sie in der Heide und auf dem Hof mit ihrer Familie verbracht. Ihre Kinder wurden hier geboren. Sie würde es nicht verwinden, wenn sie nun nach all den Jahren mit ihrem Mann in ein Heim ziehen müsste.

»Es gibt einen weiteren Grund, warum wir hier sind«, begann Mark vorsichtig. »Wir brauchen die Auskunft, wo sich jeder Einzelne Ihrer Familie und von Ihren Mitarbeitern am Mittwoch in der Zeit von sieben Uhr dreißig bis acht Uhr aufgehalten hat.« Mark setzte sein Polizeigesicht auf.

Ein Stöhnen und Raunen ging durch die Küche.

»Ich hab die Kinder an der Schule abgesetzt und bin hinterher in den Großmarkt nach Soltau einkaufen gefahren«, begann Thomas Jacobsen. »So wie jeden Mittwoch.«

»Wir anderen waren hier, auch unsere Leute.« Edgar Jacobsen zuckte die Schultern. »Wir sind immer alle hier. Entweder in der Scheune, im Stall oder auf der Weide.«

»Und wer hat Sie gesehen?«

»Wer soll uns sehen, Herr Freese? Die Viecher, das Getreide oder was meinen Sie, wer bei uns auf dem Hof umherkraucht?«

»Herr Jacobsen, Sie waren einer der Jäger am Tattag.«

Edgar Jacobsen nickte. »Ja, ich hab ein Wildschwein erlegt«, sagte er mit rauer Stimme und an seine Frau gewandt: »Hilde, gib den Kommissaren zwei Gläser Leberwurst. Die ist gut. Es ist das Hausrezept unserer Großeltern. Wir fügen nur ein wenig mehr Majoran hinzu.«

»Vielen Dank.« Mark nickte lächelnd zu Hilde Jacobsen, die

Inka und ihm ausdruckslos ein Glas Leberwurst auf die geblümte Wachstischdecke stellte.

»Kommen wir zurück auf den Tattag, Herr Jacobsen«, begann Mark erneut. »Die Treibjagd in Wehlen war für zehn Uhr angesetzt, aber wie kann es sein, dass Sie vorher ein Wildschwein erlegt haben?«

»Vor was, Herr Kommissar?«

»Vor zehn Uhr und bevor unser Kollege die Gewehre eingesammelt hat.«

»Das Vieh lief mir geradewegs über den Weg, da war es fünf Minuten oder zehn Minuten vor zehn. So genau hab ich nicht auf die Uhr gesehen. Jedenfalls hatte ich gerade einen Volltreffer gelandet, als Ihr Kollege ankam. Glück gehabt, würde ich sagen.«

»Haben Sie sonst einen Schuss gehört oder einen Jäger gesehen? Einen Fahrradfahrer oder ein Auto, das Richtung Wehlen am Parkplatz hätte vorbeikommen müssen?«

Edgar Jacobsen schüttelte den Kopf. »Nee, ich war ja in meinem Revier in der Kanzel. Von da aus seh ich den Parkplatz nicht, ist jetzt im Sommer alles zugewachsen. Ich hab nur meine Jagdkumpane eintrudeln sehen, die an dem Tag beim Treiben dabei sein wollten. Die Freifrau, den Friedhelm, Thorsten, den Bäcker, unseren Jagdleiter, und Erik, den Arbeitslosen. Er ist nicht arbeitslos, er arbeitet nur im Amt.« Edgar Jacobsen grinste.

»In welcher Kanzel?«

»Im Hochsitz, Herr Kommissar.«

»Aha, Jägerlatein.«

»Nee. Jägersprache.«

Mark stöhnte innerlich auf. »Und den Ratsvorsitzenden Gerd Knöppel haben Sie nicht gesehen?«

»Sagen Sie doch gleich, was Sie wollen. Nein, ich hab ihn nicht gesehen, und ich hab ihn nicht erschossen. Und mir ist schnuppe, wo der sich auszieht und wie er rumläuft. Jeder nach seiner Fasson. Obwohl, wenn ich überlege, Schwein ist Schwein.« Edgar Jacobsen machte eine vage Handbewegung, dann räusperte er sich. »Das hätte ich wohl in Ihrer Anwesenheit nicht sagen sollen. Oder?«

Mark ging auf Jacobsens Frage nicht ein, sondern wiederholte: »Und weitere Schüsse, wie sieht es damit aus? Haben Sie etwas gehört?«

»Dreimal – oder warten Sie, war es viermal oder sogar fünfmal? – hat es geknallt. Ja, fünfmal, ich erinnere mich. Einmal weit vor zehn Uhr. So um neun muss das gewesen sein, die anderen Male knallte es nach mir und nach zehn Uhr. Aber das wird die Freifrau gewesen sein. Die hat zwei Karnickel und einen Fasan erwischt.«

»Das waren fünf Schüsse.«

Jacobsen zuckte die Schultern. »Keine Ahnung. Vielleicht hat sie nicht gleich getroffen.«

»Sie waren schon um neun Uhr in Ihrem Revier.« Mark wechselte einen bedeutungsschweren Blick mit Inka.

»Sicher. Bin ich immer vor einer Jagd. Die Cora, meine Dackelhündin, binde ich unten am Hochsitz an, während ich oben die Aussicht auf die Felder genieße, in Ruhe einen Kaffee trinke und ein Brötchen esse. Das ist eine Stunde, wo ich entspanne. Kein Hof, keine Arbeit. Einfach dasitzen.«

»Und ist Ihnen bei dem träumerischen Blick über Wald und Felder jemand aufgefallen? Zu Fuß, mit dem Rad oder dem Auto? Ein Jäger?«, wiederholte Mark.

»Nee. Ein Jäger, der mit zur Treibjagd will, muss sich beim Jagdleiter anmelden, das hätte uns Thorsten gesagt. Und dass einer zur Aufsitzjagd unterwegs war, nee, das glaub ich nicht. Die Schilder sieht man, die stehen doch überall, dass Treibjagd ist. Da rennt man nicht allein zum Jagen rum. So lebensmüde ist keiner. Obwohl uns Jägern ja nachgesagt wird, dass wir Freiwild sind. Aber es gilt noch immer das erste Gebot der Jägerprüfung: Was du nicht erkennst, das schieß nicht tot.« Jacobsen lachte kurz auf. »Na, wie auch immer. Ich wollte gerade vom Hochsitz runter, als es im Maisfeld gegenüber verdächtig raschelte. Ein dicker Keiler, mindestens zweihundert Kilo, preschte geradewegs auf mich zu. Wie der Teufel hab ich mich beeilt, mit meiner Büchse abzudrücken, das sag ich Ihnen.« Edgar Jacobsen unterlegte seine Worte mit solchem Enthusiasmus, als begänne gerade die Jagd.

»Und wo waren Ihre Jagdkumpane?«

»In Position natürlich. Bei der Treibjagd wird ein Kreis gebildet, aus dem hinaus mit Hilfe der Hunde das Wild getrieben wird. Sie gehen nicht jagen?«

»Nein.«

»Na ja, ist ja auch nicht jedermanns Sache.« Jacobsen winkte ab. »Eigentlich sollte es erst losgehen, wenn Thorsten, unser Jagdleiter, da ist. Aber der rief an und sagte, er käme später, da er noch eine Ladung Kuchen an einen Kunden ausliefern müsse. Nur das riesige Vieh wollte ich mir trotzdem nicht entgehen lassen. War ja auch gut so. Ein paar Minuten später kam Ihr Kollege und hat meine Büchse eingesammelt, dann hätten wir nichts gehabt.«

»Dann ist der Winter ja gerettet.«

»Ach was, das wird geteilt. Jeder meiner Jagdkumpels kriegt was ab. Außer der Freifrau, die will nichts. Leber- und Blutwurst ist nichts für die etepetete Dame. Für die muss es Trüffel, Kaviar und Co. sein.«

»Und ein Wagen ist Ihnen nicht aufgefallen?«

»Nein, ich sag doch. Den Nacktenplatz sieht man nicht. Und unsere Wagen standen wie immer alle hinten im Revier bei der Freifrau. Die hat die größte Schneise, da, wo wir uns vor der Jagd treffen und alles besprechen. Oder warten Sie, da fällt mir ein, dieser Reporter vom ›Hanstedter Heideblatt‹ kam angetuckert und wollte uns ausquetschen. Leyla sagte, sie übernähme das, sie kenne sich mit Presseschreibern aus. Wir anderen sind nach Hause gefahren.«

»Wenn Sie den Hof verkaufen, würden Sie in der Nähe bleiben, um jagen zu können?«

Edgar Jacobsen schüttelte den Kopf. »Keine Ahnung, Herr Kommissar. Aber wohl eher nicht.«

»Und Sie, wie sieht Ihre Planung aus, wenn Ihr Vater den Hof an die Holländer verkauft?«, wandte sich Inka an die Tochter.

»Mein Mann und ich müssten mit unseren beiden Kindern und dem Nachwuchs …«, ihr Blick wanderte zu ihrem gewölbten Bauch, »… Hartz IV beantragen und in eine Wohnung ziehen. Zumindest vorübergehend.«

»Und Sie?« Inkas Blick wanderte zu Ludolf, dem jüngsten Sohn der Jacobsens.

»Wir wollen nicht weg.«

»Das hab ich verstanden. Aber was ist, wenn die Holländer Ihrem Vater ein Angebot machen, das er nicht ablehnen wird. Wo werden Sie arbeiten und wohnen?«

Ludolf Jacobsen zuckte die Schultern und sah zu seiner Frau. »Keine Ahnung«, sagte er. »Darüber haben wir noch nicht nachgedacht. Aber wenn, geht es uns wie Simone und Justus, und wir müssen zum Amt, bis wir Arbeit finden. Unsere Zukunft war der Hof. Wir sind Familienmenschen und brauchen die Freiheit. Wir wollen nicht in geschlossenen Räumen arbeiten. Auf keinen Fall.«

»Und was ist mit Ihnen? Thomas. Richtig?«

Nicken. »Wir gehen nicht weg, das sagte ich.« Mit zusammengekniffenen Augen sah er zu seiner Frau, die ihm einen kurzen Augenaufschlag schenkte, bevor sie weiter Möhren schälte. »Da gibt es nichts zu diskutieren.«

»Aber nicht Ihnen, sondern Ihren Eltern gehört der Hof. Und Ihr Vater ist für einen Verkauf.« Inkas Blick wanderte zu Edgar Jacobsen, der zusammengesunken auf dem Stuhl saß und das Gespräch auf sich niederprasseln ließ wie einen Gewitterregen. »Ist das richtig, Herr Jacobsen?«, fragte Inka.

»Ja. Mir wird der Hof zu viel, und ich hab keine Lust mehr auf die Landwirtschaft. Das ganze Viehzeug, die Weiden. Ich ackere, seitdem ich vierzehn bin. Das sind fünfundvierzig Jahre. Meine Eltern sind zu alt, meine Frau schafft das nicht mit den Schweinen und dem Getreideanbau.«

»Und, haben wir dich mit der Arbeit allein gelassen?«, motzte Thomas Jacobsen. »Wir haben immer alle geholfen, und so wird es bleiben.« Sein harter Blick ruhte auf seinem Vater.

»Richtig. Die Holländer können nach Hause fahren. Wir

wollen keine Schweinemast. Wir haben eigene Viecher.« Hilde Jacobsen zeigte auf den dunklen Fleischberg, der auf einem Teller in der Mitte des Tisches lag.

»Sie haben ein Schwein geschlachtet?«, fragte Mark.

»Das ist Wildschweinfleisch, kein Schweinefleisch aus unserem Bestand, Herr Kommissar. Als Bewohner der Heide sollten Sie wissen, dass Wildschweinfleisch viel dunkler als das Fleisch der Hausschweine ist.«

Hilde Jacobsen stand mit dem Topf in der Hand auf und ging zur Spüle. Mit Schwung kippte sie die Kartoffeln in das Keramikbecken und stellte den Wasserhahn an. Sie wusch jede Kartoffel einzeln, bevor diese zurück im Topf landete.

»Ich würde gern die Bestandsunterlagen Ihrer Tiere sehen.«

»Nun gehen Sie aber in die Vollen, was, Herr Kommissar?«, sagte Edgar Jacobsen mit neckischem Lächeln. Er stand auf und hob den Deckel der Eckbank. Aus einem Gewühl Papiere zog er eine durchsichtige Plastikmappe und warf sie vor Mark auf den Tisch. »Hier, sehen Sie. Alles korrekt. Die letzte Hausschlachtung war vor drei Monaten.«

»Danke«, sagte Mark.

Inka fand, ihr Kollege wirkte verunsichert. Sie verstand seine Verlegenheit. Einen Nachbarn zu bezichtigen, er würde betrügen, sogar morden, war nicht leicht. Aber er war Polizist, und als dieser musste er so handeln.

»Ja, sehen Sie nur nach, Herr Kommissar«, wetterte Hilde Jacobsen. »Alles korrekt. Und die Holländer, die können auch kommen, denen werden wir schon was erzählen.«

Hilde Jacobsen hatte gerade ausgesprochen, als Justus Jacobsen mit Björn Becker die Bauernküche betrat.

»Guten Tag«, sagte Becker mit unverkennbarem holländischen Akzent. »Mein Name ist Björn Becker, und ich bin einer der vier holländischen Investoren.«

Edgar Jacobsen stand auf und reichte Becker die Hand. »Jacobsen, Edgar. Guten Tag. Bitte nehmen Sie Platz. Die Kommissare haben uns über Ihr Eintreffen informiert. Meine Familie ist anwesend, außer meinem Schwiegervater, er macht ein Mittagsschläfchen. Meine Schwiegermutter, meine Frau und unsere drei Söhne: Michael, Thomas und Ludolf, meine Schwiegertöchter und meine Tochter Simone mit Mann, unserem Schwiegersohn Justus. Die Kommissare kennen Sie.«

Björn Becker nickte lächelnd in die Runde.

»Und dass er gleich wieder gehen kann, kannst du ihm auch sagen«, wetterte Hilde Jacobsen. Mit Schwung schlug sie den Deckel scheppernd auf den Kartoffeltopf.

Björn Becker lächelte verlegen. »Nun, es freut mich, dass ich Sie alle kennenlernen darf.«

»Das beruht nicht auf Gegenseitigkeit«, antwortete Thomas Jacobsen in harschem Ton.

Björn Becker ließ sich davon nicht beirren. Er öffnete seinen Aktenkoffer und zog ebenjene Unterlagenmappe heraus, die Inka bei Knut Heinemann gesehen hatte. »Wenn ich Ihnen unsere Planung vorstellen dürfte, dann –«

»Wofür? Packen Sie Ihren Papierkram ein und verschwinden Sie. Wir verkaufen nicht.« Thomas Jacobsen trat so dicht neben Becker, als wolle er ihn sogleich am Kragen packen und vor die Tür setzen.

»Genau«, sagte Ludolf Jacobsen. Breitbeinig, um einen besseren Stand zu haben, gesellte er sich neben seinen Bruder.

»Sie haben es gehört, Herr Becker. Es ist besser, wenn Sie jetzt gehen«, fiel Justus ins Gespräch ein und platzierte sich hinter Becker. Nur Michael blieb neben seiner Frau an der Anrichte stehen.

»Schluss!«, brauste Edgar Jacobsen auf. Seine Faust schlug auf den Holztisch. »Ich weiß, dass es einigen von euch nicht passt, wenn ich mich für einen Verkauf entscheide, aber das habt ihr nicht zu bestimmen. Ich bin der Eigentümer. Ihr seid jung genug für einen Neuanfang. Und wäre Knöppel am Leben, hätte ich längst unterschrieben.«

»Wobei, wenn ich mich einmischen dürfte, Herr Jacobsen, es gut war, dass Sie es bisher nicht getan haben. Wie Sie ja wissen, sind die Bodengutachten gefälscht. Beziehungsweise hat Herr Knöppel nie ein Gutachten bei der für Sie zuständigen Behörde, der, lassen Sie mich nachsehen … der Landwirtschaftlichen Untersuchungs- und Forschungsanstalt in Hameln, in Auftrag gegeben.«

»Ja. Er hat uns über den Tisch gezogen. Uns alle fünf, außer den Gustav, der hat selbst ein Gutachten anfertigen lassen. Und von Ihnen hat er auch nichts gesagt.«

»Meine Kollegen und ich bedauern, dass Sie auf einen Betrüger hereingefallen sind. Aber wie gesagt, Sie haben ja noch nicht verkauft. Doch bin ich genau deswegen nach Deutschland auf Ihren Hof gekommen. Wir möchten Sie bitten, uns Ihr Land zu verkaufen. Aber, bevor Sie antworten, möchte ich Ihnen zuerst unser Angebot darlegen. Wir würden Ihnen, natürlich nach einer legalen Bodenprüfung mit sauberem Ergebnis, eins Komma fünf Millionen Euro bieten. Zudem beabsichtigen wir, in Hanstedt ein Mehrfamilienhaus mit Drei-Zimmer-Eigentumswohnungen zu bauen. Garage, Fahrstuhl, Schwimmbad im Haus, Dachterrasse für die Gemeinschaft und Pflanzmöglichkeiten. Eine Wohnung ist für Sie und Ihre Frau reserviert. Natürlich kostenlos, als Bonbon obenauf für Ihre Entscheidung.«

»So eine Anlage bringt ordentlich was ein, was?«

Thomas Jacobsen verschränkte die Arme vor der Brust.

Becker ging auf die Frage nicht ein. »Wir wissen, dass ein Neuanfang nicht leicht ist, Herr Jacobsen. Und darum bauen wir ortsnah Wohnungen, damit den Menschen der Wechsel leichter fällt. Und glauben Sie mir, sobald sich Ihre Eltern an den Luxus der Wohnung gewöhnt haben, werden sie den Bauernhof nicht vermissen.«

»Ach, damit kennen Sie sich aus. Aber was ist mit den anderen Familienmitgliedern? Was ist mit meiner Oma und meinem Opa? Haben Sie da auch vorgesorgt? In welchem Heim dürfen sie vor sich hinvegetieren?«

»Lass gut sein, Tommilein«, meldete sich Klara Jacobsen mit schwacher Stimme zu Wort. »Dein Opa und ich finden eine Bleibe, sollte dein Vater unterschreiben.«

Inka sah, wie die Finger der alten Frau zitterten. Am liebsten wäre sie aufgestanden und hätte ihre ehemalige Lehrerin in den Arm genommen. Kristin, die neben der alten Frau saß, fing Inkas Blick auf, reagierte, legte den Arm um sie und drückte sie an sich. Eine Träne kullerte aus den Murmelaugen der Lehrerin, rollte über die Wange und tropfte auf das Möhrenbrett.

»Haben Sie überhaupt eine Baugenehmigung?« Wieder meldete sich der älteste Sohn, Thomas. Angriffslustig starrte er seinen Kontrahenten an.

Björn Becker nickte. »Ja.«

»Und warum wissen die Bürger der Heide davon nichts?«

»Wir hatten gehofft, Herr Knöppel hätte die Bürger unlängst informiert, da er bereits vor einem Jahr drei Verträge mit Ihren Nachbarn abgeschlossen hat. Außerdem glaubten wir, Herr Knöppel hätte ebenfalls bereits vor Monaten die behördlichen Gänge für uns erledigt. Leider war dies nicht der Fall, und somit erhielten wir erst gestern die Zusage für den Bau von der Winsener Behörde. Vorher wollten wir nicht, wie sagt man, die Pferde scheu machen.«

»Oder, wie in Ihrem Fall, die Schweine anbinden«, setzte Thomas dagegen. »Dann waren Sie und Ihre Mischpoke das vor einem Jahr, über die die Heidezeitungen berichteten.«

»Ja, aber das ist weit über ein Jahr her, Herr Jacobsen. Wir besahen uns Land in Egestorf, Bispingen und in Schneverdingen. Leider fand sich kein kooperativer Bauer, der sein Land verkaufen wollte. Zudem empfingen uns die Bürger nicht mit offenen Armen.«

»Und das wundert Sie?«

»Wenn man die Arbeitsplätze beachtet, die wir schaffen, ja, dann schon.«

»Jetzt fangen Sie doch nicht wieder mit der gleichen Leier an«, forderte Mark. »Oder soll ich wiederholen, dass Sie für eine hoch technisierte Anlage höchstens fünf Mitarbeiter benötigen? Erzählen Sie uns lieber, wie Sie an Herrn Knöppel herangetreten sind.«

Aus den Augenwinkeln sah Mark, wie Thomas Jacobsen nickte.

»Wir haben ihn nicht gesucht, wenn Sie darauf anspielen,

Herr Kommissar. Herr Knöppel sprach uns im Schneverdinger Rathaus an, als wir Prospekte auslegten. Er machte uns das Angebot, Land für unser Projekt zu besorgen. Er kenne die Bauern, sie seien Nachbarn, und das würde auf jeden Fall klappen. Er sagte, er habe da bereits eine Idee. Erst waren wir skeptisch, aber nach vier Wochen rief Herr Knöppel an und teilte uns mit, es gäbe drei Höfe, die er uns verkaufen könne. Zudem erledige er den Papierkram mit der Winsener Baubehörde. Dies war für uns natürlich eine Entlastung. Allein für den Fahrtweg von Rotterdam nach Winsen vergeht Zeit. Dass er uns belog und Ihnen Ihre Höfe unter Wert abkaufte, weil er Bodengutachten vorlegte, die er nie in Auftrag gegeben hatte, davon wussten wir nichts. Wir hätten das niemals zugelassen. Wir arbeiten ehrlich und legen unsere Karten auf den Tisch.«

»Diese linke Ratte. Aber nun ist er ja tot«, rief Simone.

»Ja. Und wir haben nicht an Knöppel, diesen Halunken, verkauft, und wir verkaufen auch nicht an Sie. Und jetzt raus aus meiner Küche.« Hilde Jacobsen baute sich neben ihren Söhnen auf.

»Frau Jacobsen, ich verstehe, dass Sie die Sorge quält, was aus Ihnen werden soll. Und von heute auf morgen ohne Arbeit ist –«

»Raus!«, kürzte Hilde Jacobsen die Rede ab. »Ich sage es nicht noch einmal: Wir verkaufen nicht an Ihre Gesellschaft.«

»Hilde, sei still. Herr Becker will doch nur –«, begann Edgar Jacobsen vergeblich.

»Ich! Still! Warum? Denk an deine Familie, Edgar. Unsere Kinder, die Enkelkinder, meine Eltern. Wo sollen sie hin, wenn wir in einer Eigentumswohnung Däumchen drehen?« Auf ihren zuvor blassen Wangen erschienen kleine rote Flecken.

»Für deine Eltern wird sich ein adäquates Seniorenstift finden, wo sie nicht mehr arbeiten müssen. Sie können an Tanzkursen teilnehmen, töpfern, malen oder mit Bewohnern Ausflüge unternehmen. Sie haben sich ihren Ruhestand verdient nach all der Arbeit. Und unsere Kinder sind jung. Sie finden ihren Weg.«

»Das ist die richtige Einstellung, Herr Jacobsen. Altersheime sind schon lange keine Abschiebeanstalten mehr, sondern bieten ihren Bewohnern ein abwechslungsreiches Programm«, pflichtete Becker ihm bei. »Ich sage ja auch: Ein Neuanfang bereichert das Leben.«

»Schluss mit dem Geschwafel. Raus hier. Sie haben gehört, was meine Mutter gesagt hat.« Thomas und Justus schoben Hilde Jacobsen beiseite, traten dichter an Becker heran und starrten ihn ungerührt an.

»Nun beruhigen Sie sich doch alle, wir –«

Björn Becker bekam keine Gelegenheit, auszusprechen. Die Männer packten ihn unsanft an den Oberarmen und zogen ihn aus dem Stuhl. Das hellblaue Streifenhemd riss an der Seite ein, Knöpfe sprangen auf und kullerten über den Fliesenboden der Küche.

»So, und jetzt nehmen Sie Ihren Kram und verschwinden ein für alle Mal von unserem Hof! Verstanden?« Thomas Jacobsen, eins neunzig groß, stemmte die Hände in die Hüften, zog die Schultern zurück und baute sich drohend vor Becker auf.

Mark war im Begriff, aufzustehen und einzugreifen, als Inka ihm mit stummer Geste zu verstehen gab, er möge sich raushalten.

»Herr Jacobsen«, versuchte es Becker erneut freundlich. Doch weiter kam er nicht.

Thomas' Zeigefinger tippte den Holländer auf die Brust. »Raus! Das ist mein letztes Wort, dann –«

»Thomas, hör auf«, befahl Senior Jacobsen.

Doch zu spät.

Bevor Thomas seinem Vater antwortete, stürmte Justus auf Becker zu. »Das nützt doch nichts. Wer nicht hören will, muss fühlen.«

Mit einem kräftigen Schlag setzte er seine Faust Becker aufs Auge. Becker torkelte rückwärts und landete auf dem Fliesenboden. Stöhnend blieb er liegen. Justus sprang auf seinen Brustkorb und begann, den Kopf des Holländers mit den Fäusten zu bearbeiten.

»Verdammt! Seid ihr alle bescheuert!« Mark sprang auf und eilte dem Holländer zu Hilfe. Mit geübten Polizeigriffen zog er Justus von Beckers Körper. Als er sich bückte, um den Verletzten aufzuheben, knallte der ihm, ohne zu sehen, wer sich helfend über ihn beugte, seine Faust unters Kinn.

Mark schüttelte den Kopf wie ein nasser Hund. »Hast du sie nicht mehr alle?«, brüllte er Becker ins Gesicht. Er packte ihn am Kragen und stellte ihn unsanft auf die Beine.

In diesem Moment sauste Justus' Faust neben Marks Schulter vorbei und traf Becker an der linken Stirnseite. Der schwankte erneut, doch blieb dank Marks festem Griff aufrecht stehen. Nach ein paar Sekunden hatte sich Becker gefasst, fing an, wild um sich zu schlagen und auf Holländisch zu fluchen.

Ludolf und Justus griffen den wild gewordenen Mann unter den Armen und hielten ihn fest. Thomas griff seine Beine. Wie eine Spinne im Netz hing Becker in den Fängen der Männer. Er schüttelte Arme und Beine, um sich aus der Umklammerung zu befreien. Vergeblich. Die drei Männer schleiften ihn über den Hof zu seinem Auto und warfen ihn mit wüsten Beschimpfungen vor der Fahrertür in den Sandboden.

24

Für Inka begann der nächste Morgen im Büro mit der Dienstbesprechung. Fritz Lichtmann und Jacob Amselfeld hatten gestern nach dem Besuch im Rathaus die Bauern Brodersen und Warder aufgesucht. Ihre Aussagen deckten sich mit denen von Knut Heinemann und Edgar Jacobsen. Ratsvorsitzender Gerd Knöppel war bei jedem der sechs Bauern aufgetaucht und hatte ihnen allen das Märchen vom neuen Gesetz erzählt. Außer Gustav Tönnies hatte Gerd Knöppel allen fünf Bauern ein Bodengutachten vorgelegt, das einen mit Schwermetallen verunreinigten Grund auswies. Helmut Brodersen, Alfred Warder und Knut Heinemann hatten in gutem Glauben an Gerd Knöppel verkauft, froh, überhaupt ein paar Euro für ihr Land zu erhalten. Zusätzlich hatte Knöppel jedem Bauern das Versprechen abgenommen, niemandem, auch keinem Nachbarn, von ihren Verhandlungen zu erzählen.

Inzwischen hatten die fünf betroffenen Bauern einstimmig beschlossen, ein reguläres Gutachten anfertigen zu lassen.

Björn Becker hatte noch am gestrigen Tag von Brodersen, Warder und Heinemann die Zusage erhalten, dass sie ihren Grund an die Investoren verkaufen würden. Es fehlte das Einverständnis der Bauern Jacobsen, Tönnies und Clarsen.

»Ich bin geplättet«, sagte Mark. »Soll das heißen, dass in der Heide eine Schweinemastanlage entstehen soll? Das stinkt zum Himmel.«

»Ja, mein Lieber, an die wohlriechenden Dämpfe eurer Keksfabrik kommen die Holländer nicht heran«, antwortete Fritz Lichtmann und griff zu einer mit Kirschcreme gefüllten Schokoladenwaffel.

»Es wäre zum Schmunzeln, wenn es nicht so ernst wäre«, mischte sich Inka ein.

»Richtig. Doch die Anlage ist nicht unsere Aufgabe, Inka. Wir haben einen Mord aufzuklären.«

Inka nickte. »Ja, Fritz, ich weiß. Und der Aufstand gestern bei Jacobsens zeigt, dass die Familie einiges zu verlieren hätte, wenn Edgar Jacobsen den Vertrag unterschreibt. Die Eltern müssten in ein Pflegeheim. Der älteste Sohn wollte auf Bio umstellen, der andere steht dahinter, und Jacobsens Tochter, hochschwanger, zieht mit. Und Jacobsens Frau will den Hof ebenfalls behalten. Nur dem mittleren Sohn Michael ist es egal, weil er mit seiner Frau auswandern will.«

»Ja, da hängen Existenzen am Hof. Was ist mit Jacobsens Alibi? Wie wir wissen, war er um neun Uhr in der Heide. Immerhin eine Stunde bevor die Jagd anfangen sollte.«

»Wir können ihm nichts nachweisen. Er hatte nur ein Gewehr dabei. Und aus dem fehlte eine Kugel, und die steckte im Eberkopf. Er sagt die Wahrheit.«

»Und auf den Höfen bei Clarsen, Tönnies und Brodersen, wie sieht es da aus?«

»Alles Generationsbetriebe. Seit Jahrzehnten arbeiten dort ein oder mehrere Mitarbeiter.«

Fritz Lichtmann nickte nachdenklich. »Herr Amselfeld, konnten Sie die umliegenden Bürger nach ihrem Alibi zur Tatzeit befragen?«

»Ja, Chef.« Jacob Amselfeld nickte. »Alle Bürger in Asendorf und Dierkshausen sind abgeklappert worden. Zur Tatzeit waren sie außerhalb arbeiten, brachten Kinder in die Schule oder arbeiteten im Stall. Es ist keiner für uns dabei, der einen Groll gegen Knöppel hegte. Zudem wusste niemand von einem geplanten Bau der Schweinemastanlage. Allerdings sind sie ordentlich aufgebraust, als ich ihnen davon erzählte. Heute nehm ich mir die Richtung Schierhorn und Brackel vor.«

»Und dann die Lüllauer Bürger«, setzte Fritz Lichtmann hinzu.

Amselfeld stöhnte. »Dann brauch ich Hilfe der Soltauer oder Schneverdinger Kollegen.«

»Das wird nichts. Die Dienststuben sind immer noch urlaubsbedingt personell unterbesetzt.«

»Wieso? Die Schulferien sind vorbei«, erwiderte Amselfeld.

»Richtig. Für die Kollegen mit schulpflichtigen Kindern ist der Urlaub vorbei, doch fangen jetzt die Ferien für die Kollegen an, die darauf keine Rücksicht nehmen müssen. Die Situation bleibt die gleiche«, antwortete Lichtmann. »Was habt ihr zwei heute vor?«, fragte er Inka und Mark.

»Wir fahren auf den Clarsen- und den Tönnies-Hof«, sagte Inka, als das rote Lämpchen auf der Telefonanlage leuchtete und einen Anruf aus der Zentrale meldete. Inka nahm ab. »Ja, Frauke, was gibt es?«

»Eine Leiche.«

Inka stellte die Mithörfunktion ein. »Wiederhole das bitte, Frauke.«

»Es gibt eine Leiche. In Dierkshausen, gegenüber dem Wäldchen, wo die Mastanlage gebaut werden soll, sitzt ein Toter in seinem Auto. Er wurde erschossen. Und jetzt kommt es: Auf seinem Kopf sitzt ein Schweineschädel.«

Fritz Lichtmann, Inka, Mark und Amselfeld sahen einander mit offenen Mündern an. Mark fand als Erster die Sprache wieder.

»Wer ist er?«

»Keine Ahnung. Die RTW-Kollegen wollten im Wagen nicht nach einem Ausweis suchen und Spuren zerstören. Das Autokennzeichen ist aus den Niederlanden. Es handelt sich … wartet kurz, ich bin gerade dran, und ja, es ist der Wagen des Holländers Björn Becker.«

»Danke, Frauke«, sagte Inka und wollte gerade auflegen, als Frauke in den Hörer rief: »Wollt ihr nicht wissen, wer ihn gefunden hat?«

Die Kommissare zögerten. »Ja«, sagte Inka.

»Werner Peters. Der Hobbyfotograf.«

»Wie? Der hat Becker gefunden? Ist er vor Ort?«

»Ja. Und nun wünsche ich euch viel Spaß.« Es klickte in der Leitung.

»Inka und Mark, eure Pläne haben sich geändert«, sagte Fritz Lichtmann. »Herr Amselfeld, bei Ihnen bleibt es bei den Bürgern der umliegenden Dörfer. Ich rufe Teresa und die Spusi an und schicke sie euch hinterher. Ich hab noch ein Hühnchen mit der Jankowitz zu rupfen.«

Der Wetterbericht hatte recht behalten. Eine feuchtwarme, drückende Schwüle lag über der Heide. Jede kleinste Bewegung ließ die Kleidung auf der Haut festkleben.

Von Hanstedt-Mitte bis Dierkshausen waren es drei Kilometer. Eine Strecke, die sie in sieben Minuten bewältigten. Langsam fuhren Inka und Mark über die Hauptstraße K 55 in die schnurgerade, einspurige, asphaltierte Undeloher Straße, bis sie auf der linken Seite in den Weseler Weg wechselten. Kam ihnen jetzt ein Wagen entgegen, hieß es für jeden Fahrer, auf den unebenen Grasstreifen ausweichen. Ab dem Weseler Weg ging es über den eingefahrenen Sandweg weiter bis links zum Weizenfeld.

Kurz vor Beginn des Wäldchens sahen Inka und Mark das zuckende Blinklicht des Rettungs- und Notarztwagens. Die Sanitäter standen am Feldweg zu einer Gruppe postiert und plauderten. Anscheinend gab es nichts Weiteres zu tun, als auf das Eintreffen der Kommissare zu warten. Wolfgang Kohlhase, der Reporter des »Hanstedter Heideblatt«, hing mit seiner Kamera am Fahrerfenster und knipste ununterbrochen den Toten. Als er Inka kommen sah, verschwand er eiligst in seinem Transporter und raste über den Sandweg davon.

Inka lenkte ihren Wagen hinter den RTW, stieg aus und wartete, bis Mark aus seinem Mini gestiegen und zu ihr getreten war. Sie warf Werner Peters, der auf einem Klappstuhl am Rande des Feldweges saß und einen Plastikbecher in der Hand hielt, einen kurzen Blick zu. Mit dem Ausweis in der Hand stellte sie Mark und sich dem Notarzt vor, nickte zu den Rettungssanitätern und ging zu Beckers Wagen.

»Sieht das nach Becker aus, Mark?«, fragte Inka.

»Möglich. Die Statur kommt hin, aber er hat einen Blaumann und Gummistiefel an.«

»Und er hat einen Schweinekopf ohne Augen auf dem Kopf.« Inka sah sich um. »Wir müssen auf die Spusi warten.«

»Sie sind sicher, dass er tot ist?«, fragte sie den Notarzt.

»Ganz sicher, Frau Brandt. Keine Lebenszeichen festzustellen. Können wir fahren? Wir sind in Eile.«

»Ja. Vielen Dank.« Inka hatte gerade ausgesprochen, als Fridolin Kärcher, der Chef der Spurensicherung, mit seinem Team im Transporter über den Weg anrollte. Hinter dem Transporter der Spusi folgte Teresa Hansen in ihrem neuen dunkelblauen SUV.

»Grüß dich, Inka«, sagte Fridolin Kärcher fröhlich. »Na, was präsentierst du uns heute Schönes?«

»Hallo, Fridolin. Hallo, Finn, gut, dass du gleich mitgekommen bist«, sagte sie zu dem Polizeifotografen Finn Reuscher, der neben Fridolin auftauchte.

»Muss ich Angst um meinen Arbeitsplatz haben?«, fragte der lächelnd und sah Kohlhases Staubwolken hinterher.

»Dieser Schmierfink hat den Polizei- und Feuerwehrfunk abgehört«, motzte Inka angesäuert. Immer wieder kam es vor, dass der Reporter vor ihr am Tatort auftauchte. Und das, obwohl sie ihm sein sämtliches Equipment nicht nur einmal abgenommen und ihm ein saftiges Bußgeld wegen unbefugter Fahrten in das Naturschutzgebiet aufgebrummt hatte. »Hier, was sagt ihr?« Inka wies durch die geöffnete Scheibe der Fahrerseite.

»Die Täter werden immer einfallsreicher, es ist unglaublich. Da denkt man, man hat schon alles gesehen, und dann so was.« Finn Reuscher schüttelte verständnislos den Kopf. »Ein Schweinekopf ohne Augen, wie widerlich«, sagte er und begann, den Toten zu fotografieren.

»Da ist die Familie ja beisammen«, begrüßte Teresa Hansen ihre Kollegen. »Na, Süße, Mark«, sie umarmte erst Inka und gab ihr einen Kuss auf die Wange, dann küsste und umarmte sie Mark. »Hallo, Fridolin. Hallo, Finn.«

»Und was ist mit mir? Krieg ich keinen Kuss?« Auffordernd grinste Fridolin Teresa an.

»Falls ich irgendwann auf Männer stehe, bist du meine erste Wahl. Versprochen.« Teresa zwinkerte ihm zu.

»Ach, und was ist mit Mark? Der wird geküsst.«

»Mark gehört zur Familie, den darf sie küssen«, mischte sich Finn ein.

»Das werde ich deiner Frau erzählen, Teresa, du wirst sehen, was du dann davon hast.« Fridolin zog einen Schmollmund.

Teresa Hansen lachte. »Flora freut sich garantiert über deinen Anruf. Aber los jetzt«, sagte sie. »Ran an die Arbeit.« Sie zeigte auf den Schweinekopf.

»Ja, dafür bin ich gut genug.« Er grinste, vergewisserte sich, dass Finn alle erforderlichen Aufnahmen gemacht hatte, und zog bedächtig den Schweinekopf vom Kopf des Toten. Vorsichtig platzierte er ihn auf der Motorhaube, wo er saß wie eine Kühlerfigur. Ein groteskes Bild, das alle Augenpaare einen Moment gefangen hielt.

»Das ist …«, begann Mark, als Inka ihn unterbrach.

»… nicht Björn Becker. Es ist Helmut Brodersen. Nur ist die Frage, was macht Brodersen in Beckers Wagen mit einem Schweinekopf auf dem Kopf?«

»Noch dazu erschossen«, sagte Teresa Hansen und trat für Finn einen Schritt zur Seite.

»Ja, das auch.«

Inka warf einen Blick zur Kühlerfigur. Blut lief aus dem Kopf auf den silberfarbenen Lack und hinterließ ein abstraktes Muster. Die leeren Augenhöhlen wirkten wie dunkle Grubeneingänge.

»Und wo ist Becker? Das ist doch zum Kotzen«, flüsterte er.

Er zog sein Handy aus der Hosentasche, informierte erst Fritz Lichtmann über ihren Fund und bat dann Frauke Bartels, nach Björn Becker zu forschen.

Inka zupfte Mark am Hemdärmel. »Bleib du bei der Spusi und Terry. Ich interview unseren Hobbyfotografen. Reichlich merkwürdig, dass er zum zweiten Mal einen Toten gefunden hat.«

»Soll es geben.«

Inka verdrehte die Augen und überquerte den Feldweg, wo Werner Peters neben dem RTW auf einem Klappstuhl saß. »Na, Herr Peters. Haben Sie heute mit Ihrer Kamera die Dierkshausener Heideregion unsicher gemacht?«

»Was heißt ›unsicher‹, Frau Brandt? Ich habe fotografiert.«

»Natürlich. Ich darf doch, nicht wahr?« Inka wies auf die Kamera.

»Bitte«, sagte Peters und reichte Inka den Apparat.

Geübt entnahm sie den Chip der Digitalkamera. »Sie wissen ja, Sie kriegen ihn zurück.«

»Ja, aber bitte bald. Ich reise übermorgen ab.«

»Das kann ich nicht versprechen, Herr Peters. Bevor wir nicht geklärt haben, was auf den Bildern ist und ob Sie mit dem Tod des Mannes etwas zu tun haben, bleiben Sie der Heide erhalten.«

»Und Sie zahlen meinen verlängerten Aufenthalt im Hotel«, verlangte Werner Peters.

»Das sehen wir noch. Aber jetzt zu Ihrem Fund. Es ist doch merkwürdig, dass Sie zum zweiten Mal einen Toten finden.«

Peters' Kiefer mahlten. »Ja, mag sein. Aber wieder hab ich nicht das Geringste damit zu tun.« Sein Arm schwenkte zu Beckers Wagen und dem toten Brodersen.

»Wissen Sie, wer der Tote ist?«

»Nein. Ich kenne den Mann nicht.«

»Also, dann erzählen Sie mir der Reihe nach, was Sie gemacht haben und wo Sie waren, bevor Sie den Toten fanden.«

»Ich hab fotografiert. Hinten am Rande der Lichtung bin ich …« Peters stockte. »Ich bin auf den Hochsitz geklettert. Ich weiß, ich hab keine Berechtigung, aber …«

»Weiter«, sagte Inka. Wenn ein Jäger seinen Hochsitz nicht vor fremden Fotografen schützte, interessierte sie das momentan wenig.

»Na ja, auf der Lichtung ästen Rehe, das gab ein schönes Motiv für eine Naturzeitschrift. Aber als ich den Auslöser drückte, knallte es, und futsch war das Bild, also die Rehe.«

»Sie hörten einen Schuss.«

»Ja. Ich hab mich fürchterlich erschrocken. Gesehen hab ich aber nichts. Aber kurz darauf hat es ja auch schon wieder geknallt.«

»Es hat zweimal geknallt oder dreimal?«

»Nein. Nur zweimal.«

»Und beide Schüsse hörten Sie aus dem Wäldchen, während Sie auf dem Hochsitz saßen?«

Peters nickte.

»Wissen Sie die Uhrzeit?«

»Um zwölf Uhr drei Minuten. Der zweite Schuss fiel drei Minuten später.«

»Das wissen Sie auf die Minute genau?«

»Ja. Ich wollte sehen, wie viel Zeit ich noch habe, bis der Bus abfährt.«

»Das war vor fast einer Stunde. Der Anruf bei uns ging erst vor zwanzig Minuten ein. Was hat Sie vierzig Minuten zögern lassen?«

»Na ja, wir sind im Wald. Ich dachte, ein Jäger sei unterwegs.«

»Ist Ihnen sonst etwas aufgefallen? Ein Auto, das vorn über die Sandstraße gefahren ist?«

»Nein. Erst als ich vom Hochsitz runter und am Wäldchen vorbei bin, habe ich das Auto mit dem Toten gesehen, und da hab ich sofort die 110 angerufen.«

»Aber Sie sahen keinen Wagen, der vorbeigefahren ist. Ich meine, es gibt nur den einen Weg.«

»Nein. Ich hab kein Auto gesehen.«

»Nun gut.« Inka sah sich um. Teresa kniete im Sandboden neben dem Toten, und Fridolin und sein Team untersuchten das Auto und die Umgebung.

»Wie ging es weiter? Was haben Sie dann getan, Herr Peters?«

»Ich war ja der Meinung, ein Jäger hätte geschossen, darum bin ich vom Hochsitz runtergeklettert. Ärger kann ich nicht gebrauchen. Das regt mich zu sehr auf, dann spielt mein Blutdruck verrückt.«

Ach was. Und ein Toter regt dich nicht auf. »Fein, Herr Peters, so weit waren wir schon.«

»Wie gesagt, ich bin runtergeklettert und wollte ins Hotel zurück.«

»Zu Fuß? Von Dierkshausen nach Wehlen in Ihr Hotel sind

das ein paar Kilometer. Warum sind Sie nicht mit Ihrem Auto gefahren?«

»Gute dreizehn Kilometer, Frau Brandt, sagt mein Navi. Aber ich wollte heute mit dem Bus fahren. Und ich komme zurück, wie ich hergekommen bin. Und bevor Sie fragen, wie: In Sahrendorf bin ich in den Heide-Shuttlebus gestiegen und bis Dierkshausen gefahren. Die Reststrecke ins Wäldchen bin ich gelaufen.« Peters stand aus seiner Position auf und stellte den leeren Becher auf den Sitz. »Der Tote ist Holländer, stimmt's? Ich sah NL und das gelbe Nummernschild.«

»Das Auto gehört einem Holländer, ja, aber der Tote ist ein Dierkshausener Bauer. Sein Name ist Helmut Brodersen. Sie kennen ihn?«

»Das sagte ich Ihnen bereits«, brummte Peters unfreundlich. »Nein. Natürlich kenne ich ihn nicht.«

»Haben Sie etwas angefasst? Den Wagen, den Toten?«

»Selbstverständlich nicht. Ich rühr doch keinen Toten an.«

»Und woher wussten Sie, dass er tot ist?«

»Er hatte einen Schweinekopf auf dem Kopf.«

»Und?«

»Ich hab das Schwein, ich meine den Mann, angesprochen. Er hat nicht geantwortet.«

»Und dann wählten Sie den Notruf?«

»Richtig.«

»Wie gesagt, Sie bleiben in der Gegend, so lange, bis wir Ihre Abreise genehmigen.« Inka drehte sich um und schritt über den Sandweg zu Teresa.

»Was willst du wissen?«, fragte Teresa und stand aus der Hocke auf. Der Sandboden knirschte unter ihren Turnschuhsohlen. Sie gab den Herren mit dem Metallsarg wortlos zu verstehen, dass ihre Arbeit erledigt war und sie den Toten in die Pathologie bringen konnten.

»Wie immer, alles, was du bisher weißt«, sagte Inka und folgte Teresa zu ihrem Wagen.

»Ich gehe davon aus, er wurde mit dem gleichen Gewehr erschossen wie dein Onkel. Allerdings nicht ins Herz, sondern«,

Teresa wies mit dem Zeigefinger an ihre linke Schläfenseite, »in den Kopf.«

»Und der Täter stand außerhalb des Wagens, da Brodersen auf der Fahrerseite saß.«

»Richtig, Süße.« Teresa zog die Latexhandschuhe von den Händen und verstaute sie in der Seitenablage der Fahrertür.

»Wie lange ist er tot?«, fragte Inka und winkte nach Fridolin.

»Eine bis eineinhalb Stunden, keinesfalls mehr.«

»Das deckt sich mit Peters' Angaben. Er sagt, er hätte um drei Minuten nach zwölf den Schuss gehört.«

»Das kommt hin.« Teresa nickte. »Verdächtigst du ihn?« Sie warf einen Blick über ihre Schulter zu Peters, der mit Fridolin debattierte.

»Er ist ein komischer Kauz, und es ist das zweite Mal, dass er einen Toten findet.« Inka zögerte und beobachtete Peters, der mit grimmigem Gesicht dem Kollegen seine Hände vorstreckte. Sie schüttelte den Kopf. »Nein, er steht nicht mehr auf unserer Liste. In seinem Hotel und Wagen haben wir kein Gewehr gefunden. Auch auf der Kamera aus Wehlen waren nur Tier- und Heideaufnahmen. Bisher alles harmlos. Sehen wir mal, was hier drauf ist.« Inka hielt ihre Beweistüte mit dem Kamerachip in die Höhe. »Ist er gleich gestorben?« Sie winkte erneut nach Fridolin.

»Ja. Kurz und schmerzlos.«

»Na, Inka, was möchtest du?«, fragte Fridolin.

»Hast du Spuren gefunden? Fingerabdrücke, Schuhabdrücke oder irgendwelche Fasern?«

»Ihn da drüben …«, Fridolin nickte zu Peters, »… hab ich auf Schmauchspuren getestet. Kriegst das Ergebnis in einer Stunde. Sonst haben wir ein paar verwischte Teilabdrücke am Wagen.« Fridolin wies auf eine Entfernung von einem Meter zum Auto. »Nachdem er abgedrückt hatte, hat er dem Toten den Schweinekopf aufgesetzt, der hat allerdings erst im Wagen des Holländers auf der Rückbank gelegen.«

»Im Wagen lag der Schweinekopf?«

»Ja, aber den Blutspuren nach nicht lange. Vielleicht wurde

er nur kurz reingeworfen und dann wieder rausgeholt. Die Abdrücke, die der blutige Schweinekopfhals auf den Polstern hinterlassen hat, sind noch nicht eingetrocknet. Aber das nur am Rande. Der Täter muss von der Lichtung gekommen sein und ist den gleichen Weg zurück, wo immer er auch hergekommen ist.«

»Woher weißt du das?«

»Der Schweinekopf ist frisch. Der Täter hat nicht daran gedacht, ihn einzupacken, damit kein Blut ausläuft.«

»Das ist doch super! Dann brauchen wir nur den Blutspuren folgen und sehen, zu wem sie uns führen.«

»Leider nein, Inka.«

»Nein?«

»Nein. Am Bachlauf endet die Spur.«

»Ja, aber dahinter ...«

»Dahinter ist nichts mehr. Euer Täter kann aus allen Richtungen gekommen sein. Jesteburg, Asendorf, Dierkshausen, Hanstedt, Nindorf, Sahrendorf, Wesel, Schierhorn, Lüllau oder noch weiter weg. Und du kannst davon ausgehen, dass er den Kopf vor neugierigen Blicken geschützt bis zum Bachlauf eingepackt und ihn erst an der Lichtung ausgepackt hat, als er sicher war, dass er niemandem mehr begegnet.«

»Aber Peters hätte den Täter sehen müssen, wenn der an der Lichtung langspaziert ist.«

»Nicht unbedingt. Wenn er am Rande der Bäume langgelaufen oder im Wäldchen geblieben ist, blieb er unentdeckt.«

»Was liegt hinter dem Wäldchen?«

»Soweit ich orientiert bin, die Weiden der Tönnies und dahinter gleich die Hofanlage und ein Stück östlich der Clarsen-Hof«, sagte Mark, der sich zu den Kollegen gesellt hatte.

»Kannst du einen Kollegen auf den Hochsitz zur Lichtung schicken? Peters sagt, er wäre da oben gewesen, als der Schuss fiel.«

»Das kriegen wir raus. Ich ruf dich an.«

»Ich frage mich nur, wie kommt Brodersen in das Auto des Holländers? Und was wollten die beiden, wenn sie überhaupt zusammen waren, hier im Waldgebiet? Und wo ist der Investor?«

Inka grübelte noch, als ein Spusikollege aus dem Wald rief: »Hier rüber. Fund!«

Inka eilte mit Fridolin, den Spusikollegen, Mark und Finn Reuscher der Stimme entgegen. Teresa griff nach ihrem Koffer und folgte.

Björn Becker lag in einer zwei Meter tiefen, runden Kuhle auf Laub und Moos wie in einer gepolsterten Schale. In seiner Stirnmitte war ein Loch, umgeben von einem ausgefransten dunkelroten Blutrand. Hätte er gestanden, hätte man durch ihn hindurchsehen können. Becker war eindeutig tot, aber seine blauen Augen starrten so friedlich durch die Baumwipfel in den Himmel, als zähle er Wolkenschäfchen.

»Jetzt langt es mir aber! Verdammte Scheiße«, fluchte Inka. »Wer knallt hier einen nach dem anderen ab, als wäre er auf Hochwildjagd?«

»Schweinejagd trifft es perfekter«, resümierte Teresa, die langsam die Kuhle hinunterrutschte, um so wenig Spuren wie möglich zu vernichten.

»Ich brauch wohl nicht fragen, ob es das gleiche Gewehr war, oder, Terry?«

Teresa Hansen sah aus der Kuhle zu Inka und Mark hoch. »Auf den ersten Blick.« Teresa wiegte den Kopf. »Ja, ich bin fast sicher, dass es das gleiche Kaliber ist.«

»Fast? Was ist mit ›Ich muss ihn erst auf dem Tisch haben‹?«

»Ich kann euch Genaueres sagen, Mark, wenn ich die Pulverschmauchspuren des Projektils am Abstreifring des Einschusslochs untersucht habe. Jedes Projektil hinterlässt beim Eindringen in das jeweilige Objekt, hier Opfer, einen Schmauchbelag in Form eines Kreises. Dieser hier«, Teresa wies auf Beckers Stirn, »ist zu achtzig Prozent eindeutig vergleichbar mit dem Autoopfer oder deinem Onkel. Ihr dürft auf die Suche gehen. Ich ruf euch an, sobald ich mehr Ergebnisse habe oder falls ich mich irren sollte.«

»Danke, Terry«, sagte Inka und zog ihr Handy aus der Hosentasche. Sie steckte es wieder zurück und bat Mark, ihren Chef zu informieren. »Und ruf bei Frauke an. Ihre Suche nach Becker ist erledigt, aber sie soll nachforschen, wie es mit Verwandtschaft aussieht. Ich setz mich in dein Auto. Ich brauch eine Pause.«

»Krieg ich hin«, sagte Mark.

Während er telefonierte, sah er Inka nach, die aus dem Wäldchen zurück auf den Feldweg und weiter zu seinem Auto ging.

25

Inka schloss die Augen. In der Ferne hörte sie durch die offene Fensterscheibe die Spusikollegen durch den Wald streifen. Was nur hatte Helmut Brodersen in Beckers Wagen zu suchen? Und dann hier, wo nichts war außer Wald und Wiese? Im Wagen und in der Umgebung hatte die Spusi kein Gewehr gefunden, was darauf hätte schließen lassen können, dass die beiden zu einer Aufsitzjagd unterwegs waren.

Inka schlug die Augen auf und griff zur Wasserflasche. Die Hitze war unerträglich. »Ich hasse den Sommer«, hatte Frauke vorhin am Telefon gesagt. Inka liebte den Sommer, aber fünfunddreißig Grad mussten es nicht sein. Sie überlegte, ob sie Marks Wagen anlassen sollte, um die Klimaanlage einzuschalten, als ihr Handy klingelte. Sie sah auf das Display und nahm das Gespräch an.

»Hallo, Sebastian.« Sie zog die Wasserflasche aus dem Halter, klemmte sie zwischen die Oberschenkel und schraubte mit einer Hand den Verschluss ab.

»Hallo, Inka. Wie geht es dir?« Seine Stimme klang müde und erschöpft.

»Entschuldige«, sagte sie, als es in ihrem Hals gluckerte, »ich musste was trinken. Gut. Es geht mir gut, warum fragst du?«

»Nur so. Wie kommt ihr im Mordfall deines Onkels voran?«

»Gar nicht. Vor zwei Stunden ist Helmut Brodersen auf einem Feldweg bei Dierkshausen erschossen worden. Er saß im Auto von Björn Becker, dem holländischen Investor, und auf seinem Kopf steckte ein Schweinekopf. Aber damit nicht genug …« Inka machte eine kurze Pause und trank einen weiteren kräftigen Schluck Mineralwasser. »Im angrenzenden Wäldchen lag Becker, ebenfalls erschossen. Also, wann kommst du in die Heide? Die Jagd ist eröffnet.«

Inka hörte tiefes Schnaufen.

»Das heißt, dass ihr einen Wilderer als Täter ausschließt«, sagte Sebastian, ohne auf Inkas Frage zu antworten.

»Mit Sicherheit. So wie sich die Mordfälle aneinanderreihen, kann es nur jemand aus der Bevölkerung sein, der keine Lust auf eine Schweinemastanlage in der Lüneburger Heide hat und alles dransetzt, diese zu verhindern. Was heißt, dass er jeden umbringt, der zu einer Anlage seinen Zuschlag gibt. Denke ich zumindest.«

»Und Brodersen wollte, nachdem die alten Verträge mit deinem Onkel gelöst wurden, erneut an die Investoren verkaufen?«

»Richtig. Gestern hat er zugestimmt.«

»Na ja, eigentlich müsst ihr nur abwarten, bis alle, die in den Verkauf einwilligen, erschossen sind. Der, der übrig bleibt, ist der Mörder.«

»Das ist nicht witzig, Sebastian.«

»Aber eine plausible Lösung. Nein, im Ernst, Inka, wer wäre denn der Nächste auf der Abschussliste?«

Inka überlegte kurz, dann sagte sie: »Alfred Warder und Knut Heinemann, beide haben ebenfalls gestern zugestimmt zu verkaufen.«

»Na bitte, von denen wird keiner den anderen erschießen. Wer sind die Bauern, die noch nicht unterschrieben haben und deren Grund die Investoren dringend brauchen, damit die Anlage gebaut wird?«

»Die Clarsens, die Tönnies und die Jacobsens. Alle drei besitzen die größten Weideflächen.«

»Und die meisten Arbeitsplätze, die verloren gehen würden.«

»Richtig. Bei Jacobsen verweigern einige Familienmitglieder einen Verkauf. Allen voran Hilde Jacobsen und ihre Söhne Thomas und Ludolf. Zu den Clarsens und Tönnies wollten wir, als Frauke anrief und von dem Toten berichtete. Kannst du dir einen Reim darauf machen, warum Brodersen in Beckers Auto auf der Fahrerseite mit einem Schweinekopf auf dem Kopf gesessen hat? Und warum das Schwein, ich meine der Kopf, ohne Augen war?«

»Schräge Sache. Aber es ist eindeutig ein Zeichen. Ein Boykott gegen die Mastanlage und eine Drohung, dass jeder, der sein Einverständnis gibt, dran glauben wird. Da hast du schon richtig überlegt.«

»Ich muss Heinemann und Warder informieren.«

»Gute Idee.«

»Fällt dir ein Profil des Täters ein, Sebastian?«

»Auf Anhieb nicht. Nimm dir die vor, die am meisten zu verlieren haben. Wobei es auch ein Anwohner sein kann. Ich hab mich im Netz schlaugemacht. Gegen Mastanlagen in der Lüneburger Heide liefen einige massive Bürgerproteste. Meist wurden starke Geruchsemissionen befürchtet, wie in Salzhausen. In Borstel, dem Winsener Stadtteil, lag ebenso ordentlich Ärger in der Luft. Auch da ging es um Geruchsbelästigung bis hin zur Entwertung des Wohneigentums. Der Wert der Häuser und Höfe sinkt. Das ist Enteignung auf leisen Sohlen, und viele Bürger, ob Alteingesessene oder Neuanwohner, und Tierschützer sind deswegen auf die Barrikaden gegangen. Sie demonstrierten mit Plakaten: ›BAUERNHÖFE STATT AGRARFABRIKEN; WIR HABEN DIOXIN IM ESSEN SATT; FRAU MERKEL: AGRARFABRIKEN ABSCHAFFEN!‹ Ich habe sogar von Todesdrohungen gegen Bauherren gelesen. Und so zieht es sich fort, Inka. Wenn wieder eine Anlage gebaut wird, beginnt alles von vorn.«

»Es hat schon begonnen, meinst du wohl. Denkst du, es waren jugendliche Tierschützer, die sich das Gewehr des Opas ausgeliehen haben, um kurz vor dem Abitur die Welt zu retten?«

»Möglich. Durch die Schweinemastanlagen und die gigantischen Mengen an Gülle, die ausgebracht werden müssen, verändert sich der Nährstoffgehalt der Böden. Ich habe mit einem Bekannten gesprochen, einem Agrar-Diplom-Ingenieur. Er sagt, durch die Gülle kommt es zu einer drastischen Veränderung der Lebensbereiche von Flora und Fauna. Viele Tier- und Pflanzenarten könnten verschwinden. Und natürlich wirkt sich eine Anlage auch negativ auf den Tourismus aus. In der Gastronomie, bei Reiseveranstaltern und im Hotelgewerbe kommt es zu erheblichen Einbußen. Die Lüneburger Heide ist ein Ferienziel, da will keiner auf eine Mastanlage sehen, wenn er beim Frühstück Salami aufs Brötchen legt oder in der Heide spazieren geht. Und nicht zu unterschätzen ist die Angst vor der nächsten Schweinepest. Die volkswirtschaftlichen Schäden in Milliardenhöhe sind bei einer Epidemie, wie sie das Land Brandenburg in den letzten zehn Jahren erlebt hat, enorm. Also, wie gesagt, Inka, es kann jeder sein, der einen Rochus auf eine Anlage hat. Jugendliche, Hotelbesitzer, Anwohner, Bauern. Jeder Mensch hat seinen eigenen Antrieb, aus dem er zum Mörder werden kann.«

»Jeder kann ein Mörder werden, meinst du?«

»Nein, so einfach ist das auch wieder nicht. Aber das erkläre ich dir ein anderes Mal.«

»Wer hat die Todesdrohungen gegen die Bauherren ausgesprochen?«

»Das konnte nicht geklärt werden.«

Inka nickte in den Hörer. »Wäre ja auch zu schön gewesen.«

»Hast du rausbekommen, wer dich angerufen und dir gesagt hat, dass ich bei meinen Eltern bin?«

»Nein. Reini ist dran. Allerdings sagt er, der Anrufer ist ein schlaues Bürschchen. Er hätte über fünfzig verschiedene Stationen den Anruf verschleiert. Reini meint auch, er hat entweder super Equipment zu Hause oder ist ein Fernmeldetechniker. Es wird eine Weile dauern. Wie lange kennst du eigentlich deinen Freund Olli, Sebastian?«

»Du magst ihn nicht, oder?«

»Er ist dein Freund. Du kennst ihn länger.«

»Sehr psychologisch geantwortet.«

»Findest du?«

»Hör auf, Inka. Das Spiel geht sonst bis heute Abend.«

»Ich spiele gern.«

Einen Moment herrschte Stille in der Leitung.

»Wie auch immer«, begann Sebastian mit fester Stimme. »Ich hatte das Gefühl, du bist auf Distanz gegangen, als wir drei an der Alster saßen.«

»Was hast du erwartet? Eine stürmische Umarmung?«

»Nein, du weißt, wie ich das meine. Er hat dir das Du angeboten und du …«

»Er hat es mir nicht angeboten, sondern aufgedrängt. Und das mag ich einfach nicht.«

»Ich wusste nicht, dass du so konservativ bist.«

»Wer will jetzt spielen?«

»Schon gut. Du hättest als Psychologin eine gut gefüllte Praxis.«

»Ich überlege es mir in meinem nächsten Leben.«

»Mach das. Aber zurück zu Olli. Er ist stürmisch und kontaktfreudig, so kenne ich ihn. Aber er ist ein Freund, auf den ich mich in der Vergangenheit verlassen konnte. Wäre er nicht gewesen, als …«

Sebastian stockte.

»Verstehe«, sagte Inka. »So hab ich das nicht gemeint. Entschuldige.«

»Gibt's nichts zu entschuldigen.«

»Und was ist mit dir, krieg ich nun eine Antwort?«, fragte sie vorsichtig.

»Worauf?«

»Tu nicht so, als hättest du meine Frage vergessen.«

»Ich weiß es nicht, Inka, aber bald. Ich vermisse euch.«

»Wir dich auch, Sebastian«, flüsterte Inka. »Sag mal, bevor ich das vergesse: Kennst du einen Anwalt für Familienrecht?«

»Hast du Probleme auf dem Hof?«

»Nein, nicht auf dem Hof, aber mit Fabian.«

»Ja, kenne ich. Sie heißt Bernadette Turm und arbeitet in der Rechtsanwalts- und Notarkanzlei Heitmann & Turm in der Straße Kajen in der Nähe vom Baumwall und der Hamburger Hafencity. Die Hausnummer hab ich vergessen, aber wenn du willst, dann …«

»Mister Google wird's wissen. Ist sie gut?«

»Ihre Erfolgsquote spricht Bände. Sag an der Anmeldung einen schönen Gruß von mir, dann kriegst du vielleicht schneller einen Termin. Bernadette ist meist ausgebucht. Aber willst du mir nicht sagen, was los ist?«

Bernadette. Noch ein Mensch und ein Stückchen aus Sebastians Vergangenheit, das sie nicht kannte. »Fabian will das Sorgerecht für Paula.«

»Niemals. Der kriegt unsere Süße nicht, das kann er vergessen.«

Hatte Inka gerade richtig gehört? Hatte Sebastian »unsere Süße« gesagt?

»Sag mir, wann du den Termin bei Bernadette hast, und ich bin da. Hörst du, Inka?«

»Ja«, sagte sie leise. »Das ist lieb. Bis dann.«

Sie hatte ganz vergessen zu fragen, wie es ihm ging. Ob er getrunken hatte? Er klang nüchtern, aber sie wusste, dass das bei Sebastian nichts zu sagen hatte. Inka befiel ein schlechtes Gewissen. Sie hatte nur über ihre Probleme gesprochen. Nachdenklich betrachtete sie das Telefon in ihrer Hand. Sie tippte Sebastians Nummer ein und hörte das Freizeichen. Der Anrufbeantworter sprang an. Sie legte auf. Im Netz fand sie die Adresse der Anwältin, wählte und richtete Sebastians Grüße aus. Die Sekretärin schlug ihr für den nächsten Tag einen Termin vor. Ein Mandant habe abgesagt, und sie könne den Termin besetzen. Jetzt wurde es ernst. Sie rief erneut Sebastians Telefonnummer auf. Wieder nur das Freizeichen und dann der Anrufbeantworter. Sie teilte ihm den morgigen Termin mit. Dann stieg sie aus dem Wagen und wartete auf Teresa.

»Na, wie sieht es aus?«, fragte sie ihre Freundin, die ihr über den Feldweg entgegenkam.

»Fridolin meint, aufgrund der Länge und Tiefe der Schrittfolge, die er auf dem Waldboden gefunden hat, wurde das Opfer verfolgt und ist dann wie ein Tier in die Kuhle gefallen. Sein Mörder hat seelenruhig am Kuhlenrand gestanden und abgedrückt. Ein leichtes Ziel, selbst für einen ungeübten Schützen.«

Inka nickte nachdenklich. »Dann muss es nicht unbedingt ein Mörder mit Jagderfahrung sein.«

»Das hab ich nicht gesagt. Es ist nur auffällig, dass bei jedem Mord der Täter immer dicht an sein Opfer herankam.«

»Ja, du hast recht. Und merkwürdig ist auch, dass Becker

nicht aus der Kuhle rausgekrabbelt ist, als der Täter ihn verfolgt hat. Ich mein, er muss erst Brodersen erschossen und ihm den Schweinekopf aufgesetzt haben, ist dann hinter Becker her. Da vergeht eine gewisse Zeit.«

»Das ist nicht so merkwürdig, wie du denkst, Süße. Das Opfer konnte nicht klettern. Becker hat sich nämlich eine Fraktur des linken Beines zugezogen. Das muss geschehen sein, als er in die Kuhle gefallen ist. Weglaufen war unmöglich.«

»Scheiße.« Inka schnaufte und wandte den Blick in den Wald. »Wo steckt Mark?«

»Er ist mit Finn zum Bachlauf. Sie wollten die Umgebung fotografieren.«

»Ach, Terry.« Inka stöhnte leise auf und lehnte den Rücken an Marks Fahrertür. Durch ihre dünne Baumwollhose und das T-Shirt spürte sie, wie das aufgeheizte Wagenblech auf ihrer Haut brannte.

»Was ist denn? Geht dir der Fall so nahe?«

Wegen der mütterlichen Tonart ihrer Freundin musste Inka unwillkürlich schmunzeln. »Nein. Ich hab mit Sebastian telefoniert. Er ist immer noch in Hamburg.«

»Das denke ich mir, da er sonst an deiner Seite wäre«, antwortete Teresa. »Du vermisst ihn?«

»Ja, aber ...«

»Was nun?«

»Ich kenne ihn über ein Jahr, aber ich kenne ihn trotzdem nicht. Er lässt mich kaum in sein Leben.«

»Na, wie denn auch? Ihr seid ja beide ständig am Arbeiten. Ihr braucht endlich Urlaub und Zeit für Gemeinsamkeiten. Dann wird das schon. Das Glück ist ein Gast, der nicht immer an die Tür klopft. Du musst auch was dafür tun.«

»Ich weiß nicht«, sagte Inka und zog eine Flunsch. »Vor ein paar Tagen war ich in Hamburg ... Er hatte getrunken. Die Suche nach dem Mörder seiner Frau frisst ihn auf. Wir saßen an der Hamburger Alster in einem Café, weil sein Kollege und Freund mich kennenlernen wollte. Sebastian war wie ausgewechselt. Fast hätte er verraten, dass Reini ihm ...« Inka stockte, als sie sah, wie Teresa die Augenbrauen hochzog. »Also, es war so: Sebastian hatte getrunken. Er hatte von Badiras Kommilitonin … Badira wurde vor zwei Wochen im Hamburger Stadtparksee gefunden. Sie ist die adoptierte Tochter eines befreundeten deutschen Ehepaars. Kommst du mit?«

Teresa nickte.

»Er hatte erfahren, dass die Mitbewohnerin Badira öfter mit einem Mann in der Uni-Bibliothek gesehen hat. Und um ein Phantombild zu erstellen, hab ich Reini angerufen.«

»Was hast du?« Teresas empörter Ausruf dröhnte durch den Wald.

Inka sah, wie einige Spusikollegen den Kopf hoben und ihnen interessierte Blicke zuwarfen.

Reinhard Mönninghof war für Teresa, was für den Stier das rote Tuch bedeutete. Es war in der zehnten Klasse gewesen, Inka frisch von Reini getrennt, als er Teresa bei einer Schulveranstaltung als Lesbe geoutet hatte. Bis heute hatte Teresa ihm das nicht verziehen. Sobald das Thema auf Reinhard Mönninghof kam, explodierte sie wie ein Dampfkochtopf. Ein Grund, warum Inka das Geheimnis hütete, dass sie mit Reini auf der gemeinsamen Klassenfahrt in den Dünen von Norderney ihr erstes Mal hatte.

»Du weißt genau, wie ich zu ihm stehe«, schmetterte Teresa los. »Und du telefonierst heimlich hinter meinem Rücken mit diesem … diesem … Straßengaukler, der sich wichtigmacht und Applaus für seine Schmierenkomödie erhascht.«

»Meine Güte, Terry, reg dich ab. Du führst dich ja auf, als wären wir verheiratet und du hättest mich in flagranti erwischt.«

»Du bist meine beste Freundin und du –«

»Jetzt ist gut«, würgte Inka ihre Freundin ab. »Du weißt, dass er unser Mann ist, wenn es um Phantomzeichnungen geht, und auch, dass ich ab und an mit Reini telefoniere, dieses Gespräch war dienstlich und dringend.«

»Ach ja«, knurrte Teresa. »Und hat er dir wenigstens geholfen?«

»Ja. Sebastian hat ein Bild von einem Mann, der Badira –«

»Entschuldige«, sagte Teresa und sah auf ihr Handy, das auf

ihrem Arztkoffer vibrierte. »Ich muss da rangehen, es ist Flora, sie will … Flora, mein Schatz, kannst du ausbauen?«

»Ja, Süße, alles klappt, wollte dich nur schnell fragen, ob wir beim Inder essen oder ob ich kochen soll. Ich würde gern mit dir feiern.«

»Weder noch. Ich kriege gleich zwei Heideherren auf den Tisch. Warte nicht auf mich. Wie es aussieht, schlafe ich im Institut.«

»Och nö, Süße. Was ist denn nun schon wieder in der Heide los?«

»Die Schweinemastanlage scheint irgendwem zu stinken.«

»Die stinkt mir auch. Grüß Inka. Wie geht es ihr?«

»Sie steht neben mir, ich geb sie dir.« Teresa reichte Inka das Telefon.

»Hallo, Flora. Ich hab mitgehört. Dann darf ich dir also zu deinem Atelier gratulieren? Dann können ja die ersten Schüler kommen und ihre Tische, Stühle und Skulpturen bei dir schnitzen.«

»Ich hoffe doch. Wie geht es dir?«

»Bis eben gut. Vorausgesetzt, Terry stampft mich nicht weiter in den Boden.«

»Habt ihr Streit?«

»Nein. Nur eine kleine Auseinandersetzung. Es ging um Reini.«

»Ach herrje. Der, der Terry in der Schule … Na, dann hast du selbst Schuld. Was war los?«

Inka erzählte Flora im Schnelldurchlauf Sebastians Erkenntnisse über den Hamburger Mordfall. Als der Name Badira fiel, sagte Flora: »Badira heißt: wenn der Vollmond scheint. Was ein schöner Name.«

Inka stockte. »Haben wir gerade Vollmond?«

»Der war vor zwei Wochen. Jetzt ist abnehmender Mond«, erklärte Flora. »Falls du zum Zahnarzt musst, dann geh jetzt. Alle Wunden heilen zu dieser Zeit besser.«

Flora Holländer, Teresas langjährige Lebensgefährtin, lebte als Halbtamilin und Buddhistin strikt nach dem Mondkalender.

Nur wenn bestimmte Mondphasen eintraten, goss die approbierte Medizinerin, die ihren Job in der Klinik an den Nagel gehängt und in der Holzschnitzkunst eine neue Berufung gefunden hatte, Blumen, ging zum Friseur, kochte ihren beliebten Reispudding oder begann mit einer Holzarbeit.

»Nein.« Inka lachte. »Aber danke, ich merke es mir. Mach es gut, Flora, und einen schönen Tag.«

»Willst du heute Abend mit mir zusammen essen? Vielleicht achtzehn Uhr?«, fragte Flora, als Inka gerade das Telefon Teresa reichen wollte.

»Supergern. Kann ich Paula mitbringen?«

»Aber sicher. Her mit euch zweien. Wie es aussieht, bin ich Strohwitwe. Was soll ich kochen?«

»Das überlasse ich dir. Ich freue mich. Bis dann.«

»Bis dann«, sagte Flora, als Teresa das Handy bereits wieder in Händen hielt.

»So, na, dann hast du ja wunderbaren Ersatz für mich gefunden«, brummte Teresa in den Hörer.

Inka hörte, wie Flora am anderen Ende laut loslachte und Worte flüsterte, die Inka nicht verstand und nicht verstehen musste, die aber sofort ein versonnenes Lächeln auf Teresas Gesicht zauberten.

26

Flora hatte zum Abendessen Palak, ein vegetarisches Spinatgericht, gekocht und für Paula gelbe Pfannkuchen aus Urid-Linsen, Reismehl und Kokosmilch mit wenig Zwiebeln und einem winzigen Hauch Chili gebacken. Nach dem Essen sanken sie in die Sofapolster, spielten Mau-Mau und Wackelturm und knabberten Floras süße Maida Biscuits. Nach zwei Stunden war Paula auf dem Sofa eingeschlafen. Flora hatte das Gästezimmer gerichtet und Inka ihre Tochter ins Bett getragen.

Der gemütliche Abend zog sich bis nach Mitternacht. Es gab so viel zu erzählen. Floras neues Atelier, wo sie in drei Monaten ihre Schüler empfangen wollte, der Sorgerechtsstreit um Paula, Teresas Arbeit und Sebastians Suche nach dem Mörder.

Am nächsten Morgen war Inka um kurz vor sieben auf den Beinen. Ihre Nacht war unruhig verlaufen. Immer wieder, kaum dass sie eingeschlafen war, hatte sie der gleiche Traum verfolgt. Eine dunkelhäutige junge Frau, vom Vollmond angestrahlt, die erwürgt wurde. Grausig. Sie ging in die geräumige Bauernküche, die nach der Restaurierung mit modernen Möbeln ein Schmuckstück geworden war, nahm den Kräutertee aus dem Schrank und setzte Teewasser auf. Nachdem sie den Tisch mit Honig, Kirschmarmelade, Käse und Roggenbrot gedeckt hatte, rief sie Sebastian auf seinem Handy an. Sie musste ihm die Bedeutung von Badiras Namen erzählen. Vielleicht gab es einen Zusammenhang. Ein kleines Puzzlestückchen, das Sebastian auf seinem Weg fehlte. Der Anrufbeantworter sprang an. Inka hinterließ die Nachricht, dann weckte sie Flora und Paula.

Flora hatte für ihren Weckversuch nur ein müdes Gähnen übrig und sich mit Gemurmel – »Künstler brauchen viel Schlaf« – auf die andere Seite gedreht.

Paula hingegen war putzmunter, verdrückte eine Scheibe Brot mit Marmelade, und eine zweite Scheibe mit Käse packte sie in eine Serviette und verstaute sie in ihrem Froschkönigrucksack, den sie mit zu Tilly nehmen wollte.

Nach dem Frühstück rief Inka im Büro an und verabredete sich mit Mark vor dem Clarsen-Hof.

Als Inka am Clarsen-Hof ankam, saß Mark in seinem Auto. Der Motor lief, und die Klimaanlage zeigte im Display sechzehn Grad. Inka rutschte auf den Beifahrersitz.

»Brr«, sagte sie und rieb die Hände über ihre nackten Arme. Sie trug ein dunkelblaues Shirt mit Ärmeln, die knapp über der Schulter endeten, und eine dünne beigefarbene Leinenhose. »Bei dir ist es ja wie in einem Eiskeller.«

»Ich schwitze, und ich habe Hunger«, lamentierte Mark.

»Gibt's Ärger im Paradies?«

»Bea fährt wegen einer Fortbildung vier Wochen nach Bremen. Freiwillig.«

»Eine Auszeit kann die Beziehung beflügeln, Mark. Außerdem ist Bremen gleich um die Ecke. Ihr könnt euch jedes Wochenende sehen.«

Sie dachte an Sebastian, der sich seit ihrer gestrigen Nachricht auf seinem Anrufbeantworter nicht gemeldet hatte. War der heutige Termin bei der Anwältin für ihn zu kurzfristig? Verfolgte er gerade eine heiße Spur? Vor über einem Jahr hatten sie sich in der Heide kennengelernt. Sebastian war so ganz anders als die Männer, mit denen Inka vor Fabian eine Beziehung eingegangen war. Er war introvertiert, lachte kaum und lief teilweise rum wie Rübezahl, der vom Kartoffelacker kam. Zehntagebart, Haare bis auf die Schulter, schlabberige Jeans und schmutzige Turnschuhe. Jochen hingegen war lustig und hatte Humor, den sie an Männern schätzte. Dazu sah er blendend aus. Selbst neben Fabian, ihrem Noch-Ehemann, der immer aussah wie aus dem Ei gepellt, durfte er das Siegertreppchen betreten. Inkas Gedanken rauschten und störten die Konzentration, die sie für ihren Fall brauchte.

»Das hat sie mir heute Morgen gesagt. Vor dem Frühstück.«

»Und?« Inka befahl sich, Marks Sorgen Aufmerksamkeit zu schenken.

»Sie hat es gesagt, als ein Kollege schon in der Tür stand, um sie abzuholen.«

»Oh.«

»Ja. Und gerade der, der immer hinter ihr her ist. So ein dreißigjähriger Möchtegern-Sonnyboy mit Namen Niklas.«

»Oh.«

»Kannst du das vielleicht mal lassen?«

»Was?«

»Deine ständigen Ohs.«

»Oh.«

Mark warf Inka einen zerknautschten Blick zu.

»Du denkst, dass sie …«, begann Inka vorsichtig.

»Weiß ich nicht«, knurrte Mark.

»Beruhigt es dich, wenn ich dir sage, dass Bea verrückt nach dir ist?«

»Nein.«

»Warum nicht?«

»Sie ist achtundzwanzig. Ich bin elf Jahre älter als sie.«

»In zwei Wochen zwölf Jahre.«

»Na toll, auch an meinem Geburtstag ist sie nicht da.«

»Mark, hör auf zu schmollen, lass uns arbeiten. Arbeit ist die beste Medizin gegen Liebeskummer und gegen Eifersucht.«

»Kekse auch«, sagte Mark und griff nach einer Schokoladenwaffel aus der Tüte, die aufgerissen auf dem Armaturenbrett lag und aus der bereits die Hälfte fehlte.

»Die füttern nur dein Hüftgold. Außerdem ist es das Privileg der Frauen, bei Liebeskummer zu viel Schokolade zu essen.« Inkas Blick wanderte schmunzelnd zu Marks Bauchansatz, der im letzten Jahr um ein paar Zentimeter gewachsen war.

»Du machst mir auch alles mies«, sagte Mark mit vollem Mund.

»Ist Niklas ein sportlicher Typ?«

»Ja, hau ruhig drauf.«

»Ich will dich nur vor Schlimmerem bewahren. Apropos Schlimmerem, hast du bei Clarsen, Tönnies und Jacobsen angerufen, dass sie auf keinen Fall den Verkauf ihres Grunds zusagen sollen?«

»Ich bin gestern Nachmittag bei allen dreien vorbeigefahren und hab ihnen erzählt, was passiert ist. Und auf dem Warder-Hof und Heinemann-Hof war ich ebenfalls, um mitzuteilen, dass der Täter es auf alle abgesehen hat, die einem Verkauf zustimmen wollen oder es inzwischen getan haben.«

»Ist dir was aufgefallen, ich meine, könnte einer der Bauern unser Täter sein?«

»Ich weiß es nicht, Inka. Wie gesagt, ich bin nur kurz hin, um Nachricht zu geben. Wir wollten doch heute Morgen zusammen alle drei Höfe besuchen.«

»Ja.« Inka nickte. »Hätte ja sein können, dass … Ach, verflucht. Wo ist Fritz?«

»Er kommt später. Er ist auf einer Dienststellenleiter-Sitzung in … warte, er hat es noch gesagt. Ich hab's vergessen. Irgendein Hotel in Celle. Egal. Es wird auf jeden Fall dauern, bis er hier ist.«

»Super. Und wo flattert die Amsel herum?«

Mark grinste. »Immer noch bei den Bürgern der umliegenden Dörfer. Vor einer halben Stunde ist er stinkig aus dem Büro abgezwitschert, weil er keine Unterstützung aus Soltau oder Schneverdingen bekommt.«

Kopfschüttelnd griff Inka nach dem Handy und wählte die Zentrale. »Frauke, Mark und ich sind unterwegs. Wir stehen jetzt vor Clarsens Hof, danach fahren wir zu Tönnies und Jacobsen. Nur damit du Bescheid weißt. Wenn sich Amselfeld mit Neuigkeiten meldet, soll er uns auf Handy anrufen.«

»Geht klar, Inka. Aber bleib mal in der Leitung, hier kommt gerade ein Anruf aus den Niederlanden rein. Vielleicht ist das was für euch.«

Inka hörte, wie Frauke auf Englisch mit einer Frau sprach. Sie erzählte kurz die Eckdaten und teilte ihr mit, dass sie ihren Mann, falls es ihr Mann sei, identifizieren müsse. Sie gab die Adresse der Stader Pathologie und Teresas Namen durch und sprach ihr Beileid aus.

Als sie sich verabschiedet und den Hörer aufgelegt hatte,

klingelte wieder das Telefon. »Entschuldige, Inka, bin gleich bei dir«, hörte sie Frauke rufen.

Erneut war es ein Anruf aus Holland. Der Anrufer schien in deutscher Sprache zu sprechen. Diesmal ließ Frauke sich den Namen Jayden van Dijk buchstabieren und erklärte den Weg auf die Dienststube.

»So, nun bin ich da«, sagte Frauke zu Inka, als sie das Gespräch beendet hatte. »Meine Güte! Ganz schön was los in unserem Nachbarland.«

»Wer war das, Frauke?«

»Der erste Anruf kam von Wiebke Becker, scheint die Frau des Toten Björn Becker zu sein. Der zweite Anruf war einer der vier holländischen Investoren. Er will mit uns sprechen, persönlich. Der traut sich vielleicht was. Hier in die Heide zu kommen, nachdem sein Kompagnon erschossen wurde.«

»Wann trudelt er ein?«

»Morgen am Nachmittag, gegen fünfzehn Uhr, meint er.«

»Danke dir, Frauke. Bis nachher.«

»Ja. Viel Spaß bei euch da draußen. Der Wetterfrosch hat fünfunddreißig Grad angekündigt. Ich rühr mich hier nicht raus. Mein Thermometer am Fenster zeigt jetzt schon achtundzwanzig Grad. Wann wird es endlich wieder Winter, kann ich da nur sagen. Mein Gott, wie ich den Sommer hasse.« Es klickte in der Leitung.

Frauke Bartels war eine magersüchtig erscheinende Endzwanzigerin mit dunklen Haaren, die sie täglich zu außergewöhnlichen Zopfvariationen wickelte. Inka überlegte, ob sie diese aufwendig aussehenden Gebilde, in denen Blumen, Stoffschmetterlinge oder kleine Gebäude eingearbeitet waren, morgendlich selbst herstellte oder ob ihr jemand half.

Friedhelm Clarsen sprang schwungvoll vom Treckersitz, als er Inka und Mark aus dem Mini aussteigen sah.

Die Hitze, die Inka am frühen Morgen nach der Kälte in Marks Wagen begegnete, drückte ihren Kreislauf gegen die Mauer. Sie musste ein paarmal tief Luft holen, um sich an die Temperatur zu gewöhnen.

Der Bauer hielt sich nicht mit Grußformalitäten auf. »Da haben die Kommissare aber Glück, ich wollte gerade aufs Feld. Was wollen Sie denn heute wieder? Bringen Sie noch mehr Schauergeschichten aus der Heide?«, fragte er vorwurfsvoll mit Blick zu Mark.

»Sie sind Herr Friedhelm Clarsen«, begann Inka amtlich, nachdem sie sich vorgestellt hatte, ohne auf Clarsens Frage einzugehen.

»Die Frau Brandt.« Clarsen lächelte spöttisch. »Natürlich bin ich Friedhelm Clarsen. Sie kennen mich doch. Oder haben Sie in Lübeck …« Clarsen stockte. Er war von kräftiger Gestalt und hatte rotblonde Haare, von vereinzelten Silbersträhnen durchzogen. Seine grünbraunen Augen umgaben viele kleine Lachfältchen. Inka schätzte ihn auf Mitte fünfzig und sah ihn als durchaus attraktiven Mann. »Ihr Kollege war doch gestern hier und hat uns vom Vorfall am Weseler Weg berichtet. Wir können die Geschichte noch immer nicht glauben.«

»Ja, aber leider ist sie wahr.« Inka zuckte die Schultern. »Gibt es einen Raum, wo wir uns unterhalten könnten? Wir würden gern auch mit Ihrer Frau, Ihren Kindern und Mitarbeitern sprechen.«

Friedhelm Clarsen sah ein, dass er nicht drum herumkam, sich zu fügen und seine Arbeit auf dem Feld zu verschieben. »Hier lang, die Kommissare«, sagte er wesentlich kooperativer als anfangs. Mit seinen fleckigen Jeans, die mit dem Saum in schwarzen Gummistiefeln steckten, schritt er voran über das Kopfsteinpflaster des Hofs.

»Setzen Sie sich dahinten in die Küche.« Clarsen zeigte durch die offen stehende Küchentür auf einen Esstisch, auf dem das Frühstücksgeschirr stand. »Meine Frau ist im Keller und die Kinder … Ich hol sie her.«

Inka rutschte auf die Holzbank an der Wandseite der Bauernküche. Auf zwei Tellern lagen die Reste angebissener Brotscheiben mit Wurst und Marmelade, auf einem anderen Teller bildeten Eierschalen das Bild kleiner Eisberge. Eine Kaffeekanne aus Glas stand mittig auf dem Tisch. Ein Rest Kaffee schwappte hin und her wie die Ladung eines Fischkutters, als Marks Bauch an den Tisch stieß. Ein paar Tropfen spritzten auf die Titelseite des »Hanstedter Heideblatt« und landeten auf dem fotografierten Schweinekopf.

»SIND DIE SCHWEINE IN DER HEIDE LOS?« Darunter das Bild des toten Helmut Brodersen. *Gut, dass er durch den aufgestülpten Schweinekopf nicht zu erkennen war. Welch widerliches Bild, das Kohlhase für seinen reißerischen Auftritt hingelegt hatte.* Inka schreckte von dem Zeitungsfoto auf, als Friedhelm Clarsen mit kräftiger Stimme nach seiner Frau rief. Eine Tür schlug zu, und quietschende Sohlen, wie in einer Schulsporthalle, rieben über Fliesenboden, dann stand Clarsen in der Küche.

»Helma kommt gleich. Sie stellt nur die Waschmaschine an. Der Konrad und der Ingo, meine Söhne, Evelin Kleist und Siggi Breuer, unsere Mitarbeiter, sind auf der Weide. Ich ruf sie an. Kann aber ein Weilchen dauern, bis sie hier sind. Sie haben Zeit?« Friedhelm Clarsen hatte die Hände in die Jeanstaschen gesteckt und sah abwartend von Inka zu Mark.

»Die nehmen wir uns«, sagte Mark entschlossen.

»Na dann.« Clarsen verschwand aus der Küche und ging in die Diele.

Inka hörte, wie er telefonierte und ihren Besuch ankündigte.

Helma Clarsen war wie ihr Mann Mitte fünfzig und hatte ebenso rotblonde Haare, die sie mit einem Haarband zu einem Knoten auf dem Oberkopf zusammengebunden hatte.

»Oh, bitte entschuldigen Sie. Hier sieht es vielleicht aus. Ich wollte nur schnell die Wäsche einstecken, bevor ich abräume. Ich wusste ja nicht, dass Besuch kommt«, entschuldigte sie sich. Eilig räumte sie die Teller und Tassen vom Tisch und wischte Brötchenkrümel von der dunkelblauen Tischdecke mit der einen Hand in die andere. Die Zeitung warf sie in den Schlund der Ofenhexe. »Darf ich Ihnen etwas anbieten? Ich koche frischen Kaffee. Bei der Hitze soll man ja immer Warmes trinken.« Ihre großen blauen Augen sahen Inka und Mark offen und freundlich an.

»Nein danke«, entschied Inka für sie beide. »Wir haben nur ein paar Fragen.«

»Sicher wollen Sie wissen, wo wir waren, als Gerd Knöppel erschossen wurde.« Das Geschirr landete in der Edelstahlspüle.

»Ja. Und wo Sie sich gestern in der Zeit von elf bis zwölf Uhr aufhielten, würden wir auch gern erfahren«, setzte Mark dazu.

»Ist das die Zeit, wo Helmut und der Holländer …« Helma Clarsen schluckte und platzierte sich Inka gegenüber auf der Eckbank.

Inka nickte der Bäuerin zu.

»Mein Gott, wie schrecklich«, sagte sie. »Ich saß in der Zeit beim Frauenarzt, als Gerd …« Wieder stockte sie. »Das kann doch nur ein Geisteskranker sein, der Gerd erschossen hat. Glauben Sie, dass es einer aus der Heide war? Jemand, den ich kenne?«

Inka ließ die Fragen der Bauersfrau unbeantwortet. »Wo waren Sie gestern Mittag gegen zwölf Uhr?«

»Da stand ich in der Küche und hab gekocht. Wenn wir zuvor geschlachtet haben, gibt es immer viel zu tun. Du hast mich gesehen, Friedhelm, oder?«, sagte sie zu ihrem Mann, der einen Stuhl unter dem Tisch hervorgezogen hatte.

»Ja, ich kam gerade aus dem Stall. Sicher hab ich dich gesehen.« Er griff nach der Kaffeekanne, die Helma Clarsen auf die Warmhalteplatte gestellt hatte, schenkte sich eine Tasse ein und setzte sich.

»Gestern waren Sie beide also auf dem Hof.«

»Ja.«

»Und wo hielten Sie sich auf, als Gerd Knöppel erschossen wurde, Herr Clarsen?«

»Wann war das noch genau?«

»Am Mittwoch vor vierzehn Tagen um halb acht bis acht.«

»Ist das schon so lange her, tatsächlich. Und warum …«

Inka ahnte, welche Frage Friedhelm Clarsen ausspucken wollte. Doch Erklärungen, dass sie, wie jede Wache der Heide, chronisch unterbesetzt waren, Urlaubszeit herrschte und sie nicht nur einen Mord, sondern drei Morde aufzuklären hatten, verkniff sie sich.

»Halb acht bis acht. Wo waren Sie, Herr Clarsen?«, wiederholte Inka nachdrücklich ihre Frage. Sie hielt seinem Blick stand.

»Beim Melken, wie jeden Tag um diese Uhrzeit.« Er zuckte die Schultern.

»Gestern aber nicht, wie ich hörte.«

»Richtig. Wir haben vorgestern geschlachtet. Und wie meine Frau sagte, danach gibt es immer viel zu tun. Da müssen alle anpacken.«

»Und wo waren Ihre Söhne?«, fragte Mark, als zwei Mittzwanziger die Bauernküche betraten und nach einem freien Platz am Tisch suchten. Sie hatten rotblonde Haare wie ihre Eltern, aber verschiedene Augenfarben und waren unterschiedlicher Statur. Während einer der Söhne braune Augen und eine kräftigere Figur hatte, hatte der andere Sohn blaue Augen und die schlanke Figur seiner Eltern geerbt. Beide trugen über weißen Achselshirts blaue Arbeitsoveralls und steckten in Turnschuhen.

»Tag«, sagte der Kräftigere, der neben Inka auf die Bank rutschte. Seine Haut war braun gebrannt, und auf seinen Armen klebten, wie bei seinem Bruder, der neben seiner Mutter Platz nahm, einzelne kleine Weizenfasern. Ein leichter Schweißgeruch ging von ihm aus. »Evelin und Siggi kommen gleich. Was gibt's, Vattern?«

»Die Hanstedter Kommissare Brandt und Freese möchten wissen, wo ihr euch aufgehalten habt, als es Gerd erwischte.«

»Wo schon? Ich war seit Tagen mit Ingo nur auf dem Feld. Der Weizen muss rein, das weißt du doch.«

»Ich ja, aber die Kommissare nicht. Und wo wart ihr gestern Mittag gegen zwölf Uhr?« Wieder kam Friedhelm Clarsen Inka und Mark mit ihrer Frage zuvor.

»Um zwölf haben wir dir bei den Schweinen im Stall geholfen. Wir wollten noch ein Schwein schlachten, aber haben es uns dann anders überlegt«, antwortete nun der zweite Sohn. »Warum? Verdächtigen Sie etwa jemanden aus unserer Familie?« Fragend sah er zu Inka.

Inka ging auf die Frage nicht ein, sondern stellte eine Gegenfrage: »Wann haben Sie mit dem Schlachten begonnen?«

»Gleich nach dem Frühstück. So um sieben Uhr muss das gewesen sein. Warum fragen Sie das alles? Wir erschießen doch niemanden und setzen ihm einen Schweinekopf auf.«

»Wir vermuten, der Mörder stammt aus dem Umfeld der drei Opfer. Somit ist natürlich erst einmal jeder verdächtig, ob Nachbar, Freund oder Verwandter.«

»Und besonders wohl die, die Schweine haben.« Er grinste. Kohlhases Artikel hatte für Belustigung gesorgt. »Nur haben wir alle Alibis.«

»Wie viele Schweine wurden bei Ihnen geschlachtet?«

»Drei.«

»Und die Köpfe, wo sind die?«

»Verwertet und in der Wurst. Ein paar Augen liegen im Kühlhaus in der Knochentonne. Wollen Sie sie sehen?«

Inka holte tief Luft und lächelte. »Später«, sagte sie und erinnerte sich an Tims Lagertonne für Tiergedärme, Augen, Knochen sowie allerlei blutige und matschige Reste, die von einem Lebewesen nach der Schlachtung übrig bleiben.

»Helmut Brodersen war ein Freund von Ihnen. Ist das richtig?«, fragte Mark.

Friedhelm Clarsen senkte kurz den Kopf. Sein Blick lag auf der dunkelblauen Tischdecke. Er nickte. »Ja, ein sehr guter Freund.«

»Wir denken, dass jeder, der seinen Grund an die Holländer verkaufen will und dies öffentlich macht, gefährdet ist. Ein zweiter Investor ist auf dem Weg nach Deutschland. Er wird morgen eintreffen«, sagte Inka und sah, wie im Schnelldurchlauf die Bilder des toten Helmut Brodersen im Kopf der vier Clarsens auftauchten. Jetzt musste sie dranbleiben. »Werden Sie den Hof mit Ihrer Frau eines Tages übernehmen?«, fragte sie. Ihr Blick wechselte von einem Clarsen-Sohn zum anderen.

»Konrad und ich sind nicht verheiratet, und ja, ich werde den Hof übernehmen«, sagte Ingo Clarsen. Seine Augen bohrten sich in die von Inka. »Ich bin der Ältere. Das ist Bauernregel:

Der Ältere führt den Hof weiter. Konrad studiert Informatik, er hilft uns nur in den Semesterferien.«

Inka dachte an Hanna, die acht Jahre jünger war und den Hof ihrer Eltern übernommen hatte. »Was geschieht mit Ihren zwei Mitarbeitern, Herr Clarsen, wenn Sie Ihren Grund an die Holländer verkaufen?«

»Wir müssten zum Amt gehen, bis wir neue Arbeit finden«, antwortete ein Mann, der die Küche betrat und Inka und Mark die Hand entgegenstreckte. »Guten Tag. Sigmund Breuer, das ist meine Arbeitskollegin und Freundin Evelin Kleist.« Der Mann trat einen Schritt zur Seite, um für eine zierliche Frau mit grauem Kurzhaarschnitt Platz zu machen.

»Tag.« Die Frau lehnte den Rücken an die Wand neben der Sitzbank.

»Tja, so wird's aussehen.« Friedhelm Clarsen zuckte die Schultern. »Evelin und Siggi sind beide über fünfzig. Wo sollten sie Arbeit finden, wenn nicht hier? Sie arbeiten über zwanzig Jahre für uns. Beide sind zuverlässige Mitarbeiter. Es gibt keine anständigeren Menschen. Für uns gehören sie zur Familie.« Clarsen suchte den Blick seiner Arbeiter. Er lächelte.

»Frau Kleist, Herr Breuer, wir brauchen die Auskunft, wo Sie sich aufhielten, als Gerd Knöppel erschossen wurde«, begann Mark.

»Das war am Mittwoch vor zwei Wochen. Warten Sie, da hatten Evelin und ich unseren freien Tag. Wir waren in Hamburg, um ein Geschenk für Evelins Vater zu kaufen. Am Sonntag wird er achtzig.«

»Und haben Sie etwas gefunden?«

»Was schenkt man einem Mann, der alles hat und achtzig wird?« Siggi Breuer lachte kurz auf. »Ja, wir haben ihm einen hochwertigen Messerblock gekauft. Kein besonders ideenreiches Geschenk, ich weiß, aber er ist leidenschaftlicher Hobbykoch.«

»Gibt es eine Quittung?«

»Sicher. Soll ich sie holen?«

»Das mache ich. Bin gleich wieder da«, sagte Evelin Kleist.

Eilig, als wäre sie auf der Flucht, verließ sie die Küche. Ihre schnellen Schritte hallten durch die Diele.

»Herr Breuer«, begann Inka. »Wo waren Sie heute in der Mittagszeit gegen zwölf Uhr?«

In diesem Moment begann Friedhelm Clarsen zu husten, und jeder im Raum wandte seinen Blick zum Seniorbauern.

»Entschuldigung«, sagte der und stellte die Kaffeetasse zurück auf den Tisch. »Ich hab mich verschluckt.«

»Ich war mit Ingo und Konrad den Weizen einholen. Wer weiß, wann es wieder regnet.«

Inka sah das kollektive Nicken der Clarsens. »Und Ihre Freundin?«

»Sie hat mir im Schweinestall geholfen«, erklärte Friedhelm Clarsen schnell.

»Haben Sie einen Jagdschein?«

»Nein.«

Inka nickte. »Herzlichen Dank für Ihre Auskunft«, sagte sie, als ein etwa fünfjähriger Junge in die Küche stürmte.

»Oma, Oma«, rief er aufgeregt. »Die Minka hat vier Junge gekriegt. Ihr müsst alle schnell kommen.«

Helma Clarsen war die Erste, die sich zu Wort meldete.

»Oh, wie wunderbar, mein Schatz. Ich komme mit dir in den Stall.«

Der Junge griff nach der Hand von Helma Clarsen und zog sie durch die Küche. Sie verschwanden in den Innenhof, wo Inka hörte, wie der Kleine sprudelnd die Farben der Katzenkinder aufzählte.

»Er ist mein Sohn. Er heißt Lasse«, sagte Ingo Clarsen. »Er lebt bei mir, weil meine Verlobte es vorzieht, ihre Freiheit zu genießen.«

»Soll vorkommen«, sagte Inka. Sie wies Mark an, die Kaufhausquittung zu kontrollieren, und verabschiedete sich. »Und beherzigen Sie den Rat, den mein Kollege Ihnen gegeben hat. Warten Sie mit einem Verkauf, falls dieser in Frage kommen sollte.«

Mit einem letzten Blick in die Runde verließ sie die Küche.

»Die Sache gefällt mir nicht, Mark. Bei den Jacobsens sind einige Familienmitglieder gegen die Mastanlage und bei den Clarsens ebenso. Jeder gibt jedem ein Alibi. Und anstatt dass unsere Verdachtsliste kleiner wird, wird sie länger.«

»Stimmt.« Mark öffnete seine Autotür. »Verdammt«, rief er, als er sah, wie die Kekswaffeln ihre Schokoglasur über das Armaturenbrett verteilt hatten.

Inka rannte zu ihrem Wagen und holte aus dem Handschuhfach ein Paket Feuchttücher. »Bitte«, sagte sie.

»Du bist gut ausgerüstet.«

»Ich hab ein kleines Kind.« Inka grinste.

»Also fangen wir von vorn an«, sagte Mark, als er die klebrige Schokoladenmasse vom Armaturenbrett und aus den Lüftungsschlitzen entfernt hatte. »Wir haben Thomas Jacobsen, Ludolf Jacobsen und Hilde Jacobsen ohne Alibi, aber mit Motiv. Dann den Schwiegersohn, diesen Justus mit seiner Frau Simone. Wobei ich einer hochschwangeren Frau keinen Mord zutraue. Michael und Lara Jacobsen können wir mit ihren Auswanderungsplänen ausschließen. Alle anderen müssten vom Hof, einschließlich unserer alten Lehrerin Klara. Hier auf dem Clarsen-Hof entsteht bei einem Verkauf dieselbe Situation. Außer Helma Clarsen haben alle kein Alibi, aber ein Motiv. Besonders Ingo Clarsen träfe es hart, da er die Existenzgrundlage für sich und seinen Sohn verlöre. Konrad, der jüngste Sohn, käme als Täter in Frage, weil er seinen Bruder und Neffen oder seinen Vater schützen will. Denkbar wäre auch, dass einer der Mitarbeiter seinen Arbeitsplatz in Gefahr sieht. Und sie haben eine Schweinezucht.«

»Richtig, Mark. Und mich interessiert brennend, ob Jacobsen neben seinem erlegten Wildschwein noch ein weiteres Schwein geschlachtet hat. Erinnerst du dich, wie unsere Lehrerin sagte, sie hätten eigene Schweine? Und dann der Berg Fleisch auf dem Tisch. Obwohl ich sicher bin, dass es tatsächlich Wildschwein war. Allerdings war unser gesuchter Schweinekopf höchstens einen Tag alt.«

»Nein, Inka, sie hatten nur das Wildschwein. Ihr Hausschweinbestand war vollständig. Wir haben doch die Unterlagen gesehen, und in der Knochentonne lag nur der Wildschweinkopf.«

»Und warum liegt in der Clarsen-Tonne kein Schweinekopf mehr, wenn sie geschlachtet haben? Die Entsorgungsfirma für Schlachtabfälle kommt, wie bei Tim, nur einmal die Woche.«

Inka verdrängte den Gedanken an die ausgekippte Abfalltonne aus dem Kühlhaus. Ein blutiger, matschiger Brei aus Gedärmen und undefinierbaren Fleisch- und Knochenresten, dazwischen milchig gewordene Schweineaugen. Mark hatte die unliebsame Aufgabe übernommen, die Reste mit einer Schaufel auf dem Fliesenboden auseinanderzuschieben, um die Augen zu zählen.

»Wieso? Clarsen sagte doch, dass die Köpfe in der Wurst gelandet sind. Ich will gar nicht wissen, welche unklaren Zutaten da noch drin landen«, antwortete Mark. »Auf jeden Fall waren es sechs Schweineaugen. Somit stimmt die Aussage von drei geschlachteten Schweinen. Außer sie haben vier Schweine geschlachtet, nur drei angegeben und ein Augenpaar weggeschmissen.«

»Ja, verdammt! Auch das ist möglich. Was wir ihnen aber vorerst nicht beweisen können. Soll Fridolin die Innereien noch einmal auseinanderpflücken und zählen. Wenn jedoch alles korrekt war und nur drei Schweine geschlachtet wurden, kann wieder sein, dass ein Kopf nicht in der Wurst, sondern auf Brodersen gelandet ist«, resümierte Inka.

»Wir schicken die Spusi her. Eine DNA-Analyse ist auch bei Schweinen möglich. Dann werden wir ja sehen, ob der Kopf auf Brodersen aus dem Stall der Clarsens stammt und wie viele Viecher sie in der Wurst haben.«

»So machen wir es, Mark. Fahren wir zu den Tönnies, sehen wir, was die uns bieten.«

27

Sebastian Schäfer saß auf einer Bank an den Hamburger Landungsbrücken und beobachtete die Schiffe in den gegenüberliegenden Docks und die Menschen, die an ihm vorübergingen. Vier Tage war er durch die Hamburger Uni gelaufen, hatte jeden Kommilitonen von Badira befragt, war zu ihren Eltern gefahren, hatte Nachbarn und Freunde aufgesucht und sich den Kopf zermartert, wer auf der Beerdigung neben ihm gestanden hatte. Stundenlang war er am Stadtparksee entlangspaziert. Doch niemand, weder Jogger, Spaziergänger noch Hundebesitzer, wollte Badira gekannt oder gesehen haben. Nichts. Nicht der kleinste Hinweis. Er fühlte sich ausgelaugt und gerädert. Hinter ihm gab es eine Eckkneipe.

»Vierundzwanzig Stunden geöffnet«, signalisierte ein rotes Neonschild lockend über der Tür. Er könnte aufstehen und ein Bier trinken gehen. Er drehte den Kopf zurück Richtung Elbe. Ein vorüberschipperndes Tankschiff zog den strengen Geruch von Motorenöl hinter sich her. Elbwasser plätscherte an die Kaimauer, und drei Möwen kreischten, stritten um Brotkrümel, die ein kleiner Junge zur Freude seiner Eltern in die Luft warf. Hinter Sebastian hupten Autos, er vernahm Stimmengewirr. Er atmete tief ein und rief sich zur Ruhe. Als eine Hand seine Schulter berührte, zuckte er zusammen. Sebastian drehte den Kopf.

»Grüß dich, mein Freund. Genießt du die Aussicht auf den schönen Hamburger Hafen?«

»So ähnlich, Olli«, antwortete Sebastian. »Und was machst du hier?«

»Ich wollte mit dir reden.«

»Woher wusstest du, wo ich bin?«

»Das hast du wohl vergessen. Wir haben die App zum Freundeorten. Es war eine Kleinigkeit, deinen Weg zu verfolgen.«

»Daran hab ich nicht mehr gedacht.«

»Basti, ich brauch das Bild, das du von dem Mann hast, der mit Badira in der Uni-Bibliothek gesehen wurde.«

»Darum bist du hier?«

»Auch.«

»Auch? Das heißt, du verfolgst mich.«

»Ja. Ich hab gehofft, dass du mich früher oder später zu ihm führen würdest.«

»Ich hab ihn nicht gefunden.«

»Ich weiß. Schick mir das Bild auf mein Handy. Wir können auf dem Revier mit unserer Technik gemeinsam mehr erreichen.«

Sebastian senkte den Kopf. Ein paar Brötchenkrumen lagen zwischen Zigarettenkippen auf den Pflastersteinen. Eine leere Bierdose, zerdrückt, als hätte jemand seine Wut an ihr ausgelassen, lag neben der Holzbank. »Ich weiß nicht«, sagte er unentschlossen.

»Verdammt, Basti, wir haben immer zusammengearbeitet. Du willst dieses Schwein genauso schnappen wie wir alle. Also was soll das jetzt?«

»Ich geb dir das Bild, aber nicht den Namen, woher ich es habe.«

Klaus-Olaf Zinner drehte den Kopf zur Seite und schnaufte. »Und was soll ich dem Chef erzählen? Kannst du mir das sagen?«, fragte er und sah Sebastian ins Gesicht.

»Das ist mir egal, Olli. Lass dir etwas einfallen. Entweder so oder gar nicht. Ich hab es versprochen.«

»Wem hast du es versprochen? Etwa deiner Inka? Hat sie dir das Bild verschafft?«

»Lass Inka aus dem Spiel. Sie hat mit der Sache nichts zu tun.«

»Du bist ja blind, Basti. Hast dich verschossen. Und jetzt vergisst du Maja und Katharina. Dieser Psychopath hat sie brutal getötet.«

Sebastian sprang von der Bank auf und griff Zinner am Hemdkragen. »Du wirst nie wieder dieses Monster in einem Atemzug mit meiner Frau und Tochter nennen. Ist das klar? Hast du das verstanden?« Mit hochrotem Kopf starrte er seinem Freund fest in die Augen.

»Lass mich los, du … du …« Zinner riss Sebastians Hände von sich und zog seinen Freund zurück auf die Bank. »Hast du sie nicht mehr alle? Wir spielen in der gleichen Liga. Auch ich will den Kerl schnappen.«

Sebastian keuchte und holte seine Zigarettenschachtel aus der Hemdtasche. Mit zittrigen Fingern zündete er eine Zigarette an.

»Nein, hab ich nicht«, sagte er, nachdem er einen tiefen Zug inhaliert hatte. »Entschuldige.«

»Schon gut«, sagte Zinner. Mit dem rechten Fuß hangelte er nach der zerdrückten Bierdose und kickte sie mit einem kräftigen Fußtritt ins Hafenbecken. »Also, dann schick mir nur das Bild. Ich werde sehen, wie ich das Dregelberg erkläre.« Er sah der Bierdose nach, die auf seichten Elbwellen davonschwamm.

»Ich brauch alle Namen der Opfer und den Tag, an dem die Tat geschah, Olli.«

»Wofür?«

»Ich brauch die Daten. Schick sie mir auf mein Handy. Du kriegst das Bild, ich die Daten.« Er musste wissen, ob es tatsächlich Zusammenhänge zwischen den Morden und der Mondphase gab, wie Inka vermutete.

28

Der Besuch auf dem Tönnies-Hof verlief weit erfolgreicher als der auf dem Jacobsen- und Clarsen-Hof. Gustav und Dette Tönnies besaßen den größten Hof auf dem Gebiet, das die holländischen Investoren für ihre Mastanlage benötigten.

Doch nicht nur die Eheleute, sondern auch die vier Kinder und die zehn Mitarbeiter sträubten sich gegen einen Verkauf. Hier war die Sachlage klar. Alle waren sich einig. Und daher würde die Mastanlage in Dierkshausen in Heideluft verpuffen – außer die Investoren verkleinerten ihre Anlage um die Hälfte der bisher angegebenen fünfhundert Hektar.

Inka hatte Mark auf den Sundermöhren-Hof zum Essen eingeladen. In der Bauernküche duftete es verführerisch nach frischem Brot. Hanna hatte für ihre Feriengäste Roggenkrüstchen mit Sauerteig gebacken und eine wunderbare leichte, den unaufhörlich kletternden Temperaturen angepasste Gemüsesuppe gekocht. Für alle Schleckermäulchen stand im Kühlschrank kalter Milchreis mit Kirschkompott.

Doch trotz Hannas Leckereien kam bei Inka kein rechter Appetit auf. Der Gedanke an das Gespräch mit der Anwältin Bernadette Turm, die ihr Sebastian empfohlen hatte, und an den Termin, zu dem sie in zwei Stunden aufbrechen musste, schlug ihr gewaltig auf den Magen.

»Schmeckt es dir heute nicht, Schwesterlein?«, fragte Hanna besorgt und setzte sich zu den Kommissaren. »Ich hab extra für euch beide Suppe und Reis zurückgelegt. Ich dachte immer, dass meine Feriengäste im Sommer weniger zum Essen kommen, aber da hab ich mich verrechnet. Erst kommen sie essen, und dann geht's zu ihren Ausflügen.«

»Doch, Hanna, du hast wunderbar gekocht, aber ich hab gleich den Termin in Hamburg.« Inka legte eine Hand auf die ihrer Schwester.

»Das wird schon gut gehen«, antwortete Hanna und streichelte Inkas Hand. »Fabian kriegt Paula nicht, verlass dich drauf. Eher baut Tim eine Mauer um den Hof und sperrt euch beide ein.« Sie lachte, und Inka stimmte ein.

»Könnt ihr euch denn nicht einigen, muss es mit Anwalt und Gericht sein?«, fragte Mark und füllte zum zweiten Mal sein Kompottschüsselchen mit Milchreis und Kirschen.

»Fabian fährt die Geschütze auf, nicht ich, Mark. Ich wehre mich nur.«

»Ja.« Mark nickte. »Will er dich mit seiner Aktion zurück nach Lübeck locken?«

»Du meinst, er versucht, mir Paula wegzunehmen, weil er mich wiederhaben will?«

»Vielleicht ist er eifersüchtig.«

»Worauf und auf wen?«

»Auf dein heiles Familienglück auf dem Hof und auf Sebastian.« Mark legte den Löffel in die leere Schüssel.

Es war kurz nach sechzehn Uhr, als Inka suchend durch die Straße Kajen fuhr und direkt vor der Hamburger Rechtsanwalts- und Notarkanzlei Heitmann & Turm einen Parkplatz ergatterte. Mit einem mulmigen Gefühl im Magen und dem Anwaltsschreiben ihres Schwagers stieg sie aus und ging die fünf Stufen zu dem grauen Bürogebäude hoch. Eine Milchglastür mit schraffiert aufgedruckter Schrift verriet ihr den Weg. Sie drückte den Klingelknopf und wartete. Es summte, und die Tür öffnete sich automatisch. Eine Frau Ende dreißig kam auf Inka zu und stellte sich als Sekretärin vor. Sie war ungeschminkt, trug Bluejeans und ein T-Shirt mit einem Aufdruck des Eiffelturms. Ein dunkelblonder Pferdeschwanz wippte ihr über der Schulter. Mit einem freundlichen Lächeln und dem Angebot von Kaffee oder Tee geleitete sie Inka in einen offenen Wartebereich, der einer Kaffeebar glich.

Inka hievte sich auf einen der sechs hohen schwarzledernen Barhocker und sah sich um. Auf den weiß glänzenden Marmortischen, die von schwarzen Sockelsäulen gehalten wurden, standen zwei silberfarbene Dosen mit Zucker und Süßstoff. In einer schwarzen Gebäckschale lagen einzeln eingeschweißte Kekse. Die Einrichtung der Kanzlei strahlte durch die Farben Schwarz und Weiß eine puristische Reinheit sowie gleichzeitige Kühle aus. Nirgendwo stand eine Grünpflanze oder lag ein ungeordneter Zeitschriftenstapel, der etwas Gemütlichkeit vermittelte. Inka schien es, als wäre sie in einem Musterbüro gelandet, wo gleich der Makler um die Ecke kam. Ihr mulmiges Gefühl im Magen verstärkte sich minütlich. Auch der Kräutertee, den die Sekretärin ihr servierte, beruhigte ihren Magen nicht.

»Frau Brandt.« Die Stimme der Sekretärin holte Inka, kaum dass sie Tee getrunken hatte, aus ihren Gedanken. »Würden Sie mir bitte folgen? Frau Dr. Turm erwartet Sie.«

»Ja. Natürlich«, sagte Inka unsicher. Sie rutschte wie ein Kleinkind vom hohen Hocker und folgte der Sekretärin durch einen langen, ebenso kargen Flur.

Vor einer weiteren Milchglastür, die jeglichen Einblick ins dahinterliegende Zimmer verhinderte, blieb die Sekretärin stehen und drückte einen Klingelknopf unter einer Sprechanlage.

»Ja?«, kam fragend aus der Anlage zurück.

»Frau Dr. Turm, Frau Brandt wäre jetzt hier.«

Der Schließmechanismus der Tür klackte. Die Sekretärin drückte die Klinke und öffnete die Tür.

»Bitte schön«, sagte sie zu Inka, die verschüchtert wie ein kleines Mädchen hinter der Sekretärin stehen geblieben war.

Inka nickte und trat ein. Erleichtert atmete sie auf, als sie Sebastian der Anwältin gegenübersitzen sah.

Frau Dr. Bernadette Turm war eine blonde, hochgewachsene und gertenschlanke Frau, die Inka um einen Kopf überragte und sicherlich fünfzehn Jahre älter war als sie. Mit offenem Lächeln stand sie auf, umrundete den grauen ovalen Tisch und reichte Inka die Hand. Sie trug einen steingrauen Hosenanzug und eine roséfarbene Bluse und passte mit ihrer Erscheinung in die Kanzlei und ihr Büro, als wäre sie ein Einrichtungsmöbel.

»Bitte, setzen Sie sich, Frau Brandt«, bat sie.

»Danke«, antwortete Inka. »Hallo, Sebastian.« Sie setzte sich zwei Stühle weiter auf einen gemütlichen schwarzen Lederstuhl, der ein leichtes Knartschgeräusch von sich gab.

»So, nun erzählen Sie, Frau Brandt, was kann ich für Sie tun?« Die blauen Augen der Anwältin sahen Inka erwartungsvoll an.

»Ich warte auf den Scheidungsbeschluss.«

»Ihr Mann wollte sich nicht scheiden lassen?«

»Er wollte die Papiere nicht unterschreiben.«

»Ich verstehe«, sagte die Anwältin lächelnd. »Das gibt es leider häufiger.«

»Ja«, bestätigte Inka kurz, dann kam sie auf die eigentliche Frage der Anwältin zurück. »Ich arbeite als Polizistin in der Hanstedter Wache. Fabian, mein Noch-Ehemann, meint, dass ich meinen Beruf mit der Erziehung unserer gemeinsamen Tochter Paula nicht organisieren kann, Paula unter meiner Arbeit leidet. Er beansprucht das alleinige Sorgerecht. Dies ist aber –«, begann Inka, ohne Luft zu holen, als die Anwältin sie unterbrach.

»Entschuldigen Sie, Frau Brandt, dass ich Sie unterbreche. Bitte versuchen Sie, sich zu beruhigen. So einfach, wie sich Ihr Mann das vorstellt, geht das nicht.«

Inka holte tief Luft. Sie musste sich wirklich beruhigen. Ihr Blick wanderte zu dem unbeschriebenen Schreibblock auf dem Tisch und den Händen der Anwältin, die einen silberfarbenen Kugelschreiber hielten.

»Haben Sie ein Schreiben des gegnerischen Anwalts bekommen?« Die Anwältin blickte zu der schwarzen Pappmappe, die Inka auf den Tisch gelegt hatte und die dort lag, als läge sie da schon immer.

»Ja«, sagte Inka. »Mein Schwager, der Bruder meines Mannes, ist Anwalt. Er vertritt meinen Mann. Dieses Schreiben kam vor ein paar Tagen.« Inka reichte der Anwältin den Brief über den Tisch.

Bernadette Turm spitzte die roten Lippen, las und zog sich den Schreibblock heran. »Ihr Mann wohnt in Lübeck?«, fragte sie und begann zu schreiben.

»Ja. Ich habe auch fünf Jahre in Lübeck gelebt. Vor gut einem

Jahr bin ich mit Paula nach Undeloh, in meinen Geburtsort, zurückgezogen. Paula ist jetzt vier Jahre. Und einen erneuten Umzug will ich ihr nicht zumuten. Es war nicht leicht für sie. Sie vergöttert ihren Vater. Nach der Trennung hatte sie monatelang Schlafstörungen und nässte ein. Ich will nicht, dass sie das noch einmal durchmacht. Fabian holt sie jedes zweite Wochenende im Monat nach Lübeck. Und so kann es bleiben.«

Die Anwältin stoppte ihre Notizen und sah vom Block hoch. »Das kann ich Ihnen nicht versprechen, Frau Brandt. Aber erst einmal ist noch nichts entschieden. Ihr Mann fordert zwar das alleinige Sorgerecht für Ihre Tochter, aber er muss auch beweisen, dass er besser für sie sorgen kann, als Sie es derzeit können. Wo ist Ihre Tochter, wenn Sie arbeiten?«

»Bei einer Tagesmutter. Und da ist sie glücklich. Und wenn ich spätabends oder am Wochenende zu einem Tatort gerufen werde, ist sie bei meiner Schwester und meinem Schwager auf unserem Hof. Also, es ist nicht mein Hof, ich meine, es war der Hof meiner Eltern, bis Hanna und Tim ihn übernommen und als Biohof mit Ferienzimmern ausgebaut haben. Paula und ich bewohnen eine Einliegerwohnung.«

Die Anwältin nickte. »Und mit Ihrer Arbeit kommt Ihre Tochter nicht in Berührung? Sie verstehen, Frau Brandt, worauf ich hinauswill.« Ihre Finger mit den rot lackierten Nägeln spielten mit dem Kugelschreiber.

»Nein. Ja. Ich meine nein, ich nehme sie natürlich nicht mit zu einem Tatort, wenn es das ist, was Sie mit ›Berührung‹ meinen.«

Inka dachte daran, wie sie Paula mit Windpocken in die Pathologie zu Teresa gebracht hatte, weil sie weder zur Tagesmutter noch auf dem Hof bleiben konnte und Fabian es vorzog, mit einer neuen Gespielin in den Urlaub zu fahren. Sie senkte den Kopf und fühlte sich wie eine Verdächtige, die zur Zeugenaussage bestellt wurde und die Hälfte der Wahrheit verschwieg.

Wieder nickte die Anwältin und notierte ein paar Wörter.

Inka verfolgte die leicht schräg geneigte Schrift, die Zeile für Zeile das Papier füllte, als wäre es ihr Todesurteil.

»Ist Ihr Mann berufstätig?«

»Ja. Er ist Werbedesigner für die Grafikagentur Wetzleder in Lübeck. Sie gestalten Drucke für Heißluftballons.«

»Und geht er geregelten Arbeitszeiten nach?«

»Ja. Nein. Zum größten Teil. Es gibt Aufträge, für die er auch länger arbeiten muss.«

Das erneut stumme Nicken der Anwältin machte Inka noch nervöser, als sie es schon war.

»Was können Sie mir sonst über Ihren Mann berichten.«

Inka dachte an Fabians Frauengeschichten. Sollte sie die ansprechen? Andererseits würde sie um Paula kämpfen, und das mit allen Mitteln. Und wenn es dazugehörte, dass es eine Schlammschlacht wurde, dann nur zu. Sie war bereit.

»Fabian war in unserer Ehe nie treu. Und auch heute hat er wechselnde Frauenbekanntschaften«, sagte Inka und sah, wie die Anwältin sie erst erstaunt ansah und dann weitere Notizen auf dem Block machte.

»Das kann ein Ansatz sein, der uns weiterhilft. Allerdings, wer will einem erwachsenen Mann verbieten, seinen …« Die Anwältin stockte. »Seinen Bedürfnissen nachzugehen.«

»Aber was wäre das für Paula, wenn sie alle zwei Wochen sieht, dass ihr Vater eine neue Frau im Bett hat?«

»Es wäre nicht tragbar für das Kindeswohl. Ich stimme Ihnen vorbehaltlos zu, Frau Brandt. Aber ob das vor Gericht reicht, kann ich ebenfalls nicht versprechen. Sie sagten, Ihre Tochter vergöttere Ihren Mann. Wie darf ich das verstehen?«

Inka senkte für einen Wimpernschlag den Blick zu ihren verschränkten Händen, die auf dem Tisch lagen. Ihre Nägel trugen einen farblosen Glanzlack und waren kurz gefeilt. Sie strich mit dem rechten Daumen über ihren linken Ringfinger, wo ein Titanring einen kleinen Zirkonsolitär hielt. »Die beiden sind ein Herz und eine Seele«, sagte sie und sah wieder auf. »Fabian ist, war ein lausiger Ehemann, aber ein wunderbarer Vater. Er tut alles für seine Tochter, in jeder Hinsicht. Und er hat die finanziellen Mittel.« Inka fühlte sich, als würde ihr letzter rettender Atemzug in einem Vakuum feststecken.

»Sie haben finanzielle Schwierigkeiten?« Die Anwältin sah sie fragend an.

»Nein. Paula und ich kommen klar. Allerdings verdient Fabian viermal so viel wie ich und kann ihr somit natürlich mehr bieten.« Inka zuckte die Schultern.

»Nun, ich denke nicht, dass Ihre Tochter bei Ihnen verhungert. Ein Leben auf dem Bauernhof hat noch keinem Kind geschadet. Im Gegenteil. Ich fand es als Kind wunderbar, mit den vielen Tieren aufzuwachsen. Meine Eltern bewirtschaften in Mecklenburg-Vorpommern einen landwirtschaftlichen Betrieb.« Bernadette Turm räusperte sich kurz. »Nun denn«, sagte sie. »Dennoch möchte ich auch Ihnen ans Herz legen, Frau Brandt, nicht nur als Sebastians langjährige Freundin, sondern auch als Frau und Mutter: Ich werde für Sie kämpfen, mit allen gesetzlichen Möglichkeiten, die mir zur Verfügung stehen, das verspreche ich. Aber ich kann nicht versprechen, dass wir gewinnen. Das müssen Sie sich klarmachen. Es kann ebenso gut sein, dass Sie es sind, die Paula alle zwei Wochen nach Undeloh holen darf.«

Bei den letzten Worten der Anwältin hatte Inka das Gefühl, noch weiter im Stuhl zusammenzusacken und gleich unter den Tisch zu rutschen, um endgültig im Erdreich zu verschwinden.

»Frau Brandt, nun noch eine letzte, für Sie vielleicht indiskrete Frage, aber die würde auch ein Richter stellen: Wie sieht es bei Ihnen mit einer neuen Beziehung aus? Gibt es jemanden?«

Inka wurde abwechselnd kalt und heiß. Mit dieser Frage hatte sie nicht gerechnet. Sie hörte, wie Sebastian erst tief atmete und sich dann räusperte. Was hatte er Bernadette Turm von ihnen erzählt?

»Nun«, begann sie zögernd. »Ich habe einen Schulfreund wiedergetroffen. Er ist als Landarzt in die Heide zurückgekehrt. Wir sind ein paarmal ausgegangen. Ins Kino und zum Essen. Aber –«

»Bitte, Frau Brandt«, unterbrach die Anwältin, »das langt mir. Ich darf also festhalten, dass ein –«

»Nein«, antwortete Inka mit fester Stimme. »Moment, ich

war noch nicht fertig. Sie dürfen festhalten, dass ich Paula kein weiteres Beziehungsdurcheinander zumuten werde. Wenn ich eine neue Beziehung eingehe, dann entweder ganz oder gar nicht. Wenn ein Mann damit leben kann, dass ich eine Tochter habe, wunderbar, wenn nicht, dann eben nicht.«

Den Abend verbrachte Inka allein in ihrem Wohnzimmer vor dem Fernseher. Eine Sendung über Schleswig-Holsteins Küsten lief, die sie kaum verfolgte. Das Gespräch mit der Anwältin ging ihr nach.

Sebastian hatte ihr vor der Kanzlei erzählt, dass er zwar Olli das Phantombild überlassen, aber weiterhin die Informantin aus der Uni, Annika Radke, und auch Inkas Kontakt Reinhard Mönninghof verschwiegen hatte. Auf ihre Frage, wann er in die Heide zurückkomme, schwieg er und wich mit einer Gegenfrage über Paulas Geburtstagsgeschenk aus. Inka schlug ein altersgerechtes Puzzle vor. Auch Sebastians beruhigende Worte, sie sei eine wunderbare Mutter und Bernadette würde alles tun, damit Paula bei ihr bleiben könne, zeigten keine Wirkung. Erst als er sie in den Arm genommen hatte, war ihre Angst für einen Moment verflogen. Doch als er sie im nächsten Moment von sich stieß, als befiele ihn sekündlich eine ansteckende Krankheit, kehrte die Unsicherheit zurück, die sie bis in ihre Träume verfolgte.

29

Die Nacht über hatte sie kaum geschlafen. Nur mühsam schaffte sie es, ihre Niedergeschlagenheit vor Paula zu verstecken. Nachdem sie Paula bei Tilly eine Stunde zu spät abgesetzt hatte, fuhr sie auf die Dienststube, wo sie kurz vor zehn eintrudelte. Fritz Lichtmann, Jacob Amselfeld und Mark Freese saßen im Besprechungsraum.

»Morgen, Inka«, sagte Mark als Erster aus der Runde.

»Morgen, alle zusammen«, grüßte Inka zurück und warf Lichtmann einen entschuldigenden Blick wegen ihrer Verspätung zu. Sie ging zur Anrichte und goss sich aus der Kaffeemaschine eine Tasse ein. »Was liegt heute Morgen an?«, fragte sie.

Sie warf drei Stück Zucker in den Kaffee und goss Sahne hinzu. Mit dem Löffel im Becher rührend, ging sie zum freien Fensterplatz und setzte sich. Sie zog den Teller mit der neuen Herbstkollektion Kekse heran und begann, einen nach dem anderen zu essen.

»Was?«, fragte sie, als sie bemerkte, wie Lichtmann und Mark sie erstaunt beobachteten.

»Seit wann futterst du Kekse?«

»Schon immer. Die sind lecker. Orangenmürbekeks mit Schokoladencreme gefüllt.«

Mark nickte wortlos.

»Kann in die Produktion. Mein Okay habt ihr. So, können wir jetzt?«

Fritz Lichtmann lächelte. »Kollege Amselfeld fand auf seinen Touren durch die umliegenden Dörfer keine Hinweise, die uns weiterhelfen. Hier stecken wir fest. Wie Mark mir gesagt hat, habt ihr die Jacobsens, Clarsens und Tönnies aufgesucht.«

»Genau«, sagte Inka. Sie griff zum zweiten Keksteller, der mit Zimtwaffeln gefüllt war. »Zwei Jacobsen-Brüder und die Schwester stellen sich, wie die Mutter, gegen einen Verkauf des Hofs. Hat Mark von dem Streit erzählt?«

Lichtmann nickte.

»Bei den Clarsens sieht es ähnlich aus. Auch hier würden Mitarbeiter entlassen werden und die Söhne ohne Arbeit auf der Straße stehen. Den Eheleuten Jacobsen und Clarsen hat Becker eine schicke Eigentumswohnung zusätzlich zum Kaufpreis versprochen. Natürlich erst, wenn die LUFA ein legales Bodengutachten erstellt hat. Darum hatte sich Brodersen noch zu Lebzeiten gekümmert.«

»Wir müssen nach den weiteren Morden einen Täter in Betracht ziehen, der massiv gegen die Mastanlage agiert. Ein Täter, der durch den Bau viel verlieren würde«, resümierte Lichtmann.

»Dann muss ein Jacobsen- oder Clarsen-Bauer der Täter sein, denn auf dem Tönnies-Hof waren sich alle einig, nicht zu verkaufen. Die Warders bewirtschaften ihren Hof allein und haben keine Schweinezucht«, mischte sich Mark ein.

»Einen Schweinekopf kannst du bei jedem Schlachter in der Heide kaufen, Mark«, sagte Inka. »Vielleicht war es ja doch einer der Naturschützer oder einer aus den Tourismusbetrieben? Bei einem erneuten Bau würde jeder auf seine Weise verlieren.«

»Mag sein, aber ich stimme Mark zu. Wir sollten unser Augenmerk auf die Bauern legen. Hier geht es um familiäre Grundlagen, die wiegen schwerer«, sagte Fritz Lichtmann und wandte sich an Jacob Amselfeld. »Sie fahren zu jeder Schlachterei in den umliegenden Dörfern und fragen, ob vorgestern ein Schweinekopf verkauft wurde. Inka, du wirst mit Mark erneut die Alibis der Söhne, Töchter und Mitarbeiter sowie die der Bauern überprüfen. Und bei den Bauern, die selbst Schweine züchten, seid bitte besonders wachsam.«

»Hat das Labor schon angerufen?«

»Du meinst wegen der DNA-Analyse, ob Schweinekopf und Augen zusammenpassen?«

Inka nickte.

»Ich hab angerufen, aber sie brauchen noch. Solange suchen wir zweigleisig. Wir dürfen keine Zeit verlieren.«

»Mark und ich, wir denken nicht, dass Bauer Heinemann

oder Bauer Warder als Täter in Frage kommen. Beide haben einem Verkauf erneut zugestimmt, warum sollten sie also einen Nachbarn oder Becker erschießen? Und Bauer Tönnies lebt mit seiner Familie von der Vieh- und Milchwirtschaft. Für ihn gibt es ebenfalls keinen Grund.«

»Das weiß man nie, Inka. Vielleicht stinkt Warder, Heinemann oder Tönnies die Anlage aus einem anderen Anlass. Ich möchte auf jeden Fall, dass ihr alle Bauernhöfe und die Bauern noch einmal gründlich auseinanderpflückt. Irgendwas müssen wir übersehen haben. Jankowitz hat mir heute Morgen Durchsuchungsbeschlüsse für alle Höfe zugesichert. Irgendwo muss doch dieses Gewehr zu finden sein. Ein Erbstück aus Kriegszeiten schmeißt niemand so einfach weg. Das will ich einfach nicht glauben.«

Das Telefon klingelte und zeigte einen Anruf der Spurensicherung an. Inka hob ab. »Guten Morgen«, sagte sie und stellte die Mithörfunktion ein. »Wer von euch ist dran?«

»Morgen, Inka. Ich bin es, Fridolin. Sind deine Kollegen versammelt?«

»Ja. Leg los, was hast du für uns?«

»Wir haben eine blaue Plastikfaser auf dem Schweinekopf gefunden. Sie stammt von einem Plastikmüllsack. In diesem Beutel muss der Kopf transportiert worden sein.«

»Super. Dann macht euch auf den Weg und durchsucht die Gegend am Weseler Weg.«

»Das hab ich mir gedacht, dass du das sagst. Meine Jungs sind schon unterwegs.«

»Wunderbar, Fridolin. Habt ihr aus der Knochentonne –«

»Sehr lecker, Inka. Da habt ihr uns ja was aufgebrummt. Das Labor hat noch keine Neuigkeiten, falls es das ist, was du fragen wolltest. Fritz hat ja schon Dampf gemacht. Aber gegen die Technik sind wir Menschen machtlos. Die braucht ihre Zeit. Was ich euch aber sagen kann, ist, dass nur von drei Schweinen die Reste in der Knochentonne schwammen. Sie haben kein zusätzliches Schwein geschlachtet. Wobei diese Reste natürlich anderweitig hätten entsorgt werden können.

Aber warum? Ich denke, dass da meine Gedanken zu weit ausholen.«

»Ja. Danke, Fridolin. Bis später.« Inka legte auf.

»Was erhoffen Sie sich von dem Fund eines blauen, blutigen Müllsacks, falls überhaupt einer gefunden wird, Frau Brandt?«, fragte Amselfeld abfällig. »In jedem Haushalt liegen solche Beutel in der Schublade, im Keller oder in der Garage.«

»Mag sein. Aber wenn Sie einen Schritt weiter denken, Herr Kollege«, bemerkte Inka, »besteht die Möglichkeit, Fingerabdrücke von unserem Täter auf dem Müllsack zu finden.«

»Wer ist so blöd und fasst den Beutel ohne Handschuhe an?«

»Vielleicht werden Handschuhe getragen, wenn der Kopf in den Beutel gelegt wird und wenn der Kopf aus dem Beutel geholt wird, um kein Blut an die Finger zu bekommen, das mag sein. Aber ob unser Täter daran gedacht hat, als er den Beutel von der Rolle abgerissen hat, ist fraglich. Und genau hier besteht für uns die kleine Chance, einen Treffer zu landen, der uns zum Täter führt. Kein Verbrechen ist perfekt, Kollege. Irgendwo gibt es immer eine Schwachstelle. Und unsere Aufgabe ist es, genau diese kleine Lücke zu finden.«

»Tja, Herr Kollege, von Ihrer Kollegin Brandt können Sie noch lernen.« Fritz Lichtmann nickte Inka wohlwollend zu. »Das meine ich nicht abwertend, Herr Amselfeld. Ich schätze Ihre Arbeit, dass Sie mich recht verstehen.«

Jacob Amselfeld klappte seinen Schreibblock zu und stand auf. »Natürlich, Chef. Ich mach mich jetzt auf den Weg«, sagte er schnippisch, griff zu seiner Dienstmütze und verschwand eiligst aus der Tür.

»Hab ich danebengegriffen?« Fritz Lichtmann sah zu Inka und Mark.

»Na ja.« Mark grinste und wiegte den Kopf. »Nö, eigentlich nicht. Stimmt doch. Inka ist die Beste, die wir haben.«

Vier Stunden wälzten Inka und Mark Unterlagen, pflückten die Alibis der Bauern, Söhne, Töchter und Mitarbeiter auseinander, wogen ab, diskutierten.

Es war knapp fünfzehn Uhr, als es klopfte und ein blonder Hüne in den Fünfzigern den Kopf zur Tür hineinsteckte.

»Bin ich hier richtig bei der Hanstedter Kripo?«, fragte er mit holländischem Akzent.

»Bitte, kommen Sie herein. Sie sind Herr …« Inka blätterte in ihren Unterlagen.

»Jayden van Dijk«, antwortete der Holländer, bevor Inka die Seite aufgeschlagen hatte.

»Genau. Sie wollten uns sprechen, Herr van Dijk. Mein Kollege Mark Freese, und ich bin Inka Brandt.« Inka reichte van Dijk die Hand und bot ihm den Besucherstuhl gegenüber ihrem Schreibtisch an.

»Ja. Und zwar wollten wir, also meine zwei Kollegen und ich, wissen, wie weit Ihre Ermittlungen sind. Es ist nicht unsere erste Mastanlage, Frau Brandt, Herr Freese, die wir beabsichtigen zu bauen. Aber dass man uns mit solcher Ablehnung gegenübertritt, dass ein Mensch erschossen wird, ist noch nie passiert. Wir …«, begann van Dijk, als Inka um einen Moment bat, da das Telefon klingelte und Fridolin Kärchers Anruf ankündigte.

»Ja, Fridolin?«

»Inka, wir haben ihn.«

»Wen?«

»Den Sack.«

»Sack?« Inka verstand noch immer nicht, was Fridolin ihr mitteilen wollte.

»Den blauen Müllsack, womit der Schweinekopf transportiert wurde.«

»Das ist ja wunderbar«, sagte Inka erfreut. »Und wie sieht es aus mit Fingerabdrücken?«

»Wir sind dabei. Einige Teilabdrücke haben wir gefunden. Allerdings sind sie verwischt. Schaun wir mal, ob wir was gebrauchen können.«

»Und wo habt ihr den Sack gefunden?«

»Einen Kilometer östlich in dem Wäldchen, wo wir den Holländer fanden.«

»Liegt dahinter nicht der Tönnies-Hof?«

»So ist es, Inka. Aber dafür seid ihr zuständig. Ich melde mich, wenn ich einen vernünftigen Abdruck für einen Vergleich zusammengebastelt habe. Bis dann, Kollegin.«

Es klickte in der Leitung.

»Was war?«, fragte Mark, dem Inkas Euphorie nicht entgangen war.

»Die Kollegen der Spusi haben den blauen Müllsack gefunden, mit dem der Schweinekopf transportiert wurde«, sagte sie. »Den Rest später.«

»Darf ich fragen, was es mit dem Schweinekopf auf sich hat?«, fragte Jayden van Dijk.

»Es wurde nicht nur Ihr Kollege erschossen, sondern auch ein Bauer mit Namen Helmut Brodersen. Er saß in Björn Beckers Wagen auf dem Fahrersitz und hatte einen Schweinekopf auf dem Kopf.«

»Du meine Güte, das ist ja …« Van Dijk verstummte.

»Ja. Und wir haben jetzt den Beutel gefunden, in dem der Schweinekopf transportiert wurde, und hoffen nun auf Fingerabdrücke des Täters. Denn wer den Bauern erschossen hat, hat auch Ihren Kollegen erschossen.«

»Wo ist es passiert? Ich meine, wo hat man Björn gefunden?«

»In einem Waldstück nahe dem Weseler Weg.«

»Meinen Sie die Gegend, wo wir die Anlage bauen wollen? Da bei der großen Lichtung und den angrenzenden Höfen?«

»Richtig.«

»Das verstehe ich nicht. Die Familie Tönnies rief uns letzte Woche an und teilte uns mit, dass ihr Hof unwiderruflich nicht zum Verkauf stehe und sie unser Angebot ablehnen. Wir waren bereits auf der Suche nach weiteren Örtlichkeiten.«

»Wie hoch war Ihr Angebot, Herr van Dijk?«, wollte Mark wissen. »Nur so aus Neugier.«

»Drei Millionen Euro, Herr Kommissar. Aber ich glaube, wir hätten auch vier oder fünf Millionen bieten können, sie hätten nie verkauft. Sehr schade für uns.«

»Wir haben den falschen Beruf, Inka«, sagte Mark erstaunt.

»Sicher nicht, Mark. Ich möchte nicht mit dem Leiden hilfloser Tiere mein Brot verdienen. Entschuldigung, Herr van Dijk, aber ich habe eine andere Ansicht über Tierhaltung.«

»Natürlich, Frau Brandt. Aber ich darf Ihnen versichern, dass unsere Anlagen –«, begann van Dijk, als er von Inka barsch unterbrochen wurde.

»Herr van Dijk, aber darüber möchte ich jetzt nicht mit Ihnen reden. Dann sitzen wir nämlich morgen noch hier.«

»Sicher. Ich wollte auch nur –«

Inka hob abwehrend die Hand.

»Nun«, begann van Dijk neu. »Da wir den Tönnies-Hof nicht mehr einplanen, sind wir westlich ausgewichen. Dies behindert jedoch nicht unseren Bau, da wir die Zusagen der Höfe Brodersen, Warder und Heinemann bereits haben. Einzig fehlt uns der Jacobsen-Grund. Auf den Clarsen-Hof könnten wir ebenfalls verzichten. Die verminderte Landfläche grenzt zwar unsere Anlage um ein weiteres Stückchen ein, aber das ist zu verschmerzen. Doch wenn Björn und Herr Brodersen dort erschossen wurden, gehe ich davon aus, dass sie beide dort waren, um sich das Gebiet noch einmal anzusehen. Der Brodersen-Grund grenzt ein paar hundert Meter weiter an die Lichtung.«

»Und warum waren die beiden dort? Brodersen kannte seinen Besitz.« Inka sah zu Mark, der die Schultern zuckte.

»Vielleicht waren sie sich über den Preis nicht einig oder …«

»Nein, das kann es nicht sein«, wandte van Dijk ein. »Wie ich sagte, wir haben Herrn Brodersens schriftliche Zusage.«

»Stimmt, Inka, Herr van Dijk hat recht, das kann nicht der Grund gewesen sein.«

»Was wir uns eher fragen sollten, ist, warum waren die Männer und der Täter gleichzeitig am Weseler Weg?«

Inka schnaufte. »Na super. Wir müssen …«, begann sie, als Fridolin erneut anrief.

»Na, noch was vergessen?«

»Ja, und zwar haben wir den Hochsitz untersucht, von dem

aus Peters die Schüsse gehört haben will. Es stimmt, er war auf dem Sitz. Wir fanden ein Bonbonpapier und Fingerabdrücke von ihm auf der Leiter wie im Sitz der Kanzel. Schmauchspuren hat er keine an den Händen. Aber jetzt kommt es, Inka. Auf den Fotos, die wir aus seiner Kamera gesichtet haben, sind diesmal nicht nur Wacholder und vier aufgeschreckte Rehe zu sehen, sondern auch eine Person. Etwas verschwommen, weil Peters anscheinend mit der Kamera gewackelt hat, als die Schüsse fielen, aber immerhin können wir eine Person in dunkler Kleidung am Waldbeginn erkennen, die ein Gewehr in der Hand hält.«

»Und kannst du uns auch sagen, ob es sich um einen Mann oder eine Frau handelt?«

»Ich tippe auf eine Frau. Achim auf einen Mann und Enrico meint auch, es ist ein Mann. Leider dreht sich die Person gerade um, als sie abgelichtet wurde.«

»Haarfarbe?«

»Hell, würde ich sagen, kann aber am Sonneneinfall liegen.«

»Größe? Alter?«

»Sachte, Inka. Größe schätzungsweise eins fünfundsiebzig bis eins achtzig und schlank. Mit dem Alter wird es schwer. Beachten wir die Körperhaltung, die –«

»Fridolin!«, drängelte Inka. »Bitte fass dich kurz.«

»Keine Ahnung. Dreißig, fünfzig, sechzig. Alles ist möglich. Ich komm gleich bei euch vorbei, dann könnt ihr selber sehen.«

»Ja, mach das.« Inka legte den Hörer zurück und signalisierte Mark, dass sie ihn später über Fridolins Anruf informieren würde. »Herr van Dijk, ich möchte Ihnen raten, dass Sie sich umsichtig im Heidegebiet aufhalten. Ich kann Ihnen keinen Personenschutz anbieten. Es ist Urlaubszeit.«

»Ich verstehe, Frau Brandt. Aber ich werde nur noch den Jacobsen-Hof aufsuchen und mich dann auf den Heimweg machen.«

Inka nickte zufrieden. »Gut, tun Sie das. Und wenn Sie uns bitte informieren, wenn Sie Ihre Verhandlungen mit den Jacobsens abgeschlossen haben.«

»Gern. Auf Wiedersehen.« Van Dijk stand auf und reichte erst Inka, dann Mark die Hand.

»Nun, was hat Fridolin gesagt?«, fragte Mark neugierig, als die Bürotür ins Schloss gefallen war.

»Auf Peters' Bildern war eine Person mit einem Gewehr zu erkennen. Frau oder Mann, sie sind sich nicht einig. Er kommt rüber und zeigt uns die Fotos.«

30

Der Morgen begann für Sebastian mit dem Anruf seines Freundes Klaus-Olaf Zinner. Eine neue Frauenleiche war am Vorabend in einem Parkstück in Hamburg-Lokstedt gefunden worden. Wieder deutete alles auf den »Kreuzer« hin.

»Siehst du«, sagte Zinner, »er hat es nicht auf deine Freunde abgesehen. Badira war ein Zufallstreffer.«

»Quatsch, Olli. Seit wann glauben Polizisten an Zufälle in einer Mordermittlung?«, schnauzte Sebastian. Seine Nacht war unruhig verlaufen, und die Kopfschmerzen, die die Nacht über angedauert hatten, bohrten sich bis weit in seinen Nacken-Schulter-Bereich. »Was habt ihr?«

»Hör zu, ich muss gleich ins Büro und vorher die Kinder in die Schule fahren. Ich hab jetzt keine Zeit, mit dir zu reden. Wollen wir uns morgen um vierzehn Uhr zum Mittag auf der Terrasse des Alsterpavillons treffen?«

»Ja. Und was ist mit den Namen und Daten? Ich hab nichts auf meinem Handy gefunden.«

»Ach ja, das hab ich vergessen. Ich such sie dir raus und bringe sie mit.«

»Ist gut, Olli.«

Sebastian legte auf. Er schloss die Augen und fuhr mit geöffneten Fingern durch die Haare. Langsam massierte er seine Kopfhaut, die prickelte, als läge er auf einem Nadelkissen. Als er die Augen öffnete, sah er einen Brief am Türschlitz seines Jugendzimmers liegen. Er stützte sich am Bettpfosten ab und stand auf. Das Blut schoss wie ein Sturzbach in seinen Kopf, und in seinen Ohren rauschte und pochte es im Rhythmus seines Herzens.

Das Kuvert war verschlossen und nur mit seinem Namen versehen. Keine Straße, Briefmarke, kein Absender. Sebastian setzte sich aufs Bett, legte den Brief auf die Bettdecke, griff zur Wasserflasche und der Dose Kopfschmerztabletten, die auf dem

Regal am Fußende standen. Nachdem er zwei Tabletten mit drei kräftigen Schlucken Wasser genommen hatte, öffnete er den Brief.

»Hallo, Herr Schäfer, oder darf ich in unserer Vertrautheit Sebastian sagen? Nun, bleiben wir doch höflich ...«

Angefeuert von Adrenalin und Zorn sprang Sebastian vom Bett hoch und rannte mit dem Brief in der Hand die Treppen seines Elternhauses hinunter.

»Wann kam der Brief?« Sebastians Stimme überschlug sich, als er auf seine Mutter traf, die in der Küche stand und den letzten Teller abtrocknete.

»Brief? Was für einen Brief meinst du, Junge?« Susanne Schäfer starrte ihren Sohn irritiert an.

»Diesen hier, Mutter.« Sebastian wedelte mit dem Blatt und dem Kuvert in der Luft.

»Es kam kein Brief für dich. Was bist du denn so aufgeregt?«

»Habt ihr jemanden reingelassen? Einen Handwerker?«

»Sag mal, was ist denn los? Nein. Hier war keiner.«

»Gestern auch nicht?«

»Nein.«

»Habt ihr nachgesehen, ob die Haustür oder die Terrassentür oder ein Fenster beschädigt ist?«

»Nein. Junge, du machst mir Angst.«

»Ich hab schon wieder einen Brief erhalten.«

»Wieder von ...«

»Ja. Und er wurde unter meiner Tür durchgeschoben. Und wenn ihr es nicht wart, dann ...« Sebastian brauchte nicht weiterzusprechen.

»Um Himmels willen.« Susanne Schäfer schlug sich die Hand vor den Mund. Erschrocken sah sie ihren Sohn an. »Ich muss deinen Vater anrufen. Sofort«, sagte sie und eilte in die Diele.

»Ja, tu das, ich muss auch ...« Sebastian zog den Küchenstuhl unter dem Tisch hervor, setzte sich und las die letzten Zeilen des Briefes.

»... denn wir wissen ja, was sich gehört. Glauben Sie, dass diese Schlampe, die Sie gefunden haben, ein Zufall war? Nein, oder? Sie nicht, Herr Schäfer! Da bin ich mir ganz sicher. Sie sind ein Profi. Übrigens, das Bild, das Sie für die Medien freigegeben haben, wird mir nicht gerecht. In Wahrheit bin ich viel attraktiver. Aber auch das brauche ich Ihnen ja nicht zu sagen. Dennoch gratuliere ich, Sie haben eine weitere Spur gefunden. Wie es mich freut.

Neulich war ich übrigens in Undeloh. Welch ein nettes Dörfchen. Und man kann dort so wunderbar im ›Hotel Heiderose‹ zu Mittag essen. Ich mag den Platz am Hintereingang. Da, wo du dich mit Inka am Samstagmittag verabredet hattest, aber leider nicht aufgetaucht bist, weil du volltrunken in deinem Bett gelegen hast. Wie gern hätte ich euch zusammen in Vertrautheit gesehen. Sie ist eine hübsche Frau. Eindeutig naturblond, das mag ich. Obwohl sie mir ein wenig zu klein ist. Ein Meter sechzig, zweiundsechzig. Nun, das ist ja nicht wichtig. Dir muss sie gefallen. Interessiert dich eigentlich, wie der Brief zu dir in dein Elternhaus gekommen ist? Ich denke, das wirst du schnell rausfinden. Ups, wir sind beim Du angelangt. Ja, wir werden uns immer vertrauter. Wir hören voneinander. Bis bald und einen schönen Tag und grüß mir die Inka und Teresa und ihre lesbische indische Freundin Flora. Das gehört sich nicht, das kannst du ihr auch sagen. Sie ist ein böses Mädchen.«

Sebastian knüllte den Brief zusammen und schmiss ihn auf den Boden. Sein Atem ging schnell und unkontrolliert. Mit den Fäusten hieb er auf den Tisch. Das abgetrocknete und zusammengestellte Geschirr schepperte. Er stand auf, bückte sich nach dem Papierball und steckte ihn in die Hosentasche. Er wusste, dass er Beweismittel zurückhielt, doch wenn er den Brief an die Hamburger Kollegen übergab, würde es in einer halben Stunde im Haus seiner Eltern von Polizei wimmeln. Sie würden alles auseinanderpflücken, und das durfte er seinen Eltern nicht antun. Sie hatten die letzten vier Jahre genug gelitten. Und dieses Monster gehörte ihm. Ihm ganz allein. Er musste Inka anrufen und Flora warnen.

31

Fridolin Kärcher kam gerade durch die Bürotür gestürmt, als Inka ihr Schinkenbrötchen und die Dose mit Hannas Weißkrautsalat ausgepackt hatte.

»Mahlzeit«, sagte er, zog einen Stuhl neben Marks Schreibtisch und legte eine CD-Hülle auf den Tisch. »Wollen wir, oder …« Er nickte zu Inkas Mittagessen.

»Wir wollen«, antwortete Inka und stellte den Teller mit dem Brötchen und die Dose Krautsalat auf die Fensterbank. »Zeig her, was du hast.« Neugierig rollte sie mit ihrem Bürostuhl um den Schreibtisch, bis sie bei Kärcher angekommen war. Gebannt starrte sie auf den Bildschirm, der ein Foto nach dem anderen aufbaute.

»Hier«, sagte Kärcher. Mit dem Zeigefinger tippte er auf ein dunkles Etwas, das am Waldrand stand. »Könnt ihr erkennen, wer das ist?«

»Nein. Stell das Bild größer und schärfer.«

Kärcher tippte auf ein paar Tasten, und die Gestalt am Waldrand bekam erst einen weißen Umriss und vergrößerte sich dann sekündlich, bis sie auf das Doppelte angewachsen war. »Und?«

»Keine Ahnung, wer das ist. Verdammt! Wäre ja auch zu schön gewesen«, sagte Inka genervt.

»Ja, und unser Schütze trägt Handschuhe. Aber was meint ihr, ist es nun eine Frau oder ein Mann?«, fragte Kärcher neugierig.

»Ein Mann«, spurtete Mark vor.

»Denke ich auch«, sagte Inka. »Blonde Haare, schlank und eins fünfundsiebzig, vielleicht eins achtzig groß. Oder, Mark?«

»Hm, kann hinkommen«, sagte der an einer Zimtwaffel kauend. »Aber wer das ist, bei der verschwommenen Bildqualität? Ich habe keine Ahnung.«

»Es muss unser Mörder sein.«

»Möglich. Vielleicht ist es aber nur ein Jäger, der zur Aufsitzjagd unterwegs war und zufällig am Waldrand stand, als Becker oder Brodersen erschossen wurden. Er trägt Jägerkleidung.«

»Das kann sein, Mark. Ich denke, dass er wie Peters den Schuss gehört und sich deswegen umgedreht hat.«

»Stimmt, aber er kann auch aus dem Wald gekommen sein, wo er Becker erschossen hat. Und er hat sich umgedreht, um sich zu vergewissern, ob ihn niemand gesehen hat oder ihm gefolgt ist.«

»Ich mach einen Ausdruck«, sagte Fridolin Kärcher.

»Ja, und danke, dass du rübergekommen bist. Bist du mit den Teilabdrücken auf dem Müllbeutel weiter?«

»Leider nicht. Wie ich sagte, sie sind ordentlich verschmiert. Wir haben ein spezielles Programm vom BKA Hamburg angefordert, bei dem Teilabdrücke übereinandergelegt und zusammengefügt werden, bis ein vollständiger Abdruck entsteht. Aber auch dann ist es nur ein Versuch.«

»Und wann kriegst du das Programm?«

»Morgen, übermorgen.« Fridolin Kärcher zuckte die Achseln. »Ich melde mich. Macht's gut, ihr beiden«, sagte er und eilte aus dem Büro.

Inka griff zum Brötchen, biss hinein und kaute nachdenklich. Eine Weile verging schweigsam, dann sagte sie: »Was meinst du, Mark, wo sollen wir zuerst hin? Auf den Jacobsen-, Clarsen- oder Tönnies-Hof?«

»Wir fangen einfach wieder vorn an. Ich hab nur keine Hoffnung, dass wir mehr rauskriegen als bisher. Allerdings hat van Dijk gesagt, dass sie den Clarsen- und Tönnies-Hof nicht mehr einplanen. Also lass uns die Hühner satteln und zum Jacobsen-Hof reiten.«

Inka lachte über Marks Bemerkung, dann steckte sie sich den Rest Brötchen in den Mund und stand auf.

Auf dem Jacobsen-Hof herrschte gespenstische Stille, als Inka und Mark eintrafen.

Sie klingelte an der Haustür, und Thomas Jacobsen öffnete.

»Was wollen Sie schon wieder?«, motzte er.

»Wir müssen noch einmal mit Ihren Eltern, Ihren Geschwistern und Mitarbeitern reden. Dürften wir reinkommen?«

»Nein.« Thomas Jacobsen verstellte den Eingang. »Es gibt nichts mehr zu besprechen. Außerdem müssen wir arbeiten.« Die Tür wurde zugeworfen.

»Der hat sie wohl nicht mehr alle«, sagte Mark und begann sofort mit einem Klingelsturm.

Thomas Jacobsen riss erneut die Tür auf und stemmte die Hände in die Hüften. »Was?«

»Wagen Sie das nicht noch einmal, Herr Jacobsen, oder hier rollen gleich sämtliche Kollegen von uns an und nehmen Sie allesamt mit auf die Wache. Und dann können Sie zusehen, wer die Schweine füttert oder den Weizen einholt.«

Thomas Jacobsens Kiefer mahlten. »Was wollen Sie?«, fragte er mürrisch.

Inka und Mark wechselten einen schnellen Blick.

»War Herr van Dijk bei Ihnen?«, wollte Inka wissen.

»Nein. Wer ist das?«

»Ein weiterer holländischer Investor, der mit Ihnen verhandeln will.«

»Das kann er sich sparen. Wir haben unseren Vater überzeugt, dass wir nicht verkaufen.«

»Das würden wir gern persönlich von Ihrem Vater hören.«

»Er ist auf dem Feld.«

»Und Ihre Mutter?«

»Beim Friseur in Hanstedt.«

»Dann sagen Sie uns doch bitte, wo das Feld ist, wo wir Ihren Vater finden.«

»Nicht nötig«, ertönte eine Stimme hinter Thomas Jacobsen. »Ich bin hier. Ist schon gut, Thomas. Ich mach das.« Edgar Jacobsen schob sich vor seinen Sohn in den Türrahmen.

»Guten Tag, Herr Jacobsen, wir würden gern –«, begann Mark, als Edgar Jacobsen ihn unterbrach.

»Kommen Sie rein.« Er trat zur Seite. »Den Weg in die Küche kennen Sie ja«, sagte er. Edgar Jacobsen wirkte übernächtigt.

In der Bauernküche war es herrlich kühl. Die dicken Mauern

des Hauses hielten die Hitze, die am frühen Nachmittag ihr Rekordhoch von zweiunddreißig Grad erreicht hatte, draußen. Inka atmete auf und sah sich um. Die Uhr über der Eckbank zeigte fünfzehn Uhr. Die Spülmaschine verrichtete gurgelnd ihre Arbeit. Auf dem Herd stand ein silberfarbener Topf, in dem die Reste des Mittags auskühlten. Ansonsten war die Küche blitzblank. Auf dem Esstisch lag eine weiße Tischdecke, in deren Mitte ein Alpenveilchen auf einem Unterteller stand und eine einzelne rote Blüte zeigte.

»Bitte«, sagte Jacobsen mit erhobenem Arm. »Nehmen Sie Platz.«

Inka rutschte auf die Sitzbank wie bei ihrem letzten Besuch.

»Darf ich Ihnen etwas zu trinken anbieten? Einen Kaffee? Thomas, setzt du bitte einen auf«, sagte er zu seinem Sohn, der an den Türrahmen gelehnt stehen geblieben war.

»Nein danke«, antwortete Inka und sah zum Junior. »Machen Sie sich keine Umstände.«

Thomas Jacobsen verzog spöttisch die Mundwinkel und lächelte leise. Er brauchte nicht auszusprechen, was er von dem Besuch der Kommissare hielt.

»Na dann, fragen Sie«, sagte Edgar Jacobsen. »Sie haben doch nichts dagegen, wenn ich mir einen einschenke, oder?«

»Bitte«, entgegnete Inka und beobachtete den Senior, wie er eine Flasche aus dem Kühlschrank holte.

»Ist ein Original Wildschütz-Doppelwacholder aus der Heide. Möchten Sie lieber diesen Klaren anstatt Kaffee?« Er hielt die Flasche in die Luft.

»Nein. Wir sind im Dienst«, sagte Mark.

»Ach ja, das sagen die auch immer im Fernsehen: Nein danke, wir sind im Dienst. Was ein Quark. Da kriegt das Hirn erst richtig Schwung.« Er setzte sich Inka gegenüber und öffnete die Flasche. Der dunkelgrüne Verschluss knirschte.

»Wie man es nimmt.« Inka lächelte und sah Jacobsen zu, wie er die transparente Flüssigkeit in ein fingerhohes Stiefelglas füllte. Sie fragte sich, wie man bei dieser Hitze Alkohol vertragen konnte. »Herr Jacobsen«, begann sie, als er den Stiefel in einem Zug geleert hatte, »Ihr Sohn sagte, Sie würden nun doch einen Verkauf verweigern.«

»So, hat er das gesagt.« Edgar Jacobsen sah zu seinem Sohn, lächelte, nickte und schenkte das Glas ein zweites Mal randvoll.

»Stimmt es nun oder stimmt es nicht?«, drängelte Mark.

»Nein. Ja. Wir, ich bin nicht sicher. Doch ich bin hier das Oberhaupt, dass das ein für alle Mal klar ist. Auch für dich, Thomas. Ich entscheide, was gemacht wird.«

Thomas Jacobsen warf seinem Vater einen wütenden Blick zu, schlug mit der Faust gegen die hölzerne Küchentür und verschwand.

Mark wollte aufstehen und ihn zurückholen, als Inka ihm zuflüsterte: »Lass, wir holen ihn nachher.«

»Was sagt Ihre Frau? Wäre sie jetzt mit dem Verkauf einverstanden?«

»Das muss sie nicht. Haben Sie nicht verstanden, ich bin das Oberhaupt der Familie.«

»Herr Jacobsen. Kennen Sie diesen Mann oder diese Frau?« Inka schob Jacobsen Fridolins Fotoausdruck über den Tisch.

»Nee, nie gesehen. Wer soll das sein?«

»Wir vermuten, es ist der Mörder Ihres Nachbarn Helmut Brodersen, von Björn Becker und möglicherweise auch von Gerd Knöppel.«

»Nee, da kann ich nicht weiterhelfen. Kann man ja nicht mal erkennen, ob das ein Mensch oder ein Wild ist.« Edgar Jacobsen schüttelte den Kopf. »Wo ist denn das Foto aufgenommen worden?«

»Hier bei Ihnen in Dierkshausen, gleich vorn an der Lichtung am Weseler Weg.«

»Meine Güte.« Jacobsen schenkte dem Bild einen zweiten Blick und füllte das Stiefelglas erneut mit Wacholderschnaps.

»Sie haben keine Gewehre mehr im Haus, oder?«

»Die hat Ihr Kollege doch alle mitgenommen.«

»Was wir suchen, ist ein Jagdgewehr aus Kriegszeiten. Gibt es eine Waffe dieser Art auf Ihrem Hof?«, fragte Mark.

»Ein Jagdgewehr«, wiederholte Jacobsen nachdenklich.

»Ich weiß, mein Opa hatte im Schuppen eine Truhe, wo er alten Kriegskram aufgehoben hat. Als Kind hat er es mir gezeigt. Uniform, Mütze, Orden und all dieser Krempel. Kann sein, dass da ein Gewehr dabei war. Ja, warten Sie, ich erinnere mich.« Edgar Jacobsen lächelte. »Stimmt, es gab tatsächlich eine alte Büchse. Die lag ganz unten in der Kiste. Aber das existiert alles nicht mehr. Vor einem halben Jahr hat mein Jüngster alles an einen Sammler verkauft. An so einen fanatischen Heini, der allen alten Plunder aufkauft. Wie wild sind die da hinterher.«

»Wo ist Ihr Sohn jetzt?«

»Wo wird er sein? Auf dem Feld.«

»Würden Sie ihn anrufen und herbestellen?«

»Brauch ich nicht.« Edgar Jacobsen drehte den Kopf zur Küchenuhr. »Er wollte um halb vier hier sein. Er ist immer pünktlich.«

Inka nickte. »Wir müssen auch mit Ihren anderen beiden Söhnen, Ihrer Tochter, den Schwiegertöchtern und Mitarbeitern sprechen.«

»Jetzt?«

»Bitte«, sagte Inka.

»Wenn es denn sein muss.« Edgar Jacobsen stützte sich am Tisch ab und stand auf, um an sein Handy zu reichen, das auf der Ablage der Anrichte lag.

Noch während er telefonierte, stapfte Ludolf, der jüngste der Jacobsen-Söhne, mit Michael, seinem Bruder, in die Küche. Sie schüttelten fast gleichzeitig die blonden Haare, aus denen kleine Strohhalme auf den Küchenboden rieselten.

»Schüttelt eure Borsten gefälligst draußen aus«, mischte sich sofort Ludolfs Frau Andrea ein, die hinter den beiden auftauchte. »Wenn Mutter den Dreck sieht, könnt ihr was erleben.«

Inka musste unwillkürlich grinsen. Ihre Mutter hatte auch ständig den Boden der Bauernküche gefegt und gewischt, wenn Hanna und sie als Kinder vom Feld hereingestampft waren.

»Hallo«, sagte Andrea kurz und reichte Inka und Mark die Hand. »Entschuldigung, aber wir sind so viele Leute, dass wir uns alle ein wenig benehmen müssen.« Sie warf ihrem Mann und ihrem Schwager einen giftigen Blick zu.

»Verstehe«, antwortete Inka. »Das kenne ich.«

»Sie haben ein Kriegsgewehr an einen Sammler verkauft?«, fragte Mark an Michael Jacobsen gewandt.

»Wer? Ich?« Michael Jacobsen sah Mark irritiert an.

»Ihr Vater erzählte, dass vor einem halben Jahr –«

»Ach so, ja. Da kam ein Sammler, der ging wohl von Hof zu Hof und fragte, ob wir alte Kriegsandenken, Gewehre, Orden und so einen Kram hätten, die wir nicht mehr aufheben wollten. Ich half Mutter gerade in der Küche, wir hatten tags zuvor geschlachtet. Alle anderen waren auf dem Feld oder im Stall. Na, wie auch immer, der klingelte im ungünstigsten Augenblick. Mutter sagte, sie würde das erledigen, ich solle nur weiter Fleisch schneiden. Sie hatte Probleme mit der Hand, weil sie sich einen Nerv in der Schulter eingeklemmt hatte. Nach einer Viertelstunde kam sie mit über tausend Euro in der Hand zurück. Sie meinte, sie sei froh, den alten Krempel endlich los zu sein.«

»Aber wissen Sie, ob sie auch ein Gewehr verkauft hat?«

»Wenn da eins drinnen war, sicher. Der Sammler hat die Truhe zu seinem Transporter geschleppt.«

»Wer wusste alles von der Truhe mit den Kriegsandenken?«

»Wir alle. Aber niemand hat sich dafür interessiert. Der Kram stand nur rum und wurde von einer Ecke in die andere geschoben.«

»Wie hieß der Sammler, haben Sie einen Namen? Können Sie sein Aussehen, das Alter beschreiben?«

»Nein. Gekauft wie besehen und weg mit dem Plunder. Nach einem Namen haben wir nicht gefragt. Und wie er aussah … Er hatte dunkle Haare, war schlank und in meinem Alter. Vielleicht drei, vier Jahre älter, so Ende zwanzig.«

»Hatte er einen Bart, eine Brille?«

»Nein. Davon hab ich nichts gesehen.«

»Sie sagen, er kam mit einem Transporter. Konnten Sie das Nummernschild erkennen?«

Michael Jacobsen schüttelte den Kopf. »Ich glaube, es war HK – Heidekreis, aber mehr …« Er zuckte die Schultern.

»Wann wollte Ihre Frau zurück sein?«, fragte Inka den Senior.

»In höchstens zwei Stunden.« Wieder warf er einen Blick zur Küchenuhr.

»So wird das nichts«, sagte Inka genervt. »Wir brauchen alle Familienmitglieder und alle Mitarbeiter. Wir lassen Sie für eine Stunde allein, und in der Zeit trommeln Sie alle zusammen, die hier täglich auf dem Hof herumlaufen.«

»Wie soll das denn gehen?« Ludolf Jacobsen baute sich vor Inka auf. »Wir haben zu tun. Meine Brüder und ich müssen gleich in den Stall und den Frauen helfen.«

»Ich verstehe, Herr Jacobsen. Kühe müssen gemolken, das Getreide eingebracht werden und, und, und … Doch entweder wir finden Sie in einer Stunde alle zusammen in dieser Küche vor, oder wir veranlassen für Sie einen Betriebsausflug auf die Wache. Das dürfen Sie sich aussuchen.«

»Gehen Sie, Frau Brandt. Eine Stunde. Ich kümmere mich um meine Leute. Und danke für Ihre Rücksicht«, kam am Tischende vom Senior.

»Und wo wollen wir jetzt eine Stunde hin?«, fragte Mark, als sie in den Mini eingestiegen waren.

»Keine Ahnung«, sagte Inka. »Mach einen Vorschlag.«

»Hast du Lust auf ein Eis? Ich lad dich ins Hanstedter Eiscafé ein.«

»Aber immer.«

Die Stunde im Café verging im Flug. Inka hatte sich einen Erdbeerbecher mit Sahne und Mark einen Amarena-Kirsch-Becher, ebenfalls mit Sahne, bestellt.

»Meine Güte«, sagte Inka, »das war lecker. Vielen Dank für die Einladung. Ich weiß gar nicht, wann ich zuletzt Eis gegessen habe.« Sie lachte.

»Ja, das war wirklich mal was anderes als Kekse. Nicht dass du mich falsch verstehst, ich liebe Kekse, aber im Moment scheine ich mich nur noch davon zu ernähren«, sagte Mark.

»Sommerkreationen im Winter, Winterkreationen im Sommer und zwischendurch für alle möglichen Festtage die besonderen Sorten.«

»Ja, auch die leckersten Sachen können einem zum Hals raushängen.« Inka sah auf ihr Handy, um die Uhrzeit zu kontrollieren. Eine neue Nachricht blinkte auf. Sie öffnete die SMS. »Muss dich sprechen. Ruf zurück. Sebastian.« Sie steckte das Handy zurück in die Handtasche. Später, am Feierabend, würde sie Sebastian anrufen. Er hatte seine Arbeit und sie die ihre, auf die sie sich konzentrieren musste. »Zurück zu den Jacobsens, Mark. Die haben alle Alibis, gut, keine besonders standfesten, doch sie sind blond. Wobei das die Tönnies, Clarsens, Brodersens, Warders und Heinemanns teilweise auch sind. Jeder könnte der Täter gewesen sein.«

»Ja, und wir sind wieder am Anfang.« Mark fischte die letzte dunkelrote Kirsche aus der bauchigen Eisschale und steckte sie in den Mund.

»Wir sollten die anderen Bauern befragen, ob bei Ihnen auch ein Sammler aufgetaucht ist. Vielleicht weiß einer von denen den Namen.« Inka griff erneut zum Handy.

»Ist gut«, sagte Mark. »Ich geh inzwischen für Königstiger und die Rechnung begleichen.«

Inka nickte.

Tatsächlich hatte ein Sammler an jedem Hof in Dierkshausen haltgemacht und nach Kriegsgegenständen gefragt. Auf dem Warder-, Clarsen- und Brodersen-Hof hatte er Orden, eine Uniform, Säbel und zwei Gewehre der Familien erstanden. Die Heinemanns und die Tönnies lagerten keine geschichtsträchtigen Gegenstände.

Leider hatte keiner einen Namen oder ein Schriftstück über die verkauften Utensilien. Inka wollte gerade das Handy in die Tasche legen, als es in ihrer Hand zu vibrieren begann. Sie sah auf das Display.

»Das ist Fridolin«, sagte sie zu Mark und nahm das Gespräch an. »Fridolin, was gibt's?«

»Das Labor hat angerufen. Die DNA-Analyse ist da.«

»Und? Mach es nicht so spannend.«

»Der Kopf stammt aus der Knochentonne der Clarsens.«

»Sicher?«

»Ganz sicher.«

»Fridolin«, rief Inka ins Handy, als der Kollege sich verabschiedete. »Fridolin, ihr habt doch ein paar Gläser Leber- und Blutwurst zur Analyse mitgenommen. Kannst du mir sagen, ob in der Wurst auch Schweinekopf verarbeitet wurde?«

»Ich verstehe, Inka, auf was du hinauswillst. Ich kann dir sagen, dass das Fleisch in der Wurst ausnahmslos von Clarsens Schweinen stammt. Aber ob Schnauze, Ohren und der Rest dabei waren, ist nicht zu identifizieren. Viel Glück. Ich fax euch das Ergebnis ins Büro.« Fridolin Kärcher legte auf.

»Ja, dann ab zu den Clarsens«, sagte Mark.

»Nein, ich will nicht wieder auf einen Hof. Ruf Frauke an. Sie soll alle auf die Wache bestellen.«

Friedhelm Clarsen traf mit Ehefrau Helma und den Söhnen Ingo und Konrad sowie den Mitarbeitern Evelin Kleist und Sigmund Breuer eine Stunde später auf der Dienststube ein.

Inka bat Friedhelm und Helma Clarsen in den Verhörraum, während die Söhne und Mitarbeiter im Aufenthaltsraum warteten.

»Frau Clarsen, Herr Clarsen, Sie haben uns erzählt, dass Sie drei Schweine geschlachtet und die Köpfe der Tiere in der Wurst verwertet haben. Das ist gelogen.«

»Nein. Es waren drei Schweine.«

»Das mag sein, aber nur zwei Köpfe wurden von Ihnen in der Wurst verarbeitet. Den dritten Kopf hat einer von Ihnen Ihrem Freund und Nachbarn Helmut Brodersen aufgesetzt, nachdem er ihn erschossen hat.« Inkas Handy vibrierte auf ihrem Schreibtisch. Schon wieder Sebastian. Inka lehnte den Anruf ab.

»Nein. Warum sollten wir das tun? Helmut war unser Freund«, stieß Friedhelm Clarsen atemlos hervor.

»Sagen Sie es uns, warum Sie das getan haben. Vielleicht, weil er seinen Grund verkaufen wollte und dann die Option zum

Bau der Mastanlage näher rückte. Immerhin wäre die Anlage kaum zweihundert Meter von Ihrem Hof entfernt.«

»Nein! Selbst wenn eine Anlage entsteht, ist das doch kein Grund, Helmut umzubringen. Außerdem sind wir nicht die einzigen Bauern der Heide, die Schweine halten und schlachten.«

»Und wie erklären Sie sich dann, dass der Schweinekopf, der auf Helmut Brodersens Kopf gestülpt saß, laut DNA-Analyse mit den Innereien und Augen übereinstimmt, die in Ihrer Knochentonne lagen?«

Friedhelm und Helma Clarsen sahen verstört auf, dann sagte Helma Clarsen: »Ja, stimmt. Ich hab nur zwei Köpfe verarbeitet. Mehr brauchte ich nicht. Den dritten Kopf hab ich in die Tonne geworfen. Das hatte ich ganz vergessen. Aus der Tonne muss ihn dann jemand gestohlen haben.«

»Gestohlen. Jemand, der wusste, dass Sie geschlachtet haben? Jemand, der wusste, dass Sie an dem Tag nur zwei Köpfe verarbeiten wollten? Hören Sie auf, Frau Clarsen, das ist doch gelogen. Warum sollten Sie nur zwei Köpfe verarbeiten, wenn Sie drei haben? Das wäre doch Verschwendung. Das macht ein Bauer nicht. Und warum sollte jemand in Ihrer Knochentonne nach einem Schweinekopf suchen, wenn er den beim Schlachter bestellen kann?«

»So war es aber«, sagten die Clarsens fast gleichzeitig.

»Es hat keinen Sinn. Einer von Ihnen oder von Ihren Söhnen oder Mitarbeitern hat nicht nur Helmut Brodersen, sondern auch Björn Becker und Gerd Knöppel erschossen. So ist es. Geben Sie es zu. Kooperieren Sie mit uns, dann –«

»Wir waren es nicht!«, rief Friedhelm Clarsen. »Und nur weil der Schweinekopf von einem unserer Schweine stammt, sind wir noch lange keine Mörder.«

Inka warf Mark einen kurzen genervten Blick zu. Clarsen hatte natürlich recht. Sie konnte ihm keinen Mord anhängen. Sie hatten keine Fingerabdrücke oder sonstige Fakten, die auf die Clarsens als Mörder hinwiesen.

»Also gut«, sagte sie. »Sie können gehen. Ich gehe nicht davon aus, dass Sie in nächster Zeit verreisen wollen, oder?«

»Pah. Und wer versorgt dann unsere Tiere?«

Auch die Söhne Ingo und Konrad Clarsen sowie die Mitarbeiter Sigmund Breuer und Evelin Kleist stritten vehement ab, die drei Morde begangen zu haben. Auf die Frage, wer von der Schlachtung der Schweine gewusst hatte, bekam Inka keine Antwort.

Inka griff zum Handy und wählte Sebastians Nummer. Die Mailbox sprang an. Sie legte ohne Nachricht auf.

32

Sebastian saß vor einem großen Glas Mineralwasser, in dem Eiswürfel und eine Zitronenscheibe schwammen, als er Klaus-Olaf Zinner über die Treppen des Alsterpavillons auf sich zukommen sah. Zinner setzte sich Sebastian gegenüber auf einen weißen schmiedeeisernen Terrassenstuhl.

»Na, mein Freund, alles gut bei dir?«, fragte er und winkte einer jungen Bedienung zu, die am Nebentisch vorbeieilte.

»Wie du siehst«, antwortete Sebastian müde. »Und? Hast du die Daten dabei?«

»Wie abgemacht.« Zinner warf eine blaue Papierakte auf den Tisch. »Was ist mit dem Bild?«

»Gleich.« Sebastian zog die Akte heran und blätterte. »Die kann ich behalten?«

»Sicher.«

»Okay.« Er drückte auf seinem Smartphone zwei Tasten. »Bild kommt.«

»Super. Ich hab Hunger. Was wollen wir essen, Basti?«

»Bockwurst und Kartoffelsalat.« Er sah zur Kellnerin hoch.

»Zweimal«, sagte Zinner und blinzelte der blonden Mittzwanzigerin aufmunternd zu. »Was suchst du in den Unterlagen?«

»Ich …«, begann Sebastian. »Ich such nach Übereinstimmungen. Zeiten, Namen, Daten.«

»Das haben wir durch. Es gibt keine Übereinstimmungen, außer dass der Kerl es auf Frauen abgesehen hat, die nicht in seine Weltanschauung passen.«

»Das glaub ich nicht, Olli. Dem Profil nach, was wir zusammen erstellt haben, als ich noch bei euch gearbeitet hab, ist er ein Psychopath, der zwanghaft mordet. Er muss es tun, um seine eigene kleine beschissene Welt sauber zu waschen. Und er wird weiter morden, weil er noch immer keinen Eindruck hinterlassen hat. Weil sich noch immer keiner dafür zu interessieren scheint, warum er ein Ungeheuer ist. Darum geht er auch so weit, dass er mir …« Sebastian stockte. Mit seinen Eltern war abgesprochen, dass er den Einbruch ins Haus und den Brief nicht auf der Hamburger Wache erwähnte. Bernd Schäfer hatte vergessen, die Kellertür abzuschließen, als er den Rasenmäher nach dem Mähen zurückgestellt hatte. Nur so konnte der »Kreuzer« ins Haus eingedrungen sein und den Brief unter Sebastians Tür durchgeschoben haben.

»Ja?«

»Nichts.«

»Basti, kann es sein, dass du mir Informationen vorenthältst?«

»Nein.«

»Das nehm ich dir nicht ab.«

»Dann lass es, Olli.« Sebastian bedankte sich bei der Bedienung, die ihm einen quadratischen weißen Teller mit Kartoffelsalat und zwei Bockwürsten servierte. Er griff zu Messer und Gabel und begann zu essen. Wann hatte er überhaupt das letzte Mal etwas gegessen? Seine Mutter kochte jeden Tag. Doch er verweigerte das Essen, hielt sich an der Flasche Whisky fest. »Wir wissen, dass er ein helles Köpfchen ist. Er glaubt, klüger als wir zu sein. Und er hat Zeit, über sein verficktes Leben nachzudenken, sich das nächste Opfer zu suchen. Aber wir haben die Zeit nicht, Olli. Wann veranlasst ihr endlich einen weiteren Medienaufruf? Die einzelnen bisherigen Aufrufe waren zu wenig.«

»Das ist am Laufen, Basti. Jetzt suchen wir einen weiblichen Lockvogel, der sich bereit erklärt –«

»Wie?«, schnitt Sebastian seinem Freund das Wort ab. Er ließ Messer und Gabel sinken. Er hatte keinen Appetit mehr. »Ihr wollt eine Hamburger Bürgerin ohne polizeiliche Ausbildung einem Monster zum Opfer bringen? Geht's noch?«

»Reg dich ab, Basti.« Zinner schob sich eine Gabel Kartoffelsalat in den Mund. »Du weißt doch, wie so was läuft. Die Frau wird nicht in Gefahr sein«, murmelte er.

»Er hat am helllichten Tag gemordet, Olli. Im Stadtpark. Das fordert ein gewisses Maß an Raffinesse. Was ist –«

»Das wissen wir alles, Basti«, würgte Zinner seinen Freund ab.

Sebastian schnaufte angestrengt. »Habt ihr noch einmal alle Telefonanrufe oder Briefsendungen der Familien der Opfer durchgesehen? Gab es obszöne Anrufe? Überfälle?«

»Sicher. Und nein, gab es nicht. Und wir erwarten auch keine Anrufe bei den Familien.«

»Was ist mit einer Topografie? Habt ihr eine erstellt? Er hat in Hamburg begonnen und setzt seine grausamen Taten in Hamburg fort. Das lässt vermuten, dass er in der Stadt oder in einem Hamburger Vorort wohnt. Er kennt die Gegend. Nur ein Einheimischer kann wissen, wo es möglich ist, zu morden, obwohl reger Publikumsverkehr herrscht.«

»Reg dich nicht auf, Basti. Wir klären alles«, sagte Zinner und signalisierte der Kellnerin, dass er zahlen wollte.

Sebastian hatte auf seiner Liste der Schlussfolgerungen und Charakteristika des Täters nach dem Gespräch mit seinem früheren Kollegen weitere fünfzehn Punkte stehen, als er nach Hause fuhr. Mit akribischer Genauigkeit vervollständigte er seine Daten in seiner Akte. Er verglich die Mondphasen und tatsächlich: Der »Kreuzer« hatte immer bei Vollmond gemordet. Warum rief Inka nicht zurück? Seit gestern schickte er eine SMS nach der anderen. Sie musste erfahren, was er herausgefunden hatte.

33

In der Küche des Sundermöhren-Hofs waren alle Plätze am großen Esstisch besetzt. In Hannas Zehnlitertopf simmerte ein Rest Möhrensuppe. Die Brotkörbchen auf dem Tisch waren bis auf ein paar Sesamkrümel geplündert. Selbst das Griebenschmalztöpfchen war bis auf den Grund ausgekratzt. Inka grüßte mit Mark in die Runde. Als sie je einen Teller vom Stapel nahmen und sich zum Ofen umdrehten, stand schon der nächste Gast am Topf und füllte mit der Kelle die restliche Suppe auf seinen Teller.

Mit verkrampfter Miene nickte Inka dem Gast zu, der, als hätte er einen Wettkampf gewonnen, mit dem Suppenteller lächelnd auf die Eckbank rutschte.

Inkas Magen knurrte.

»Gehen wir«, sagte sie zu Mark, trat aus der Küche und ging in den Hofladen, wo Hanna hinter dem Kühltresen stand und Kunden bediente. Inka wartete geduldig, bis der letzte Kunde seine Waren aus dem Laden getragen hatte.

»Für uns ist nichts mehr da, Hanna«, sagte sie fast vorwurfsvoll. »Deine Gäste haben alles aufgefuttert. Kein Brot, kein Schmalz und keine Suppe. Wir haben Hunger.«

»Ach, ihr armen ausgehungerten Polizisten. Was habt ihr Glück, dass ich für morgen vorgekocht habe, weil ich mit Lennart zum Kinderarzt muss. Das wird da wieder ewig dauern.« Hanna verdrehte die Augen. »Also gibt es morgen aufgewärmte Linsensuppe. Frisches Dinkelbrot hat Bäcker Dietrich gerade gebracht. Und in Schmalz könnt ihr euch reinlegen. Fünf Kilo Flomen hat Tim heute Morgen ausgelassen. Steht im Kühlschrank.«

»Du bist unsere Rettung, Schwesterlein.«

Hanna Sundermöhren lachte auf. »Wartet noch eine Viertelstunde. Um dreizehn Uhr ist die Küche für Gäste geschlossen, dann könnt ihr in Ruhe essen.«

Die Linsensuppe mit Heidschnuckenwurst schmeckte köstlich. Ein Rezept, das auch in Hannas Kochbuch zum Nachkochen aufforderte.

»Mark, was denkst du zu den Clarsens? Ist einer von denen unser Täter?«

»Puh.« Mark schnaufte. »Gute Frage. Nachweisen können wir keinem Familienmitglied etwas. Die DNA-Analyse des Schweinekopfes und der Fleischabfälle aus der Knochentonne reicht nicht aus. Leider. Dann geht's erst einmal zu den Jacobsens.«

»Sieht wohl so aus«, sagte Inka, als ihr Handy klingelte. Sie nahm das Gespräch an. »Grüß dich, Sebastian.«

»Na endlich, Inka. Ich versuche dich seit gestern ständig zu erreichen.«

»Tut mir leid. In der Heide ist der Teufel los. Was gibt es?«

»Du musst Flora warnen. Ich habe einen zweiten Brief erhalten, in dem er sie erwähnt. Er schreibt, sie sei ein böses Mädchen. Bitte, ich hab schon versucht, sie anzurufen, aber sie geht nicht ran. Und Teresa erreiche ich auch nicht.«

»Langsam, Sebastian. Teresa ist sicher in ihren Hallen beschäftigt, und Flora …« Inka sah auf die Uhr. Der Zeiger rutschte auf vierzehn Uhr. »… Flora müsste zu Hause sein. Vielleicht ist sie am Kochen, dann hört sie meist laute Musik und hört das Telefon nicht. Hast du auf den Anrufbeantworter gesprochen?«

»Natürlich. Schon vor zwei Stunden. Aber es kommt kein Rückruf.«

»Hm, gut. Ich fahre zu ihr und melde mich bei dir.«

»Ja, und ruf mich sofort an, wenn du sie gefunden hast.«

»Sicher. Bis dann.« Inka legte auf und sah zu Mark. »Mark, ich muss nach Egestorf. Sebastian kann Flora nicht erreichen. Er macht sich Sorgen, weil er einen zweiten Brief erhalten hat, in dem Flora erwähnt wird.«

»Diese Drecksau weiß von Flora?«, fragte Mark erstaunt.

»Der weiß von uns allen.«

»Ich komm mit. Zu den Jacobsens können wir später.«

Der Resthof, den Teresa Hansen und ihre Frau Flora Holländer vor zwei Jahren gekauft und stückchenweise renoviert hatten, lag am Dorfende. Floras Wagen stand unverschlossen auf dem Innenhof. Inka und Mark klingelten und warteten, doch nichts rührte sich. Mark drückte die Klinke der Haustür. Sie war ebenso unverschlossen wie die Wagentür. Durch die Diele zog Kohlgeruch.

»Flora!«, rief Inka in die Stille. »Flora, bist du hier?«

Keine Antwort. In der Küche stand ein warmer Topf auf dem Herd. Inka hob den Deckel. Ein Eintopf aus Wirsingkohl. Flora hatte gekocht. Doch wo war sie jetzt? Ihr Handy lag auf dem Tisch. Inka suchte nach den letzten Anrufen. Sebastian, Teresa und ihre Nachricht, dass sie sich melden möge.

»Ich verstehe das nicht«, sagte Inka. »Ihr Handy hat sie immer dabei, wohin sie auch geht. Mark, du beginnst mit der Suche im Keller und ich auf dem Speicher. Sieh in jedes Zimmer im Erdgeschoss. Ich beginne oben, vielleicht hat sie sich ja hingelegt und macht ein Mittagsschläfchen.«

Inka beschlich ein ungutes Gefühl. Flora machte keine Mittagsschläfchen, weil sie meist erst mittags aufstand.

Eine halbe Stunde verging, bis Inka und Mark wieder unten in der Diele standen. Flora blieb verschwunden. Auch im Atelier, der Scheune und dem Nebengebäude fanden sie die Freundin nicht.

Sebastians Worte gingen ihr nicht mehr aus dem Kopf: *Er hat einen zweiten Brief geschrieben. Flora ist ein böses Mädchen.* Was war, wenn … Nein, so weit wollte sie gar nicht erst denken.

Mit einem Zettel auf dem Küchentisch, Flora möge sich sofort melden, wenn sie zu Hause war, und einer erneuten Nachricht auf Teresas Anrufbeantworter verließen sie den Resthof.

34

Auf dem Jacobsen-Hof war es laut und stickig. Hitzige Gesprächsfetzen drangen zu Inka und Mark, kaum dass sie aus dem Auto gestiegen waren. Die Haustür stand sperrangelweit offen. Eine Glückskatze saß auf der Schwelle und leckte sich die Pfoten. Als Inka und Mark ins Haus traten, schlich sie sich davon und verschwand im Stall.

Inka klopfte an die Küchentür. Schlagartig verstummten die Stimmen.

»Entschuldigung«, sagte sie, als sie die Küche betraten, »die Tür stand auf.«

Inka suchte vergeblich nach einem freien Sitzplatz. Sie sah sich weiter um und entdeckte in der Ecke der Sitzbank Edgar Jacobsen neben einem alten Mann und ihrer früheren Lehrerin sitzen. Vor ihnen standen Kaffeetassen, Wassergläser und ein Tetra Pak Orangensaft, dessen Aufdruck Vitamin C versprach. Die Dackelhündin Cora lag in ihrem Weidenkorb und schnarchte leise.

»Ach, Sie sind's. Kommen Sie nur rein, Frau Brandt, Herr Freese. Bei uns ist Großeinsatz«, versuchte der Senior aus der Ecke, die aufgewühlte Stimmung zu verharmlosen. »Wie Sie sehen, sind alle Familienmitglieder und Angestellten versammelt. Ganz nach Ihrem Wunsch. Thomas, hol zwei Stühle.«

»Ja. Vielen Dank. Wir werden unsere Anwesenheit kurz halten, damit alle schnell wieder an ihre Arbeit kommen«, begann Inka. »Herr Jacobsen, beginnen wir bei Ihnen und dem Tattag vor zwei Wochen. Sie saßen bereits um neun Uhr im Hochsitz. Eine Stunde bevor die Treibjagd beginnen sollte. Wenn Sie Schüsse gehört haben, warum haben Sie nicht Ihre Jagdkumpane angerufen und gefragt, wer von denen schon vor zehn Uhr rumballert?«

»Weil die erst kurz vor zehn eintrudelten. Ich weiß nicht, wer da geschossen hat. Muss jemand gewesen sein, der nicht wusste, dass eine Treibjagd angesetzt war. Wer ist sonst so bescheuert und spaziert in den Wald?«

»Und geschossen wurde so um neun Uhr, sagten Sie.«

»Das ist richtig. Ich war gerade mit Cora an meiner Kanzel angekommen, da knallte es. Vier- oder fünfmal, dann war Ruhe, bis ich den Eber erwischte.«

»Und der ist zu Wurst verarbeitet.« Inka nickte Thomas Jacobsen dankend zu, der zwei Holzstühle vor die Küchenspüle stellte.

»Ja, das wissen Sie doch. Hilde, hol mal Leberwurst für die Kommissare.«

»Nein danke«, sagte Inka und setzte sich. »Sie haben uns schon zwei Gläser gegeben. Aber etwas anderes: Verarbeiten Sie auch Schweineköpfe in Ihrer Wurst?«

»Wenn wir schlachten, dann immer. Bei uns wird nix weggeworfen. Warum fragen Sie?«

»War nur eine allgemeine Frage.« Im Grunde wusste Inka, dass es vergebene Liebesmüh war, die Jacobsens erneut zu befragen. Alles, was sie ihnen erzählen wollten, hatten sie erzählt.

»Habt ihr denn noch keine Spur, Inkaleinchen?«, wollte Klara Jacobsen mit brüchiger Stimme wissen.

»Nur eine vage, Frau Jacobsen. Einen verwischten Fingerabdruck auf einer blauen Mülltüte, in der der Täter den Schweinekopf transportiert hat. Hamburger Kollegen versuchen, ihn wiederherzustellen. Dann könnte es möglich sein, dass wir den Täter finden. Aber das ist nur eine minimale Spur, die auch ins Leere laufen kann.«

»Und sonst gibt es keinen, den du verdächtigst, Inkaleinchen?«

»Ihre Nachbarn, die Clarsens, haben drei Schweine geschlachtet und nur zwei Köpfe für Wurst verarbeitet. Der dritte Kopf saß auf Brodersens Kopf. Das hat eine DNA-Analyse ergeben. Sie stehen ganz oben auf unserer Verdächtigenliste. Entweder haben sie die Morde verübt oder sind in die Morde verwickelt, wir wissen nur noch nicht, was von beidem.«

»Der Friedhelm soll den Helmut erschossen haben?« Edgar

Jacobsen kniff die schmalen Lippen zusammen. »Das glaub ich nicht. Die waren doch beste Freunde.«

Inkas Blick wanderte über die Gesichter der Familie und Angestellten. Bei dem einen oder anderen stimmten Größe und Haarfarbe mit denen des Jägers, den sie auf dem Chip des Hobbyfotografen Peters gesehen hatten, überein. Schaute sie hier in das Gesicht eines kaltblütigen Mörders? Einer Frau oder eines Mannes, die oder der es darauf abgesehen hatte, eine Mastanlage zu verhindern, und über Leichen ging? Der verzweifelte Ausdruck in Klara Jacobsens Gesicht war für Inka unerträglich.

Als hätte Thomas Jacobsen ihre Gedanken gelesen, beugte er sich zu seiner Großmutter, gab ihr einen Kuss auf die Wange und flüsterte ihr etwas ins Ohr, das Inka nicht verstehen konnte. Hinter seiner draufgängerischen, energischen Fassade erkannte Inka einen rechtschaffenen Enkelsohn, der für den Familienzusammenhalt eintrat. Mit mindestens einem Meter neunzig und der kräftigen Statur konnte sie ihn als Verdächtigen ausschließen.

Das Gespräch in der Bauernküche entwickelte sich immer mehr zu einer Plauderei. Jeder gab jedem ein Alibi. Im Grunde hätte sie alle verhaften können. Zumindest die Familienmitglieder und Mitarbeiter, die den Hof behalten wollten.

»Mark, ich denke, dass es das war.« Inka stand auf und bedankte sich bei den Jacobsens.

»Was ist das für eine Scheiße«, fluchte sie, als sie wieder im Auto saßen. »Uns läuft die Zeit davon. Jede Minute, die verstreicht, verschafft dem Mörder Gelegenheit, seinen nächsten Schritt zu planen. Wenn wir nur rauskriegen könnten, wer die ominöse Person am Waldrand mit dem Reh auf der Ladefläche war.«

»Von den Clarsens kommen nur Ingo Clarsen, seine Mutter und sein Vater in Frage. Evelin Kleist und Siggi Breuer haben zwar die schmächtige Figur, aber ein Alibi. Der andere Sohn ist zu groß und kräftig, ihn können wir ausschließen. Bei den Jacobsens verhält es sich ähnlich. Die zwei Söhne, zwei Schwiegertöchter, die Mutter und ein Angestellter kommen in Frage. Aber selbst wenn einer von denen am Waldrand war, als Brodersen und Becker erschossen wurden, ist das noch kein hinreichendes Tatindiz. Und wo ist das Gewehr?«

Inkas Handy klingelte.

»Terry, wo steckt ihr denn?«

»Wie, ihr? Ich bin am Arbeiten.«

»Und wo ist Flora?«

»Zu Hause wird sie sein. Sie wollte –«, begann Teresa Hansen, als Inka sie unterbrach.

»Da ist sie nicht. Sebastian sucht sie, und wir waren auf eurem Hof. Die Autotür ist unverschlossen und die Haustür ebenso. Floras Handy liegt auf dem Küchentisch, aber sie ist nirgends zu finden.«

»Das gibt es nicht. Das … Warum sucht Sebastian sie?«

»Das hab ich dir doch auf deinen Anrufbeantworter gesprochen. Er hat einen Brief erhalten, in dem steht, dass Flora ein böses Mädchen ist. Er macht sich Sorgen, weil wir sie nicht angetroffen haben.«

»Ich fahr sofort nach Hause, Inka. Ich melde mich.«

Eine Stunde später, um siebzehn Uhr am Nachmittag, gab es von Flora Holländer noch immer kein Lebenszeichen. Inka lief ein Schauer über den Rücken.

»Ich muss zu Terry«, sagte sie zu Mark und klappte die Akte zu. »Ich kann mich sowieso nicht konzentrieren.«

»Ich komm mit. Ich ruf nur schnell die Soltauer und Winsener Kollegen an. Sie müssen uns beim Suchen helfen. Urlaubszeit hin oder her.«

»Mach das. Ich warte im Auto.«

Das Thermometer maß noch immer achtundzwanzig Grad, als Inka mit Mark auf Teresas und Floras Resthof ankam. Fünf Streifenwagen und eine Hundestaffel standen vor der Haustür der beiden Frauen, die sich selig im Arm hielten.

Inka atmete auf.

»Wo hast du denn gesteckt?«, fragte sie ihre Freundin vorwurfsvoll.

»Ich war hinten auf der Weide und hab Kräuter für den nächsten Teeabend gesammelt. Leider hab ich nicht nur die Zeit, sondern auch mein Handy vergessen. Aber es ist schön, zu sehen, dass sich um mich gesorgt wird.« Flora betrachtete das Polizeiaufgebot auf dem Innenhof, das sich langsam auf den Heimweg machte.

Inka stöhnte auf und umarmte ihre Freundinnen. »Hat dir Terry erzählt, warum wir uns um dich sorgen?«

»Japp, hat sie.«

»Und?«

»Nichts und. Ich werde zukünftig mein Handy nicht mehr vergessen. Versprochen.«

»Das ist alles?«

»Was noch, Inka? Ich werde mich nicht einmotten, nur weil ein Verrückter einen Brief geschrieben hat, mit dem er uns aufmischen will. Kommt nicht in Frage. Und jetzt kommt rein. Ich hab tolle Minze gefunden und uns ein Zitronen-Minze-Wasser gemacht.« Flora griff Mark und Inka an den Händen und zog sie ins Haus.

Eine halbe Stunde war vergangen, als eine unbekannte Rufnummer auf Inkas Handy aufleuchtete. Sie nahm ab und meldete sich.

»Inka Brandt.«

»Sind Sie die Kommissarin aus Hanstedt?«, fragte die Stimme, ohne sich vorzustellen.

»Ja. Und wer sind Sie?«

»Neidling. Uwe Neidling. Der Förster. Ich hab bei Ihnen auf der Wache angerufen, und man gab mir Ihre Handynummer.«

»Was kann ich für Sie tun, Herr Neidling?« Inka erinnerte sich an die Haushälterin des Försters, die erzählt hatte, dass sich Neidling im Urlaub und hinterher wegen seiner Scheidung im Ruhrgebiet aufhielt.

»Ich denke, dass ich etwas für *Sie* tun kann, Frau Brandt.«

Inka rutschte im Küchenstuhl aufrecht. »Wie darf ich das verstehen?«

»Ich bin gestern Abend aus dem Urlaub zurückgekommen.

Heute Mittag habe ich begonnen, die fünf Bänder der Wildtierkamera durchzusehen, die ich zusätzlich zu den GPS-Trackern und den Peilsendern wegen der Holzdiebe aufgestellt habe. Sie glauben gar nicht, wie der Diebstahl von Holz zugenommen hat. Die Diebe fahren ganze Wagenladungen an Baumstämmen ab. Der Bedarf an Brennholz steigt stetig, und es ist billiger, als mit Gas oder Öl zu heizen, vor allem, wenn es geklaut wird. Es gibt fast vierzehn Millionen Kachelöfen und Kamine. Aber um es kurz zu sagen: Eine Kamera hängt hinter den aufgestapelten Stämmen im Geäst einer Tanne in Wehlen gegenüber dem Naturistenparkplatz. Aber nicht dass Sie das falsch verstehen, Frau Brandt, ich bin kein Spanner. Ich hab nichts gegen diese Kultur. Man hört ja auch immer mehr davon. Da gibt es Nacktschwimmstunden, Nacktwanderungen und Nacktcampingplätze, Nacktyoga, sogar Nacktdating.« Inka hörte den Förster leise auflachen. »Aber es geht ja um meine Kamera. Sie ist nur auf die Holzpyramide ausgerichtet, nichts weiter. Ich bin da sehr diskret. Obgleich meine Kollegen und ich schon einige Vollmonde zu sehen bekommen haben.«

»›Vollmonde‹, was meinen Sie?«

»Hinterteile, Frau Brandt. Kleine, große, alte und junge Hinterteile. Die ihre Besitzer in den Wald setzen, um zu pinkeln oder … Sie gehen nicht auf öffentliche Toiletten, wenn sie unterwegs sind, zu Tankstellen und Hotels, überall gäbe es Möglichkeiten. Aber sie tun es nicht, aus Angst vor Krankheiten, aus Bequemlichkeit oder warum auch immer. Im Wald fühlen sie sich sicher, glauben, sie werden nicht gesehen. Aber da irren sie. Gerade hier wird alles bis ins kleinste Detail aufgezeichnet.«

Inkas Unwohlsein bei dem Gedanken, selbst ab und an im Wald hinter einem Busch ein kleines Geschäft verrichtet zu haben, irritierte sie.

»Die Kamera, um die es geht, ist leider – oder glücklicherweise für Sie – ein wenig verrutscht und zeigt nun auch einen Teil des Parkplatzes, wo die Herren und Damen der Freikörperkultur ihre Wagen abstellen. Auf einer Aufnahme sehe ich eine Person in der Nähe des Naturistenparkplatzes herumstrolchen.

Ich weiß nicht, aber ich glaube, die Person hält ein Gewehr in der Hand. Meine Haushälterin erzählte, Ihr Onkel, der Ratsvorsitzende Gerd Knöppel, wurde auf dem Naturistenparkplatz erschossen. Ist das richtig?«

»Nicht nur mein Onkel. Inzwischen haben wir zwei weitere Tote. Bauer Helmut Brodersen und einen holländischen Investor.«

»Die Schweinemastanlage. Ja, davon hat mir Minna auch erzählt.«

»Kennen Sie die Person auf der Aufnahme, Herr Neidling?«

»Nein.«

»Wir brauchen das Band für unsere Techniker«, sagte Inka. »Können Sie es auf die Dienststube nach Hanstedt bringen?«

»Kriegen Sie. Ich mach mich auf den Weg zu Ihnen.«

Inka und Mark trafen zusammen mit Förster Neidling an der Wache ein. Uwe Neidling war ein stämmiger Mann in den Vierzigern. Er hatte einen Vollbart und war gekleidet, wie man sich einen Förster vorstellte.

»Spulen Sie auf ungefähr die Hälfte vor, dann geht's los«, sagte er und reichte Achim Degen von der Technik die CD mit der Aufnahme.

»Hier, da bewegt sich etwas, da hinter dem Wacholder.« Inka tippte mit dem Zeigefinger auf den Bildschirm.

»Ich mach das Bild schärfer, warte …« Achim tippte auf ein paar Tasten, rutschte mit der Maus auf Inkas Schreibtisch hin und her, und dann sahen sie es. Eine dunkelgrün gekleidete Gestalt mit einem Gewehr im Arm, die wie eine Geistererscheinung immer deutlicher wurde und ein Gesicht bekam.

Auf der Telefonanlage leuchtete das rote Lämpchen auf. Frauke Bartels aus der Zentrale rief an.

»Ja, Frauke, was gibt es?«

»Ich habe eine Telefonverbindung zu Jayden van Dijk. Er sagt, er ist auf dem Weg zum Weseler Weg. Er wollte euch sprechen. Ich habe ihm gesagt, dass ich durchstelle, auf seine Antwort gewartet, aber er hat mich nicht mehr gehört. Er muss das

Handy, ohne aufzulegen, in die Hosentasche gesteckt haben. Ich höre immer noch seine Stimme. Inka, ich denke, er steckt in Schwierigkeiten. Ich vermute, die Person, mit der er redet, ist –«, begann Frauke Bartels, als Inka sie unterbrach.

»Wir wissen, wer das ist, Frauke. Wir sind auf dem Weg. Ruf Fritz und die Amsel und alle, die du kriegen kannst. Außerdem den RTW.«

Marks Mini hoppelte über den Sandweg zum Wäldchen am Weseler Weg.

»Fahr schneller«, drängelte Inka.

»Ich mach ja, so schnell ich kann. Aber mein Kleiner ist kein Geländewagen. Wer zahlt die Reparatur, wenn die Achse bricht?«

»Da. Da vorn sind sie! Siehst du sie?«

»Ja, nimm die Hand von meinem Gesicht.«

Hilde Jacobsen stand mit einem Gewehr fünf Meter von dem auf dem Sandboden knienden Jayden van Dijk entfernt. Sie schien gerade neu zu laden, als Inka aus dem Beifahrerfenster schrie: »Stopp, Frau Jacobsen, lassen Sie das Gewehr fallen!«

Hilde Jacobsen drehte sich kurz zu dem Wagen um und rannte dann los Richtung Wäldchen.

»Sie haut ab!«, schrie Inka. »Los, Mark, halt an und renn hinterher. Wir müssen verhindern, dass sie im Wald verschwindet.«

»Immer ich«, maulte Mark noch, als er den Wagen stoppte und die Fahrertür aufriss.

Inka sah, wie er seine Pistole zog und der Bäuerin in den Wald folgte. Sie sprang ebenso schnell aus dem Wagen und rannte auf van Dijk zu. Auf dem Hemd des Holländers entdeckte sie einen runden dunklen Fleck, der sekündlich größer wurde. Sie legte van Dijks Kopf auf ihren Schoß. Langsam und ruhig redete sie auf den Verletzten ein. Blut sickerte aus einer Wunde an seinem Bauch.

Dann knallten die ersten Schüsse. In der Ferne hörte Inka die Sirenen der Verstärkung und des Notarztes. In wenigen Minuten würden sie bei ihnen sein.

Sie sah auf den inzwischen leblosen Körper. Er atmete nicht mehr. Vorsichtig ließ Inka den Kopf auf den Sandboden gleiten und begann mit einer Herz-Lungen-Reanimation.

»Los jetzt«, schrie sie, dann fing sie an: beatmen, Herzdruckmassage, zählen, beatmen und alles von vorn. Zwischendurch wieder Schüsse.

Zwei Minuten später traf der Notarzt ein und übernahm die medizinische Versorgung. Erschöpft stand Inka auf, pustete einmal kräftig durch und rannte Mark in den Wald hinterher. Kurz vor dem Bachlauf hatte sie ihn eingeholt. Er saß an einen Birkenstamm gelehnt. Aus seinem rechten Oberarm tropfte Blut.

»Mark! Mark!«, rief sie besorgt. »Wie geht es dir? Sag was!«

Sie ließ sich neben ihrem Freund ins Waldlaub fallen. Als sie sah, dass er lächelte, atmete sie auf.

»Alles gut, scheint nur ein Streifschuss zu sein«, sagte Mark. »Sie ist durch den Bachlauf Richtung Hof gelaufen.«

»Wir kriegen sie, keine Sorge. Erst einmal musst du aufstehen und zum RTW. Meinst du, du schaffst das?«

»Aber sicher«, sagte Mark. Doch kaum dass er sich aufgerafft hatte, sackte er auch schon wieder zusammen.

»So wird das nichts. Ich hole Hilfe. Bleib sitzen.« Inka rannte zurück zum Feldweg, wo inzwischen auch Fritz Lichtmann und Jacob Amselfeld eingetroffen waren. »Mark ist angeschossen. Nichts Ernstes, ein Streifschuss am Oberarm, aber er schafft es nicht allein …«, begann Inka, als sie sah, wie Mark aus dem Wäldchen auf seine Kollegen zutorkelte.

»Alles im Griff«, sagte er, froh über die angebotene Stütze der Sanitäter.

»Wie geht es Herrn van Dijk?«, wollte Inka vom Notarzt wissen, bevor der die Wagentüren schloss.

»Ich bin kein Hellseher. Aber wie es aussieht, wird er es überleben. Dank Ihnen, Frau Brandt. Gut gemacht.« Mit einem Rums fielen die Türen des Notarztwagens ins Schloss.

Als Inka und Fritz Lichtmann auf dem Jacobsen-Hof ankamen, saß Hilde Jacobsen in der Küche in der Runde ihrer Familie und Mitarbeiter. Cora, die Dackelhündin, lag in ihrem Weidenkorb und wedelte freudig mit der Rute. Sie wollte schon zum Sprung aus ihrem Körbchen ansetzen, als Edgar Jacobsen sie zurückhielt. Die Kinder der Familie spielten auf dem Fußboden mit Legosteinen. Der Esszimmertisch war mit Kaffeegeschirr eingedeckt. Auf dem Tisch standen ein Gugelhupf und eine angeschnittene Zitronentorte.

Fritz Lichtmann setzte sich auf den von Edgar Jacobsen angebotenen freien Stuhl. Inka blieb an den Küchentürrahmen gelehnt stehen. Jacob Amselfeld stand vor dem Haus. Durch das Küchenfenster sah Inka, wie der Transporter der Spusikollegen auf den Hof rollte.

»Kann jemand die Kinder rausbringen?«, fragte Inka und sah Kristin Jacobsen bittend an.

»Natürlich.« Sie nickte und verließ mit den Kindern die Küche.

»Warum, Frau Jacobsen?«, fragte Lichtmann ohne lange Vorrede. »Warum haben Sie Gerd Knöppel, Helmut Brodersen und Björn Becker erschossen?«

»Warum? Warum? Können Sie sich das nicht denken?«

Inka und Fritz Lichtmann schwiegen wie alle Mitglieder des Hofes. Nur Klara Jacobsen wisperte leise vor sich hin, als bete sie.

»Knöppel, der Sauhund, hat uns betrogen«, platzte Hilde Jacobsen in die Stille hinein.

»Sie wussten doch zu dem Zeitpunkt noch gar nicht, dass –«

»Na und? Stimmt doch, er hat uns betrogen, aber das ist nicht der Grund. Mein Mann …«, Hilde Jacobsen warf einen biestigen Blick zu ihrem Mann, »… mein Mann, dieser Schwächling, traut sich ja nicht, das Maul aufzumachen. Er ist mein Jagdkumpan, hat er gesagt. Er ist Ratsvorsitzender. Er ist unser Nachbar. Er ist ein Heiliger. Er ist der liebe Gott. Ich muss unterschreiben. Bla, bla, bla.« Wieder ging ein böser Blick zu ihrem Mann. »Aber wissen Sie, was er war? Er war der Teufel persönlich, dieser Knöppel. Weil ich mich gegen einen Verkauf gestellt habe, hat er mir überall aufgelauert und versucht, mich zu bequatschen.

Täglich hat er mich angerufen oder beim Einkaufen verfolgt. Ich solle ein Einsehen haben, weil der Hof für meinen Mann zu viel wäre und es ihm täglich schlechter ginge, nur weil ich zu stur sei. Er schufte und schufte, um alle über den Monat zu bringen. Ich sollte überlegen, was ich ihm mit seinen alten Eltern aufhalse, die er zusätzlich durchfüttere, obwohl sie längst in ein Altersheim gehörten. Was für eine Frechheit.« Hilde Jacobsen machte eine kurze Pause. »Wir alle arbeiten seit Jahrzehnten auf dem Hof. Seit drei Generationen ist er in Familienbesitz, das kann man nicht so einfach aufgeben. Unsere Kinder sind hier geboren. Das ist unser Zuhause. Und dann kommt so ein Möchtegernratsvorsitzender und will uns alles wegnehmen. Das durfte ich nicht zulassen.«

Fritz Lichtmann holte tief Luft. »Ja«, sagte er. Sein Telefon klingelte. Er entschuldigte sich bei der Familie, nahm ab und nickte ins Telefon. »Das war die Dienststube«, erklärte er kurz. »Meine Kollegin hat mir gerade mitgeteilt, dass die Ergebnisse der Bodengutachten, die Ihr Nachbar Brodersen zur LUFA nach Hameln gebracht hatte, fertiggestellt sind.« Er sah in die Runde. »Es ist alles in Ordnung. Ihr Boden ist frei von Dioxin oder sonstigen schädlichen Stoffen. Es gibt keine hohen Konzentrationen von Quecksilber, Cadmium, Zink, Kupfer oder Mineralölen. Somit wird der Kloke-Wert nicht überschritten, der einen landwirtschaftlichen Anbau untersagen könnte.«

»Das war mir eigentlich schon klar«, wandte Edgar Jacobsen ein. »Hilde, Schatz«, begann er vorsichtig und griff nach der Hand seiner Frau. »Die Kinder und ich haben heute, als du beim Einkaufen warst, beschlossen, dass wir den Hof behalten. Wir wollten dir das sagen und einen Neubeginn feiern.« Er nickte zum gedeckten Tisch.

»Wirklich?« Hilde Jacobsen begann zu schluchzen.

»Ja.« Edgar Jacobsen nickte. »Allerdings werde ich kürzertreten und Thomas, unserem Ältesten, das Zepter in die Hand geben. Ich wollte mit dir mehr Zeit verbringen. Reisen und …« Er stoppte, wissend, dass es für eine lange Zeit keine gemeinsame Zukunft geben würde.

»Frau Jacobsen«, begann Lichtmann und sah in das Gesicht der Frau ihm gegenüber. »Frau Jacobsen, warum musste Helmut Brodersen sterben? Er war Ihr direkter Nachbar, Ihr Freund.«

»Freund? Pah. Er hat Edgar bequatscht zu unterschreiben.« Ihre Gesichtszüge verhärteten sich. »Vor drei Tagen war er hier. Sie haben an diesem Tisch gesessen. Ich stand hinter der Tür und hab sie belauscht. Ich hörte, wie Edgar zustimmte. Sie machten Pläne, dass sie in den von Becker angebotenen Eigentumswohnungen auch Nachbarn wären und was sie alles mit ihrer freien Zeit, die sie nicht mehr mit Schweinefüttern oder Getreideeinholen verplempern würden, anstellen könnten. Wie hätte ich denn wissen sollen, dass ...« Mit rot verweinten Augen sah sie zu ihrem Mann.

»Und wie kam es, dass Sie auf dem Feldweg am Weseler Weg waren, als auch Herr Brodersen und Herr Becker dort waren?«

»Ich hab Becker dort hinbestellt. Um auf neutralem Boden zu verhandeln, hab ich ihm jedenfalls gesagt. Er hat nur zu gern zugestimmt. Dass Helmut auch dabei war, war Zufall. Er saß am Steuer vom Wagen des Holländers und schwärmte, dass er sich vom Geld für sein Grundstück den gleichen Wagen kaufen wolle.«

»Warum ein Schweinekopf ohne Augen, Frau Jacobsen?«

Die Bäuerin zuckte die Schultern. »Die Augen waren schon entfernt. Ich wusste, dass Friedhelm schlachten wollte. Am Abend nach der Schlachtung bin ich auf den Hof. Sie verarbeiten nie die Köpfe, was für eine Schande, kann man doch alles verbrauchen. Seit Jahren kriegen wir die Köpfe und sie ein paar Gläser Sülze. Nur die Augen schmeiß ich weg. Der Friedhelm weiß das, er macht sie für mich immer schon von vornherein raus.«

»Frau Jacobsen. Für mich noch einmal zur Erinnerung«, begann Fritz Lichtmann. »Herr Friedhelm Clarsen gab Ihnen drei Schweineköpfe ohne Augen. Zwei davon sind von Ihnen zu Sülze verarbeitet worden, den dritten Kopf stülpten Sie Ihrem Nachbarn über den Kopf, nachdem Sie ihn erschossen hatten. Warum haben Sie das getan?«

»Ich sagte doch, Helmut war zufällig da, aber sein Gequatsche über diese stinkige Anlage und den Verkauf unseres Grunds ... Die sind nicht einmal aus dem Auto ausgestiegen, sondern haben mich beide ausgelacht und als dumme Bäuerin beschimpft. Ich wollte Becker nicht erschießen. Ich wollte ihm nur drohen, den Schweinekopf vor die Füße werfen und sagen, dass das alles ist, was er hier aus der Heide bekommt. Wirklich. Becker sollte uns endlich in Ruhe lassen und abziehen. In seinem Land Anlagen bauen und Bauern den Grund wegnehmen. Aber er erzählte immer wieder, wie schön es doch in der Eigentumswohnung für meinen Mann wäre. Um nichts müssten wir uns mehr kümmern. Keine alten Eltern, Kinder oder Enkelkinder versorgen. Wir hätten endlich nach all den Jahren Arbeit Zeit für uns. Als ich ihm sagte, dass ich das überhaupt nicht will, hat er wieder nur gelacht. Ich war so wütend, aber ich wusste auch, dass Edgar nachgeben und verkaufen würde. Es ging nicht anders. Und da Becker sich nicht umstimmen ließ und nach Holland zurückfahren wollte ... Ich musste verhindern, dass wir wegziehen müssen. Der Schweinekopf war ein Abschiedsgeschenk. Da beide nicht ausgestiegen sind, hab ich ihn in den Wagen geworfen, da ist er ärgerlich geworden. Ich würde sein Auto versauen, und die Reinigung müsste ich tragen. Helmut hat mich als blöde Kuh und einfältige Bauerntrutsche betitelt, da hab ich abgedrückt.«

»Und warum haben Sie Becker nicht gleich mit erschossen?«

»Weil ich nicht schnell genug nachladen konnte. Die alte Büchse hat ihre Tücken.«

»Ist es die Büchse, die der Sammler vor einem halben Jahr kaufen wollte?«, fragte Inka, als sie merkte, dass ihr Handy in der Hosentasche vibrierte.

»Ja. Ich hab sie ihm nicht verkauft. Sie ist das letzte Teil, was mir von meinem Opa geblieben ist.«

»Aber das haben Sie Ihrer Familie nicht erzählt, oder?« Inka sah auf das Display. Eine SMS von Sebastian. »Ich muss dich dringend sprechen. Ruf mich zurück. Basti.« Sie steckte das Handy zurück und konzentrierte sich auf Hilde Jacobsen.

»Nein. Ich hatte sie hinter dem alten Trecker im anderen Schuppen versteckt.«

»Und nun zurück zu der Frage meines Chefs: Warum haben Sie Becker nicht gleich an Ort und Stelle erschossen?«

»Sag ich doch, das alte Ding hat seine Tücken. Während ich nachladen musste, ist Becker in den Wald abgehauen. Ich bin dann hinterher. Als ich ihn eingeholt hatte, lag er in der Kuhle und jammerte, er habe sich ein Bein gebrochen und ich solle Hilfe holen.« Hilde Jacobsen stieß einen kurzen verächtlichen Lacher aus. »Was glaubte der denn? Ich erschieße Helmut und hole für ihn den Notarzt?«

Sie machte eine kurze Pause. Es war still in der Küche. Niemand sagte ein Wort. Selbst Klara Jacobsens leises Wispern verstummte. Nur das Ticken des Sekundenzeigers der Küchenuhr und das leise Schnarchen der Dackelhündin füllten den Raum.

»Und den Schweinekopf …«, begann Inka, als Hilde Jacobsen sie unterbrach.

»Sag ich doch, der war für Becker, aber der ist ja in die Kuhle gepurzelt, und da wollte ich nicht reinkrabbeln. Und mitschleppen wollte ich das Ding auch nicht wieder, also hab ich es Helmut aufgestülpt. Als Zeichen für jeden, der seinen Grund verkauft und einer Anlage zustimmt.«

»Und den zweiten holländischen Investor, Herrn Jayden van Dijk, wollten Sie ebenfalls erschießen.«

»Nein. Wollte ich nicht.«

»Sie hatten wieder ein Gewehr dabei, Frau Jacobsen«, sagte Lichtmann. »Und Sie haben auf ihn geschossen.«

»Weil er auch nicht hören wollte.«

»Lebt der Mann noch?«, fragte Edgar Jacobsen.

Fritz Lichtmann nickte, bevor er sich wieder an die Bäuerin wandte. »Wo ist das Gewehr?«

»Es liegt in der Jauchegrube, hinter dem Hof am Anfang der Weide. Ich musste mich leider von diesem Erinnerungsstück trennen.«

35

Inka freute sich. Der Wetterbericht versprach warme Sommertage mit Temperaturen bis achtundzwanzig Grad. Ihre Koffer waren gepackt, und morgen früh um zehn Uhr ging es ab auf die Nordseeinsel Föhr.

»Das haben wir doch alle gut hingekriegt.« Fritz Lichtmann sah lächelnd in die Runde seiner Mitarbeiter.

»Das haben wir«, erklärte Inka, legte den Stift in die Schreibtischschublade und klappte die Akte Gerd Knöppel zu. »Was wird mit Clarsen geschehen, Fritz? Immerhin hat er uns verschwiegen, dass er Hilde Jacobsen drei Schweineköpfe gegeben hat. Er muss gewusst haben, dass sie die Täterin ist.«

»Das können wir ihm nicht beweisen. Lediglich, dass er uns Informationen verschwiegen hat, aber …« Fritz Lichtmann zuckte die Schultern. »Der Bericht ist vollständig?« Er sah von Inka zu Mark.

Nicken.

»Und was ist mit dem Jäger und dem Reh?«

»Wir sind weiter auf der Suche. Bisher gab es keine neuen Erkenntnisse. Wir sollten das Phantombild ein zweites Mal an die Medien geben«, schlug Mark vor.

»Seh ich auch so«, pflichtete Inka bei. »Es war eine Treibjagd angesetzt, und da hat kein anderer Jäger im Revier etwas zu suchen. Möglich wäre, dass es sich um einen Wilderer gehandelt hat. Wir sollten dranbleiben.«

»Also gut. Können Sie das bitte übernehmen, Frau de Leclerc?«

»Aber sicher. Wie wäre es mit einem Live-Interview mit Ihnen in der besten Sendezeit, Herr Lichtmann?«

»Großartig, aber für Fernsehauftritte ist Mark zuständig.«

»Na, dann ist ja alles geklärt«, mischte sich Inka ein. »Und ich kann mich endlich in den Urlaub verabschieden. Wir sehen uns in vier Wochen, liebe Kollegen.«

»Wann ist eigentlich dein Gerichtstermin mit deinem Ex-Ehemann?«, fragte Lichtmann wie nebenbei.

»Oh, wie sich das gut anhört: Ex-Ehemann, nicht mehr Noch-Ehemann.« Inka lachte. »Die Scheidung ist in sechs Wochen rechtskräftig.«

»Nein, ich meine die Sache mit Paula.«

»Ach so. Die Anwältin sagt, bis es zu einem Termin kommt, wird es sich drei Monate hinziehen. Aber warum fragst du?«

»Nun …« Lichtmann fing mit diesem untrüglichen Stöhnen an, das Inka nur zu gut kannte.

»Nein, Fritz«, sagte sie, bevor der auch nur ein Wort herausgebracht hatte. »Ich will nichts hören. Vier Wochen lang will ich nichts hören und sehen von euch und irgendwelchen Verbrechern, die die Lüneburger Heide für ihre Taten ausgesucht haben.«

»Ich habe ja gar nichts gesagt«, beschwerte sich Lichtmann. »Ich wollte dich nur fragen, was du von einem kostenlosen Urlaub an der Ostsee auf Staatskosten hältst.«

»Und in welchem Balken steckt der Holzwurm?« Inka blinzelte.

»Nun, es wäre ja möglich, dass du inzwischen andere Urlaubspläne hast, als nach Helgoland zu fahren.«

Nüchtern betrachtet gab es nur einen Grund, warum Fritz herumdruckste. *Und ein Urlaub auf Staatskosten?*

»Ich fahr nicht mehr nach Helgoland, ich fahre nach Wyk auf Föhr. Und jetzt sag, was du sagen willst, und gut.«

Lichtmann warf einen hilfesuchenden Blick zu Mark.

»Oh nein, Fritz, ich bin aus der Sache raus. Die Suppe löffle schön allein aus.«

Mark hob abwehrend die Hände und rollte mit dem Bürostuhl einen Meter Richtung Fenster, so als müsse er sich einen Sicherheitsabstand zu seinem Chef und Inka verschaffen. »Ich muss mich schonen, hat der Arzt gesagt. So eine Schussverletzung …« Er grinste.

»Ja, und dabei werde ich dir helfen«, sagte Bea und streichelte sanft über Marks verbundenen Oberarm. »Schließlich muss ich ja meine Zeit sinnvoll gestalten, wenn ich nicht nach Bremen fahre.«

»Stimmt«, sagte Inka. »Was ist mit deiner freiwilligen Fortbildung?«

»Die ist auf Eis gelegt. Für mindestens neun Monate.« Bea warf Mark einen verführerischen Augenaufschlag zu.

»Nein, das ist …« Inka umarmte erst Bea, dann Mark und gratulierte den werdenden Eltern.

»Ja, und damit unser Sohnemann den Namen seines Vaters und Großvaters tragen kann …« Mark stoppte und ging vor Bea auf die Knie. »Willst du mich heiraten, meine schöne rothaarige Reporterin?«

»Sohnemann?«, fragte Bea, ohne auf Marks Heiratsantrag zu antworten.

»Natürlich. ›Keksfabrik Freese & Söhne & Söhne‹. Wir brauchen sofort ein neues Fabrikschild.« Mark stand auf und griff zum Telefon.

»Hey, Großer. Willst du keine Antwort auf deine Frage?« Bea stemmte die Hände in die Hüften.

»Frage? Ach du meine Güte. Ich bin so, so …« Mark schluckte. Tränen standen ihm in den Augen. »Ja, bitte, und ich habe auch noch …« Aus der Hosentasche zog er ein kleines schwarzes Samtetui und klappte es auf. Ein Diamant, gefasst in einem Weißgoldring, fing einen Sonnenstrahl auf, der durch das Fenster fiel, und glitzerte in Regenbogenfarben.

Erneut ging Mark vor Bea auf die Knie und wiederholte seine Frage.

Die Flasche Prosecco, die in dem Präsentkorb steckte, den ein Ladenbesitzer als Dank für einen aufgeklärten Diebstahl auf die Dienststube gebracht hatte und der noch immer im Kühlschrank stand, war schnell geleert.

Als Inka aufstand und gehen wollte, reichte ihr Mark den Telefonhörer.

»Ist für dich. Sebastian.«

»Ach du heilige Scheiße«, flüsterte sie.

»Hallo, Inka. Ich kann dich auf deinem Handy nicht erreichen.«

»Hallo, Sebastian, es tut mir leid, ich habe deine SMS vergessen und mein Handy gestern Abend ausgestellt. Nicht dass meinen Kollegen wieder etwas einfällt, womit sie mich hierbehalten können. Ich wollte es erst auf der Insel wieder anstellen. Was ist los?«

»Du, ich habe …«, begann Sebastian. Er zögerte.

»Ja, was hast du?«

»Ich habe vergessen, dir zu sagen, dass ich ein Puzzle für Paula zum Geburtstag gekauft habe. Aber ich glaube, dass es für ihr Alter noch zu viele Teile hat.«

»Ach, das macht nichts. Dann musst du es mit ihr zusammen puzzeln, das gefällt ihr sicher.«

»Ja, das ist eine gute Idee. Ich wünsche dir einen schönen Urlaub. Erhol dich gut.«

»Danke und bitte melde dich, wenn es etwas von dem … nun, wenn du Hilfe brauchst oder es Neuigkeiten gibt. Ich bin ja nicht aus der Welt und in vier Wochen wieder da. Aber apropos Neuigkeiten. Ich hätte auch was für dich.« Inka wechselte einen Blick mit Bea und Mark, wartete auf die Zusage und sprudelte los. »Bea und Mark werden Eltern und wollen heiraten. Was sagst du?«

»Meinen herzlichen Glückwunsch. Hören sie mit?«

»Nein. Jetzt«, sagte Inka und stellte die Mithörfunktion ein. »Jetzt kannst du.«

»Meinen herzlichen Glückwunsch, ihr zwei Turteltäubchen«, sagte Sebastian. »Das sind ja sensationelle Neuigkeiten. Ich wünsche euch alles Gute. Und du, Inka, gib Paula einen Kuss von mir. Wir sehen uns alle bald wieder. Bis dann.«

Es klickte in der Leitung. Obwohl Sebastian sich bemüht hatte, fröhlich zu klingen, bemerkte Inka die Traurigkeit und Angst in seiner Stimme, die ihr schon an der Alster aufgefallen war. Er hatte nicht wegen Paulas Geburtstagsgeschenk angerufen. Er hatte ihr etwas verschwiegen.

Lichtmann holte sie aus trüben Gedanken. »Inka«, begann er.

»Mir liegt da etwas auf der Seele. Also, es ist doch so. Du kennst dich in Lübeck, oder sagen wir, in der Nähe der Lübecker Bucht, also am Timmendorfer Strand und Brodtener Steilufer, also da bei den Fischköpfen, sehr gut aus.«

Inka nickte wenig begeistert. Sie hatte zwar erwähnt, dass sie Helgoland nach Marks Horrorgeschichten von hackenden Möwen als Urlaubsort für Paula und sich ungeeignet fand, der Timmendorfer Strand stand trotzdem nicht zur Wahl. Sie hatte eine wunderbare Pension nahe dem Strand auf Föhr gefunden.

»Um es auf den Punkt zu bringen: Eine Obdachlose hat in einem Strandkorb am Timmendorfer Strand eine Plastiktüte mit einem abgetrennten Kopf und fünfzigtausend Euro gefunden.«

»Schön für sie, dann gibt es ja ordentlich Finderlohn«, sagte Inka gleichgültig.

»Darum geht es nicht, Inka.«

»Ach nein?« Inka ahnte, was auf sie zurollte.

»Nein. Der abgetrennte Kopf gehörte Ludwig Wittendorf.«

»Schön oder eher grausig. Aber wer ist Ludwig Wittendorf?«

»Du kennst Ludwig Wittendorf nicht, Inka?«, fragte Mark.

»Den kann sie nicht kennen, weil er erst seit einem guten Jahr dabei ist«, erklärte Lichtmann. »Ludwig Wittendorf ist *der* Heideimker aus der Lüneburger Heide, genauer gesagt, *der* Hanstedter Heideimker. Er hat in einem Jahr fast das Monopol der Gegend mit seinen Bienen eingenommen. Sein Honig wird über die Lande verkauft, sogar in Bioläden. Der Heide-Sanddornhonig ist seine Spezialität.«

»Heide-Sanddornhonig. Ja, der steht auch bei Tim und Hanna im Hofladen. Aber was soll ich jetzt mit dieser Information?«

»Wie ich schon sagte, es wäre ein Urlaub auf Staatskosten. Wir übernehmen die Unterbringung und die Vollverpflegung. Alles inklusive.«

»Das ist doch nicht dein Ernst, Fritz! Ich soll tatsächlich meinen Urlaub mit Arbeit verplempern?« Inka blies die Wangen auf. »Entschuldige, Fritz, aber das geht wirklich zu weit. Und was ist mit Paula? Ich kann sie doch nicht mitnehmen, wenn ich

Verhöre führe. Wie stellst du dir das vor? Vor allem jetzt nicht, da mir Fabian auf der Pelle hängt. Der wartet doch nur darauf, dass ich ins Fettnäpfchen trapse, damit er einen weiteren Grund für seinen Sorgerechtsstreit hat.«

»Dein Urlaubsanspruch verlängert sich natürlich über die Tage, die du arbeitest. Und für Paula wäre gesorgt«, sagte Lichtmann kleinlaut.

»Ach ja, wie das denn? Bekomme ich ein persönliches Kindermädchen?«

»Eine Nonne.«

»Wie bitte?«

»Eine Nonne. Ihr würdet im Mutter-Kind-Heim in Niendorf wohnen. Dein Urlaub wird als Mutter-Kind-Kur getarnt, so kann Fabian dir gar nichts. Die Kinder dort werden stundenweise rührend betreut, damit die Mütter –«

»Erzähl mir nichts, Fritz. Ich kenne das Mutter-Kind-Heim«, würgte Inka ihren Chef barsch ab. Oft war sie mit ihrem Rappen Jonny am Timmendorfer Strand und in Niendorf am Brodtener Steilufer entlang ausgeritten. Einige Male hatte sie dabei eine Horde lustig spielender Kinder jeden Alters in Begleitung von drei oder auch mehr Ordensschwestern gesehen. Dennoch, was Fritz von ihr verlangte, war einfach zu viel.

Kopfschüttelnd verschränkte sie die Arme vor der Brust und sah aus dem Fenster. Die Mittagssonne warf einen hellen Strahl auf ihren Schreibtisch.

»Inka, bitte. Du musst ja nicht allein an dem Fall arbeiten. Wittendorf wurde nicht in unserem Zuständigkeitsbereich ermordet, aber er war ein Heideimker, noch dazu aus Hanstedt. Es geht nur darum, die Lübecker Kollegen zu unterstützen. Die alte Truppe ist dir doch bekannt. Und wir in Hanstedt sind ja auch noch da und helfen. Es sind nur ein paar Stunden am Tag, mehr nicht. Bei deinem Jagdinstinkt hast du den Täter in zwei Tagen und die restlichen vier Wochen einen wunderbaren bezahlten Urlaub.«

»Ein abgetrennter Kopf und fünfzigtausend Euro hören sich für mich ganz und gar nicht nach einer Aufklärung in zwei Ta-

gen an. Wer macht schon so was? Erst einen Kopf abtrennen und in eine Tüte stecken, dann fünfzigtausend Euro dazulegen und alles in einen Strandkorb werfen, wo ihn jeder jederzeit finden kann.«

»Inka, bitte«, bettelte Lichtmann. »Ich verstehe ja deine Einwände, aber denk doch auch an Paula. Sie hätte bestimmt viel Spaß mit den Kindern.«

»Paula hat bei Tilly täglich viel Spaß mit Kindern, dafür braucht sie nicht in ein Kinderheim«, konterte Inka angesäuert.

»Es ist kein Kinderheim, Inka. Außerdem habt ihr ein Zimmer für euch allein. Dafür ist gesorgt.«

»Wie schön, dass du für alles gesorgt hast.« Ihre Stimmung rutschte weiter auf den Nullpunkt. So hatte sie sich ihren Urlaub nicht vorgestellt. Sie wollte mit ihrer Tochter Sandburgen bauen, schnorcheln, ins Meerwasserwellenbad gehen und faulenzen.

»Du und Paula, ihr könnt alles zusammen machen, was du dir auch für Wyk vorgenommen hast. Versprochen«, sagte Fritz Lichtmann, als hätte er ihre Gedanken erraten.

»Mein Zimmer auf Wyk ist gebucht. Ich muss Stornogebühren zahlen, wenn ich zurücktrete, das kann ich mir nicht leisten. Tut mir leid. Fahr du doch, Fritz, oder du, Mark, nimm Bea mit, macht Urlaub. Wer weiß, wann ihr wieder allein dazu kommt.«

»Ja.« Bea warf Mark einen verliebten Augenaufschlag zu.

»Nichts da«, wiegelte Lichtmann die Euphorie der werdenden Mutter ab. »Wer soll denn auf der Dienststube bleiben, während du auf der Insel bist und ich oder Mark am Timmendorfer Strand einer Obdachlosen die Wörter aus der Nase ziehen?«

»Da werdet ihr euch schon einig.« Inka grinste. »Ich bin es jedenfalls nicht.«

Sie hielt schon die Türklinke in der Hand, als Fritz Lichtmann ihr einen Vorschlag machte, den sie nicht abschlagen konnte.